Twee weken weg

R.C. Sherriff

Twee weken weg

Roman

Vertaald door Inge Kok

Uitgeverij Atlas Contact
Amsterdam/Antwerpen

Deze uitgave kwam tot stand met een subsidie van het Nederlands Letterenfonds

De vertaalster ontving voor deze vertaling een projectsubsidie van het Nederlands Letterenfonds

Nederlands letterenfonds
dutch foundation
for literature

Eerste druk juni 2021
Tweede druk juni 2021

Oorspronkelijke titel *The Fortnight in September*
Oorspronkelijke uitgave Victor Gollancz
Omslagontwerp Suzan Beijer
Omslagbeeld © Kodak Collection/National Science & Media Museum/Science & Society Picture Library
Foto van de auteur © World History Archive/Alamy
Ontwerp typografie binnenwerk Wim ten Brinke
Drukkerij Wilco

ISBN 978 90 254 7104 0
D/2021/0108/574
NUR 302

www.atlascontact.nl

MIX
Papier van verantwoorde herkomst
FSC® C004472

Uit de autobiografie van de auteur: *No Leading Lady* (1968)

Op een dag had ik ineens een idee voor een roman.

Het gebeurde tijdens een strandvakantie in Bognor, toen we als altijd op de boulevard zaten te kijken naar de drommen die langsliepen.

Ik keek naar die eindeloze stroom mensen en begon er willekeurig gezinnen uit te pikken en me voor te stellen wat voor leven ze thuis leidden, wat de hoop en ambities van de vaders waren, of de moeders trots waren op hun kinderen of in hen teleurgesteld waren, welke kinderen zouden slagen in het leven en welke geen eigen initiatief zouden vertonen waardoor er niets van hen zou terechtkomen. Er stroomde een eindeloze stoet gezichten langs die je nog nooit had gezien en ook nooit meer zou zien, maar gedurende een ogenblik, terwijl ze langs je zitplaats liepen, zag je hen scherp als individuen, en af en toe wekte er één een vonk belangstelling die in je geheugen bleef smeulen nadat ze waren verdwenen.

Ik begon de drang te voelen er een willekeurig gezin uit te pikken en een verzonnen verhaal op te bouwen over hun jaarlijkse vakantie aan zee.

Het kon geen toneelstuk zijn. Het was geen verhaal dat zich voor het theater leende, en bovendien was het afgelopen met toneelstukken.

Het zou een roman moeten zijn, maar al mijn eerdere pogingen om een roman te schrijven waren in de prullenbak beland. Mijn woordenschat was ontoereikend geweest. Ik was de draad kwijtgeraakt door te zoeken naar onbekende woorden die ik nog nooit had opgeschreven, waardoor ik was vastgelopen en verward en gefrustreerd was geraakt. Maar nu zou ik niet schrijven met het oog op een publicatie. Zelfs als het afkwam, zou ik het nooit aan een uitgever laten zien en een volgend fiasco riskeren.

Ik wilde schrijven omwille van het schrijven, en ik begon op een avond in mijn hotelkamer. Ik liep al snel tegen hetzelfde oude probleem op dat me eerder had dwarsgezeten toen ik me aan het schrijven van een roman had gewaagd. Ik begon mijn hersenen te pijnigen om woorden te zoeken, en de woorden die ik vond, pasten niet bij elkaar. Ik was nu slechter af, want ik moest het stellen zonder de hulp van mijn woordenboek en synoniemenboek.

Na enkele vruchteloze pogingen begon ik me af te vragen of ik met al mijn eerdere pogingen de plank soms finaal had misgeslagen. Ik wilde schrijven over eenvoudige, ongecompliceerde mensen die normale dingen deden, en daarvoor zocht ik naar bloemrijke taal en hoogdravende woorden. Er kon duidelijk het best over deze mensen worden geschreven met de eenvoudige, ongecompliceerde woorden die ze zelf zouden gebruiken om hun gevoelens en avonturen te beschrijven. Ik besloot het op die manier te proberen, me te beperken tot de bescheiden voorraad woorden waarover ik beschikte en te kijken of die de klus zouden klaren. Het zou misschien geen boek opleveren dat iemand zou willen lezen, maar het zou mijn potlood bezighouden en mijn lege avonden vullen.

Het was een simpel verhaal, zo simpel dat ik nooit zo brutaal zou zijn geweest om het te gebruiken als ik het voor iemand anders dan mezelf had geschreven. Een klein gezin uit de periferie van Londen op hun jaarlijkse vakantie van twee weken in Bognor: man en vrouw, een volwassen dochter die voor een kleermaakster werkt, een zoon die net is begonnen op een kantoor in Londen, en een jongere jongen die nog op school zit. Het was een verslag van dag tot dag van hun vakantie, van hun laatste avond thuis tot de dag waarop ze hun koffers hebben gepakt om weer naar huis te gaan; hoe ze elke ochtend hun sjofele pension verlieten en naar zee gingen, hoe de vader hoop voor de toekomst putte uit de kortstondige verlossing van zijn eentonige werk, hoe de kinderen romantiek en avontuur vonden, hoe de moeder, die bang was voor de zee, de anderen probeerde te laten denken dat ze ervan genoot.

De realistische schrijfstijl ging me aanvankelijk niet gemakkelijker af dan de oude doorwrochte stijl. Het was moeilijk om de gewoonte af te schudden van het zoeken naar indrukwekkende woorden en intelligente manieren om iets te zeggen. Maar ten slotte braken er enkele doodgewone woorden door een impasse heen en na verloop van tijd begon het zo soepel te gaan dat ik per avond meer schreef dan ik ooit had gedaan.

Schrijven in deze stijl had zijn eigen valkuilen. Als je te simpel werd, verviel je tot platitudes en kreeg het schrijven een soort omgekeerde verwatenheid. Als je de opgave om eenvoudige personages te creëren overdreef, werden ze te klein en begon je hen te bevoogden. Het kostte tijd om het verhaal in balans te brengen. In het begin keek ik neer op de mensen over wie ik schreef, daarna sloeg ik te ver door naar de andere kant en merkte ik dat ik naar hen opkeek. Pas toen ik hen werkelijk had leren kennen kon ik ontspannen met hen meelopen, zij aan zij.

Het verhaal was zo aantrekkelijk omdat ik geen opzet had gemaakt en nooit wist wat er in het volgende hoofdstuk zou gebeuren tot ik daaraan toe was. Daardoor bleef ik met de personages meeleven, omdat ze elke avond wanneer ze naar bed gingen even weinig wisten over wat er de volgende dag zou gebeuren als ik wanneer ik de lamp op mijn bureau uitdeed en zelf naar bed ging. Toen het af was noemde ik het *Twee weken weg.*

Ik had mezelf de hele tijd voorgehouden dat ik alleen voor mijn eigen ogen schreef, zonder het geringste voornemen om het aan een uitgever te laten zien. Als dat ergens door mijn hoofd had gespeeld, had ik er niet zo van genoten om het te schrijven. Maar toen het af was, verlangde ik er onwillekeurig naar het aan iemand te laten zien om erachter te komen wat die ervan vond. Toen ik het doorlas leek het of het was geschreven in kindertaal, maar niet voor kinderen geschikt was. Het had geen zin om het aan te bieden als kinderboek, maar ik kon niet bedenken wat voor volwassenen het zouden kunnen pruimen.

Victor Gollancz had *Journey's End* uitgegeven en was de enige uitgever die ik persoonlijk kende. Maar Gollancz was een intellectueel en een perfectionist. De romans die hij uitgaf werden door recensenten geroemd om hun fraaie literaire eigenschappen, en als ik hem *Twee weken weg* gaf, zou het lijken of ik een leeuw een zuurtje aanbood. Maar ik had niets te verliezen. Mijn aandeelkoers als schrijver stond op nul, en door mijn recente fiasco's met toneelstukken was ik immuun voor teleurstellingen. De roman hield zich aan dezelfde formule die ik had gebruikt in die toneelstukken: dezelfde doodgewone mensen, hetzelfde alledaagse verhaal. Ik trok een zeer zware wissel op onze vriendschap door het manuscript naar Gollancz te sturen, maar ik wist dat hij het zelf zou lezen en dat wat hij er maar van vond onder ons zou blijven. Ik kende hem goed genoeg om er zeker van te zijn dat ik in veilige handen was.

Ik wachtte filosofisch af tot ik de roman zou terugkrijgen met een vriendelijk spijtig briefje, maar de brief die hij me stuurde was de grootste verrassing die ik ooit heb gehad. 'Dit is kostelijk,' waren zijn eerste drie woorden, en ze waren net een straal zonlicht na maanden in een donkere kamer. Het was een prachtige brief. Je bent erop bedacht dat uitgevers en theaterdirecteuren voorzichtig en ingetogen zijn, maar Victors brief vertoonde niets daarvan. Zijn enthousiasme was absoluut. 'Ik wil het graag uitgeven,' zei hij. 'Ik zou geen woord veranderen.'

En hij heeft het uitgegeven, precies zoals het was geschreven, en de recensies waren fantastisch. 'Een heerlijke roman,' zei de *Daily Telegraph*. 'Een klein meesterwerk,' zei de *Sunday Express*. 'Betoverend,' zei een ander. Het was een herhaling van *Journey's End*.

En het publiek, dat niets had willen weten van een soortgelijk verhaal dat als toneelstuk was geschreven, ging erop af alsof het warme broodjes waren. De eerste druk was binnen een week uitverkocht: 10 000 boeken, even snel als ze werden gedrukt, 20 000 in een maand. Een Amerikaanse uitgever publiceerde het in recordtijd. Daar kreeg het dezelfde overdreven recensies en verkocht het even goed als in het Verenigd Koninkrijk. Het werd aangekocht voor Duitsland, Frankrijk en de Scandinavische landen, Italië en Spanje; uiteindelijk werd het door bijna evenveel Europese landen gekocht als *Journey's End*.

Joost mag weten waarom het aansloeg. Voornamelijk misschien omdat het zo'n leesbaar verhaal was, zonder gewichtigheid of pretenties, en omdat het een verhaal was dat nog nooit was geschreven. Een meisje uit New York schreef dat ze er elke ochtend in las op de pont die haar over de Hudson River naar haar werk in de stad bracht en dat ze zich daardoor heel warm en vrij en blij voelde.

Ik had zelf de indruk dat ik alleen een voltreffer kon scoren als ik dat niet probeerde. Ik had het niet geprobeerd met *Journey's End*. Ik had eraan gewerkt om de winteravonden door te komen, zonder enig idee om het te laten opvoeren. Ik had mijn uiterste best gedaan op de twee toneelstukken die erop waren gevolgd, en die waren allebei een afgang geweest. Ik deed niet langer mijn best omdat het niet meer loonde, schreef een roman als tijdverdrijf en ik was weer een doorslaand succes.

Als ik het nuchter bekeek vond ik niet dat de roman iets had gedaan om me er als professioneel auteur bovenop te helpen. Je kon niet leven van de sporadische meevallers die zich blijkbaar alleen voordeden wanneer je voldoende fiasco's had verzameld om het niet meer te willen proberen. Ik had mijn vingers gemeen gebrand aan pogingen om een zonderling succes in het theater te laten volgen door andere toneelstukken en ik wilde geen herhaling daarvan riskeren. Als ik zou proberen munt te slaan uit het succes van mijn eerste roman door een volgende in elkaar te draaien, zouden de recensenten waarschijnlijk zeggen dat het geen *Twee weken weg* was, en ze zouden ongetwijfeld gelijk hebben – dus moest ik alles laten zoals het was en geen slapende honden wakker maken.

Twee weken weg

1

Op regenachtige dagen, wanneer de wolken voortjoegen op een westenwind, kwamen de voorboden van mooi weer van de andere kant van de spoordijk aan het eind van de tuin. Wanneer mevrouw Stevens bijzonder graag wilde dat het opklaarde, keek ze heel vaak om de hoek van de zijdeur om de horizon van de spoordijk af te speuren naar een streepje lichtere lucht.

De dijk, die zich ononderbroken naar rechts en links uitstrekte, verdeelde de wereld voor mevrouw Stevens. Aan haar kant had ze Dulwich en haar huis, lange vriendelijke straten, met hier en daar een huis van mensen die ze kende. Aan haar kant doemde ook, een kleine kilometer achter de daken van de huizen, het Crystal Palace op, dat in de herfst soms gouden vierkantjes zonsondergang naar hen toe flitste. Daar ver achter kreeg je het open veld en de bomen – groene hoekjes heide waar ze altijd waren gaan picknicken toen Dick en Mary nog klein waren.

Aan de andere kant van de dijk lag de andere helft van mevrouw Stevens' wereld, de helft die ze nauwelijks kende. Herne Hill, Camberwell en de lichtjes van Londen, die bij een bewolkte lucht schenen als zwavelkaarsen in een donkere, ongebruikte ziekenkamer en in heldere nachten iets wegwasten van het donkerblauw van de sterrenhemel.

Aan het eind van de Corunna Road dook een geasfalteerd voetpad onder de dijk en kwam er aan de andere kant weer uit, maar mevrouw Stevens drong zelden ver door in die andere kant van de wereld. Ze deed boodschappen in

Dulwich en had daar haar vriendinnen. Mooie zaterdagmiddagen lokten hen naar het zuiden, naar het open veld en de bomen, in de richting van Bromley.

Hoewel ze al de volle twintig jaar van haar huwelijk op Corunna Road nummer 22 woonde, had mevrouw Stevens vrijwel geen idee wat er net aan de andere kant van hun tuin lag, achter de spoordijk.

Ze had weleens geprobeerd meer te weten te komen wanneer ze er in een trein langsreed. Maar de trein zat altijd vol en bij het passeren van hun huis kon ze niet snel van het ene naar het andere raam rennen om beide kanten te bekijken. Daardoor was het haar nooit gelukt het raadsel op te lossen van wat er nu precies aan de andere kant lag, hoewel één ding haar altijd opviel, omdat het haar met trots vervulde. Terwijl de trein over de dijk ratelde, gleed er een panorama van een strook van dertig tuinen voor haar ogen langs, de dertig tuinen die de even nummers van de Corunna Road vormden. Er was er niet één die er zo mooi bij lag als die van nummer 22, met zijn kort gemaaide gazon, keurige borders en zijn seringenboom. Nummer 22 was de enige waar geen halve bakstenen of ongebruikte vuilwateremmers op het dak van de schuur lagen.

Maar op deze druipende septembermiddag zag de tuin er treurig en akelig uit. Het was die morgen al vrij vroeg gaan regenen: het had gedrupt toen ze even over elven bij de slager vandaan was gekomen, en nu, om vijf uur, vulde een stille, lusteloze regen de kuilen in de paden. Ze was ontdaan en ongelukkig. De laatste avond voor hun vakantie was altijd een familiefeest. Toen Dick en Mary nog klein waren, was het een avond geweest die zich bijna had kunnen meten met kerstavond, een avond die soms was verkozen tot de beste van de hele vakantie, hoewel hij thuis werd doorgebracht en de zee nog bijna honderd kilometer weg was.

Maar de zee lonkte steevast op die avond, en wanneer meneer Stevens als altijd na het eten door de tuin wandelde, kon hij de ziltheid bijna proeven in de lucht. Meneer Stevens had de gewoonte om op de avond voor hun vertrek langer dan normaal in de tuin te dralen: de zaak lag achter hem, hij had de klep van zijn bureau dichtgeslagen voor veertien heerlijke dagen, en hij had graag het gevoel dat de vakantie op die avond begon. Op het kleine gazon buiten, in de schemering, zette hij zijn borstkas open en ademde hij de lucht in. Daarna ging hij naar zijn slaapkamer om de kleren klaar te leggen die hij aan zee zou dragen, zijn grijze flanellen broek, zijn tweedjasje, stevige bruine wandelschoenen en een zachte tweed pet. Maar hij zou de pet zelden ophebben. Gedurende de volle veertien dagen hadden zon en wind vrij spel in zijn dunne bruine haar.

Mevrouw Stevens tuurde opnieuw naar buiten. Als het maar ophield met regenen! Het zou een domper op de hele vakantie zetten als ze van deze eerste avond werden beroofd – al zou het een positieve tegenslag zijn omdat hij hun weliswaar was ontnomen, maar hij officieel helemaal niet bij de vakantie hoorde.

De avond werd ook altijd gekenmerkt door een speciale maaltijd. Dit jaar was het gekookt rundvlees, omdat je daar goed boterhammen mee kon beleggen voor in de trein en alles eenvoudig was af te wassen, waardoor er meer tijd was om na afloop de laatste dingen te pakken. Daarna volgden er appelbollen, het favoriete toetje van meneer Stevens.

Het was al over vijven. Over een uur zou het gezin thuiskomen. Meneer Stevens het eerst (op deze specifieke avond vertrok hij altijd stipt op tijd), daarna Dick en dan Mary. Om zeven uur zouden ze allemaal thuis zijn. Stel je voor dat het de volle twee weken zo bleef regenen! Dat was eens gebeurd, jaren geleden. Ze was nooit de avond vergeten dat ze in de schemering door de eeuwige regen vanaf het station achter elkaar door de Corunna Road hadden gelopen, Dick met het emmertje waarmee hij nauwelijks had gespeeld, en met zijn kletsnatte, druipende schepje.

Maar dat zou, dat mocht deze keer niet gebeuren: ze bad dat het zou opklaren, en haar gebed werd verhoord. Want nu besefte ze, turend om de hoek van de keukendeur, dat het lichter was: het grindpad glinsterde, er vielen minder druppels in de plas buiten en met grotere tussenpozen – en daar, achter de dijk, rolde een miniem streepje blauwe lucht de zware wolken op.

Ze ging terug naar de keuken terwijl er een last van haar af viel. Nu zou alles in orde komen.

Als je mevrouw Stevens had gevraagd waarom ze zo blij was, had ze dat nooit kunnen uitleggen; ze zou er niets voor hebben gevoeld om te zeggen: 'Omdat de anderen blij zullen zijn', wat nobel en mal zou hebben geklonken. Als je haar vroeg: 'Geniet u van uw vakantie?', zou ze zijn teruggeschrokken voor een vraag die ze altijd had gevreesd, maar die nooit was gesteld. Niemand vroeg haar dat ooit. Haar gezin nam aan dat ze dat deed, en haar vriendinnen beperkten hun vraag tot: 'Heb je het leuk gehad?', waarop ze al twintig jaar antwoordde: 'Heerlijk.'

Het was altijd Bognor geweest, sinds haar lichte ogen op haar huwelijksreis voor het eerst een glimp van de zee hadden opgevangen. Haar vader had een zus gehad die op een boerderij woonde, en hoewel hij zelf vakanties versmaadde, had hij zijn kinderen daarheen gestuurd, jaar in, jaar uit, tot zijn dochter haar man had leren kennen en met hem was getrouwd.

De zee had mevrouw Stevens bang gemaakt en ze was nooit over haar angst heen gekomen. Ze was er het bangst voor wanneer er geen zuchtje wind was. Iets in haar huiverde voor dat grote, gladde, slijmerige oppervlak, dat zich uitstrekte in een niets waar ze draaierig van werd. Voor hun huwelijksreis hadden ze kamers gehuurd bij meneer en mevrouw Huggett in de St. Matthews Road, in een pension dat *Zeezicht* heette omdat je vanuit het wc-raampje de top van een lantarenpaal op de boulevard kon zien.

Ze hadden gereageerd op een advertentie en hadden ontdekt dat meneer en mevrouw Huggett een eigenaardige combinatie vormden. Meneer Huggett was corpulent en joviaal. Hij was de persoonlijke bediende geweest van een man die hem wat geld had nagelaten, en hij had *Zeezicht* gekocht. Hij was gemakkelijk in de omgang, een tikje bevoogdend en hij dronk. Mevrouw Huggett was mager en wilde het iedereen zo graag naar de zin maken dat het gênant was. Ze hadden een klein gedrongen dienstmeisje met o-benen en rood haar dat Molly heette en door de jaren heen trouw bij hen was gebleven.

Maar het huis was goed gerenoveerd en brandschoon. De Stevensen waren er het jaar erop weer naartoe gegaan, en sindsdien waren ze er steeds naartoe gegaan, twintig natte en mooie, warme en koude septembermaanden lang.

Ze hadden het vaak gehad over iets anders – over Brighton, Bexhill, Lowestoft zelfs, maar Bognor won het uiteindelijk altijd. Ze werden er eerder elk jaar inniger mee verbonden. Er waren associaties, emotionele dingen. De inktvlek op het tafelkleed in de zitkamer die Dick als klein jongetje had gemaakt, de kleine snuisterij die Mary had geknutseld door schelpen op een kaart te plakken en die ze aan het eind van de vakantie aan mevrouw Huggett had gegeven, en die elk jaar op de schoorsteenmantel in de zitkamer stond wanneer ze arriveerden. Er was een opgezette barbeel op de overloop die ze meneer Richards noemden, omdat hij leek op een melkboer die ze ooit in Dulwich hadden gehad, en nog veel meer kleine banden waarvan het jammer zou zijn om ze te verbreken.

Maar *Zeezicht* was in de loop der jaren stilletjes, gestaag veranderd. Meneer Huggett, die aanvankelijk als een rijpe pruim had geblaakt van gezondheid, was gaan verschrompelen. Zijn vuurrode wangen waren gaan verbleken, waardoor een netwerk van minieme paarse bloedvaatjes zichtbaar was geworden. Op een keer was het de Stevensen in september opgevallen hoe mager zijn handen waren geworden, hoe slap de huid rond de knokkels was en hoe zijn hand beefde toen hij de kwitantie ondertekende.

Elk jaar was mevrouw Huggett op een avond, als de kinderen in bed lagen, binnengekomen in de zitkamer van de Stevensen om haar gasten zachtjes en bezorgd, met regelmatige blikken naar de deur, te vertellen wat een vreselijke winter meneer Huggett had gehad: hij had de hele tijd telkens weer het bed moeten houden, met bronchitis en andere geheimzinnigere kwalen die mevrouw Huggett nooit goed kon verklaren.

Elk jaar was het relaas langer en ontzagwekkender geworden, tot er een jaar kwam dat de Stevensen met Pasen een brief met een zwarte rand ontvingen. Hij kwam van mevrouw Huggett om hun te vertellen dat haar man afgelopen dinsdagavond om tien uur was overleden.

In september van dat jaar had de familie Stevens mevrouw Huggett in het zwart aangetroffen. Ze vertelde dat het zwaar had gestormd toen haar man was overleden, dat de zee had gebulderd, dat er enkele sneeuwvlokken hadden rondgedwarreld op de weg, en hoewel ze de dood van haar man omschreef als een gelukkige verlossing, was ze sindsdien in de rouw.

Meneer Huggett had op het laatst niet veel meer in

huis kunnen doen. Hij had enkele jaren daarvoor al zijn enige vaste taak moeten opgeven (het verwisselen van de elektrische gloeilampen), omdat hij duizelig werd van het omhoogkijken. Maar dat veranderde niets aan het feit dat de levensgezel van hun pensionhoudster er niet meer was, dat ze de lange winter alleen was.

De Stevensen hadden de daaropvolgende jaren niet duidelijk gemerkt dat er iets niet goed ging met *Zeezicht*. Mevrouw Huggett was nog even zenuwachtig, deed nog evenzeer bevend haar best om het iedereen naar de zin te maken. Molly leek de hele dag in touw te zijn – maar toch was er iets anders, elk jaar een kleinigheidje. Een paar jaar geleden was de stop van het bad losgebroken van zijn kettinkje: hij was nooit meer gevangen en lag elk jaar in vrijheid op de bodem van het bad. Jaar in, jaar uit werden de lakens pluiziger en dunner, en op een nacht, toen meneer Stevens toevallig een scherpe teennagel had, scheurde hij zijn bovenlaken in het midden, en ongewild vergrootte hij de scheur elke avond met zijn voet als hij in bed stapte.

De Stevensen klaagden nooit en wezen niet op deze dingen. Door hun jarenlange band met *Zeezicht*, uit angst om mevrouw Huggett te kwellen en misschien een beetje uit medelijden met haar zwegen ze. Ze waren per slot van rekening de hele dag weg.

Maar voor mevrouw Stevens was *Zeezicht* slechts het decor van de twee weken per jaar die haar met zorg en ongerustheid vervulden. Ze verfoeide zichzelf dat ze er niet van genoot zoals de anderen. Het maakte haar ongelukkig om te doen alsof ze ervan genoot, omdat dat geveinsd, op een of andere manier niet eerlijk was. Toen Dick een jaar of veertien was, kon hij terwijl hij aan het graven was in het zand, met bruine blote benen tot zijn opgestroopte korte broek, ineens naar haar toe rennen met 'Is het niet heerlijk, mam?', en dan zei ze met een glimlach: 'Heerlijk' en had ze een hekel aan zichzelf vanwege de leugen.

Alleen de huwelijksreis was heerlijk geweest: door de komst van de kinderen waren de twee weken een last geworden, soms een nachtmerrie. Thuis waren de kinderen van haar: ze hielden van haar, kwamen met alles naar haar toe. In Bognor trokken ze zich op een of andere manier van haar terug, werden ze anders. Als mevrouw Stevens aan het pootjebaden was, lachten ze om haar, zeiden ze dat ze er heel grappig uitzag. Thuis lachten ze nooit om haar.

Toen ze jonger was geweest, had ze geprobeerd met hen te cricketen op het strand, maar ze had geen kijk op een stuiterende bal en kon niet snel genoeg bukken om hem tegen te houden. Dan lachten ze – en mevrouw Stevens verschool zich al snel in een ligstoel achter een tijdschrift, terwijl de warme zon haar hoofdpijn bezorgde.

Maar de reis was het allerergst, want hoewel de last lichter had moeten worden toen de kinderen groter werden, had ze haar vrees voor Clapham Junction, waar altijd moest worden overgestapt, nooit overwonnen.

Het geratel van de karretjes van kruiers, de verkeerde perrons, het gegil van treinen, de keer dat ze haar man was kwijtgeraakt toen hij nadat hij de kaartjes had gekocht uit het verkeerde gat was gekomen: de hel bestond volgens mevrouw Stevens uit een witheet Clapham Junction waar de duivels een pet met een klep droegen.

Maar haar panische angst mocht dan het grootst zijn voor Clapham Junction, de hele treinreis vergde het uiterste van haar geduldige uithoudingsvermogen. Op de eerste zaterdag in september, wanneer ze altijd vertrokken, was het steevast druk in het rijtuig. Op een keer had iemand die dreigde flauw te vallen met een holle stem geroepen of het raam open mocht. Een andere keer, een paar jaar geleden, had een vrouw in een hoek een soort toeval gekregen en kreunend met haar hakken op de grond getikt. Daardoor was mevrouw Stevens koud geworden van angst. Ze droomde er soms nog van, en sindsdien was het haar eerste ongeruste plicht als ze in het rijtuig stapte om de gezichten van haar medepassagiers vluchtig te bekijken, tegen beter weten in hopend dat ze er allemaal gezond en ontspannen uit zouden zien. Als iemand bleek en teer was, probeerde ze hem of haar uit het zicht te werken achter een andere passagier tussen hen in, vol verachting voor haar eigen lafheid waardoor ze dat deed.

Eén probleem was in elk geval opgelost nu de kinderen groot waren, want Mary was als kind altijd misselijk geworden in de trein, had met vaste regelmaat moeten overgeven, vlak na de bocht die hen uit Dorking voerde. Mevrouw Stevens had geprobeerd het kind honger te laten lijden, had sterke pepermunt geprobeerd: zonder enig resultaat. Uiteindelijk had ze een goed plan gehoord van haar buurvrouw, mevrouw Jack, want haar kleine Ada had precies hetzelfde. Mevrouw Jack had in de trein altijd twee of drie papieren zakjes in haar tas. Die kon je snel uitvouwen, gemakkelijk gebruiken en handig uit het raam laten vallen. Mevrouw Jack was er zo bedreven in geworden dat ze er prat op ging dat het hele voorval soms voorbij was voordat haar verbaasde medepassagiers wisten wat er was gebeurd.

Maar mevrouw Stevens had een grote hekel aan die reis. Ze was nooit een lezer geweest. Ze kon zich niet verliezen in een boek of een tijdschrift. Na afloop stonden het bagagerek en de onheilspellend rode noodrem op haar pijnlijke netvliezen gebrand.

Maar nu, terwijl ze in de weer was met het avondeten, terwijl ze het deksel van de steelpan optilde en met een vork in het kokende rundvlees prikte, was ze blij, bijna opgetogen door het onverwachte zonlicht van de avond, blij omdat de vakantie de anderen zoveel vreugde bezorgde. Ze verheugde zich op het moment dat iedereen vanavond thuiskwam, popelend van verlangen om de volgende dag te vertrekken, maar onwillig om het huis te verlaten nu dat gedurende één avond de antichambre van de vrijheid was geworden.

Er was ook nog een andere reden waardoor ze dit jaar minder onwillig dan vroeger naar de vakantie uitkeek. Dick en Mary begonnen volwassen te worden. Dick was zeventien en Mary bijna twintig. Het afgelopen jaar had Dick het een paar keer vaag over een kampeervakantie met wat vrienden gehad, en Mary had erover gepraat dat een stel meisjes uit de winkel samen zo'n leuke tijd op een boerderij hadden gehad.

Dick en Mary gingen nu 's avonds veel uit. Op donderdag werd er gedanst in de St. John's Hall – zulk soort dingen. Tegenwoordig was het thuis niet meer echt hetzelfde, en de vakantie – het leek aannemelijker dat die hen niet zou scheiden maar zou verbinden. Vorig jaar had Dick nog op school gezeten; nu was hij gaan werken. Hij leek niet erg gelukkig met zijn baan. De vakantie zou hem goeddoen, zou hem misschien tot rust brengen. Alleen Ernie, het derde en jongste kind, zat nog op school, want Ernie was pas tien, en hoewel hij het niet wist, had hij de afgelopen twee jaar de sfeer van de vakantie bepaald voor wat betrof pret en ravotten.

Gelukkig waren de zinspelingen op gescheiden vakanties op niets uitgelopen, want toen het tijd was om de kamers te reserveren, was er geen ander plan opgeworpen.

Dick leek in feite meer dan ooit naar Bognor te hunkeren sinds hij was gaan werken, wat mevrouw Stevens een beetje vreemd leek.

Nu regende het helemaal niet meer: de zon scheen. Mevrouw Stevens haalde het tafellaken uit de keukenla en liep de eetkamer in.

Ernie, die niet langer binnen hoefde te blijven, speelde met een tennisbal tegen de muur.

'Je voeten zullen drijfnat worden,' riep mevrouw Stevens.

'Het is droog,' schreeuwde Ernie terug.

De klok van de St. John's, de kerk verderop in de straat, sloeg zes uur. De anderen zouden er nu weldra zijn. Het was een bof dat ze allemaal tegelijk vakantie hadden weten te krijgen. Het zou heerlijk zijn als het mooi weer bleef, de volle twee weken, en als iedereen er net zo van genoot als alle andere jaren.

2

'Goed dan,' zei meneer Stevens, die zijn stoel bijtrok, 'marsorders.'

Het avondeten was voorbij. Mevrouw Stevens en Mary hadden afgeruimd. De afwas zou voorlopig moeten wachten.

'Marsorders' was een gezinsgrapje. Of eigenlijk was de term een grapje, want de betekenis was serieus. Er moest van alles gebeuren voordat het huis twee weken kon worden achtergelaten, en alleen als ze die dingen systematisch afhandelden, konden ze vertrekken zonder op het laatste moment hopeloos te moeten jachten.

Meneer Stevens haalde een vel papier tevoorschijn dat dicht was beschreven met potlood. Het was het resultaat van de verzamelde en gesorteerde ervaring van jaren en was elke vakantie uitgebreid en verbeterd tot het nu zo perfect in zijn soort was als een mens zich maar kon wensen. Het werd bij gelegenheid zelfs uitgeleend aan vrienden.

Hij stak zijn pijp opnieuw op, veegde de verbrande sliertjes tabak van tafel en schraapte zijn keel. Het kwam tegenwoordig maar zelden voor dat het gezin zo rond de tafel zat en meneer Stevens zag gretig zijn kans schoon.

Dick zat tegenover zijn vader aan tafel, met zijn ellebogen naar voren, zijn kin in zijn handen. Mevrouw Stevens zette het olie-en-azijnstel met een laatste haastige blik door de kamer vlug in het dressoir, ging zitten in de leunstoel bij de haard en staarde afwezig naar het papieren waaiervormige scherm op het lege rooster. Haar handen bewogen nerveus naar de sluiting van haar blouse, vervolgens snel naar haar knieën, alsof ze na zo'n bits bevel niet tot rust konden komen.

De avondmaaltijd was een groot succes geweest. In het begin was iedereen er misschien wat al te bewust op uit geweest er een feestelijke gelegenheid van te maken, alsof er half werd gevreesd dat de charme van de avond wellicht was vervlogen doordat er weer een jaar was verstreken, maar van lieverlee waren ze ervoor in de stemming geraakt en was de sfeer van vroegere vertrekavonden als bij toverslag hervonden.

Vragen schoten over tafel en stuitten alleen maar op wedervragen. Zouden Uncle Sam en zijn Minstrels er weer zijn? Uncle Sam moest inmiddels verschrikkelijk oud zijn: hij zag er al minstens vijftien jaar hetzelfde uit. Zouden dezelfde pierrots er zijn? Zou het voetpad dat vanaf de klaverwei naar zee liep zijn afgesloten, omdat daar naar verluidt zou worden gebouwd? Zou de echte militaire kapel weer spelen? Die was zo'n stuk opwindender dan de gewone fanfare. Als meneer Stevens af en toe stil werd, kwam dat doordat hij ver weg was, met zijn stok en zijn pijp door de heuvels trok, met een open gemoed en een onbedekt hoofd voor de zon en de wind.

Buiten was de avond prachtig opgeklaard: de spoordijk was steeds donkerder geworden toen de zon erachter wegzakte, en door de ramen van de kleine eetkamer viel een fletse gouden gloed, die soms werd verduisterd door een passerende trein, hoewel zelfs dan tijdens het passeren een bliksemflits van zonlicht door de openingen tussen de rijtuigen schoot.

Maar nu was de maaltijd voorbij en was er werk aan de winkel.

Ernie, die te veel had gegeten, lag op de bank, probeerde vonken uit Poes te wrijven, keek hoe de kleine stofjes uit zijn vacht loom glinsterden in de vervagende zonnestralen.

Mary kwam uit de keuken en ging bij de schoorsteenmantel staan. De Stevensen waren klaar voor de marsorders, stonden stuk voor stuk klaar om de taken te noteren die gewoontegetrouw voor hen lagen.

'Iedereen klaar?' vroeg meneer Stevens met een blik over zijn bril. Hij schraapte nogmaals zijn keel en begon:

'Nummer 1. De schuur. Spade, hooivork en het kleine schepje invetten. Afsluiten. Sleutel aan de haak in de keuken hangen.'

Meneer Stevens vinkte het nummer keurig af.

'Goed. Daar zal ik vanavond zelf voor zorgen.

Nummer 2. Joe. Joe naar mevrouw Haykin brengen, samen met het badje, zaad en twee sepiaschelpen.'

Meneer Stevens keek slecht op zijn gemak even over zijn brillenglazen naar zijn dochter. 'Wil jij dat doen, Mary?'

Iedereen had altijd een hekel aan de taak om Joe, de kanarie, naar mevrouw Haykin in het huis naast hen te brengen. Er lag een zweem van ongerustheid in meneer Stevens' stem, want vorig jaar was er bijna ruzie over ontstaan.

Deze taak hield namelijk in dat je mevrouw Haykin bedankte en een paar minuten bij haar bleef om een praatje te maken, en mevrouw Haykin was weliswaar aardig, maar ze was een nogal mal oud dametje dat snel opgewonden raakte en je tientallen keren vertelde dat ze het heerlijk vond om op Joe te passen, omdat het werkelijk geen enkele moeite was en Joe zo'n schatje was en hij 's morgens zo mooi zong dat ze er half blij en half treurig van werd.

Het was moeilijk om mevrouw Haykin te bedanken en weg te komen. Daardoor voelde jij je ook nogal ongelukkig

– en egocentrisch, aangezien mevrouw Haykin nooit op vakantie ging.

Ze woonde alleen.

Ooit, zeiden buren, had ze daar een man, drie zonen en een dochter gehad en was er altijd wel iemand in en uit gelopen. Maar dat was lang geleden, voor de tijd van de familie Stevens.

Ze ging maar eens per dag haar huis uit. Soms ving je een vluchtige glimp op van een klein figuurtje, een paar slordige haarlokken, en dan was ze verdwenen. Op een of andere manier zag je haar nooit weer naar binnen gaan. De Stevensen waren vroeger weleens bij haar langsgegaan, maar dan werd ze zo opgewonden en blij, en praatte ze zo snel, en soms lachte en huilde ze, dat de bezoekjes steeds minder vaak en met grotere tussenpozen plaatsvonden, tot er nu maar bij zeldzame gelegenheden, bijvoorbeeld wanneer mevrouw Haykin op de kanarie paste, een Stevens bij haar in huis kwam, en doordat ze zo zelden bezoek kreeg, werd het steeds moeilijker om naar haar toe te gaan.

Het potlood van meneer Stevens hing boven het papier. 'Wil je dat doen, Mary?'

Mary's gezicht verstrakte. Ze zag bleek en was moe, want ze had een lange, vervelende dag achter de rug. Ze had de hele ochtend koortsachtig gewerkt zodat ze 's middags tijd zou hebben om zorgvuldig op te ruimen. Maar toen was er na de middagpauze onverwachts iets irritants gebeurd. Een klant was haastig binnengekomen om enkele veranderingen te eisen in een japon die ze die avond wilde dragen, en Mary had 's middags twee uur lang haar ogen gericht op de verfoeide jurk, in de volle wetenschap dat geen enkele verandering ter wereld de verschijning van de vormloze gestalte van de eigenaresse kon verbeteren.

Want hoewel Mary soms klanten mocht helpen in de

kleine toonkamer van Madam Lupont in de King's Road, bracht ze de meeste tijd door in het kale atelier erachter, met zijn naargeestige raam dat uitkeek op een garagemuur van golfplaat. De zon kwam nooit in die ruimte, hoewel de lucht soms heel wit blonk en pijn deed aan haar ogen. Ze was vanavond heel moe. Waarom zou zíj Joe gaan wegbrengen en naar mevrouw Haykin moeten luisteren? Waarom zou niet...

Ze keek even neer op haar moeder, die met haar handen op haar knieën in de haard staarde. Het viel haar op dat een van haar moeders vingers was verbonden met een stukje ruw linnen. Ze moest zich hebben gesneden, toen ze het eten klaarmaakte, en het was niemand uit het gezin opgevallen. Mary keek even uit het raam. De zon was bijna verdwenen onder de spoordijk, de lucht was onbewolkt, over een week zou de zon haar armen goudbruin hebben verbrand, en ineens welde er opwinding in haar op. Ze keek haar vader met een glimlach aan.

'Goed. Ik breng Joe wel weg.'

Meneer Stevens vinkte het punt met een zucht van opluchting af.

'Dank je, Mary.

Nummer 3. Poes. Het raam in de bijkeuken op een kier laten staan. Mevrouw Bullevant vragen elke dag melk neer te zetten. Bokking op maandag en donderdag.'

Meneer Stevens staarde zwijgend naar zijn vrouw, en mevrouw Stevens keek verward op.

'Nee. Ik... ik... eh... kon vandaag niet naar mevrouw Bullevant toe. Ze was er niet. Ik dacht dat we het haar zouden kunnen zeggen als we morgenochtend de sleutel afgeven.'

Meneer Stevens trok zijn wenkbrauwen een fractie op.

'Is dat niet riskant?' zei hij. 'Stel dat ze ergens over wil praten. Details wil bespreken. We zullen niet al te veel tijd hebben.'

Mevrouw Stevens' ogen gleden snel naar haar man en weer terug naar de haard.

'Nou... dan... dan ga ik nu.'

'Het is nú te laat. We zullen het moeten riskeren.'

Mevrouw Bullevant woonde recht tegenover hen. Haar man was een gepensioneerde politieagent. Een ideaal stel om de sleutel bij achter te laten. Er werd altijd afgesproken dat meneer of mevrouw Bullevant elke dag naar de overkant zou gaan om even rond te kijken, brieven door te sturen met drie postzegels van een halve penny en voor Poes te zorgen. In ruil namen de Bullevants alle rabarber en pronkbonen mee die oogstrijp waren geworden terwijl de Stevensen weg waren.

De Stevensen waren bijzonder tevreden sinds hun afspraak met de Bullevants. De ligging van het huis, recht tegenover hen, in combinatie met de sfeer van een oud-politieman gaf hun een gevoel van absolute veiligheid.

Voor de komst van de Bullevants had mevrouw Jack overal op gepast. Maar er waren de Stevensen akelige verhalen ter ore gekomen, dat mevrouw Jack de bokking opat en Poes het vel gaf. Het kon rancuneus geroddel zijn geweest, maar het verhaal was afkomstig van meer dan één bron, en de Stevensen waren blij geweest toen de Bullevants tegenover hen op nummer 23 waren komen wonen.

'Vergeet het niet,' waarschuwde meneer Stevens terwijl hij het punt onwillig afvinkte. 'En herinner haar aan het bijkeukenraam.'

Hij richtte zich weer op het vel papier.

'Nummer 4. Alle winkeliers afzeggen. Behalve de kwart liter melk om de dag van de melkboer.'

Mevrouw Stevens keek opgelucht op.

'Ja, dat heb ik vanochtend gedaan.'

'Heb je tegen Johnson gezegd dat hij de *Family Gardening* moet bewaren?'

'Ja.'

De ochtendkrant werd natuurlijk afgezegd, maar het weekblad *Family Gardening* zou worden achtergehouden, en de oude nummers zouden bij terugkeer van de familie Stevens worden bezorgd, omdat meneer Stevens ze graag bewaarde en liet inbinden.

'Nummer 5. Gas. Dichtdraaien bij de meter.'

'Goed,' zei Dick.

'Morgenochtend meteen, onmiddellijk na het ontbijt.'

'Goed,' herhaalde Dick.

Meneer Stevens vinkte dat punt af.

'Nummer 6. Zilver opbergen.' (Zilver was de formele term voor het zilveren bestek van Princes, het inktstel dat de voetbalclub meneer Stevens als huwelijkscadeau had gegeven en een paar verzilverde bekers die Dick op school had gewonnen met hardlopen.)

'Goed,' zei meneer Stevens. 'Dat doe ik.'

Er volgden nog enkele minder belangrijke taken waarvan ze uit ervaring wisten dat ze die zorgvuldig moesten uitvoeren. De stop moest uit het bad worden gehaald omdat de kraan drupte, bederfelijke waar moest worden verwijderd, het tapijt moest worden teruggeslagen bij de tuindeuren, waar het soms inregende. Voor elk punt meldde zich een gezinslid.

'Tot slot,' zei meneer Stevens, 'algemene instructies. Ruislip komt om 9.15 de bagage ophalen. Laten we ervoor zorgen dat die om 9 uur klaarstaat. Dat bespaart heel veel gejacht en gezeur.

De trein vertrekt om 9.35 uit Dulwich. Dat betekent dat

we hier uiterlijk 9.20 moeten vertrekken, om tijd te hebben om de sleutel af te geven.

Aankomst Clapham Junction 10.02. Spoor 2.

De trein op de hoofdlijn vertrekt om 10.16. Spoor 8.'

Het hart van mevrouw Stevens sloeg een slag over. Van twee naar acht, nonchalant opgelezen vanaf een vel papier: wat klonk dat gemakkelijk! Maar van twee naar acht op Clapham Junction, gemeten naar de sporen!

'Denk je niet,' mompelde ze, 'dat we een trein eerder uit Dulwich moeten nemen? Dan hebben we tien minuten extra op de Junction.'

Meneer Stevens keek verbaasd, een tikje beledigd dat zijn zorgvuldig uitgewerkte plannen commentaar uitlokten. Hij sprak langzaam, alsof zijn vrouw een beetje dom was.

'Maar we hebben veertien minuten.'

'Ja, maar...'

'Natuurlijk is er genoeg tijd, mam!' riep Dick uit.

De ogen van mevrouw Stevens keerden terug naar het papieren waaiervormige scherm in de haard. 'Goed – laat maar. Als jullie denken dat er genoeg tijd is.'

Ze vroeg zich af waarom ze überhaupt haar mond had opengedaan. Ze wist dat het niets zou uithalen. Ze wist dat haar man en de kinderen genoten van de spanning om het een beetje krap te nemen...

De bespreking was voorbij. Meneer Stevens vouwde het vel papier op en ging staan.

'Ik geloof dat dit alles is,' zei hij.

Iedereen kwam in beweging. Mevrouw Stevens en Mary liepen naar de keuken om verder te gaan met de afwas. Dick ging naar zijn slaapkamer om te pakken. Ernie lag half in slaap op de bank, met zijn emmer en schep in een hoek in de buurt, klaar voor morgenochtend.

Het begon nu donker te worden in de kamer, maar meneer Stevens deed geen licht aan. Hij stond met zijn rug naar de haard, zijn benen ver uit elkaar op het kleedje, zijn gezicht gekeerd naar de tuindeuren en de dralende gloed van de zon.

Toen liep hij heel doelbewust de kamer uit, de gang door naar de voordeur, naar buiten en via het pad langs het huis de tuin in.

Hij had regelrecht de tuin in kunnen lopen via de openslaande deuren, maar hij gaf de voorkeur aan deze andere weg: Ernie of Poes zou hem hebben gevolgd als hij door de openslaande deuren was gegaan, en hij wilde alleen zijn om te genieten van dit laatste schemeruur van de gelukkigste avond van het jaar.

3

In de schemering was de tuin op zijn mooist. De scherpe contouren van de dingen eromheen werden verzacht en meer getemperd. In dit licht kon je in de spoordijk achter het hek aan het eind bijna de groene grens van een kanaal zien en in de telegraafpalen de slanke populieren die het met gras begroeide jaagpad omzoomden.

De tuin van Corunna Road 22 was niet groot. Evenals de tuinen eromheen was hij 18 meter breed en 55 meter diep, van het hekje in de voortuin tot de omheining waarmee hij werd afgesloten van het spoor. Maar in de schemering leken de omheiningen verder uit elkaar te liggen en deden ze vaag denken aan de wijnrode, met klimop bedekte muren die meneer Stevens graag om tuinen zag.

Hij bleef even staan op het gazon, stak zijn pijp opnieuw aan en drukte de lucifer zorgvuldig met de kop naar beneden in het gras. Het rook koel en fris naar nat gras. Er hing nog een flauwe gloed boven het spoor, maar boven zijn hoofd was de hemel donker geworden en waren de sterren tevoorschijn gekomen.

Er kwam een zwak geluid van de dijk: een *rik-tikke-tik; rik-tikke-tik*, dat door het spoor snorde en een naderende trein aankondigde.

Het geluid werd harder, stormde als een razende op hem af, schoot langs en stierf weg. Een stuk krant dwarrelde achter de trein omhoog en zweefde rustig neer, stak donker af tegen de vervagende zonsondergang.

Meneer Stevens' gezicht vertrok tot een frons toen hij

werd omgeven door het kabaal en geratel, maar werd weer glad toen de rust terugkeerde. Er was een ogenblik een vluchtig beeld geweest van verlichte, volle rijtuigen. Het sein ging kletterend omhoog en alles was weer stil. Het leek of het met de terugkeer van de rust ineens iets donkerder was geworden.

Meneer Stevens haalde de pijp uit zijn mond en zoog een lange teug nachtlucht naar binnen. Koele, frisse lucht, van die lucht die hij gedurende twee fantastische volle weken de hele dag zou inademen. Hij voelde zich al beter: de bedompte kantoorlucht werd uit zijn longen gewerkt, zijn benen leken kracht te verzamelen voor hun werk in de heuvels.

Meneer Stevens was geen buitensporig sentimentele man, waarschijnlijk niet meer dan gemiddeld. Alleen had hij zichzelf instinctief aangeleerd de kleurloosheid van zijn bestaan op te fleuren door alles wat mogelijkerwijs gedenkwaardig zou kunnen zijn in gedachten feestelijk van rode letters te voorzien.

Dat deed hij volkomen instinctief, volkomen onbewust, want hij zou de laatste zijn die zijn leven kleurloos vond. Het zou misschien juister zijn om te zeggen dat hij de gave bezat om huiselijke 'Gelegenheden' in te stellen, die zoveel bijdroegen aan het versterken van de onderlinge band in huis.

Die bijzondere dagen werden omgeven door iets wat bijna een ritueel was: een ritueel dat het gezin verbond in gedachte en daad.

Kerstavond, tweede pinksterdag, de vrije dag in augustus en de verjaardagen van het gezin werden voorzien van zorgeloze, flamboyante, helderrode letters. Oudejaarsavond en de vertrekavond werden genoteerd in een zachtere, meer beschouwende tint rood: de eerste vanwege zijn weemoedige smeekbede om vervliegende hoop te versterken, de tweede omdat die de voorbode was van de jaarlijkse bevrijding van emoties die meneer Stevens niet wenste of trachtte te analyseren en te begrijpen.

Een man op vakantie wordt de man die hij had kunnen zijn, de man die hij had kunnen zijn als alles iets anders was gelopen. Alle mannen op vakantie zijn gelijk: ze kunnen allemaal vrijelijk hun droomkasteel bouwen zonder acht te slaan op de kosten of hun bouwkundige bekwaamheid. Dromen die gebaseerd zijn op zulk teer weefsel moeten eerbiedig worden gekoesterd en worden weggehouden van het schelle licht van morgen over een week.

Hij kuierde langzaam over het grindpad, met zijn ene hand onder de pijp in zijn mond, de andere in zijn zak. Hij passeerde de seringenboom, die onherkenbaar was gegroeid sinds hij hem afgelopen voorjaar tien jaar geleden had gepoot als een jong boompje dat tot zijn middel kwam. In de border bij het hek aan de rechterkant waren de bloemen met een donkere kleur in het afnemende licht versmolten tot kluitjes schemerige, vage schaduwen, alleen de lichtere bloemen schenen mat door het donker naar hem op: de teunisbloemen en de tabaksplanten met hun tere, onbestemde geur.

Verderop stonden rechts achteraan in de hoek de herfstasters, die het dit jaar uitstekend deden. Langs de omheining aan het eind, het dichtst bij de dijk, stonden de pronkbonen, met de rabarber ervoor. Niet zo goed als gewoonlijk. Daarna kwamen de eeuwige spinazie en het hoekje met peterselie.

Hij dacht aan de uren die hij aan de tuin had besteed sinds de vorige vertrekavond een jaar geleden: haastige herfstavonden, wanneer hij werkte tegen oprukkende nachten; grauwe winterdagen, wanneer om vier uur de thee lokte vanuit de door haardvuur verlichte eetkamer; frisse zaterdagmiddagen in het voorjaar, wanneer in vrijwel elke tuin in de Corunna Road een hoofd op en neer ging; zomerdagen wanneer hij zich in hemdsmouwen alleen verroerde om zijn stoel te verplaatsen voor de schaduw van de sering. Er waren ook andere dingen gebeurd sinds deze avond een jaar geleden. Dick was van school gekomen en gaan werken, ze hadden een andere melkboer genomen, Ernie had waterpokken gehad. Vreemd hoeveel er kon gebeuren zonder het oppervlak van de Corunna Road te beroeren.

Hij stak zijn pijp opnieuw aan en slenterde door tot hij bij het ware karakteristieke element van de tuin kwam: de knoestige oude appelboom die de wacht hield over het linker gedeelte.

Een paar andere tuinen in de Corunna Road hadden ook zo'n oude appelboom: kronkelig, donker en droog, inmiddels bijna onvruchtbaar. De meeste mensen hadden die van hen omgehakt en een nieuwe, jonge boom gepoot, maar meneer Stevens had die van hem laten staan.

Hij bezat van nature een diep historisch besef, eerbied voor dingen die kracht en waardigheid hadden geput uit de tijd. Lang geleden moest hier een grote, uitgestrekte boomgaard hebben gelegen, want mevrouw Blaney had een boom in haar tuin op nummer 5, aan de overkant van de straat. In de tuin van meneer Shepherd op nummer 18 was alleen de stronk van de boom overgebleven, en de bovenkant was uitgehold om een geranium te kunnen bevatten, die met zijn pot in een beetje aarde zakte.

In de trein was meneer Stevens opgevallen dat er hier en daar in de tuinen aan de andere kant van de dijk net zulke oude appelbomen stonden, dus moest de boomgaard hier al zijn geweest voor de komst van de spoorlijn.

Van elke honderd oude appelbomen was er nu amper nog één over: ze vertoonden allemaal sporen van lang vergeten zorg in de vervaagde kalkstrepen rond hun stammen. De overlevende bomen, die ooit op mooie, weidse open plekken hadden gestaan, stonden nu eenzaam op uit de toon vallende plaatsen door de bevlieging van de aannemer die dertig jaar geleden de straten door de boomgaard had aangelegd.

Meneer Stevens keek op naar de droge zwarte takken. Er streek een zuchtje wind langs: de sering ontwaakte en schudde zich, maar de appelboom leek te oud en te moe om zelfs maar met zijn bladeren te ritselen.

Hij stak zijn hand uit en wreef met zijn palm over de ruwe stam. Hij wenste bijna dat een of andere autoriteit zou gelasten de boom om te hakken, zodat hij net als de man op het schilderij in Mary's slaapkamer zou kunnen zeggen: 'O, houthakker, spaar die boom!'

Hij had op een of andere manier het gevoel dat hij de boom begreep en dat de boom hem begreep, dat die hem dankbaar was dat hij zijn eenzaamheid begreep. Soms dwaalde hij door de jaren terug en vertoefde hij met de boom in de boomgaard zoals die was geweest voordat de spoorlijn en de huizen waren gekomen.

Maar vanavond was er geen tijd om weg te dwalen naar het verleden. Morgen zou hij om deze tijd over de boulevard wandelen, luisterend naar zachte muziek, met de scherpe zeelucht in zijn neusgaten en de volle beschikking over twee weken onverwoestbare vrijheid.

Hij draaide zich kordaat bij de appelboom vandaan, liet hem alleen verder dromen. Er flitste een vierkant van licht uit Mary's slaapkamer en haar hoofd wipte op en neer, vormde een contrast met de neergetrokken jaloezie. De afwas moest klaar zijn, ze ging de rest pakken.

Wat was het allemaal geweldig! Het hele gezin ging weer samen weg, na die duistere, half geopperde toespelingen van Dick en Mary om apart op vakantie te gaan met hun vrienden en vriendinnen. Goddank was dat op niets uitgelopen!

Wat zou er morgenochtend een plezier en drukte heersen! Meneer Stevens, die de waardigheid overboord gooide, voerde een rondje walspassen uit op het gazon, hield er toen mee op en keek met een plotseling akelig voorgevoel naar de tuindeuren of Ernie het soms had gezien.

Een ogenblik lang had hij dolblij een vluchtige glimp opgevangen van zon en zand, van mensen die riepen en rondspatten in zee, van blinkende kliffen en golvende heuvels – van een heerlijke hunkering...

En het mooie was dat hij er al van genoot voor het zelfs maar was begonnen! Zijn handelsboeken en inktpotten lagen achter hem, hij had zijn pennen met een elastiekje bij elkaar gebonden en in zijn bureau gekwakt, en alles wat voor hem lag was fris en open en vibreerde van plezier.

Zachtjes fluitend in zichzelf liep hij door de tuin terug en ging hij de schuur bij de keukendeur in. Dat had hij moeten doen voor het zo donker was geworden. Hij streek een lucifer af en bij het licht ervan bekeek hij zijn tuingereedschap, dat keurig tegen de muur was gezet. Om tijd te sparen had hij alles de vorige avond al schoongemaakt en ingevet.

Alles was in orde, hij liep naar buiten en sloot de deur af. Hij voelde altijd een belachelijke steek van verdriet wanneer hij de schuurdeur elk jaar voor hun vertrek op slot draaide: het leek alsof hij oude vrienden de rug toekeerde voor een vluchtige kennis die hem in een flits had verblind met een onbestendige schittering – en het stond evenzeer vast dat hij hem over twee weken in de steek zou laten als dat zijn oude vrienden trouw op hem zouden wachten. Hij draaide de deur bijna weer open om nog eens naar binnen te kijken, om ze te verzekeren dat alles in orde was en dat hij zou terugkomen. Hij onderdrukte het belachelijke idee, ging het traliehek aan de zijkant door en keerde zo terug via dezelfde weg als waarlangs hij was gekomen: door de voordeur en de gang.

Er brandde nu overal licht in huis, maar het was een bijzondere gelegenheid. Hij vond Dick in de vestibule met de wandelstokken en paraplu's die in een bundel waren samengebonden: een van zijn taken volgens de marsorders.

Ernie werd naar bed gedreven, met zijn schep en emmer tegen zijn borst geklemd, omdat hij ze niet meer uit het oog wilde verliezen nu de vakantie was begonnen.

'Dick!' riep Mary over de trapleuning. 'Kom eens helpen met deze tas!'

Mevrouw Stevens was nog bezig in de keuken. Toen meneer Stevens om de hoek keek om de sleutel van de schuur op zijn haakje te hangen, zag hij het gekookte rundvlees, een brood, de mosterd en een botervloot staan om morgenochtend de boterhammen klaar te maken; de thermoskan stond er vlakbij.

Hij dwaalde de eetkamer in en ging opnieuw met zijn rug naar de haard staan. Op de vensterbank lag zijn knapzak met de telescoop, de kaart van Bognor en omgeving en zijn dagboek. Hij glimlachte en stak zijn duimen in zijn vest. Hij voelde de tevredenheid en ontspanning van iemand die alles zo goed heeft georganiseerd dat hij de tijd onder controle heeft. Wat was het een fantastisch idee om die marsorders te hebben. Geen hijgend gejacht en gejaag, geen koortsachtige ongerustheid – geen 'Waar is het fototoestel?' of 'Heeft iemand de kledingborstel ingepakt?'. In plaats daarvan slechts doelgerichte bedrijvigheid, waarbij iedereen zich concentreerde op taken die elkaar nooit overlapten.

'Pap!' riep Mary over de trapleuning.

'Hallo!'

'Kom even boven!'

'Wat is er?'

'Maakt niet uit! Kom boven!'

Meneer Stevens ging de trap op en volgde Mary naar Dicks kamer, die uitkeek op de Corunna Road. Ze bracht haar vader naar het raam en hield het gordijn op.

'Kijk daar eens!' zei ze.

Er was een stralende vollemaan opgekomen. Die hing boven het Crystal Palace in de verte, bijna in het midden ervan. De torens waren donker, maar het koepelvormige dak fonkelde onder de maan met duizend koude grijze splinters van licht. Een zachter schijnsel kwam van de natte leien van de daken aan de overkant van de straat, terwijl de bomen erachter pikzwart afstaken tegen een staalblauwe hemel.

Zo mooi had meneer Stevens dit uitzicht niet vaak gezien.

'Is het niet heerlijk,' zei Mary, 'om voor de vakantie zo'n maan te hebben!'

'Een goed voorteken,' mompelde meneer Stevens.

Dick, die het al had gezien, was bezig bij zijn bed. Hij had zijn grijze flanellen broek en blauwe blazer aangetrokken, die hij morgenochtend zou dragen, en was zorgvuldig bezig zijn kantoorkleren op te vouwen: het blauwe sergen pak dat behoorlijk erg begon te glimmen bij de rechtermouw, waarmee hij over zijn bureau gleed.

4

Meneer Stevens bleef een tijdje liggen, met zijn ogen gericht op het licht dat door de kier tussen de gordijnen voor zijn slaapkamerraam scheen.

Het licht was fel genoeg om hem heel hoopvol te stemmen, maar hij wist hoe misleidend die kier kon zijn. Hij had natte ochtenden gekend waarop de hemel had geglinsterd en een tamelijk felle straal tussen de gordijnen door had gestuurd, waardoor hij stomverbaasd was geweest om bij het opentrekken van de gordijnen meedogenloze motregen te zien.

Hij luisterde en de afwezigheid van druppend water versterkte zijn hoop. Het zou een enorm verschil zijn als het mooi weer was.

Als het nat moest zijn, zou het in sommige opzichten natuurlijk te verkiezen zijn om regen te hebben op de dag dat ze erheen gingen in plaats van op een dag dat ze er waren, aangezien het grootste deel van de eerste dag werd doorgebracht onder stationsoverkappingen en in de trein. Toch was het behoorlijk fijn om te vertrekken onder een onbewolkte hemel en om door de ramen van het rijtuig uit te kijken op een landschap dat baadde in het zonlicht.

Een zuchtje wind liet de gordijnen de kamer in zwieren en zijn hoop werd zekerheid, want er klonk geen geruis van regen tegen het glas. Hij sprong uit bed, trok de gordijnen opzij en glimlachte langzaam. Hij kon zich niet herinneren ooit zo'n perfecte ochtend te hebben gezien om te vertrekken. Vorig jaar had er een vlagerige, onzekere wind gestaan, met zware voortjagende wolken, maar vanochtend was het heerlijk windstil; er lag een dunne laag nevel op het gazon en de hemel was helderblauw. De vroege ochtendzon, die tussen de huizen door scheen, verlichtte de bladeren van de appelboom en gaf ze een tere glans.

Wat een dag om te vertrekken!

Hij glipte weer in bed en vouwde zijn handen achter zijn hoofd zodat hij de lucht beter kon zien door het open raam. Het was jammer dat de zon 's morgens niet in zijn kamer scheen, maar hij gaf de voorkeur aan de achterkant van het huis. Hij had minder last van de treinen dan van de onregelmatige, grillige geluiden die door de ramen aan de voorkant kwamen, van mensen die 's avonds laat naar huis gingen, lachend en pratend.

Er passeerde een trein terwijl hij daar lag. Hij kon net het dak zien langsglijden. De arme stakkers, op weg naar Londen! En nog wel op dit tijdstip!

Hij rekte zich uit tot zijn tenen over zijn voeteneind uitstaken, toen trok hij een been op en betastte hij zijn kuit. Mooi hard, als je in aanmerking nam hoe weinig echte lichaamsbeweging hij kreeg, maar over een paar dagen zouden de spieren keihard zijn, na enige tijd in die heuvels!

Het was bijna kwart voor zeven: hij zou alle tijd hebben als hij over een halfuur opstond. Hij draaide zich tevreden op zijn zij om nog een dutje te doen, maar hij was veel te wakker en te opgewonden om weer in slaap te vallen. Hij lag alleen maar te denken.

Ineens kwam hij op een idee. Hij sprong uit bed en trok zijn pantoffels en kamerjas aan. Hij deed vlug zijn deur open en sloop de trap af naar de keuken om de ketel op te zetten. Hij zou iedereen een kop thee brengen. Een fantastisch idee! Een fantastisch begin van de dag! Hij luisterde bang of er zich al iemand roerde voor het water kookte, of iemand anders bij toeval op hetzelfde idee was gekomen. Hij wilde ongemerkt elke slaapkamer in gaan om hen een voor een wakker te maken. Hij wilde dat de vertrekdag voor hen allemaal begon met een dampende kop thee, hij wilde naar elk raam gaan, de jaloezieën optrekken en zeggen: 'Kijk daar eens,' terwijl de zon naar binnen stroomde.

Hij oefende met de gordijnen in de eetkamer terwijl hij wachtte tot het water kookte en herinnerde zich nog iets anders. Hij sloop naar boven, muisstil, en deed zijn tanden in. Hij wilde hen allemaal kunnen toelachen.

Een paar minuten later ging hij met een blad in de hand opnieuw stilletjes naar boven; hij zette het blad boven aan de trap neer, deed voorzichtig de deur van zijn vrouw open en sloop naar binnen. Het licht was zacht en gedempt. Gelukkig waren de gordijnen dicht. Zijn vrouw had het oude tweepersoonsbed met stalen spijlen aan de uiteinden en koperen knoppen op de hoeken. Het was een van hun eerste aankopen geweest toen ze waren getrouwd, maar de springveren waren uitgerekt en mevrouw Stevens lag er nogal diep in. Aanvankelijk kon meneer Stevens niets anders zien dan de bovenkant van een roze slaapmutsje, maar toen hij haar zachtjes wakker schudde, duwde ze het beddengoed naar beneden en draaide ze zich met een flauwe grom op haar rug. Haar ogen doolden even vaag heen en weer, richtten zich toen op meneer Stevens en vlogen wijd open van ontsteltenis. Ze schoot als een bang konijntje overeind en begon zich uit bed te haasten.

'Goeie genade! Ik wist niet dat het al zo laat was!'

Hij glimlachte en stak zijn hand op.

'Alles in orde, maak je geen zorgen, het is nog geen zeven uur...'

Ze werd overspoeld door intense opluchting en dankbaarheid. Het zou afschuwelijk zijn geweest als ze zich had verslapen, nota bene op deze dag, en te laat was geweest met het ontbijt, en iedereen ongeduldig en kwaad had gemaakt. Vervolgens, terwijl ze op haar ellebogen steunde, namen haar ogen langzaam de kop thee in zich op.

Meneer Stevens zette hem op een indrukwekkende manier op het kleine ronde tafeltje naast haar bed.

'Ik dacht dat je dit misschien lekker zou vinden,' zei hij.

Mevrouw Stevens was nagenoeg sprakeloos en giechelde even hulpeloos.

'O, maar Ernest... heus...!'

Ze kon geen woorden vinden die weergaven wat ze voelde. Ernest had haar niet meer zo een kop thee gebracht in... o... in geen tijden. In geen jaren en jaren.

Hij was naar de ramen gelopen. Hij trok met een zwierig gebaar de gordijnen open en stak zijn hand uit alsof hij een goocheltruc liet zien. De kamer baadde ineens in zonlicht.

'Wat vind je van zo'n ochtend?' zei hij.

Mevrouw Stevens had moeite om haar ogen open te houden in het verblindende licht. Na een ogenblik hijgde ze: 'Is het niet heerlijk!' waarna ze haar hoofd langzaam naar de kop thee naast haar draaide, die veel opwindender was dan een zonnige dag.

'Dit is heel aardig van je, Ernest... echt...'

Hij liep naar de deur. 'Haast je niet. Nog een halfuur als je daar zin in hebt. Als we om acht uur ontbijten hebben we alle tijd, mits iedereen gepakt is.'

Hij verliet de kamer. Mevrouw Stevens ging rechtop zitten en nam verwonderd een slokje thee. Die was heel heet en nogal slap, en er was wat op het schoteltje gemorst, maar ach, ongelooflijk dat Ernest op zo'n idee was gekomen!

Dick was wakker toen zijn vader zijn thee naar binnen bracht; hij had zijn gordijnen opengetrokken en lag er eigenlijk net zo bij als zijn vader voordat hij was opgestaan, met zijn handen achter zijn hoofd, terwijl hij door het raam naar de lucht keek. Ernie, in het kleine bed in de hoek, was nog diep in slaap, maar hij werd met rust gelaten. Ernie had geen deel uitgemaakt van meneer Stevens' theeplan.

Mary lag nog te sluimeren. Haar slaapkamer keek uit op de zijkant, op de muur van nummer 24. Daardoor was het 's morgens een nogal donkere kamer en was ze niet wakker geworden van de zon.

'Hé, pap!' riep ze uit terwijl ze rechtop ging zitten en de thee zag. 'Hoe bent u op dat idee gekomen?'

Meneer Stevens keerde terug naar zijn kamer, zeer tevreden over het resultaat van zijn gebaar. Hij ging naar de badkamer, stak de geiser aan en begon zich te scheren. Hij hoorde hoe de krantenjongen door de voortuin aankwam, de krant op de stoep liet ploffen en wegliep. Hij zag de postbode even stilstaan bij het hek, een paar brieven doorkijken en verder lopen. Jammer dat hij niet naar hen toe was gekomen. Het zou best leuk zijn geweest als hij vanochtend een brief had gekregen, een onverwachte, opgewekte brief van een oude, half vergeten vriend, die hij in de trein weer had kunnen openen om hem te herlezen als er iemand tegenover hem had gezeten die het waard was om indruk op te maken. Maar ach, wat deed het ertoe? De dag en het zonlicht waren toch voor iedereen goed genoeg? Het plezier en de opwinding waren toch voldoende?

Hij waste kordaat de zeep af en ging terug naar zijn slaapkamer om zich aan te kleden. Hij trok zijn flanellen broek en zijn cricketshirt aan. Heerlijke, gemakkelijke kleding, vanochtend geen stijve boord. Hij zou natuurlijk een das omdoen, voor de treinreis, maar aan zee zou hij de hals openlaten.

Daarna trok hij zijn getailleerde tweedjasje aan en zijn

stevige bruine wandelschoenen en ging hij fluitend naar beneden. Fijn om die stevige hoge schoenen te horen klossen.

Mevrouw Stevens was aangekleed en bezig in de keuken. Ze had de eieren gekookt en zette net Ernies witte strandschoenen op de keukenstoep om te drogen. Ze was vergeten ze de vorige avond te witten, maar in deze zon zouden ze in een mum van tijd droog zijn.

Om tijd te sparen ontbeten ze in de keuken. Het was uiteraard een vrij schrale maaltijd, omdat iedereen graag eindelijk gepakt wilde zijn. Ze aten gekookte eieren en brood met boter omdat dat gemakkelijk was op te ruimen en gemakkelijk werd verteerd.

'Ik hoop dat Ruislip niet te laat is,' mompelde meneer Stevens, terwijl hij zijn ei stuk tikte. Ruislip, de kruier op leeftijd voor buiten het station die elk jaar hun bagage ophaalde en naar het station reed, had een verschrikkelijk ontspannen manier om alles op te halen, ermee weg te kuieren en op het perron van een etiket te voorzien, waar het gezin zich groen en geel aan ergerde. Nadat hij elk etiket had natgemaakt wachtte hij even om langs het spoor te kijken of de trein er al aan kwam, terwijl het gezin er hevig ongerust bij stond. Vervolgens, tegen de tijd dat hij zich ervan had overtuigd dat de trein niet in zicht was, was het etiket omgekruld, plakte het aan zijn vingers en veroorzaakte het nog meer koortsachtig oponthoud.

Het lukte hem op een of andere manier altijd om het laatste etiket te hebben opgeplakt als de trein tot stilstand kwam, maar meneer Stevens vertrouwde hem nooit en begon lang voor de man zou komen al ongedurig de straat in te kijken.

Stel je voor dat Ruislip bijvoorbeeld ziek was geworden en was vergeten de boodschap over de bagage aan iemand anders door te geven. Wat zouden ze dan in de penarie zitten! Desondanks hoefde je je geen zorgen te maken voor je tijd: hij zou pas over een halfuur komen.

Ze hadden heel veel plezier en maakten veel grappen tijdens het ontbijt, maar dat kwam voornamelijk voort uit onderdrukte opwinding, want mevrouw Stevens' onverwachte kleine lachsalvo's klonken nerveus en zeer gespannen, en meneer Stevens keek doorlopend stiekem op zijn horloge.

Mary was stil vanwege een taak die voor haar lag, een plicht waar ze een hekel aan had. Ze was eerder klaar dan de anderen en stond van tafel op.

'Ik breng Joe nu naar mevrouw Haykin,' zei ze.

'Ja, Mary. Dat zóú het beste zijn. Een goede daad.' Meneer Stevens sprak meelevend. Hij begreep hoe zwaar het was.

'Wij brengen je tas naar de vestibule en zorgen dat alles klaarstaat,' voegde hij eraan toe.

Mary ging naar de eetkamer. Joe stond in zijn kooi op tafel klaar, met zijn badje, zaad en sepiaschelpen in een pakje ernaast. Meneer Stevens had voor het ontbijt de kooi naar beneden gehaald en alles klaargezet.

Mary had geen hekel aan het afscheid van Joe. Het was het bezoek aan het dametje naast hen. Het had haar niet kunnen schelen als mevrouw Haykin een onvriendelijke, oude zuurpruim was geweest. Ze wenste bijna dat ze dat was, zodat ze de kanarie gewoon als een pakketje kon afgeven en meteen weer kon teruggaan. Enfin, het moest gebeuren. Ze dekte de kooi af met een doek van groen laken, pakte de beugel in de bovenkant en liep door de gang naar de voordeur.

5

Mary hoopte dat geen van de buren haar met de kooi zou zien. De Stevensen waren als gezin nogal gereserveerd en teruggetrokken, hadden er een hekel aan als de hele Corunna Road op de hoogte was van hun doen en laten.

Maar het was slechts een paar meter naar het hekje van mevrouw Haykin. Toen ze langs het korte stuk van de laurierheg voor het huis liep, ving ze een vluchtige glimp op van mevrouw Haykin, die tussen de gordijnen van de ochtendkamer door gluurde, maar toen Mary die kant op keek, verdween mevrouw Haykins hoofd met een rukje.

Ze ging het hekje door en liep naar de voordeur, maar tijdens het aankloppen hoorde ze de snelle, licht bonzende stappen van mevrouw Haykin al door de gang aankomen.

De deur ging kwiek open, maar stopte na een paar centimeter met een knarsende huivering. De ketting zat er nog op; mevrouw Haykin was vergeten hem eraf te halen. Er klonk een flauw 'O!' van ontsteltenis en de deur ging weer dicht, terwijl er binnen geërgerd werd gemorreld.

Tijdens het wachten zonk Mary's moed haar in de schoenen. Ze wist dat mevrouw Haykin door dit ongelukkige voorval nog opgewondener en nerveuzer zou zijn en minstens vijf minuten nodig zou hebben om het te verklaren, maar ze pantserde zich met een glimlach.

Eindelijk vloog de deur open en stond mevrouw Haykin voor haar. Ze had een kleur en bleef zich maar verontschuldigen. Ze sprak snel en moest tussendoor telkens even uitgelaten lachen. 'Het spijt me zó, juffrouw Stevens!

Het was ook zo dom van me. Ik had durven zweren dat ik de ketting eraf had gehaald. Dat doe ik altijd, zodra ik 's morgens beneden kom. Het zal wel zijn gekomen door de haast om me klaar te maken. Niet dat ik nerveus ben, het is gewoon mijn domme geheugen. Komt u toch binnen. Is het geen heerlijke dág!' Het laatste woord ging omhoog in een hijgend kopstemmetje. Mary volgde mevrouw Haykin door de gang van een huis dat tot in de kleinste details, tot het gematteerde patroon in het raam boven de voordeur aan toe, exact hetzelfde was gebouwd als dat van hen. Maar op een of andere manier was het totaal anders! De kapstok bij de voordeur hing bij de familie Stevens altijd vol met een wirwar van kleren: overjassen, regenjassen en allerlei hoofddeksels, van de panama van meneer Stevens tot Ernies blauwgestreepte schoolpet.

In de vestibule van mevrouw Haykin was net zo'n kapstok als bij hen, maar wat zag die er anders uit! Er hing een eenzaam, merkwaardig kapothoedje aan een haak en een grijze wollen sjaal aan een andere, maar de rest was leeg. Mary kon zich niet herinneren dat ze ooit een lege haak had gezien in hun eigen vestibule thuis: als je er een jas af haalde hing er altijd iets onder.

Wanneer je bij de familie Stevens binnenkwam werd je altijd begroet door een warme, bewoonde lucht: tabak, etensgeurtjes, Ernies pepermunten. Het huis van mevrouw Haykin was veel netter dan dat van hen, maar hoewel het brandschoon was, hing er een flauwe, ondefinieerbare bedomptheid, een afgesloten kou die je het vreemde gevoel bezorgde dat je opgesloten werd wanneer de deur dichtging.

Mevrouw Haykin ging met veel drukte voor naar de ochtendkamer, ze praatte zo opgewonden over haar schouder tegen Mary dat ze tegen een stoel op botste en bijna viel. Ze lachte gillend en schoof de stoel snel tegen de muur, waarbij ze automatisch de leren zitting met haar hand gladstreek. Daarna rende ze bijna om de tafel heen om de leunstoel voor Mary naar achteren te trekken.

'Ga toch zitten, juffrouw Stevens! Of wilt u liever verder bij het licht vandaan zitten? Het ís nogal fel, hè? Weet u wat! Ik trek het gordijn gewoon een beetje dicht, zo! Nu schijnt het niet in uw ogen!'

'Ik moet echt meteen weer weg,' zei Mary.

Mevrouw Haykin zweeg ineens. Voor het eerst was Mary zich bewust van het harde, trage getik van de marmeren klok op de schoorsteenmantel. Toen de oude dame weer sprak, was haar stem totaal anders. Die klonk zacht en kalmerend, alsof ze een zieke zijn zin gaf.

'O, dat wéét ik. Wat zál het vanochtend een drukte voor u zijn, met alles wat gedaan moet worden. Maar kúnt u niet blijven, heel even maar?'

Ze had nog geen blik geworpen op de afgedekte kooi met de stille kanarie: haar ronde glinsterende ogen bleven onophoudelijk op Mary's gezicht gericht.

'Over vijf minuten moet ik echt gaan,' zei Mary, die de kooi op tafel zette.

Mevrouw Haykin werd weer enthousiast en geanimeerd: ze drukte Mary in de leunstoel en trok voor zichzelf een kleine rechte stoel bij. Ze ging zitten, met één arm op tafel, de andere op haar knie. Ze was vlak bij Mary, zat recht voor haar, keek op haar neer met een gezicht dat gehuld was in glimlachjes.

'Dat is fijn! Maar vijf minuten dan. Ik wil echt alles horen. Is het niet héérlijk, om weg te gaan!'

Die laatste woorden sneden door de ziel van Mary, want ze werden uitgesproken zonder een spoor van afgunst. Ze werden zacht en blij uitgesproken.

Mevrouw Haykin zorgde nu al zes jaar voor de kanarie wanneer de familie Stevens wegging. Zes jaar waarin mevrouw Haykin, voor zover de Stevensen wisten, zelf niet weg was geweest. De vakantie van de Stevensen was mevrouw Haykins vakantie geworden: ze beleefde elk moment ervan in haar huisje in de Corunna Road. Weldra zou ze hen zien langslopen op weg naar het station. Ze zou zich pas toeleggen op het werk van die ochtend als ze hun trein had zien passeren en ze zich ervan had vergewist dat er alle tijd was geweest om hem te halen. Ze hoopte er altijd op dat een van hen uit het raam zou zwaaien.

Ze volgde elke fase van hun reis: Nu zullen ze in Clapham Junction zijn. – Inmiddels zullen ze in de andere trein zitten. – Ze zullen er wel zo'n beetje zijn, zou ze denken als ze zich op de bank installeerde voor haar middagdutje.

Een meisje met weinig begrip zou mevrouw Haykins gespannen stroom vragen nieuwsgierig hebben gevonden, brutaal, maar Mary begreep het, vaag. Ze wist dat mevrouw Haykin in deze kortstondige ogenblikken kostbare zaden verzamelde die een beetje vrucht zouden dragen in haar barre eenzaamheid, en daarom beantwoordde ze de vragen enthousiast, voegde ze er alle details aan toe die haar antwoorden zouden kleuren en interessanter zouden maken.

Mevrouw Haykin had jaren geleden op een zondag een uitstapje naar Bognor gemaakt en een betoverende dag beleefd op het strand. Een dag of twee na hun aankomst stuurden de Stevensen haar altijd een gekleurde ansichtkaart, waarbij ze hun uiterste best deden om een uitzicht te kiezen dat zo veel mogelijk bevatte om mevrouw Haykins geheugen op te frissen. Ze waren heel voorzichtig met wat ze op de kaart zetten, schreven nooit: We hebben het heerlijk, uit angst dat mevrouw Haykin daardoor afgunstig en treurig zou worden. Ze waren bijna blij wanneer ze konden zeggen dat het koud was, of dat het had geregend, zonder een ogenblik te beseffen dat saaie dagen in Bognor mevrouw Haykin treurig stemden, omdat ze het heerlijk vond om in het weerkaatste zonlicht van de vakantie van haar buren te zitten.

Mary popelde om op te stappen, om weer buiten in de open zon te zijn. Haar ogen dwaalden door de kleine kamer, die het evenbeeld was van hun zitkamer in het huis ernaast. Het behang was feller dan dat van hen: roze rozen klommen langs lichtblauwe pergola's omhoog – en toch was er het vreemde gevoel dat alles in de kamer koud en doods was.

In een hoek stond de piano, dicht tegen de muur aan, met de klep dicht en een brede kanten doek over de bovenkant gedrapeerd. Er stonden een vaas met gedroogde varens en twee foto's in zilveren lijstjes op, een van een jonge man met een wezenloos vollemaansgezicht, de andere van een jonge vrouw die met een waaier op een rustieke stoel zat, met haar haar in een stevige knot.

In een hoek bij de haard stond een notenhouten etagère met een porseleinen kat, enkele kleine schelpachtige kopjes en schoteltje en zes porseleinen voorwerpen met een wapen en daaronder EEN CADEAU UIT BOGNOR, een verzameling die de familie Stevens elk jaar uitbreidde als kleine tegenprestatie omdat mevrouw Haykin op de kanarie paste. Een berijpte bal, die lag te glinsteren in de zon, viel uit de toon naast deze kleine snuisterijen. Hij had gehangen in de kerstboom van haar getrouwde dochter in Macclesfield, toen mevrouw Haykin een paar jaar geleden was uitgenodigd bij haar kerst te komen vieren.

Boven de schoorsteenmantel hing een enorm vergrote foto in een ebbenhouten lijst. Daarop waren het hoofd en de schouders te zien van een man van middelbare leeftijd, wiens haar over zijn voorhoofd was geleid tot een vetkuif en wiens lange zware snor spits toeliep in de nevelen van de fotografische vergroting.

De schouders en borst vervaagden waardoor het portret net een buste was die in de ruimte hing, hoewel de hals werd omsloten door een lage, stijve, omgeslagen boord en een klein, plat vlinderdasje.

Die foto had iets griezeligs. Hij leek het vertrek te domineren. De zware oogleden die over de hopeloos doffe ogen hingen en de gladde, zwakke kin bleven Mary nog urenlang bij nadat ze mevrouw Haykins huis had verlaten. Ze kon zich nauwelijks voorstellen dat dit gezicht ooit had toebehoord aan een levende man, kon niet voor zich zien dat het glimlachte, de wenkbrauwen fronste of sprak, hoewel ze zich ooit door een eigenaardige gril van haar verbeelding had voorgesteld dat het bewoog terwijl het langzaam een pruim at, waarbij de wangen iets opbolden om de pit uit te spugen.

Voor haar gevoel veroorzaakte dit tranceachtige gezicht de kilte en bedomptheid in de kamer: ze had het gevoel dat het alles gebalsemd hield, dat de meubelen en alle voorwerpen eromheen tot stof zouden vergaan als het zou worden weggehaald.

Ze nam natuurlijk aan dat dit mevrouw Haykins man was, en kijkend naar de stevige kleine vrouw voor haar, met haar rozige wangen en heldere, glinsterende, grijze ogen, had ze het gevoel dat mevrouw Haykin eveneens onder de betovering viel, dat ze zou oplossen en een rusteloze kleine geest zou worden als de foto werd weggehaald.

Op een schaal op het dressoir lagen enkele appels en een trosje van drie bananen: uit de toon vallende levende dingen, dingen met leven en sap in zich. Mary kon zich er niet toe zetten om te geloven dat ze echt waren, kon het fruit niet in overeenstemming brengen met deze kleine kamer, want als het bleef liggen zou het verkleuren en verrotten, zou het worden meegetrokken door de tijd, terwijl verder alles muurvast zat in een tijdloze leegheid waaruit zelfs het geduld was weggesijpeld.

Ineens huiverde Mary en rukte ze zich los. Ze had mevrouw Haykin geantwoord met automatische woorden en een automatische glimlach: ze moest uit de buurt blijven van dat wezenloze, dreigende gezicht boven de haard.

Mevrouw Haykin praatte maar verder, de woorden buitelden over elkaar heen om te ontsnappen. Namen ze boterhammen mee in de trein? Dát is goed! Veel beter dan stukjes chocola en sinaasappels. Zouden ze dat kleine strandhuisje met een terrasje ervoor huren? Het was natuurlijk een luxe, maar waarom niet? Het waren juist die kleine extraatjes die alles anders maakten. Ze wist nog...

Mary was opgestaan.

'Ik moet hollen, anders blijf ik achter,' zei ze met een lach.

Mevrouw Haykin sprong bijna van haar stoel op.

'En het zou volkomen mijn schuld zijn als dat gebeurde! Nu moet u rennen, kindje, en uw spullen aantrekken. Het was héél fijn om even te kletsen!'

Mary stond bij de tafel, wikkelde de doek van de kooi.

'Het is vreselijk aardig van u dat u op Joe past. Ik weet niet wat we zouden moeten doen als u dat niet deed.'

Mevrouw Haykin rende om de tafel heen terwijl Mary de kooi onthulde en kwam dicht naast haar staan. Joe, die had aangenomen dat het onverwachts weer nacht was geworden, zat te dommelen op zijn stokje. Toen het daglicht terugkeerde, knipperde hij met zijn oogjes, ging staan en zei: 'Tjiep.'

Mevrouw Haykin slaakte een opgetogen kreetje.

'Is het geen schatje! Het is geen enkele moeite! Ik vind het heerlijk als hij hier is.'

Ze stak een vinger door de tralies en wriemelde die heen en weer. Ze zei: 'Klak-klak', en Joe zei luid en triomfantelijk: 'Tjiep.' Mevrouw Haykin zou bij de kooi zijn gebleven als Mary niet naar de deur was gegaan.

'Alles zit in het pakje,' zei ze. 'Ik geloof dat er meer dan genoeg zaad is.'

Ze was weer in het stille, koude gangetje, bij de merkwaardige kapothoed, de wollen sjaal en de eenzame rij haken. Ze deed de deur open en een vlaag warme zomerlucht sloot haar in zijn gretige, wilskrachtige armen en voerde haar haastig naar het hekje.

Ze draaide zich om en zwaaide naar mevrouw Haykin en mevrouw Haykin glimlachte en zwaaide terug.

'Veel plezier,' riep ze.

'Hartelijk bedankt!' riep Mary terug terwijl ze haastig wegliep.

Een bezorgjongen reed fluitend langs op zijn fiets, hard trappend en heen en weer zwaaiend. Er zat leven onder zijn sjofele kleren: hij zou volgend jaar groter zijn, snelde voort met de vloed van leven om hem heen. Een kat schoot van een hek en vloog de weg over; een bestelwagen van een kruidenier kwam hobbelend aanrijden en stopte. Er sprong een man uit die het portier dichtsloeg, een hekje doorging en het dichtsloeg, overal werd het leven naar binnen gezogen en roekeloos weggegooid, en Mary dook er vol vreugde in.

Er heerste een tafereel van grote bedrijvigheid voor het hekje van de familie Stevens: Ruislip was gearriveerd met zijn karretje, maar het stuk touw dat hij had meegebracht om de hutkoffer erop vast te binden was te kort en hij was bedaard bezig er een ander stuk aan vast te knopen. Hij transpireerde en naast hem transpireerde meneer Stevens uit meeleven. Het was kwart over negen.

Mevrouw Stevens, met hoed en jas, trok net het raam in de voorkamer neer en zette het vast. Er was achter vrijwel elk raam in de Corunna Road een hoofd te zien, dat tussen de vitrages door en over de planten op de vensterbank heen gluurde, sommige onbeschaamd, andere schuchter. Tijdens Mary's afwezigheid was er plotseling hevige opschudding ontstaan, doordat Ernie er op het laatste ogenblik onweerstaanbaar naar verlangde zijn zeilboot mee te nemen.

Meneer Stevens had gezegd: 'Nee! Laat hem thuis!' en Ernie was in huilen uitgebarsten. Meneer Stevens was kwaad geworden en had geschreeuwd: 'Je laat dat vervloekte ding thúís zeg ik je!' en Ernie, die even koppig als een muilezel kon zijn, had geschreeuwd: 'Ik wil mijn zeilboot mee hebben!'

Het was om gek van te worden. Ernie had geen woord van protest geuit toen een maand geleden de zeilboot op de marsorders was doorgehaald. Iedereen wist en gaf toe dat hij op zee een fiasco was. Hij bezat waardigheid en een rustige kracht op de roeivijver bij het Crystal Palace, maar was gewoon niet gemaakt voor ruw water.

Vorig jaar had hij voor urenlange irritatie gezorgd. Hij had nooit los gemogen: er had een lang stuk touw aan de achtersteven moeten zitten. Je moest hem met een stok het water op duwen en dan sloeg hij even later akelig om, waarop hij moest worden binnengehaald en op het strand moest worden gelegd om de zeilen te laten drogen waarna de stompzinnige klucht opnieuw werd doorlopen.

Maar Ernie wilde hem mee hebben. Zonder zeilboot

zou hij niet weggaan: hij was bereid om aan de spijlen te hangen en een keel op te zetten als er geweld zou worden gebruikt om hem weg te slepen.

Meneer Stevens had met een rood hoofd het zijhek opengerukt en dichtgesmeten, was naar de schuur gegaan, had het slot bijna kapotgemaakt, de deur opengegooid, was er met die vermaledijde zeilboot uit gekomen en had de deur dichtgesmeten en afgesloten.

En nu Mary terugkwam, stond Ernie nors bij het hek, met de zeilboot onder zijn ene arm en zijn emmer en schep onder de andere.

De bagage zat op het karretje. Goeie genade! Het was tien voor half!

'Ik zou maar opschieten,' zei meneer Stevens tegen Ruislip.

Ruislip schoot op in die zin dat hij het karretje snel draaide, maar daarna nam zijn haast af en rolde hij het met zijn gebruikelijke snelheid door de Corunna Road.

Meneer Stevens wierp een laatste blik door de vestibule en sloeg de voordeur dicht.

Daar gingen ze!

6

Meneer Stevens, Dick en Ernie gingen vooruit om de kaartjes te kopen, terwijl mevrouw Stevens en Mary de sleutel naar mevrouw Bullevant aan de overkant brachten.

Er was alle tijd, zoals er altijd is wanneer je vroeg genoeg in paniek raakt en doorpakt, maar meneer Stevens hield van ruim tien minuten speling. Er waren zoveel kleine dingen die konden gebeuren: iets wat vergeten was en moest worden gehaald, een onverwachte rij voor het loket, een kink in de kabel bij het etiketteren van de bagage...

Tien minuten was voldoende, maar geen overdaad, want meneer Stevens werd altijd geobsedeerd door een onredelijke en belachelijke angst voor één onwaarschijnlijke mogelijkheid. Het was de mogelijkheid dat een passerende dame zou bezwijmen of per ongeluk zou vallen.

Dan zouden ze moeten blijven staan om haar overeind te helpen, haar japon af te vegen, haar paraplu en tas op te rapen, wellicht haar bril. Niet dat het meneer Stevens ontbrak aan menslievendheid of hoffelijkheid, het was gewoon het kwellende oponthoud dat zoiets zou kunnen veroorzaken. Want onder zulke omstandigheden kon je een dame niet verlaten met de hardvochtige mededeling dat je een trein moest halen. Bovendien waren veel dames niet gewend aan zulke aandacht en zij zouden, of hun nu wel of niet iets mankeerde, gemakkelijk ten prooi kunnen vallen aan het verlangen naar bekendheid en de scène willen vasthouden tot ze een drom mensen hadden verzameld. In het ergste geval, als de dame bezwijmde door een toeval, zou je haar wellicht naar het hek moeten slepen en een kussen voor haar hoofd moeten maken van je jas. Het vereiste misschien een politieagent... een ziekenwagen... vijf, tien, vijftien minuten kwellend oponthoud.

Het was een idioot idee, een kans van een op duizend, maar tijdens de wandeling naar het station lag het altijd ergens in meneer Stevens' achterhoofd op de loer.

Er zou pas weer een trein op de hoofdlijn gaan als het tegen twaalven liep, en in gedachten was hij vaak bezig met dat vreselijke gat, de vreselijke anticlimax als ze hun aansluiting zouden missen.

Hij nam aan dat ze allemaal weer een uur naar huis zouden gaan, en daar met hun hoed op zouden blijven zitten. Het zou verschrikkelijk zijn om de sleutel terug te halen bij mevrouw Bullevant, de achterdeur weer open te maken en naar binnen te gaan. Het zou net zijn of je de grafkelder openbrak om daarin te wachten als je de trein had gemist na een begrafenis.

Maar wat meneer Stevens ook allemaal mocht bezighouden, hij liet zijn twee jongens er onder het lopen niets van merken: ze praatten met opgewonden en vertrouwelijke stemmen over de dingen die voor hen lagen.

Ondertussen hadden Mary en mevrouw Stevens twee keer aangeklopt bij mevrouw Bullevant en begonnen ze ongerust te worden. Toen de deur eindelijk openging, was het alsof ze met geweld werden teruggedreven door de warme, overweldigende wolk damp van gebakken spek die naar buiten stroomde.

Mevrouw Bullevant slikte, vermoedelijk een mondvol spek, en glimlachte. Meneer Bullevant stond in het schemerduister achter haar, voor de deur naar de ochtendkamer. Hij glimlachte eveneens, maar omdat hij niets hoefde te zeggen ging hij verder met zijn spek.

Sommige mensen in de Corunna Road keken op de Bullevants neer omdat meneer Bullevant altijd ontbeet zonder boord, maar de familie Stevens kende hun waarde en lachte om zulke domme vooroordelen.

Ze hadden iets betrouwbaars: elke kleinzieligheid was hun vreemd, wat alleen het gevolg kon zijn van de harmonieuze verbintenis tussen een politieagent en een goede kokkin van de ouderwetse stempel.

'Nou, wat bóft u om te vertrekken op zo'n dag als vandaag,' riep mevrouw Bullevant uit.

'Is het niet heerlijk!' antwoordde mevrouw Stevens (hoewel ze eerlijk gezegd nauwelijks tijd had gehad om op te merken of het heerlijk was of niet). 'Het is zó aardig van u om naar binnen te gaan en een oogje in het zeil te houden. Zo'n geruststelling voor ons.'

'Geen enkele moeite,' zei mevrouw Bullevant volkomen oprecht, want er zijn weinig dingen zo aantrekkelijk als op je gemak rondsnuffelen in het huis van een ander, wanneer je weet dat je absoluut in je recht staat om dat te doen.

'De melkboer komt om de dag een kwart liter melk brengen, net als altijd, als u elke ochtend de helft klaarzet...'

'O ja, natuurlijk. En de bokking?'

'Elke maandag en donderdag,' zei mevrouw Stevens, die mevrouw Bullevant de sleutel gaf. 'Poes was niet binnen toen we weggingen, maar het raam in de bijkeuken staat op een kier en 's morgens zal-ie beslist ergens in de buurt zijn.'

'Ik heb vast wel wat kliekjes die ik kan brengen,' zei mevrouw Bullevant.

'U zult hem verwennen,' merkte Mary met een glimlach op.

'Ik zal erop letten dat het niet meer is dan net genoeg – anders komen de andere katten erop af.'

'En u lét er toch op dat het raam op een kier blijft staan?' drong mevrouw Stevens aan, want op een dag, enkele jaren geleden, had mevrouw Jack, die nonchalant was, het om een of andere reden dichtgedaan, en Poes had de hele dag in huis opgesloten gezeten, en gedaan wat hij onder normale omstandigheden nooit zou doen.

'Natuurlijk doe ik dat!' zei mevrouw Bullevant. 'Nou, veel plezier en stuur ons een kaart!'

'Tot ziens,' zeiden mevrouw Stevens en Mary.

'Tot ziens.'

Ze haastten zich door het hekje van de Bullevants, gevolgd door een brede vriendelijke lach. Zo'n totaal ander bezoekje dan dat aan mevrouw Haykin, dacht Mary. Ze hadden ook het gevoel dat het huis werkelijk in de gaten zou worden gehouden.

Ze werden omringd door de lome drukte van een zomerochtend: nu waren ze echt vertrokken. Toen ze langs mevrouw Haykins huis liepen, zag Mary de oude dame vanuit haar slaapkamerraam naar hen kijken, en ze zwaaide naar haar, maar mevrouw Haykin, die dacht dat ze niet te zien was, nam aan dat de zwaai voor iemand anders bestemd was en bleef kijken zonder zich te verroeren.

Mevrouw Jennings van het huis ernaast keek ook, want Mary zag haar half verscholen achter de gordijnen in de ochtendkamer staan. De oude meneer Burgin, met de ochtendkrant in de hand, keek door het traliewerk van zijn zijhek; bij andere ramen zag ze knokkels die zo'n vijf centimeter gordijn wegtrokken.

Mevrouw Stevens, die haastig naast haar dochter voortstapte, was zich kennelijk niet bewust van de ogen die op haar gericht waren, maar Mary, met stijf opgeheven hoofd, was ineens geïrriteerd. Wat viel er te kijken... gewoon mensen die op vakantie gingen? Zíj keek nooit; ze wist het nooit – en het kon haar ook niet schelen – wanneer anderen weggingen.

Meneer Stevens en de jongens waren bijna bij de hoek van de straat die regelrecht naar het station ging, en Mary zag tot haar verbazing nog iemand met hen meelopen.

Er had een irritant voorval plaatsgevonden, want terwijl meneer Stevens met Dick en Ernie door de straat liep, was meneer Bennett, de handelsreiziger die op nummer 8 woonde, fleurig zijn hek uit gestapt en had hij zich bij hen aangesloten.

Dat was dom en tactloos van hem.

Wist hij dan niet dat mensen die op vakantie gingen zich in een andere wereld bewogen dan iedereen die saai op weg was naar zijn werk? Wist hij niet dat hun gedachten, hun woorden en zelfs hun temperament waren verbonden met een triomfwagen die zich voortbewoog door veel en veel verfijndere lucht?

Meneer Stevens, Dick en Ernie zweefden in gelukzalige harmonie op een paradijs af waar alleen zij over mochten praten en dromen. Wat had deze alledaagse man met zijn celluloidboordje, en paraplu en bolhoed, voor recht om zich met hen te bemoeien, hoe waagde hij het om te denken dat hij kon deelnemen aan hun gesprek en zich onder hen kon mengen, al was het maar voor een paar meter van de pelgrimage? Hij ging naar Londen, naar een kantoor, en 's middags weer terug naar de Corunna Road: een kleine maan die het stomme baantje van een werkdag beschreef, terwijl de familie Stevens wegtrok met de majestueuze zwaai van een grote planeet.

'Jullie boffen maar, jongens,' riep hij uit. 'Om op een dag als vandaag weg te gaan!'

Meneer Stevens huiverde. Zelfs onder normale omstandigheden zou hij er een hekel aan hebben gehad om op één lijn te worden gesteld met Ernie.

'Weer naar Bognor?' vervolgde de indringer.

'Ja,' zei meneer Stevens.

'Wij zijn dit jaar naar Torquay geweest. Dat moet ú ook eens proberen. Zwemt u nog steeds?'

Meneer Stevens draaide zijn hoofd langzaam naar meneer Bennett toe. Diens laatste woorden klonken beledigend en brutaal.

'Natuurlijk zwem ik nog.'

'Waarom ook niet!' stemde meneer Bennett met hem in. 'Ik zou niet weten waarom oudjes zoals wij er niet net als de rest van zouden genieten. Maar je moet wel voorzichtig zijn. Er was dit jaar een oude vent in Torquay toen ik er was, die er te snel na het ontbijt in ging – ze zijn een uur met hem bezig geweest, maar...'

Meneer Stevens was ineens op de stoep blijven staan. Hij keek om en richtte zich toen weer met een kort knikje en een glimlach tot meneer Bennett.

'Ik blijf op mijn vrouw wachten,' zei hij.

Meneer Bennett bleef ook staan en glimlachte extra stralend voor mevrouw Stevens, maar meneer Stevens' mond vormde een barse rechte lijn. Hij draaide zich op zijn hakken om, gooide er over zijn schouder een 'Tot ziens' uit en liep weg, met Dick en Ernie naast zich. Goeie genade! Wat een idiote, tactloze dwaas!

Meneer Bennett, die er helemaal niets van begreep, bleef even dralen en liep toen door. Meneer Stevens' wrevel loste ogenblikkelijk op. De bekwame manier waarop deze onverwachte lastpost was afgeschud leek alle kleine ergernissen van die ochtend te verdrijven. Ineens was hij dolgelukkig. Hij maakte ingenieuze gebaren naar mevrouw Stevens en Mary: glimlachte en fronste zijn wenkbrauwen, zodat ze zouden begrijpen dat ze zich niet hoefden te haasten en dat er niet echt iets aan de hand was. Maar mevrouw Stevens kwam hijgend naar hem toe.

'We zijn toch niets vergeten-è?' mompelde ze.

'Nee! Het was alleen die Bennett – hij wilde tot Clapham Junction met ons meegaan. Laat hij maar vooruitlopen.' Meneer Stevens knipoogde naar Dick en Ernie, en daarna wandelden ze allemaal samen verder.

Op de hoek van de Corunna Road reed een bestelwagen van vervoersbedrijf Carter Paterson langs en toen ze de rechte weg naar het station in sloegen, bleef een postbode staan om toegeeflijk naar hen te lachen.

Het zou echt een snikhete dag worden, want de zon was al heel warm en ze begonnen allemaal te zweten toen ze de koele stationshal met zijn hoge, sombere plafond en weergalmende vloer in liepen om de kaartjes te kopen.

Hun stationnetje was aan het wegkwijnen: het was er maar heel zelden druk, doordat de meeste mensen die naar Londen moesten, vertrokken van het andere station dat hen regelrecht naar Victoria bracht.

En toch was het opwindender om te beginnen op dit rustige, verwaarloosde stationnetje, om naar het crescendo van Clapham Junction toe te werken en het weer geleidelijk te laten afnemen, rijdend door de uitgestrekte weilanden, op weg naar zee.

Meneer Stevens ging gewichtig naar het loket, tuurde naar binnen en zei met zijn kordate, zakelijke stem: 'Vier normaal en een kind naar Clapham Junction.'

De anderen stonden op een kluitje te wachten, fluisterden met elkaar, omdat hun stemmen holle geluiden veroorzaakten. Ineens beefde Ernie van opwinding. 'Kijk!' riep hij uit. Daar, op de muur, boven een sombere, dicht bedrukte mededeling over vervoerstarieven, schitterden drie gekleurde aanplakbiljetten en Ernies vinger wees naar die in het midden. BOGNOR REGIS: VOOR GEZONDHEID EN ZON, met een lachend meisje op een felgeel strand en achter haar een stuk donkerblauwe zee. Haar haar woei op in de wind en aan haar voeten sprong een klein wit hondje rond.

Ze stonden er met elkaar naar te staren. Op iedere andere dag zou de afbeelding de spot met hen hebben gedreven, maar vanochtend konden ze ernaar kijken als iets waar ze recht op hadden.

'Zo moet het er vanmiddag uitzien,' zei Dick.

'Kom mee!' riep meneer Stevens, zwaaiend met de kaartjes. En ze liepen door de deur naar het perron.

Ernies ogen waren strak gericht op de handen van de kaartjesknipper die de kaartjes bij elkaar schoof tot een keurig stapeltje en er met een slag van zijn sterke tang een v-vormige knip in zette; daarna bewogen ze naar het gezicht van de kaartjesknipper om te zien of daarop het plezier stond te lezen dat hij zelf nooit had kunnen verbergen als hij het had mogen doen. Hij was verontwaardigd over het verveelde gezicht van de man en deelde hem ogenblikkelijk in bij de mensen die niet beseffen hoe ze boffen. Het was hem een raadsel waarom zo weinig mensen de felle vreugde van het kaartjesknippen voelden.

Toen Ernie door de deur op het perron kwam, was hij in zijn element, want hoewel treinstations voor de anderen geen sensatie meer waren, hielden hun tantaliserende mysteries hem nog altijd stevig in hun greep.

Het ging niet zozeer om wat je kon zien en doen, als wel om de dingen die je niet kon zien en niet kon doen. Alles was erop ingesteld om begeerte op te wekken maar niet te bevredigen. De spoorwegmensen leken die dingen expres zo te hebben geregeld om je voor een raadsel te stellen.

Jarenlang had hij zich afgevraagd hoe ze de man door die kleine opening hadden gekregen waardoor hij de kaartjes verstrekte. Was hij er als baby in geduwd – of was hij later in zijn leven ingebouwd?

Het was een schok van teleurstelling voor hem geweest toen het geromantiseerde verhaal dat hij rond deze droefgeestige gevangene had opgebouwd werd onderuitgehaald door Dick, die op een dag op de doodgewone zijdeur wees. De spoorwegmaatschappij was een beetje in zijn achting gedaald.

Maar tegenover dit ene opgeloste raadsel stonden er een stuk of tien die hem zijn leven lang dreigden te ontgaan, raadsels die schuilgingen achter deuren met het opschrift PRIVÉ, waardoor hij met een hand boven zijn ogen door het raam in de donkere verborgen hoeken erachter tuurde. Het kleine gebouwtje van rode baksteen naast het spoor, een stukje voorbij het perron, met in grote rode letters het ene woord GEVAAR. De vetgedrukte mededeling aan het eind van het station: PASSAGIERS MOGEN ZICH NIET VOORBIJ DIT PUNT BEGEVEN. Hij stond vaak over die mededeling te peinzen, terwijl hij zich bang afvroeg wat voor gevaren er verborgen lagen in het geasfalteerde pad erachter, tot hij op een dag, met knikkende knieën en een bonzend hart, een stap voorbij het bordje had gezet en daar triomfantelijk had gestaan tot zijn vader hem ruw had teruggeroepen.

Het was een ogenblik dat hij in bed vaak had herbeleefd: een moment van triomf dat de ware gedaante van de spoorwegmensen aan het licht had gebracht. Het waren bedriegers. Er was hem niets overkomen achter dat bordje. Ze hadden het bordje daar alleen maar neergezet omdat ze spelbedervers waren, chagrijnige mensen die je het plezier misgunden dat ze je ongewild hadden verschaft.

De spoorwegmensen moesten wel chagrijnig zijn, want ze nodigden je nooit uit, moedigden je nooit met een glimlach aan iets te doen. Ze begonnen met een bordje op het toegangshek, waarop iets stond over treuzelaars die zouden worden vervolgd – wat een leuk, verleidelijk begin was; vervolgens stond op je kaartje dat je reisde op eigen risico en dat de spoorwegmensen niet verantwoordelijk waren, dat het slechts een enkele reis was – of dat je, als je terugging, dat op de dag van uitgifte moest doen. Je mocht niet uit het raam hangen of zware dingen in het bagagerek leggen. Ze zeiden dat je niets uit het raam mocht gooien wat de mannen die aan het spoor werkten zou kunnen verwonden. Ze hadden je op zijn minst als vriendelijk gebaar kunnen zeggen wat voor dingen hen waarschijnlijk niet zouden verwonden.

Ernie had de indruk dat toen deze mensen chagrijnig hun spoorlijn hadden aangelegd, ze dat helemaal per ongeluk hadden gecombineerd met een goudmijn van sensaties en opwindende en leuke dingen, wat ze, omdat het chagrijnige mensen waren, probeerden te bederven met alle dompers die ze maar konden vinden.

Maar ze konden het niet bederven! Daardoor werd het alleen maar leuker! Hoe vaker ze GEVAAR en DOE DIT NIET en DOE DAT NIET ophingen, hoe vaker ze dreigden met boetes en vervolging, hoe meer je voeten gingen trappelen en hoe meer je hart ging bonzen.

De trein was al gesignaleerd toen de familie Stevens zich rond Ruislip groepeerde om te kijken hoe hij een etiket op hun bagage plakte, en het leek meneer Stevens verstandig om niet te ver over het perron weg te dwalen. Ze zagen meneer Bennett, die op een bankje in de buurt van de stationshal zat, maar gelukkig had hij een vriend gevonden en vormde hij niet langer een bedreiging voor hen.

De hutkoffer zag er goed uit met zijn nieuwe witte etiket, dat dwars over het vervaagde etiket van vorig jaar was geplakt, want meneer Stevens zorgde er angstvallig voor dat hij de oude reissmetten uit het verleden bewaarde. Een ervan, dat er een dag of twee geleden per ongeluk was af geschoten toen hij de hutkoffer tevoorschijn had gesleept om te gaan pakken, was er weer zorgvuldig op geplakt.

Ze konden de trein altijd voelen naderen vlak voordat hij om de bocht in zicht kwam. Er hing op het perron een soort gespannen verwachting in de lucht, net zo'n stilte als die welke de onzichtbare nadering van de parade bij de inhuldiging van de burgemeester van Londen aankondigde.

Ten slotte hoorden ze het gerammel waarmee hij over de brug vlak voor de bocht reed.

'Daar komt hij!' zei meneer Stevens, die zijn knapzak oppakte.

Dick sloeg zijn regenjas over zijn schouder en pakte de tennisrackets, Ernie schoof zijn zeilboot iets hoger onder zijn arm, mevrouw Stevens hield haar tas alleen maar iets steviger vast.

De trein, bijna een kilometer bij hen vandaan, leek geluidloos tussen twee huizen tevoorschijn te komen. Toen hij de bocht om ging, kwam hij recht op hen af en leek hij volkomen stil te staan, behalve dat er vonken van de wielen spatten en dat hij iets toenam in omvang. Maar al heel snel klonk het geratel ervan, en meteen daarna konden ze de machinist achter zijn raam zien zitten.

Ernie minachtte de machinisten van elektrische treinen. Veredelde kaartjesknippers, zo zagen ze eruit, zelfvoldane, zelfingenomen mannen die alleen een hendel neerdrukten. Geef hem maar de zwarte, in overal gestoken, zwetende mannen die heen en weer wiegden op de treeplank van de echte volbloedlocomotief!

De trein kwam binnendenderen. 'Daar is een leeg rijtuig!' riep mevrouw Stevens toen de rijtuigen begonnen langs te flitsen.

'Goed, goed, er zijn er nog veel meer,' zei meneer Stevens op een toon waardoor zijn vrouw zich nogal dwaas voelde. Wachten op een rijtuig aan het eind van de trein geeft je altijd het afschuwelijke gevoel dat de trein het station voorbij zal rijden. De eerste rijtuigen lijken met zo'n vreselijke vaart en zo'n gewicht langs te stuiven dat ze onmogelijk op tijd kunnen stoppen. Zelfs meneer Stevens moest zich, al zijn zorgvuldig voorgewende kalmte ten spijt, verzetten tegen een krampachtig verlangen zich om te draaien en mee te rennen met een leeg derdeklasrijtuig toen de trein eindelijk langzamer begon te rijden.

Ten slotte gleed er een rij lege rijtuigen met blauwe bekleding (eerste klas) langs, net ver genoeg, en daar stond een stel derdeklasrijtuigen voor hen.

Er was volop ruimte, want zaterdagmorgen na negen uur is een ideale tijd om vanuit de buitenwijken naar Londen te reizen.

''Ier is er een!' riep mevrouw Stevens, die naar voren rende en de hendel van een coupé vastgreep.

'Hier mag je roken,' zei meneer Stevens een paar meter bij haar vandaan. Hij wenste dat zijn vrouw voorzichtiger was: zo sprak ze alleen als ze opgewonden was. Haar eerste woord was zo'n rauwe, bloedende stomp geweest: de h leek er met een botte bijl af te zijn gehakt.

'Hier is een leeg rookrijtuig,' riep Dick, want er zat een man in de verste hoek van meneer Stevens' rijtuig en meneer Steven was even besluiteloos blijven staan. Maar het gezin, dat zich had verspreid en uiteen dreigde te vallen doordat iedereen een andere deur had geopend, sloot zich nu weer aaneen rond de deur die Dick had opengerukt.

Ernie werd er als eerste in geduwd. Hij moest zijn zeilboot, emmer en schep op de vloer van het rijtuig laten vallen en eroverheen klauteren, daarna sprong Mary naar binnen, toen Dick, die bleef staan om mevrouw Stevens naar binnen te trekken, terwijl meneer Stevens zijn vingers om haar heen legde en haar van achteren zachtjes duwde.

Fantastisch! Allemaal veilig binnen. Meneer Stevens bleef dralen met één voet op het perron en één op de treeplank tot de bagage veilig in de goederenwagon van de conducteur zat. Daarna kwam Ruislip naar hem toe en tikte tegen zijn pet.

'Alles in orde, meneer.'

'Mooi zo. Zaterdag over twee weken om vijf uur,' zei meneer Stevens.

'Heel goed, meneer.'

Meneer Stevens gaf Ruislip met een glimlach zijn munt van twee shilling. Het was leuk om zo beleefd te worden aangesproken in bijzijn van zijn gezin. De conducteur blies op zijn fluitje en mevrouw Stevens maakte een smekend gebaar naar haar man, alsof ze wilde voorkomen dat hij tussen het rijtuig en het perron viel, maar hij zwaaide zich moeiteloos naar binnen en sloeg de deur dicht.

'Dat is dat,' zei hij, en zijn ogen gleden over de handbagage en pakketten in het rek en op de zitplaatsen.

7

De trein maakte vaart en denderde binnen de kortste keren over de onderdoorgang in de spoordijk aan het eind van de Corunna Road.

'We zijn er!' zei meneer Stevens, en het gezin, dat de handbagage nog aan het sorteren was, schaarde zich rond het raam voor de laatste blik.

Daar had je meneer Hughes in zijn tuin: het laatste huis, nummer 2. Hij had zijn fiets op zijn kop gezet en was druk bezig om hem schoon te maken. Daar had je nummer 4 met zijn ruige, onverzorgde gazon en bloembedden vol onkruid – waar die rare mensen woonden, van wie niemand iets wist, en van wie sommigen dachten dat het filmacteurs waren.

Nummer 6 en nummer 8 gleden voorbij: keurige tuinen, allebei, hoewel meneer Stevens nooit iets had opgehad met meneer Bennetts grot. Je had een grotere tuin nodig voor dat soort dingen...

Daar was nummer 12 met zijn zonnewijzer, en nummer 14, met de slordige konijnenhokken van meneer Foster...

De trein reed nu te snel om veel te zien, en alle ogen waren gericht op hun huis, klaar voor de vluchtige glimp. Ernie, Dick en Mary genoten van het panorama, want ze konden zelden op deze manier achter de schermen kijken. Ze noemden hardop elke kleine bijzonderheid die ze passeerden, en lachten triomfantelijk toen ze mevrouw Fraser met haar krulspelden in de gaten kregen, die iets in haar vuilnisbak gooide, want ze was altijd tot in de puntjes verzorgd wanneer ze aan de andere kant haar huis verliet, door haar voordeur. Er was een vluchtige glimp van meneer Shepherd die de geranium in de stronk van zijn appelboom water gaf, en toen werd het stil.

Niemand zei iets toen ze het huis passeerden. Vanuit de trein zag het er merkwaardig klein en onwerkelijk uit: heel rustig en stil met de neergelaten jaloezieën, de lege waslijn en de verlaten tuin.

Neerkijkend vanaf de spoordijk kon je de zijkant van het dak zien, waar de nieuwe leien, die vorig jaar na de storm waren gelegd, een vierkante plek lichter grijs vormden.

Op dit tijdstip van de ochtend bevond de tuin zich grotendeels in de schaduw van het huis, maar door de zijsteeg viel een straal zonlicht die een kluitje witte asters bij de appelboom verlichtte.

Het metselwerk van de zijmuur waar de zon op viel, leek verbleekt en een beetje opzichtig, maar de achterkant van het huis, in de schaduw, zag er koel en tamelijk voornaam uit door de klimplant en de sering.

Meneer Stevens voelde op dit punt van de reis altijd een steek, en na een ernstige blik wendde hij zich af en ging hij in de hoek zitten. Maar over één ding was hij gerustgesteld, want halverwege de wandeling naar het station had hij zich ineens afgevraagd of hij het wc-raampje wel had dichtgedaan en dat had hij zich met de beste wil van de wereld niet meer kunnen herinneren. Hij had het niet aan de anderen durven vragen, want het was een van de aan hem toegewezen taken en het zou belachelijk hebben geklonken als hij daarnaar informeerde. Maar alles was in orde: het was uiteindelijk toch dicht. Eigenaardig zoals je dingen automatisch kon doen.

Mevrouw Stevens voelde geen speciale steek, hoewel niemand van het hele gezin gedurende alle andere weken van het jaar zo nauw met het kleine huis verbonden was als zij. Ze was alleen bang dat ze rook uit de schoorstenen of ramen zou zien komen, want ze vreesde de mogelijkheid dat ze een theedoek in de buurt van de warme kachel had laten liggen of enkele smeulende sintels in het fornuis.

Ernie maakte zich de grootste zorgen. Hij had een maand gewacht op dit ongewone uitzicht op het huis en terwijl ze erlangs vlogen zocht hij wanhopig de dakgoot af naar zijn tennisbal.

Die was op een avond, toen hij hem hoger dan normaal in de lucht had geslagen, mysterieus verdwenen in de schemering. De dakgoot was zijn laatste hoop, maar daar lag geen bal in, niet eens een bobbel of bult die een bal zou kunnen zijn. Hij keek ook een andere kant op toen Mary ineens uitriep: 'Daar is Poes!', en alle halzen rekten zich voor een laatste poging om hem te zien.

Ja! Daar was Poes, die op het dak van de schuur zat en door de zijsteeg naar de straat keek.

Die arme oude Poes: jammer dat ze hem niet konden meenemen. Hij zou zich afvragen waarom het zo stil was als hij zich omstreeks theetijd, wanneer hij altijd binnenkwam om rond te kijken, door de tralies van het bijkeukenraam perste.

Ze vergaten helemaal om naar mevrouw Haykin te kijken en nu vloog de trein langs het laatste huis in de straat. Mevrouw Stevens legde de boterhammen en de thermoskan in het rek boven haar hoofd en installeerde zich, Mary liet het bibliotheekkaartje uit haar boek glijden en begon te lezen, Dick inspecteerde de tennisrackets en meneer Stevens noteerde in zijn aantekenboekje de twee shilling die hij aan Ruislip had gegeven en de prijs van de kaartjes. Ernie bleef als enige ontvankelijk voor het langsglijdende landschap, hij snapte absoluut niet dat de anderen dat onverschillig konden laten passeren.

Wat puur, geconcentreerd vermaak betrof, stak de reis van hun huis naar Clapham Junction met kop en schouders boven de rest uit.

Hij genoot wel enigszins van het laatste stuk, maar het open land, dat veel verder weg lag, gleed te langzaam voorbij – en het was allemaal een beetje hetzelfde: de open velden en heuvels, de onverharde wegen en hekken, de bossen en huisjes. Je zag maar af en toe een koe in een wei bokkensprongen maken, of een jongen naar hen zwaaien, en de telegraafdraden, die in lussen neervielen en opliepen naar de paal, neervielen en opliepen, neervielen en opliepen, maakten hem doezelig.

Maar dit eerste deel van de reis was anders, zat tjokvol prachtpunten. Alles was zo dichtbij dat het in een flits langsschoot, voordat zelfs maar de helft van wat er te zien was tot hem was doorgedrongen: honderd fascinerende dingen werden verleidelijk gepresenteerd – en naar opzij van hem weggerukt. De spoordijk eindigde voor er tijd was om met je ogen te knipperen en ze reden tussen reusachtige bakstenen muren, die omhoog en bij het spoor vandaan helden. Er zaten nissen in, als wachthuisjes. Van lieverlee werden de muren hoger: het werd donkerder en donkerder tot ze ineens een tunnel in raasden en hij voor het eerst besefte dat het licht brandde in het rijtuig. Er flitsten donkere, roetachtige dingen langs, een groen licht en iets wat tikte als een klok zonder slinger, en net toen Ernie zich een dreigend, onvolgroeid monster begon te voelen schoten ze het zonlicht weer in en keek hij als een god neer op stoffige straten vol mensen en goten waarlangs marktkramen stonden. Daarna kwamen de schoorstenen, honderden schoorstenen: dikke en dunne, rode en zwarte, schoorstenen van blik, van steen, van baksteen, één met een helm als van een brandweerman, een andere die treurig in de wind ronddraaide, weer een andere lang en dun, met een klein hoedje als van een Chinees.

Weer naar beneden – dieper – lawaaiiger – donkerder! Opnieuw stevige bakstenen muren, die naar achteren helden, met dikke kronkelende kabels langs de zijkanten, en toen, net terwijl hij verwachtte dat ze een volgende tunnel in zouden duiken, werd het ineens lichter, en een groen talud van gras liep naar beneden en slokte de muur in één teug op. Daarna dook het grazige talud in de aarde en daar lag voor hem een depot vol fantastisch oude, roestige gemotoriseerde vrachtwagens die langzaam uit elkaar vielen: wat hij absoluut niet had verwacht! Dat maakte het zo fantastisch.

Een station in. Er werd met een schok gestopt. Een fluitje en daar gingen ze weer, naar het mooiste stuk van allemaal!

Het stuk waar een kleine strook geheimzinnig, onbetreden niemandsland tussen het spoor en de hekken erachter liep. Ernies ogen genoten uitbundig van dat smalle, verlaten stuk weelderig ruw gras, omdat het een eigen romantiek bezat. Het leek of geen menselijke voet het had betreden, of geen mens zich ooit had gewaagd tussen de spookachtige overblijfselen die zich inspanden om hun naaktheid te begraven in het gras.

Hier had je een stapel gebleekte, half vergane bielzen waar een kapotte lantaarn bovenop lag, daar een berg roestige bouten en een rol staaldraad – en dan het afval!

Het afval bevatte dingen die je niet kon raden, al probeerde je het duizend keer. De bergen oude, verfrommelde kranten kende je natuurlijk, en de vruchtenblikjes, en de beschimmelde, half vergane zakken. Zij vormden de bloem, het niervet, de rozijnen van de pudding, maar hoe zat het met die oude, wijd open paraplu met zijn kale ribben en flarden resterende stof? Hoe, wanneer en waarom was díé daar gekomen? Geen enkele passagier zou een open paraplu uit de trein laten vallen – en niemand zou toch zeker een paraplu weggooien zonder hem eerst in te klappen?

Hoe was die afschuwelijke, roestige wond in die emaillen vuilwateremmer gekomen? Niemand deed toch ooit iets in een vuilwateremmer wat zo'n kartelig gat veroorzaakte? En kijk toch eens naar die halve kinderwagen, op zijn kop! Wat voor vreselijke, vergeten tragedie kon een kinderwagen in stukken hebben gesneden en de overgebleven twee wielen hebben achtergelaten om naar de lucht te grijpen? Ernie keek angstig rond in het gras of er soms een halve baby lag.

Er waren geen grote bergen afval, alsof bepaalde plekken doorlopend werden gebruikt en als zodanig werden erkend; het waren allemaal kleine stukjes, nu eens oud en diep weggezonken in het gras, andere redelijk nieuw, met stukken krant die nog wit waren. Emaillen vuilwateremmers en andere emmers namen de eerste plaats in onder de toevallige dingen – en ze waren allemaal onverklaarbaar beschadigd en kapot. Daarna volgden katten, hoewel die, aangezien ze leefden, eigenlijk geen echt afval waren. Maar ze vermengden zich er zo natuurlijk mee dat ze een soort verwantschap opeisten, ze slopen ertussendoor of zaten ertussen, en soms keken ze eroverheen naar elkaar. Bijna evenveel katten als vuilwateremmers.

Op een keer waren ze langs een rubberen fietsband gekomen, een andere keer langs een grammofoonhoorn, en ook eens langs een bolhoed, maar nu waren ze eruit op een breder spoor met zes spoorlijnen: er flitsten treinen langs of rijen vrachtwagens belemmerden zijn uitzicht waardoor hij alles niet meer zo gedetailleerd kon zien als daarvoor. Dat was jammer, want de huizen stonden zo dichtbij dat hij mensen in hun nachtgoed in hun slaapkamer had kunnen zien. Een rij schriele populieren leek regelrecht uit een zwarte kolenopslag op te rijzen, en toen hij in een straat keek, zag hij dat er een ongeluk was gebeurd, want er stonden veel mensen en een agent. Maar het was in een flits voorbij en de belangrijkste dingen waren nu de geheimzinnige borden van de spoorwegen. Kleine bordjes langs de rails: piepkleine dingetjes van zo'n dertig centimeter die eruitzagen alsof ze er nog maar net waren neergezet, palen met raadselachtige getallen, een met een reusachtige 8, op een andere stond '1 op 100' wat Ernie een domme bewering leek, want hij zag er net zo uit als de andere palen.

Zijn moeder stoorde hem de hele tijd, telkens weer, tastte voor hem langs om de deur te proberen, of hield de achterkant van zijn jas vast. Maar dat bedierf het eigenlijk niet, daardoor werd het eerder nog beter, want het gaf een besef van gevaar en durf.

Nu bevonden ze zich op het zijspoor, vlak bij een rij stokoude, in elkaar gedrukte huizen zonder ruimte ertussen zoals bij de huizen thuis. Ze hadden een piepklein achtertuintje, was die buiten hing en een schuur met hoog opgestapelde duiven- of konijnenhokken op het dak. De enige bloemen die hij kon zien, bevonden zich op de vensterbanken en de enige vogels zaten in kleine houten kooitjes op de buitenmuren. Een eenzame boom groeide recht uit een geasfalteerd plaatsje, maar hij zag er vermoeid en voortijdig kaal uit. Ze reden langs een stoffig speelterrein, waar de grond heel kaal was bij de schommels. Er waren een paar jongens aan het cricketen en een man in de buurt lag plat op zijn rug met een krant over zijn gezicht en één opgetrokken knie. Ernie vond het jammer dat het cricketen voorbij zou zijn als hij terugkwam, want hij kon fijn spelen met Ted en Sandy op hun speelterrein, soms kwamen er kleine, haveloze jongetjes aan de rand kijken, die graag de bal haalden en teruggooiden als Ted of Sandy of Ernie 'Bedankt!' riep. Ze vormden een nogal exclusieve kring omdat ze allemaal speelden met de gedachte om beroeps te worden en ze maar heel zelden anderen toelieten om met hen te slaan en te werpen.

Hier had je een lange rij gekleurde affiches en een prachtig seinhuisje op een brug die over de rails heen was gebouwd, maar nu kwam het gezin in beweging, werd er bagage naar beneden gehaald en uit het raam gekeken. Want ze waren Wandsworth Common gepasseerd en waren nu heel dicht bij de Junction.

Hij keek naar zijn moeder. Ze zag er nogal bleek en ziek uit, en hij vroeg zich af waarom. Ze had de thermoskan en het pakket boterhammen uit het rek gepakt en naast zich neergelegd, en ze bleef alles maar oppakken en onder haar arm nemen, waarna ze uit het raam keek en alles weer neerlegde.

Zijn vader was nogal gewichtig de kaartjes aan het betasten en telkens op zijn horloge aan het kijken.

'Precies op tijd,' deelde hij mee.

Er ratelden twee treinen langs, een aan elke kant, de ene elektrisch, de andere stoom. Een sein ging ratelend omhoog, er floot ergens een locomotief en ze schoten Clapham Junction binnen.

8

Clapham Junction is geen enkel probleem als je je hoofd erbij houdt.

Niemand wist dat beter dan meneer Stevens, en toen hun trein begon af te remmen, werden zijn bewegingen traag, doortastend en weloverwogen.

Hij inspecteerde de handbagage die op de bank was uitgestald en wendde zich met een glimlach tot zijn vrouw.

'Alle tijd,' zei hij. 'Ze moeten de hutkoffer er nog uit halen.'

Ja, dacht mevrouw Stevens, maar stel nu eens dat ze die er níét uit halen!

Meneer Stevens zag dat zijn vrouw verontrust was, en hoewel hij bepaald geen egocentrische man was, gaf dit hem onwillekeurig stiekem enige voldoening. Zijn eigen kalmte zou voor niets en verspilde moeite zijn geweest als zij ook kalm was geweest. Hij zag de onuitgesproken vraag op haar bleke gezicht, hij zag haar handen beven en glimlachte haar bemoedigend en vol begrip toe.

De bagagewagen bevond zich maar een paar meter bij hun rijtuig vandaan en tijdens het uitstappen zagen ze de conducteur de hutkoffer al naar een kruier laten zakken, die hem met een voorzichtige buiteling op een karretje hielp.

'Bognor?' informeerde meneer Stevens.

'Nummer 8,' antwoordde de kruier.

'Brengt u hem daarheen?'

De kruier knikte en reed het karretje weg.

Het was belachelijk eenvoudig geweest, en mevrouw Stevens kon nauwelijks geloven dat er in Clapham Junction zoveel achter elkaar kon gebeuren zonder één enkele vorm van tegenslag.

Toen besefte ze ineens dat het niet echt gemakkelijk was: haar man had ervoor gezorgd dat het gemakkelijk leek. Ze was sprakeloos van bewondering voor hem terwijl ze hem over het perron volgde. Hij was zo rustig en vastberaden. Clapham Junction leek een geheimzinnige kracht in hem te wekken.

Meneer Stevens dacht op dezelfde manier over zichzelf. Hij was zich ervan bewust, van die instinctieve kracht – vermoedelijk was het leiderschap. Zijn dagelijks leven bood hem weinig kans om daaruit te putten. Er was een Clapham Junction of een gesprongen leiding voor nodig om dit aspect te laten bovenkomen.

Ze kwamen bij de brede trap die naar de voetgangerstunnel voerde, en mevrouw Stevens greep haar bagage een beetje steviger vast. Hier had ze twee jaar geleden de thermoskan laten vallen. Hij was gebroken, want toen ze hem bij hun oren hadden gehouden en hadden rondgedraaid was er vaag het geluid van schuivende scherven te horen geweest, als in een caleidoscoop.

Maar deze keer ging alles goed, want Dick hielp haar de trap af, en ze wachtten in de deinende menige terwijl meneer Stevens de kaartjes ging halen. Er stond een nogal lange rij voor het loket en meneer Stevens keek aanvankelijk een beetje ernstig. Maar hij was sneller aan de beurt dan hij had verwacht, zoals altijd, en ze hadden nog ruim tien minuten toen hij terugkwam met de kaartjes.

Er was een echte snoepwinkel in de voetgangerstunnel, net zo een als een winkel in een gewone straat, en Ernie, die een shilling had te verbrassen, had genoeg tijd om naar binnen te gaan en een spiraallolly met chocola te kopen. Die lolly's kostten twee penny per stuk, maar het was heerlijk snoepgoed voor onderweg.

Ondertussen ging de rest van de familie naar de boekenkiosk ernaast. Meneer Stevens geloofde in leesvoer voor in de trein en beknibbelde daar nooit op. Hij kocht het *Red Magazine* voor Mary, *The Captain* voor Dick, *Chips* en *The Scout* voor Ernie en *The Times* voor zichzelf. Voor zijn vrouw kocht hij een damesblaadje. Thuis las ze nauwelijks of nooit en hij wist dat ze zich in de trein vast niet zou kunnen concentreren op een tijdschrift, maar hij hield er niet van om haar de hele tijd tegenover zich te zien terwijl ze naar hem zat te kijken, en dit specifieke tijdschrift zag er min of meer hetzelfde uit als het per ongeluk op zijn kop werd gehouden.

Zelf las hij meestal niet *The Times*, omdat je de krant moeilijk kon openslaan in de bus, maar hij hield van de rustige voornaamheid van de krant en het culturele cachet dat ervan uitging tijdens een meer ontspannen treinreis, en hij trof er heel vaak bijzonder interessante en lezenswaardige artikelen in aan. Hij hield van de ingezonden brieven van kolonels en van de lange, beargumenteerde reportages over buitenlandse kwesties, die zijn hersenen prikkelden en het verlangen in hem wekten om op een dag, als hij tijd had, meer over alles te weten te komen.

Toen kwam Ernie terug en gingen ze allemaal de trap op naar perron 8.

Daar stond een vrij grote mensenmassa te wachten, maar dat was te verwachten op de eerste zaterdag in september.

'Bognor?' vroeg meneer Stevens toen de kaartjes werden geknipt. De man knikte en stak zijn duim richting perron 8.

'De volgende trein naar het zuiden?'

De man knikte.

Ze troffen hun bagage in goede orde aan met de kruier ernaast, maar hun hutkoffer leek in Clapham Junction, naast de stapels andere bagage, kleiner dan toen hij alleen in hun eigen station had gestaan.

'De volgende trein naar het zuiden gaat naar Bognor?' vroeg meneer Stevens aan de kruier.

'Ja, meneer,' antwoordde de kruier.

Meneer Stevens hield er niet van om af te gaan op het woord van één kaartjesknipper en gaf er altijd de voorkeur aan consensus te zoeken bij zo veel mogelijk beambten.

Er waren inderdaad veel mensen, veel meer dan vorig jaar, en meneer Stevens maakte zich onwillekeurig een beetje zorgen. 'Dicht bij elkaar blijven,' zei hij zachtjes. 'Wat je ook doet, niet wegdwalen.' Met een glimlach naar zijn vrouw voegde hij eraan toe: 'Sommigen wachten vast op een andere trein', maar diep in zijn hart was hij bang dat ze allemaal op die van hen wachtten.

Er kwamen voortdurend meer mensen bij. Ze konden onmogelijk allemaal in één trein, ook al was die leeg, en hij wist dat de trein al tamelijk vol van Victoria zou komen.

Ernie bevond zich in de gelukkige positie dat hij een grote, indrukwekkende automaat achter zich had, die hij zonder bij het gezin vandaan te gaan op zijn gemak kon bekijken.

Hij had eens gezien hoe een man zo'n automaat bijvulde uit een verzameling kartonnen dozen aan zijn voeten. Hij had ook gezien hoe de man een geheime la had opengemaakt en een stortvloed van penny's had geleegd in een zak. Vanaf die dag had Ernie besloten dat hij op een dag, als dat menselijkerwijs mogelijk was, zo'n man zou worden. Het leek hem het perfecte aardse beroep.

Hij bekeek de rij pakjes, vaag te zien door de smalle glazen raampjes van de automaat. Je kon kiezen uit karamels, chocola, amandelen en rozijnen, marsepein en gemengde noten. Daaronder las hij: 'Duw la naar binnen. Druk penny in gleuf tegenover gewenst artikel en trek la terug.' Dit las hij twee keer. Het was heel bondig en zakelijk. Daaronder was op een emaillen plaatje gedrukt: 'Wendt u voor inlichtingen tot Victoria Automatic Machines Ltd., Broadway, Willesden.'

Hij vroeg zich net af wat voor inlichtingen je in vredesnaam kon willen inwinnen over gemengde noten toen de menigte uiteenweek voor een kruier die langsliep onder het roepen van: 'Sutton – Croydon – Dorking – Horsham – Arundel – Ford – Bognor!'

Er ontstond algemene beroering en er werd bagage opgepakt. De trein was nog niet in zicht, en Ernie vroeg zich af hoe de kruier te weten was gekomen dat hij eraan kwam. Maar daar was hij! Hij kwam nu de bocht om, met ernaast een kleine elektrische trein. De locomotief kwam binnen met lange, fluitende, amechtige zuchten, langzamer dan de elektrische trein, waardoor je beter in de voorste rijtuigen kon kijken. Mijn hemel! Hij zat nu al vol! In dat rijtuig was één kant helemaal bezet, minstens tien mensen in het andere! Het zou niet zonder slag of stoot gaan! Meneer Stevens had de kranten en zijn knapzak onder zijn ene arm, waardoor de rechterhand volkomen vrij was. Hij was bereid te duwen als andere mensen geduwd moesten worden.

Het was een vreselijk lange trein: er kwam geen eind aan terwijl hij traag langsreed. Een paar keer hadden ze het idiote verlangen om mee te rennen naast rijtuigen met lege plaatsen. Sommige mensen deden dat inderdaad en werden opgeslokt door de protesterende menigte, maar meneer Stevens hield stand, met een zachte hand op de arm van zijn vrouw, en ten slotte bleef de trein met een laatste bevende kreun staan. Er was een afschuwelijk ogenblik toen ze werden bedreigd door een reeks eersteklasrijtuigen, maar die kropen net langs en voor hen stopte een derdeklasrookrijtuig waar maar twee mensen in zaten, een fantastische bof.

Meneer Stevens probeerde zijn gezin als geheel om de deur heen te manoeuvreren zodat ze allemaal konden instappen en bij elkaar konden zitten, maar op een of andere manier raakten twee andere mensen met hen vermengd, en nadat Dick en Mary de treeplank op waren geklauterd, moesten de anderen wachten en zo raakten ze van hen gescheiden. Het was jammer, maar het deed er niet echt toe. Het voornaamste was dat ze allemaal een plaats in dezelfde coupé hadden.

Ze deden de deur dicht, maar een of twee mensen rukten hem open, keken verwilderd naar binnen en renden weer weg. Meneer Stevens ging naar het raam om te kijken hoe de bagage werd ingeladen. Ze moesten even wachten – en toen werd er op het fluitje geblazen en reden ze langzaam weg.

Dick en Mary hadden hoekplaatsen aan het eind, maar in het midden van het rijtuig zaten twee meisjes tegenover elkaar, die hen scheidden van de anderen; mevrouw Stevens, met Ernie naast zich, reed vooruit, en meneer Stevens zat recht tegenover haar.

Mevrouw Stevens keek kritisch naar de medepassagiers. Ze vond de meisjes er goed uitzien: die hadden elk een knapzak en een stevige wandelstok, en mevrouw Stevens wist zeker dat ze geen van beiden zouden flauwvallen of overgeven.

Er zat een soort marineman in een andere hoek. Geen matroos, maar iemand met een blauw jasje met koperen knopen en een pet met een klep.

Dan was er een stevige, zo te zien vrolijke oude man met slobkousen, waarschijnlijk een boer, met naast hem een jonge man die zijn mond niet kon dichtdoen door zijn tanden.

Het enige dubieuze geval zat tegenover haar, naast haar man: een corpulente vrouw met een baby. Alles bij elkaar hadden ze geboft met hun medepassagiers, mits het een brave baby was. De twee meisjes met de wandelstokken en knapzakken zouden waarschijnlijk in Dorking uitstappen, dan konden ze doorschuiven en bij Dick en Mary gaan zitten.

Dick en Mary bogen naar voren, keken door het rijtuig naar de anderen en lachten. De anderen keken ook naar hen en knikten en glimlachten om te laten zien dat alles met hen in orde was. Daarna kwam iedereen tot rust, behalve de baby.

De vrouw hield het kind op een onhandige, domme manier vast, waardoor het recht naar meneer Stevens moest kijken. Dat deed het misschien vijf minuten gestaag, zonder met zijn ogen te knipperen. Toen stak het zijn handje uit en greep het de rand van meneer Stevens' hoed.

Meneer Stevens deed een tijdje alsof hij het niet merkte. Hij hield zijn hoofd volkomen stil en zijn ogen gericht op de voorpagina van *The Times*. Vervolgens begon de baby aan de rand te trekken tot hij meneer Stevens' hoofd een beetje opzijtrok. Dat was precies waarop het kind had gehoopt, want het begon te grinniken, trok en liet hem een stukje gaan, trok vervolgens opnieuw. Het was om gek van te worden dat de vrouw daar onbekommerd bleef zitten.

Ten slotte zette meneer Stevens nadrukkelijk zijn hoed af en legde hij hem in het rek boven zijn hoofd. De ogen van de baby volgden hem, daarop klonk er een jammerklacht en begon hij te huilen. De vrouw gaf hem automatisch een tik en draaide hem weg van meneer Stevens, die met een zucht *The Times* opensloeg.

Ze reden een tijdje over het spoor waarover ze waren binnengekomen, langs de stoffige populieren en onder het seinhuisje op de brug door. Vervolgens bogen ze af en reden ze ongestoord door diverse kleine stationnetjes aan de rand van Londen.

De twee meisjes, die in het begin levendig hadden gepraat, leunden naar achteren en sloegen een tijdschrift open, de marineman keek bedaard uit het raam, de boer en de baby vielen in slaap en het werd stil in het rijtuig.

Dick liet zijn tijdschrift op zijn knie zakken en keek uit het raam. Aanvankelijk waren het allemaal huizen en fabrieken en kleine kale tuintjes, maar geleidelijk aan werden de tuinen groter en groener, en soms drong het landelijke gebied verlegen naar voren om weer te worden verdreven door een volgende massa huizen. Soms was er een behoorlijk ruig veld met landelijke heggen van braamstruiken, maar meestal stak er als een dolkpunt een smalle strook onvoltooide huizen in, die een geul voor afvoerpijpen voor zich uit gooide, evenals een ruwe tijdelijke weg en kale stroken aarde waar de grasmat was opgerold zodat de dolkpunt nog dieper kon doordringen.

Maar weldra kwam het open land sterker opzetten, en één keer kon Dick een tijdje tot aan de horizon uitkijken over ononderbroken golvend gras. Hij zat met zijn kin in zijn hand, zonder zijn ogen te bewegen om de details in zich op te nemen. Hij vond het fijn als het langsglijdende land de achtergrond van zijn gedachten vormde.

9

Mevrouw Stevens sloeg haar tijdschrift open en keek naar de lange, slanke meisjes op de modepagina's. Ze had een beetje genoeg van modepagina's, want die kwamen nooit met suggesties voor dames van haar lengte. Alle meisjes op deze bladzij waren minstens een meter tachtig, of zelfs nog langer, net als in alle tijdschriften. Het was alsof je vazen voor narcissen aanbood om er viooltjes in te zetten.

Ze sloeg een tikje ongeduldig om en het gratis patroon viel eruit op de grond. Ze moest haar voet naar beneden strekken om erbij te kunnen en het zachte pakje bruin vloeipapier onder de bank te schuiven.

Ze las het menu voor vandaag:

Œufs à la courtet.
Petites crèmes de Faisan.
Tartelettes de Pommes.
Fromage.

Het klonk heerlijk, maar waarom kwamen ze niet eens aan met een nieuw idee om rijst en jam te koken, of een nieuwe smaak voor maïspudding.

Van lieverlee zakte het tijdschrift op haar knie en zat ze naar haar man te staren.

Ze zaten maar eens per jaar zo, dicht tegenover elkaar. Het gebeurde nooit op een ander moment, want tijdens het eten zaten ze verder uit elkaar en stond het vaatwerk tussen hen in, en dan hadden ze allebei ook van alles te doen, waardoor ze zich nooit echt van elkaar bewust waren. In de trein waren ze heel dicht bij elkaar en konden ze elkaars ogen niet missen als die opkeken van wat ze maar aan het lezen waren. Ze kon nu naar hem kijken omdat hij zijn hoofd had gebogen over zijn krant. Hij zwaaide flauw mee op de beweging van de trein. Hij gebruikte nog steeds de pince-nez met het stalen montuur die hij een paar jaar geleden had gekocht toen zijn ogen 's avonds pijn waren gaan doen, maar zijn ogen moesten sindsdien een beetje zijn veranderd, want hij moest de krant verder bij zich vandaan houden dan eerst.

Hij was niet veel veranderd in de loop der jaren. Zijn haar was natuurlijk dunner geworden en daar had hij de laatste tijd diverse dingen voor geprobeerd. Hij trok zijn scheiding bijna achter zijn linkeroor, veel verder opzij dan de meeste mannen deden, en borstelde de lange resterende slierten recht over zijn hoofd. Zijn snor zag er een beetje onverzorgder uit dan vroeger, maar dat kwam doordat het gebruik van was uit de mode was geraakt. Vroeger had hij mooi glanzende scherpe punten gehad.

Maar afgezien daarvan was hij vrijwel hetzelfde als vroeger. Hij had nog een glad en heel blozend gezicht, en hij was niet dik geworden, zoals zoveel mannen na hun vijftigste.

Wanneer hij zo dichtbij was en zich door de krant toch niet van haar bewust was, leek hij vreemd ver van haar af te staan. Het was op een of andere manier moeilijk om hem te beschouwen als de man met wie ze al zoveel jaar intiem samenleefde. Ze had het gevoel dat als hij ineens zou opkijken het heel natuurlijk zou zijn als hij over zijn bril tuurde en zei: 'Eens zien... jij bent mijn vrouw, hè?' en zij antwoordde: 'Ja! En... en... ben jij niet mijn man?'

Ze verbaasde zich hierover terwijl ze naar hem keek,

klaar om haar blik snel af te wenden als hij opkeek. Ze wilde dat ze wist of hij werkelijk gelukkig was. Hij leek soms zo rusteloos. Hij drentelde door het huis en keek uit het raam, ging vervolgens een ommetje maken, kwam terug en dwaalde de tuin in.

Hij praatte niet veel met haar wanneer hij in zo'n stemming was, en ze wilde dat ze naar hem toe kon gaan om haar hand door zijn arm te laten glijden en met hem te praten.

Ze vroeg zich vaak af of de voetbalclub hem nog steeds dwarszat. Die narigheid had zich zo lang geleden afgespeeld dat hij het inmiddels werkelijk zou moeten zijn vergeten, maar op een of andere manier was ze bang dat hij het nooit echt zou kunnen vergeten, dat het zelfs als hij heel oud was nog als een oude, diepe wond aan hem zou knagen. Hij had ooit heel goed kunnen voetballen. Ze herinnerde zich nog uit haar verkeringstijd dat ze altijd was gaan kijken als hij speelde, op het oude terrein achter de pianofabriek, waar nu allemaal huizen stonden.

Hij was de keeper geweest en had er knap uitgezien, zoals hij daar waakzaam stond met zijn grijze wollen trui tot aan zijn kin en zijn pet diep over zijn ogen getrokken.

Hij was een van de enthousiaste jonge mannen geweest die een jaar of twee voor hun huwelijk de Sydenham Grasshoppers hadden opgericht, en terugkijkend op die lang vervlogen dagen vond mevrouw Stevens het moeilijk om haar vroege huwelijksleven te scheiden van de drukte en opwinding van de voetbalclub.

De jongens hadden hen op een fantastische manier uitgezwaaid voor hun huwelijksreis en hadden een oude voetbal aan de achterkant van het huurkoetsje gebonden. Ze hadden hun het inktstel gegeven namens de club, en een paar leden hadden stilletjes een eigen cadeautje gegeven.

Het was een heerlijke tijd geweest.

Meneer Stevens was na hun huwelijk nog een jaar of twee blijven voetballen en was er toen mee gestopt en secretaris geworden. Wat waren dat een gelukkige, drukke, bedrijvige jaren geweest in het leven van haar man – en ook in dat van haar! De club was een stuk groter geworden sinds hij was opgericht en had twee elftallen, en toen inmiddels soms drie. Meneer Stevens was elke avond hard aan het werk, soms tot diep in de nacht, stuurde kaartjes om de elftallen te herinneren aan hun wedstrijden, maakte de notulen op, organiseerde wedstrijden en nog honderd dingen meer. Hij ontving vaak drie à vier brieven met de ochtendpost, die hij tijdens het ontbijt openmaakte. Soms kwamen er verlegen jongens langs die vroegen of ze hem konden spreken en die lid wilden worden van de club – en hij was altijd heel joviaal en aardig tegen hen, sloeg hen op de schouder, vroeg of ze al eerder hadden gespeeld en of ze genoeg lef hadden en bereid waren hard te werken. Soms kwamen er ook bestuursleden langs voor een vertrouwelijk babbeltje en dan nam hij hen mee naar de salon en deed hij de deur dicht om een hele tijd zachtjes in het geheim met hen te praten, en ondertussen zette zij koffie en als hij riep, bracht ze die naar binnen met een trommeltje gemberkoekjes. Ze ging de boel pas weer ophalen wanneer hij riep, omdat alles wat daar werd gezegd zo geheim en belangrijk was.

Elke zaterdag liepen ze samen naar het veld om naar het elftal te kijken dat thuis speelde. Halverwege één kant van het veld was een speciale plek waar de belangrijke mensen stonden: het bestuur en de functionarissen met hun vrouwen, en op natte dagen werden er planken neergelegd waarop ze konden staan. Die groep schreeuwde niet zo hard als het gewone publiek, riep soms een paar bemoedigende woorden maar joelde of floot nooit. Tijdens de rust verzamelden de mannen van de groep zich en stonden ze zachtjes te praten, en misschien riepen ze de aanvoerder erbij, terwijl de vrouwen een stukje verderop met elkaar stonden te kletsen.

Een jonge man die met zijn meisje langs de groep liep, zei soms zachtjes: 'Zie je die vent daar? Dat is Stevens, de secretaris', en meneer Stevens deed alsof hij het niet hoorde, maar hij ging een beetje anders staan, zodat het meisje hem beter kon zien, en mevrouw Stevens zwol van trots. Na de wedstrijd liepen ze door de straten terug naar huis voor de thee, en soms ging er ook een bestuurslid met zijn vrouw mee. Dick was toen een klein knaapje van een jaar of vijf, en meneer Stevens liet hem aan zijn vrienden zien en tilde hem op met de woorden: 'Hij zal op een dag een stevige jonge speler zijn!' en het bestuurslid lachte dan en zei: 'Zorg dat hij ook keeper wordt, net als zijn vader!' Dat waren heerlijke dagen geweest. Volle, drukke dagen – en ze hadden heel lang geduurd.

Maar de tijd kan vastberaden de hand leggen op een voetbalclub. De oudere mannen, de goede vrienden van meneer Stevens, verdwenen van lieverlee. Sommigen trouwden en anderen verhuisden, weer anderen verloren hun enthousiasme en vonden andere, nieuwere dingen om te doen, en geleidelijk aan werden hun plaatsen ingenomen door de jongere mannen, de bedeesde jongens van een paar jaar geleden, die nu waren uitgegroeid tot belangrijke jonge bestuursleden en heel wat te zeggen hadden.

Maar hoewel veel van zijn oude makkers verdwenen, was meneer Stevens nog altijd secretaris, was hij nog altijd de grote man van de club, hoewel hij niet langer het middelpunt was van die oude, serieuze groep pioniers en een beetje geïsoleerd begon te raken, eerder een strenge vader was dan de opgewekte, welwillende oude keeper die secretaris was geworden en zelfs voor de jongste jongens van het elftal een grapje had. De jongere mannen lachten niet meer met hem, maar leken hem te respecteren: hij kon niet zo intiem met hen worden als vroeger.

Toen waren die norse, rusteloze buien begonnen die mevrouw Stevens zorgen baarden. Hij werkte nog altijd lang en laat aan de zaken van de club, had nog steeds stevig de vinger aan de pols, maar hij leek het te doen met een zwaar gemoed.

Vooral na de maandelijkse bestuursvergaderingen maakte hij een bijzonder ongeruste en terneergeslagen indruk, en toen brak ten slotte de avond aan die nog altijd diep in haar geheugen gegrift stond.

Hij had zijn avondeten op, en hoewel hij was gaan zitten om de wekelijkse kaartjes voor de elftallen te adresseren, was hij ineens opgestaan, had hij ze nog maar half af laten liggen, en was hij naar de haard gelopen en daar voor gaan staan.

'Komende donderdag is de algemene vergadering,' zei hij. 'Ik ga aftreden.'

En toen, voordat mevrouw Stevens iets kon bedenken om te zeggen, was hij begonnen aan die vreselijke, opgekropte woordenstroom, aan alle bitterheid die tijdens zijn lange zwijgende buien geworsteld had om naar buiten te komen.

'Alleen omdat ik jaar in, jaar uit voor de club heb gewerkt, vanaf de oprichting, alleen omdat ik opgewekt het slavenwerk doe, zonder om dank te vragen, denken ze dat ik dat blijf doen! Ze denken dat ik een volautomatische sufferd ben die eeuwig doorgaat! Ze denken dat ik het léúk vind om het te doen! Ze denken dat ik me eraan vastklamp omdat ik niets anders te doen heb. Ze denken dat ik graag belangrijk wil zijn! Ze denken dat het verdraaid aardig van hen is dat ik het mag blijven doen! De idioten beseffen niet dat er geen man zo doorkneed in de club is als ik!'

'Maar... maar... je gaat toch niet écht aftreden?' had ze gemompeld.

Daarop was er een vermaakte glans in zijn ogen verschenen en had ze zich gerustgesteld gevoeld.

'Dat zullen we nog weleens zien,' zei hij. 'Denk je dat ze me láten aftreden, denk je dat ze me kúnnen laten gaan? Ze weten maar al te goed dat de club uit elkaar zou vallen als ik er de brui aan gaf.'

'Nee,' ging hij rustiger verder. 'Misschien treed ik niet af, maar ik ga hun de schrik van hun leven bezorgen, ik ga ervoor zorgen dat ze naar me toe kruipen met een dankbetuiging van jewelste voor ik iets anders doe.'

Ze wist dat hij de nachten daarna heel weinig sliep. 's Avonds werkte hij zorgvuldiger dan ooit aan de notulen voor de algemene vergadering, en hij ging twee keer naar de Unicorn om te kijken of de vergaderzaal klaar was voor donderdag. Hij schreef gekscherende kaarten aan enkele oudere leden om te zeggen dat ze niet zo lui moesten zijn en naar de vergadering moesten komen.

Ze zag die donderdagavond, tien jaar geleden, nog duidelijk voor zich. De kinderen waren in die tijd nog heel klein en het viel hun niet op hoe weinig hun vader at.

'Ik neem de sleutel mee,' zei hij. 'Blijf niet op me wachten. Je weet hoe eindeloos die vergaderingen duren.'

Daarna had hij zijn jas dichtgeknoopt, zijn pijp aangestoken en was hij de motregen in gestapt, de Corunna Road uit gelopen en de hoek om gegaan naar de Unicorn.

Het had dagenlang geduurd voordat ze het hele verhaal van die vergadering te horen had gekregen, ze had het gereconstrueerd uit de brokstukken die haar man dag in, dag uit met een dodelijke, griezelige rust liet vallen.

De formele zaken waren kennelijk als altijd bedaard, saai en traag afgehandeld voordat de verkiezing van de functionarissen voor het komende jaar aan bod was gekomen.

Er was even wat gedempt gepraat toen meneer Stevens was opgestaan, maar de mensen zeiden: 'Sst!' en hij sprak in stilte.

Hij stipte kort en luchtig zijn eigen carrière bij de club aan: de inspirerende dagen waarin hij hem had helpen oprichten, hoe ze in het begin hadden gevochten voor het bestaan ervan. Daarna zijn jaren als keeper, en ten slotte zijn tien jaar als secretaris.

'Maar er komt een tijd,' zei hij, 'wanneer een man het gevoel krijgt dat hij zijn nut heeft gehad, wanneer het tijd voor hem is om aan de zijlijn te gaan staan en de fakkel over te dragen aan jongere, energiekere mannen.'

Er werd een paar keer 'Nee!' gemompeld, maar hij ging meedogenloos verder.

'Ik moet ook rekening houden met andere dingen: deze club is, hoewel ik er dol op ben, bepaald niet mijn enige interesse in het leven. Ik heb veel... geheime hobby's.' Hij glimlachte. 'Hobby's waaraan ik tijd zal gaan besteden, zoals ik mezelf al lang beloof, en elk jaar gaat er een grotere aantrekkingskracht vanuit. Ook mijn werk... vereist een grotere concentratie, aangezien mijn functie van lieverlee verantwoordelijker is geworden. Ik heb de kwestie uitvoerig overwogen – als ik het gevoel had gehad dat er niemand geschikt was om mijn plaats in te nemen zou ik alles opofferen voor de oude club, maar ik heb vol trots het gevoel dat er veel energieke jonge mannen zijn die eervol in mijn voetsporen kunnen treden.'

Je kon een speld horen vallen toen hij ging zitten. Het

was een goede toespraak geweest, en toen hij hem in gedachten snel doornam, was hij blij dat hij er voor zover hij wist niets van was vergeten. Hij ging zitten met een bars, serieus gezicht, terwijl hij zijn ironie en het gegrinnik in zijn keel ingenieus verhulde. Het was precies wat ze nodig hadden. Iets waardoor ze rechtop gingen zitten en zich vermanden.

Toen, ogenschijnlijk na een eindeloze stilte, was eindelijk de oude meneer Harrison, de vrederechter, opgestaan, een stille, witharige, oude heer die de voorzitter was en altijd eens per jaar de algemene vergadering leidde. Hij wist niet veel van de club, hoewel hij altijd jaarlijks twee gienje doneerde, en het speet meneer Stevens dat hij deze crisis op hem had afgeschoven. Maar goed, het zou hem geen kwaad doen. Hij begon te spreken.

Hij zei dat het een treurige klap was voor de club, en hij had het welsprekend over meneer Stevens' bekwaamheid en trouw, toen meneer Stevens ineens verstijfde op zijn stoel. Wat zei de oude man?

'Maar het zou verschrikkelijk onedelmoedig van ons zijn om na al zijn offers voor de club oneerlijke druk op hem uit te oefenen om zich toch weer verkiesbaar te stellen. We kennen hem als een man die zo'n stap alleen zou zetten als hij die volstrekt noodzakelijk vond. We mogen niet vergeten dat een man een grotere plicht heeft tegenover zijn beroep dan tegenover zijn vrijetijdsbesteding. Ik geloof dat u zich allemaal bij me zult aansluiten in een hartelijke dankbetuiging voor zijn verleende diensten en een hartgrondige spijtbetuiging over zijn aftreden...'

Meneer Stevens was bevangen door kou en misselijkheid, zijn haar trilde en prikte in zijn nek, hij had ineens een droge mond. Met een vreemd gevoel van onwerkelijkheid hoorde hij iemand anders spreken, een jonge man achterin: de tweede aanvoerder van het eerste elftal droeg Joe Bullock voor als secretaris – Joe Bullock, het jonge bestuurslid dat altijd zoveel praatjes had op vergaderingen...

Hij hoorde een rimpeling van applaus, en stuk of wat kreten 'Bravo!'

Er sprak iemand anders, die de voordracht van Joe Bullock steunde – door de nevel van tabaksrook zag hij handen die werden opgestoken...

Hij besefte dat hij stijf opstond, zijn geliefde notulenboek overhandigde aan een grijnzende jonge man, die bloosde van opwinding en gêne. Zijn geliefde notulenboek, met de versleten leren rug, zijn vriend gedurende tien lange gelukkige jaren van rustige avonden aan tafel bij zijn haard... een deel van zijn eigen huis...

Och, tja. Niets duurt eeuwig...

Een dof geraas veranderde ineens van toon en er leek een fel licht rond te wervelen. Mevrouw Stevens ging met een ruk rechtop zitten. Ze was weggedommeld en kwam weer bij doordat de trein een tunnel uit reed.

Ze passeerden nu een klein dorpsstationnetje, een overweg waarvoor een ouderwetse paard-en-wagen stond te wachten.

Haar man las nog steeds met zijn hoofd iets gebogen en een pince-nez die een beetje misvormd was, wat al zo was sinds Ernie erop was gaan zitten. Er waren inmiddels tien jaar verstreken sinds hij van die vergadering was thuisgekomen – een lange tijd. Toch was hij op een of andere manier vreemd genoeg dezelfde als toen hij die avond de slaapkamer in was gekomen, waar ze wakker lag, op hem wachtte.

Op haar onuitgesproken vraag had hij gezegd: 'Ik ben nu moe, Flossie. Ik vertel het je morgen wel allemaal.' En ze had hem rusteloos naast zich horen draaien, draaien en woelen, tot ze in slaap was gevallen toen de dageraad al door de gordijnen kroop.

Maar het had dagen geduurd voordat hij het haar was gaan vertellen. Dat gebeurde op een avond toen hij na het eten plotsklaps had gevraagd of ze een ommetje met hem wilde maken.

Meestal ging ze zo laat niet meer naar buiten en haar benen deden pijn, maar ze trok haar schoenen aan en wandelde met hem door de straten, een heel eind.

Hij was blij, in feite, zei hij. Hij had echt willen aftreden. Het was alleen pijnlijk om zich ervan los te scheuren. Hij zou veel meer tijd hebben voor de tuin en... en andere dingen. Hij zou weer gaan fietsen. Er waren heel veel leuke laantjes en stille wegen in de richting van Beckenham, waar hij sinds zijn jongensjaren niet meer was geweest. En zijn werk ook, daar moest hij meer tijd aan besteden nu hij een stuk hoger stond in de zaak.

Hij had het opgewekt gezegd, met af en toe iets uitdagends, en zij had ook opgewekt gepraat, over alle dingen die hij kon doen nu hij meer tijd had... maar in haar hart had ze ernaar verlangd hem te troosten, want ze wist dat er nooit meer iets in de plaats zou komen van de gelukkige dagen langs de zijlijn, de drukke avonden met het notulenboek en zijn kleine kaartjes voor de elftallen...

Ze wist ook dat hij op kantoor nog altijd in de hoek zat, achter de glazen afscheiding – waar hij altijd zat. Was zijn vrijheid van de voetbalclub maar écht nodig geweest voor belangrijker werk!

Hij was lid geworden van de bowlsclub, maar was er maar twee keer naartoe gegaan. Hij zei dat het 'een stel stijve harken' waren, te oud voor hem, en ze wist dat hij dacht aan de bedeesde jongens die vroeger waren langsgekomen en 'meneer' tegen hem hadden gezegd en hadden gevraagd of ze bij de voetbalclub mochten komen...

Maar goed, hij had de kinderen; en de tuin; en de vakanties...

De vrolijk ogende boer, die in de hoek zat te soezen, steunde mevrouw Stevens aan de ene kant, en Ernie, die aan de andere kant tegen haar aan zat geklemd, hield haar op haar plek, zodat ze niet opzij zou zakken. Haar hoofd knikte een paar keer en bewoog toen niet meer. Eén keer klonk er even een zacht knorrend gesnurk, en meneer Stevens keek op met een zweem van een frons.

10

Meneer Stevens wist dat zijn vrouw zou gaan snurken als ze een bepaalde houding aannam en haar hoofd te ver vooroverboog, en hij hield haar een poosje ongerust in de gaten. Hij had op tijd opgekeken om te zien dat de twee meisjes naar elkaar glimlachten toen zijn vrouw dat enkele kreuntje had uitgestoten, en hij maakte zich op om zijn voet op te tillen en tegen de zool van een van haar schoenen te tikken als ze echt van start ging.

Maar gelukkig begon haar hoofd een beetje opzij te zakken en hij wist dat alles zo in orde was. Hij legde zijn krant neer om zijn ogen rust te geven en nam haar nadenkend op.

Ze droeg het blauwe sergen mantelpak dat ze twee jaar geleden voor de vakantie had gekocht, en in het felle zonlicht viel hem het stuk op de schouders op dat was verschoten. Daar had ze zich zorgen over gemaakt, en hij had gezegd dat het niet te zien was, maar nu zag hij dat het wel zo was. Hij zag ook een paar uitgevallen grijze haartjes op haar kraag en op het verschoten stuk.

Het was een hele drukte geweest om te vertrekken en ze had ongetwijfeld geen tijd gehad om het jasje goed af te borstelen. Hij zag graag goedgeklede dames en wenste soms dat zijn vrouw een beetje netter was. Ze was natuurlijk klein, maar hij had vaak kleine dames gezien die er heel verzorgd uitzagen. Zijn ogen gleden langzaam van haar reebruine hoedje naar de grijze zijden sjaal om haar hals, van het wollen truitje naar het jasje, waarvan hij de mouwen altijd een beetje te lang vond. Van de rok, met het tijdschrift op haar schoot, naar de slanke, kleine benen die net niet bij de grond konden. Het baarde hem zorgen dat ze altijd kousen leek te kopen die net iets te groot waren, want nu viel hem een rimpeling op rond beide enkels – niet genoeg om echt zichtbaar te zijn, maar net genoeg om je te laten denken dat het erger zou kunnen worden. Hij keek naar haar schoenen en was blij dat het de zachte zwarte met het bandje en de knoopjes waren. Hij wist dat ze haar geen pijn deden, hoewel hij zich afvroeg wat hij in vredesnaam aan de kust zou doen als hij daarheen ging op danspumps van lakleer, want zo zagen die van haar er eigenlijk uit.

Enfin, ze ging nooit mee op de ruige, energieke wandelingen over het kiezelstrand en de stoppelvelden, dus maakte het niet veel uit.

Hij peinsde, terwijl hij daar zat, over de kleine dingetjes, de onbeduidende kleine toevalligheden, die het leven van een mens bepalen. Hij zou dit soezende dametje nooit hebben leren kennen als Tom Harris niet op een winteravond met hem had overgewerkt, als Toms zuster niet zo dol was geweest op acteren en Tom geen kaartjes had laten kopen voor de musical waarin ze meespeelde in de kerkzaal in Camberwell.

Tom had heel achteloos tegen hem gesproken toen ze hun jas hadden aangetrokken om naar huis te gaan.

'Ga je weleens naar een musical?' zei hij.

Meneer Stevens zei dat hij dat weleens deed.

'Ik heb een paar kaartjes voor een voorstelling waar mijn zus in meespeelt. Het zal wel vrij slecht zijn, maar ik moest ze nemen. Het is op vrijdag. Heb je zin om mee te gaan?'

'Ja, graag,' had hij geantwoord.

Wie, vroeg hij zich af, zou nu tegenover hem hebben gezeten, wat voor kinderen zouden er om hem heen hebben gezeten als hij had gezegd: Nee, ik doe het maar niet?

Ze hadden die vrijdagavond wat gegeten in het restaurantje waar ze tussen de middag altijd naartoe gingen. Ze waren goed bevriend, Tom en hij, en na een potje domino had Tom opgekeken en gezegd: 'O, tja, ik denk dat we maar eens moeten gaan.'

Stel je voor dat ze in plaats daarvan hadden gezegd: 'Laten we niet naar de voorstelling gaan, laten we rustig een avondje dominoën.'

Maar het lot had meneer Stevens die avond stevig in zijn greep en ze knoopten hun jas dicht en gingen naar buiten, door de Peckham High Street naar de zaal in Camberwell.

De zaal van de St. Mark was een grote, holle ruimte. Het leek alsof de architect halfslachtig aan een kerk was begonnen en vervolgens de moed had verloren en op veilig was gaan spelen. Op de hoge smeedijzeren hekken buiten hing een rij mededelingen en aanplakbiljetten in volgorde van afnemend verval: sommige nieuw, andere half afgescheurd, al naargelang de gebeurtenis die ze aankondigden in de toekomst of het verleden lag. Whist drives, dansavonden, lezingen – het was blijkbaar een populaire plek.

Het had hun moeite gekost om hun plaatsen te vinden, want de harde kleine stoeltjes waren genummerd aan de achterkant en er waren er heel wat omgedraaid en achtergelaten door teleurgestelde zoekers. Mensen die hun voor waren geweest hadden een stel stoelen weggeduwd, waardoor rij G aan één kant rij F leek te zijn geworden. Twee keer gingen ze zitten en werden ze weggejaagd door ongeruste, zenuwachtige mensen van de leiding.

Maar de voorstelling was onverwachts goed. Er was een groot amateurorkest met een stuk of twee à drie beroepsmensen (vertelde Tom) bij de koperblazers, en toen eindelijk het doek opging, installeerden de twee jonge mannen zich om er op een neerbuigende manier van te genieten, waarbij ze elkaar af en toe in het donker aanstootten.

Vijf à tien minuten na het begin van de voorstelling gebeurde datgene wat het leven van de jonge meneer Stevens veranderde. Het lot liet hem daar een tijdje zitten, verkneukelde zich over hem voordat het zijn hand op meneer Stevens' schouder legde.

Het eerste deel van de voorstelling ging hoofdzakelijk over een komiek en een vrouw. De komiek was niet erg komisch, waardoor meneer Stevens bij de opkomst van een koor melkmeisjes voornamelijk ging verzitten voor wat afleiding van de komiek.

Het vreemde was dat hij haar aanvankelijk niet zag. Er waren een stuk of twaalf melkmeisjes, van wie de helft een driepotig krukje in de hand had. Eerst dansten ze allemaal, en toen gingen de meisjes met een krukje zitten en sloegen bevallig hun benen over elkaar, terwijl de andere zich achter hen opstelden. Een grappige dikke man, die gekleed was als een herder met een zwarte steek en een roze kniebroek, kwam dansend op en liep voor de meisjes op en neer terwijl hij een lied zong dat de meisjes af en toe in koor onderbraken. Het publiek had voor de grappige man geklapt toen hij was opgekomen en de jonge meneer Stevens keek een tijdje naar hem terwijl hij erachter probeerde te komen waarom men dat had gedaan. Toen dat niet lukte richtte hij zijn aandacht weer op de meisjes.

Hij was de afgelopen tijd meer naar leuke meisjes gaan kijken dan vroeger; hij had zelf nooit een meisje gehad omdat zijn ideaal nogal hoog lag, en ook omdat hij een beetje bedeesd was, maar wanneer hij naar zijn werk en naar huis liep, speurde hij de passerende mensen met een scherpere blik af dan vroeger, vaak met een zekere irritatie. Er waren zo weinig mooie meisjes, écht mooie meisjes. Maar af en toe liep er een meisje langs dat bijna beantwoordde aan de maatstaven die hij had aangelegd, en soms, als hij dat kon doen zonder de aandacht te trekken, draaide hij zich achteloos om, liep snel terug en wachtte, alsof het om een bus ging, zodat ze nog eens passeerde en hij haar opnieuw kon zien.

De tweede blik was soms teleurstellend, maar stuurde hem ook weleens naar huis met een schrijnend verlangen, omdat het een kans van één op duizend was dat hij haar ooit weer zou zien, terwijl hij zich afvroeg wat er zou zijn gebeurd als hij haar onbevreesd had aangehouden en een excuus had verzonnen om iets te zeggen.

Want meneer Stevens begon op zijn dertigste nogal eenzaam te worden op zijn kamers in Penge.

Hij had natuurlijk zijn voetbalvrienden, maar de meesten hadden een meisje en gingen er na de zaterdagse wedstrijd haastig met haar vandoor, lieten hem achter om tijdens eenzame avonden het beeld van zijn ideaal op te bouwen. Ze zou slank zijn, bevallig – heel levendig en speels: haar gezicht moest snel veranderen van een lach naar een fronsje; ze mocht niet te donker en evenmin te blond zijn. Mooi goudbruin haar zou het beste zijn... Ze zou ogen hebben die snel begonnen te schitteren op zijn gevatte opmerkingen – ze zou de grappige kant van dingen inzien, maar zou niet erg haar best doen om zelf grappige dingen te zeggen.

Haar zocht hij in de langslopende drommen mensen. Soms sprong zijn hart op bij de aanblik van een naderend meisje, maar de afgelopen twaalf maanden was zijn droom slechts één of twee keer gedurende een kort ogenblik opgevlamd tot een levende verschijning, waarna hij was achtergebleven met een heerlijk droombeeld en enkele rusteloze, lege dagen.

Zijn ogen gleden langs de zittende melkmeisjes: enkele leuke meisjes, maar niet echt...

Toms stem fluisterde in het donker.

'Dat is mijn zus... de op een na laatste, die staat.'

'O ja?' mompelde meneer Stevens. Ze was vrij lang en blond, leek in zekere zin nogal op Tom.

'En dat is Flossie Perkins, haar vriendin... dat kleintje naast haar aan het eind.'

Het was donker in de zaal en het viel Tom niet op dat de hand van zijn vriend beefde toen hij hem een minuut later een karamel gaf, het viel hem ook niet op dat zijn vriend de karamel ongegeten in zijn hand hield, zo stijf dat het snoepje elke vorm verloor.

Want meneer Stevens had zijn lichaam ineens voelen huiveren als een reusachtige haar die rechtop was gaan staan.

Mankeerde er iets aan zijn ogen? Was die verrukkelijke droomverschijning er al de hele tijd, sinds de melkmeisjes voor het eerst waren opgekomen?

Ze zong nu met de anderen. Ze moesten allemaal hun handen op en neer bewegen en met hun hoofd wiegen. Ze was duizend keer beter dan alle anderen. Lieve help! – Kijk toch eens wat een prachtig gezichtje! – Helemaal stralend van opwinding, lachend naar haar vriendinnen, dan glimlachend naar het publiek! De dikke grappige man stond nu voor haar, rolde met zijn ogen en vertrok zijn gezicht. Meneer Stevens moest zijn stoel vastgrijpen om niet op te springen en te brullen: 'Ga uit de weg, idioot!' Hij was even ontzettend bang dat het droombeeld zou zijn vervaagd als de dikke man opzijstapte.

Maar nee! Daar was ze weer! Nu niet zingend, ze stond daar alleen maar te glimlachen, met glinsterende ogen...

'Wat vind je ervan?' zei Tom. Het licht was weer aan, er gingen een paar mensen naar buiten voor wat frisse lucht en andere stonden op om hun benen te strekken. Meneer Stevens besefte dat hij zijn hand niet open kon krijgen, en hij moest zijn vingers omhoog buigen en de karamel er met zijn nagels af schrapen.

'Ik vind het heel goed,' zei hij en hij was er trots op dat zijn stem kalm klonk.

'Delen ervan zijn niet verkeerd,' zei Tom neutraal.

Er kwam een vreselijke gedachte in meneer Stevens' hoofd op, en hij had het ineens koud. Hij keek naar zijn vriend op. Ze was de vriendin van zijn zus, stel je voor dat ze zijn meisje was! Gedurende een waanzinnig ogenblik moest hij zich verzetten tegen, korte metten maken met het afschuwelijke gevoel dat hij Tom zou vermoorden als die verschrikkelijke gedachte waar was.

Daarna wist hij dat hij de rest van het stuk nooit zou kunnen doorstaan als hij daaraan twijfelde: hij moest de koe bij de hoorns vatten en weten waar hij aan toe was.

'Je zus is goed,' zei hij.

Tom keek voldaan. 'Ze is lang niet slecht, hè?'

Vervloekt! Waarom zeg je het niet! Hij slikte en zei achteloos, alsof dat wat hij ging zeggen een alledaagse opmerking voor hem was: 'Ik mag haar vriendin ook.'

Het was verbazingwekkend hoe Tom daarop reageerde. Hij draaide niet eens met zijn hoofd.

'Ja, ze is een leuk klein ding.'

Een leuk klein ding! Was Tom blind, werkten zijn ogen en zintuigen niet meer? Of verhulde hij ook zijn ware gedachten achter een beheerste, nonchalante stem?

'Ken je haar goed?'

'Maar een beetje. Ze komt af en toe bij ons thuis. Mijn zus heeft haar bij het stuk gehaald.'

'Ik zou graag kennismaken met je zus... en... en dat andere meisje. Kan dat – na afloop?'

'Jazeker! Als het afgelopen is gaan we naar hen toe.'

Er kwamen mensen terug van hun frisse lucht en ze stommelden naar hun plaatsen terwijl het licht langzaam uitging. Het was nu weer donker in de zaal, maar ondanks zijn tranceachtige geluksgevoel vond de jonge meneer Stevens het moeilijk om het tweede deel uit te zitten.

Ze kwam nog maar één keer op. Idioot genoeg had men nagelaten haar in het koor van de meiboomdanseressen te zetten, maar hij zag haar heel even in de menigte dorpelingen op de bruiloft: mooi in een eenvoudige katoenen japon en een luifelhoed.

'Kom mee,' zei Tom, 'we moeten naar buiten en omlopen naar de achterkant.'

Een paar bekrompen mensen mompelden en keken kwaad toen Tom en hij zich langs hen heen drongen. Toen waren ze in de buitenlucht, haastten ze zich door de flauw verlichte straat naar de achteringang. Meneer Stevens was nog nooit achter de schermen geweest. Op elke andere dag zou hij dat op zich al spannend hebben gevonden, maar de grote latten van de decors, de zwetende mannen in hemdsmouwen en de manden met de wirwar van kostuums gleden in een nevelige droom langs hem heen.

Nu waren ze in een smalle gang. 'Weet u waar juffrouw Harris is?' vroeg Tom.

Een stompzinnige idioot stak zijn arm op om hun de weg te versperren: 'Daar kunt u niet naartoe. Ze zijn zich aan het verkleden.'

Meneer Stevens had de man graag neergeslagen, maar mensen die van achteren opdrongen, luidkeels roepend om Millie en Susie en Kate, deden alles wat noodzakelijk was en weldra stroomden ze en masse voort. Er waren heel veel halfopen deuren, en meneer Stevens zag de meisjes erachter. Er klonken gilletjes en lachsalvo's toen er mensen luidruchtig naar binnen drongen. Nadat Tom in diverse kamers had gegluurd, wendde hij zich met een triomfantelijke glimlach tot zijn vriend: 'Hier is ze!' zei hij.

Er waren een heleboel meisjes in de kamer, de meeste in het kostuum dat ze op het toneel hadden gedragen, maar een paar droegen een peignoir. Meneer Stevens' hoofd tolde: hij had geen enkele ervaring met een tafereel als dit. De conventie was weggeblazen op de vleugels van gelach, alle woorden werden regelrecht in de ziel van de ander gestort, niemand woog zijn woorden af. Een of twee andere jonge mannen waren nog voor hen gearriveerd en hielden de hand van een meisje vast of trokken speels aan de linten van haar meiboomkostuum, en het hele tafereel was overtrokken met de zware verleidelijke geur van schmink en poeder.

'Dit is mijn vriend, Ernie Stevens,' hoorde hij Tom zeggen, en toen werd er 'Mijn zus!' in meneer Stevens' oor gebruld en hij merkte dat hij de hand schudde van een lang, blond, lachend meisje.

Van achteren botste er iemand tegen hem op en een andere jonge man had de hand van Toms zus vast voor meneer Stevens ook maar iets kon zeggen. Dat kwam in zekere zin mooi uit, want nu kon hij zijn ogen afwenden en de kamer afspeuren. Zijn keel was eigenaardig droog en er leek veel lucht in zijn longen te zitten die er niet uit wilde komen bij het ademen. Hij was vreselijk ongerust voor het geval... Nee! Daar was ze! Daar in de hoek... Hij was ontzettend bang geweest dat een liefhebbende ouder haar overhaast had weggevoerd... maar alles was in orde! Fantastisch in orde! Nu was het echter zover; nu hij zag dat ze nooit uit de kamer kon ontsnappen zonder hem te passeren en tegen te komen, begon zijn hart te bonzen tot hij dacht dat zijn ribben zouden breken. Ze stond alleen, in een hoek die een stil binnenwatertje leek buiten de aanzwellende stroom die rond het midden van de kamer kolkte. Het was vreemd dat ze niet werd omringd door een drom mensen. Maar dat kwam verdraaid goed uit! Hij liep bijna naar haar toe, want in deze idiote, opgewonden sfeer zou dat volkomen natuurlijk zijn, maar toen hield hij zich in en trok hij Tom aan zijn mouw.

'Hé!' riep hij op een roekeloze, nonchalante toon die paste bij de kamer. 'Stel me voor aan... aan Flossie!' Tom keek hem even verbaasd aan, toen riep hij uit: 'Sorry!' en voerde hij zijn vriend de kamer door.

Ze droeg nog haar eenvoudige katoenen japon, oneindig veel mooier dan de opzichtige meiboomkleding rondom haar, maar ze had haar luifelhoed afgezet en haar beeldige bruine haar hing om haar heen in een wirwar van opgewonden golven.

Goddank voor het tumult en gelach om hen heen! In alle rust en met haar alleen had hij het nooit gekund, wist hij. Hij had nog nooit zo gesproken, nog nooit van zijn leven – het leken nauwelijks zijn eigen woorden, ze leken eerder door de koortsachtige sfeer in hem op te borrelen en uit zijn mond te rollen.

'...Ik vond u geweldig! – Verreweg de beste van allemaal...! Ik... ik... heb de anderen niet eens gezíén!'

Het snoezige rozenknopje van haar lippen beefde en hij dacht even dat er tranen in haar ogen dansten, maar dat was van opwinding, wist hij, daardoor glinsterden ze zo...

'Ik had het nog nooit gedaan,' fluisterde ze.

‘Nog… nooit gedaan! O, maar… maar dat moet wel!’
‘Nee, echt niet!’
‘Dan was het gewoon fantastisch!’

Hij keek met een zucht uit het raam. Ze passeerden een kalkgroeve, die naast een donker, koel naaldbos blonk in de zon.

Twintig jaar inmiddels, sinds hij haar naar huis had gebracht, naar dat kleine huisje in Anerley. Hij wenste dat ze was blijven acteren, maar daar leek haar hart nooit meer naar uit te gaan. Als dat wel was gebeurd, waren ze contact blijven houden met al die levendige mensen. Toms zus leek in feite haar enige vriendin te zijn, maar zodra ze getrouwd was, had ze haar laten schieten. Hij dacht eigenlijk dat Toms zus haar als vriendin had genomen omdat ze zo vol vertrouwen en bewondering was, zo graag wilde doen wat Toms zus deed.

Het was jammer dat ze er nooit handig in was geweest om vriendinnen te maken. Hij had het heel vaak geprobeerd door mannen van de voetbalclub op de thee te vragen, met hun vrouw. Dan werd ze opgewonden en praatte en lachte ze zo vrolijk dat hij zeker wist dat er banden werden gesmeed. Maar op een of andere manier liep het altijd op niets uit. De vriendinnen vertrokken en er leek niets te gebeuren om zijn vrouw weer met hen in aanraking te brengen.

Maar wat wilde hij dan? Een dominante vrouw die de baas over hem speelde? Een vrouw die het huis vulde met haar eigen vriendinnen en hem naar zijn slaapkamer dreef… of iemand die altijd weg was, die de kinderen en het huis verwaarloosde? Of een die jengelde en mopperde om meer geld?

Hij wist dat de huishouding van hun kleine huis zoveel

vergde van haar fragiele kleine lichaam en geest dat die er bijna onder bezweken, maar had hij liever een bazige vrouw gehad die het minachtend op haar sloffen had gedaan?

Een trein reed denderend langs en zijn vrouw werd met een schokje wakker. Ze keek even verbijsterd om zich heen, toen keek ze een ogenblik in de ogen van haar man, en hij glimlachte naar haar.

11

Door zijn jarenlange ervaring met de reis naar Bognor wist meneer Stevens dat er maar heel zelden meer passagiers in je coupé bij kwamen als je Clapham Junction eenmaal veilig was gepasseerd.

Over het algemeen stond er slechts een handjevol mensen te wachten in Sutton en Croydon, en het was met je geluk gedaan als een van hen jouw specifieke rijtuig uitkoos. Maar die kans was daar altijd aanwezig, en meneer Stevens vond het meestal een verstandige voorzorgsmaatregel om naar het raam te gaan als ze die stations binnenreden en met zijn ellebogen op het kozijn naar buiten te kijken met een vermoeide, ellendige uitdrukking op zijn gezicht, alsof hij moest staan in een overvolle coupé.

Dat had altijd het beoogde resultaat, en na Croydon was het gevaar geweken, want in Dorking gingen er meestal meer mensen uit dan erin kwamen.

Hij had eigenlijk verwacht dat de meisjes met een knapzak hen in Dorking zouden verlaten om te gaan wandelen op Box Hill, maar ze maakten geen aanstalten toen de trein tot stilstand kwam. Onverwachts echter, een groot geluk, was de dame met de baby uitgestapt. Meneer Stevens was tot de slotsom gekomen dat ze een zeemansvrouw was die naar Portsmouth ging, en het verbaasde hem enorm toen hij haar zag vertrekken. Maar hij was nauwelijks breeduit gaan zitten of een heilsoldaat sprong met een kleine zwarte tas naar binnen en meneer Stevens moest zich weer terugtrekken.

Desondanks was het een zeer bevredigende ruil, en de komst van de heilsoldaat was niet meer dan natuurlijk, want passagiers die in Dorking stonden te wachten, wisten dat de trein vol was en zouden uiteraard naar de rijtuigen gaan waar mensen uitstapten.

Maar nu, in Horsham, gebeurde er echt iets opmerkelijks. Meneer Stevens was er bijna zeker van dat de wandelmeisjes daar zouden uitstappen, en hij had gelijk. Maar toen de trein stopte, dromden niet alleen de twee meisjes, maar ook de heilsoldaat, de jonge man met de tanden en de man met de slobkousen allemaal de trein uit en er stapte niemand in om hun plaatsen in te nemen.

Dat was een geweldige bof. Horsham lag net halverwege en er zouden geen stations meer zijn tot het rustige kleine Arundel, waarvan meneer Stevens zich niet kon herinneren dat er ooit iemand in of uit was gestapt. Het betekende vrijwel zeker dat ze gedurende de rest van hun reis het rijtuig voor zichzelf zouden hebben, met als enige uitzondering de marineman. Maar hij was op een dag als deze een prettige, doorgewinterde passagier.

Sommige jaren was het helemaal tot Bognor overvol en ongerieflijk geweest, en deze onverwachte meevaller leek een vol uur onverwacht plezier aan de vakantie toe te voegen.

Meneer Stevens taxeerde de treinreis namelijk altijd als een onzekere variabele in het totaal van geluk. Zelfs onder de ergste omstandigheden kon je een flauw gevoel van blijdschap oproepen omdat je door het land naar zee snelde, maar wanneer er zoiets gebeurde als nu, wanneer je ledematen ineens worden bevrijd van de pijnlijke druk van de heupen en ellebogen van andere mensen, wanneer er luxueuze ruimtes van lege zitplaatsen om je heen zijn om je tijdschriften en kranten, je armen en benen uit te spreiden, dan alleen kun je de twijfel triomfantelijk terzijde schuiven.

Het had bijna een zweem van zelfgenoegzaamheid zoals meneer Stevens zijn krant neergooide in de kuil die de vrouw met de baby had achtergelaten en die vanaf Dorking losjes was gevuld door de tengere heilsoldaat. Hij strekte zich uit en glimlachte. Hij wist dat hij de komende maanden nog vaak aan dit moment zou terugdenken, want dit was het exacte moment, het keerpunt waarop zijn laatste zorgen achter hem lagen en elk ogenblik van de vakantie volledig en ononderbroken voor hem lag.

De vroege ochtend en gisteravond, hoe opwindend die ook waren geweest, waren overschaduwd door de dreigende wolkjes die onvermijdelijk boven het begin van een vakantie hingen. De bezorgdheid om het huis te verlaten, de last van de bagage, de schrikbeelden van Clapham Junction en de zorgen over zitplaatsen, dat waren nu dingen uit het verleden, dingen om grappen over te maken, en voor hen lag de vakantie: bakken onder een onbewolkte, vredige lucht, die zich uitstrekte tot aan de ver verwijderde horizon van zondag over twee weken – zo ver weg dat je de afstand nauwelijks kon meten in termen van dicht opeengepakte minuten van zonovergoten dagen en sterrennachten.

De enige resterende taak, een kruier te vinden om de bagage van station Bognor naar *Zeezicht* te rijden, zou kinderspel zijn vergeleken met de problemen die ze hadden overwonnen, en toen ze station Horsham uit reden en meneer Stevens over de bank naar Mary toe schoof, dacht hij bij zichzelf: nú begint de vakantie echt, exact op dit moment.

Mevrouw Stevens en Ernie schoven mee tot ze naast Dick zaten, en iedereen, nu weer herenigd, begroette elkaar of ze een maand gescheiden waren geweest.

Ze wisselden ervaringen en indrukken van de reis uit, die waren opgedaan vanuit hun respectieve positie in het rijtuig.

'Hebben jullie die brandende hooiopper niet gezien?'

'Nee, waar?'

'Net voorbij Leatherhead.'

'Waarom heb je dat niet gezegd!'

'Hoe had ik dat moeten dóén, met al die mensen!'

'Zat u niet vreselijk ongerieflijk, mam?'

'Nee! We zaten prima, of niet, Ernie?'

Er werd met geen woord gerept van de baby, of van meneer Stevens' hoed. Zelfs Ernie wist instinctief dat het iets was waarvan je deed of je het niet had gezien, hij had het alleen over de sterke mottenballenlucht die het kind had verspreid wanneer het werd verplaatst.

'Goed dan!' riep meneer Stevens uit, die zijn handen ineensloeg. 'Wat vinden jullie van die boterhammen!'

'Ja,' stemde Ernie in.

Dick sprong op om het pakketje uit het rek te pakken, terwijl Mary de thermoskan aangaf.

Ze passeerden de gladde speelvelden van Christ's Hospital, waren op weg naar de weidse South Downs, en het werd stil toen mevrouw Stevens het pakje losknoopte en de boterhammen blootlegde. Het had iets plechtigs zoals iedereen zijn kleine aandenken aan thuis pakte. Er zou veel tijd verstrijken… en wie wist wat er zou kunnen gebeuren voor er weer eten van thuis hun mond in ging?

Het leek volkomen natuurlijk dat tassen en hutkoffers de Corunna Road verlieten, want tassen en hutkoffers zijn rusteloze gasten, die pas tot leven komen en blij zijn op het karretje van een kruier en in het bagagerek van een trein. Maar voor boterhammen, gesneden op een keukentafel die nu eenzaam en verlaten is achtergebleven, ligt het een beetje anders: elk hapje lijkt een fluistering van vertrouwde geluiden te bevatten, net zo'n fluistering als wordt gemaakt door het stroompje zand dat uit je schoen valt wanneer je je uitkleedt op de avond dat je weer terug bent in je slaapkamer thuis.

Tijdens het eten van zijn boterham dacht Dick erover na hoe vreemd het was dat niemand, zolang de wereld bestond, ooit zou weten hoe een leeg huis met dichte gordijnen aanvoelde, omdat dat gevoel door de entree van een menselijke voet zou vervliegen.

De stop kwam met een plop uit de thermoskan en er zweefde een dampkrul omhoog in het zonlicht.

'Prachtdingen!' mompelde meneer Stevens, en toen Ernie bij het raam vandaan draaide om te vragen hoe alles warm werd gehouden, antwoordde meneer Stevens: 'Tja, dat is nu net de vraag.' Hij had er nooit in geloofd om zijn kinderen te misleiden met een valse schijn van kennis, en om verdere vragen te vermijden pakte hij zijn knapzak en haalde hij er zijn opvouwbare aluminium beker uit.

Ze praatten niet langer met de gedempte stem die noodzakelijk is in een vol rijtuig: ze praatten nu alsof ze thuis in de eetkamer zaten. Toen de andere passagiers in Horsham hun biezen hadden gepakt, had er een frisse, koele bries door het rijtuig gewaaid, die de muffe lucht had weggeblazen. Meneer Stevens voelde hem graag op zijn gezicht en door zijn haar. Thuis zou het 'tocht' zijn genoemd en zou het raam haastig zijn neergetrokken, maar hier was het iets totaal anders.

Het landschap buiten werd nu mooier dan ooit. Hier en daar werd een late oogst binnengehaald, en er zwaaiden mensen naar hen vanuit lome, rijpe velden. Ze passeerden een tuin waarin grote pollen herfstasters welig bloeiden, en een klaverveld met rode spatten van de laatste klaprozen. Af en toe zagen ze door open stukken tussen de bomen een glimp van de gevels en torens van een landhuis, met brede ceders en poorten van fluwelige groenblijvende bomen. Soms zagen ze mannen met een zeis het sprietige herfstgras maaien. Er school voor de familie Stevens geen treurigheid in de vage toetsen goud die glansden in de zonovergoten beukenbossen, want de eerste bedeesde vinger van de herfst had altijd de vakantie ingeluid.

Ze waren bij de moerassige vlakten van Pulborough gekomen toen mevrouw Stevens het boterhampapier oprolde tot een kleine bal en uit het raam gooide, en daar zagen ze altijd het eerste spoor van de zee. Het riviertje de Arun slingerde door de vlakke weilanden op weg naar de verre kust: het zag eruit alsof het een getijriviertje was, want op de modderige oevers klampten zich enkele vlokjes schuim vast. Ze kwamen diverse keren bij de rivier op zijn kronkelende loop: hij was telkens breder, en vrijpostiger, en één keer zagen ze een zeemeeuw op een witte paal bij de oever zitten.

Nu zaten ze allemaal op de uitkijk. Hoe dichter ze bij Bognor kwamen, hoe opwindender de vertrouwde bekende punten werden, en ineens, bijna tegelijk, riepen Dick en Ernie uit: 'Daar is het kasteel!'

Meneer Stevens boog naar voren, tuurde een ogenblik en zei toen: 'Ja. Daar is het!' Arundel Castle verhief zich in de verte als een enorme grijze rots uit een golvende zee van gras. De trein maakte een flauwe bocht en het kasteel leek geleidelijk aan op te zwellen en zich verder te verheffen. Vervolgens, toen ze dichterbij kwamen, begonnen de rode daken van het oude stadje zich eromheen te scharen en verzamelde een wal van nevelige bomen zich erachter. Ze verloren het kasteel pas uit het oog toen de trein stilletjes onder de brug door het station in reed.

Het tussenstation Arundel was een volgend herkenningspunt op hun reis. Dat markeerde de overgang van ongedurigheid naar rust. Er was geen gekletter van mensen en er klonken geen bezorgde kreten, er was alleen de vredige stilte van een landelijk station dat een eindje buiten de plaats ligt, en in passerende stemmen hoorde je de zacht brouwende tongval van Sussex. Iedereen bewoog trager, en zelfs de conducteur was zich bewust van de subtiele verandering. Op de andere stations had hij stijf op het perron gestaan, langs de trein gekeken met ogen vol gespannen ongerustheid, maar nu was hij een andere man. Hij kuierde op zijn gemak naar een kruier die naast een krat met kippen stond, en na een paar woorden stak hij speels de steel van zijn vlag door de tralies van het krat. Hij lachte om het daaropvolgende gefladder, en toen Ernie vanuit het raam van het rijtuig meelachte, keek de conducteur naar hem en glimlachte hij. Het idee dat de conducteur op Clapham Junction naar je zou lachen!

Ze draalden even in de koele schaduw van Arundel. Het was zo stil dat je mensen hoorde praten in nabije rijtuigen en het vee hoorde loeien in enkele open goederenwagens op een rangeerspoor. Toen, bijna onwillig, haalde de conducteur zijn horloge tevoorschijn, raadpleegde het en zwaaide kordaat met zijn vlag alsof hij wilde zeggen: Goed, weer aan de slag!

Het land was nu vlakker, voor de oppervlakkige blik niet zo mooi als het landschap waar ze doorheen waren gekomen, en toch zat voor de familie Stevens elke meter vol herinneringen. Ze passeerden een wit huis aan een slingerende laan, waar nauwelijks een dak op had gezeten toen ze er vorig jaar langs waren gekomen, maar nu hingen er gordijnen, lag er een hond in de portiek en was er een tuin aangelegd met jonge boompjes. Ze zagen treurig genoeg een plek waar vorig jaar een dicht bos had gestaan, maar nu een kale open plek was, vol stronken die geel door de adelaarsvarens heen schenen en met een stapel stammen naast een modderige, onlangs omgewoelde onverharde weg.

'Op een dag,' zei Dick, 'zullen er wel huizen staan, helemaal van Clapham Junction tot Bognor.'

'Nooit!' zei meneer Stevens. 'Ze zullen er iets aan doen voor het zo erg wordt.'

Ernie vroeg wat ze zouden doen, en meneer Stevens zei met een knipoog naar de anderen dat ze zouden voorkomen dat er nog meer kleine jongens zoals Ernie ter wereld zouden komen die de grote mensen zouden verdringen, en mevrouw Stevens, die haar handen tegen elkaar sloeg van het lachen, merkte dat ze die vermoeiende dag voor het eerst ontspannen en blij lachte.

Het was bijna één uur toen ze stopten in Ford Junction. Daar moest de trein worden gesplitst, want een deel zou doorgaan naar Portsmouth, en toen ze stopten, keek de marineman rusteloos uit het raam. Na een ogenblik boog hij naar voren en sprak hij de familie Stevens voor het eerst aan.

'Zit ik goed voor Portsmouth?' informeerde hij, waarop de familie Stevens enthousiast en bijna triomfantelijk in koor antwoordde: 'Nee, voor Bognor!'

De marineman greep vlug zijn kleine zwarte tas en dook op de deur af. Buiten draaide hij zich met een glimlach om.

'Bedankt. Een bof dat ik het vroeg.'

De Stevensen zwegen even nadat hij was vertrokken, omdat ze allemaal iets in hun eigen achting waren gestegen, maar tegelijkertijd te kampen hadden met de verlegen gêne die volgt op een goede daad. Het was meneer Stevens die de stilte verbrak.

'Een bof dat hij het op dat moment vroeg.'

'Stel je voor dat-ie er niet eerder achter was gekomen!' riep mevrouw Stevens ontsteld uit.

Ernie informeerde wat er zou zijn gebeurd als de marineman het niet aan hen had gevraagd, en naar Bognor was gegaan.

'Dan had hij natuurlijk gemerkt dat hij in de verkeerde plaats was!' antwoordde meneer Stevens.

'Zou hij een boete krijgen?' vroeg Ernie.

'Niet als het per ongeluk was. Dan hadden ze hem de volgende trein terug laten nemen.'

Daardoor nam Ernies waardering voor de spoorwegen wat toe, hoewel hij nauwelijks kon geloven dat ze enig mededogen zouden tonen: hij kon zich gemakkelijker voorstellen dat de marineman in de gevangenis werd gegooid.

Het was Dick opgevallen dat een paar mensen de trein hadden verlaten om hun benen te strekken, en meneer Stevens en hij stapten behoedzaam uit om hetzelfde te doen.

Ford Junction was een onbeschut, winderig oord, hoewel de lucht er fris en opwekkend was, bijna als aan zee. Ze hadden de heuvels nu gehad, die lagen als nevelige wolkenbanken achter hen. Voor hen uit was het land vlak, met de stipjes van een paar windmolens in verre weilanden en de baan van het spoor, die je door de gebogen lijn van de telegraafpalen een heel eind kon volgen.

Mevrouw Stevens keek ongerust toe terwijl Dick en haar man op en neer drentelden. Ineens schokte de trein een beetje en ze riep uit: 'Vlug!'

'Niets aan de hand,' zei meneer Stevens, 'de locomotief wordt alleen aangekoppeld', maar hij stapte heel snel in en zag een beetje bleek. Het had een ogenblik echt geleken alsof de trein vertrok.

Toen ze Ford Junction verlieten was het tijd om hun

spullen bij elkaar te zoeken. Ze zouden nu over een kwartier in Bognor zijn. De golf van opwinding die de Stevensen had overspoeld toen ze na Horsham bij elkaar waren gaan zitten, was inmiddels afgezakt, en daarvoor in de plaats was een rustige blijde verwachting gekomen. Ze wezen elkaar niet meer op de bekende punten die ze passeerden, maar zaten in de hoeken met hun gezicht voor het raam te wachten.

Toen ze bij de spoorwegovergang in Barnham kwamen, knoopte meneer Stevens zijn knapzak dicht en pakte hij zijn hoed, terwijl mevrouw Stevens de thermoskan onder haar arm stak. Ze hadden enige moeite met Ernies schep, die verstrikt was geraakt in het tuig van zijn zeilboot, en tegen de tijd dat alles was ontward, leunde Dick uit het raam, wachtend tot hij het teken kon geven.

'We zijn er!' zei hij, waarop hij zich omdraaide om zijn regenjas en de tennisrackets te pakken.

De trein begon af te remmen: huizen sloten hen in, en ze passeerden de gashouders die het eind van hun reis aangaven. Ze reden kalmpjes tussen de perrons door. Ze waren er.

Een kruier riep zinloos: 'Bognor!'

12

Als je geblinddoekt naar station Bognor werd gebracht, zou je weten dat je aan zee was zodra de doek van je ogen werd gehaald.

Want hoewel de zee, net als op alle goede stations aan de kust, zorgvuldig aan het zicht is onttrokken, zou het gebleekte, droge uiterlijk van alles je opvallen, en de frisheid van de brede perrons, die eruitzien alsof ze elke dag worden overspoeld door een opkomende golf.

In Londen wordt alles na verloop van tijd donker, aan de kust wordt alles lichter – behalve natuurlijk de mensen. In Londen kruipt vuil en afval in een hoek, waar het futloos blijft liggen tot er iemand langskomt en het wegveegt. Aan de kust stormt het op een hoek af, waar het vrolijk ronddraait en er weer vandoor gaat.

Het zou getuigen van een slecht gevoel voor publiciteit bij Bognor als de zee er al in volle glorie aan je werd onthuld zodra je uit de trein stapte, dat zou net zijn alsof het doek in een schouwburg opging voordat je klaar was met het genoegen je af te vragen wat erachter verborgen lag. Bognor kent de kneepjes van het vak en houdt de zee zo lang mogelijk als troef achter de hand. Het plaagt je met slingerende straten en aanlokkelijke doodlopende steegjes, speelt met je, voert je mee en stelt je telkens weer teleur, tot je ten slotte iets ziet glinsteren tussen de huizen en belachelijk verbaasd en heel dankbaar bent.

De trein kan niet verder dan Bognor: als de remmen het niet deden, zou de locomotief door de stootblokken heen breken en door de hoofdstraat de zee in rijden. Het is een perfect station voor een badplaats: de locomotief komt ferm de stad in en blijft staan, met zijn zwoegende borst recht voor de kust. Later pakt een andere locomotief de trein bij zijn staart en sleept hem protesterend terug naar Londen.

Zodoende hoeven passagiers niet heel haastig uit te stappen: er is tijd om even te dralen en onder de banken te kijken. Meneer Stevens vond niets anders dan het patroon uit het tijdschrift van zijn vrouw, maar nadat hij er nadenkend met zijn stok tegen had geduwd, besloot hij dat de waarde ervan te verwaarlozen was en liet hij het liggen waar het lag. Het gezin pakte de handbagage en ging op zijn dooie gemak naar de drom mensen bij de bagagewagen.

Ze waren precies op tijd om een hutkoffer naar buiten te zien komen die je liet watertanden: hij was helemaal beplakt met romantische, gekleurde etiketten van hotels uit alle windstreken, Venetië, Cannes, Rome, Majestic Hotels en Grand en Metropole; sommige waren gedeeltelijk afgescheurd, alsof ze er niet toe deden, en over de verweerde voorkant van de koffer was een brede blauwe lijn geschilderd, horizontaal en verticaal, waardoor hij eruitzag als een enorme aangetekende brief. Het was jammer dat hun eigen kleine hutkoffer er meteen daarna uit kwam; hij deed een heldhaftige poging om er verreisd uit te zien, maar niets kon het blikkerige geluid ervan verhullen toen hij over het perron werd geduwd, en zijn kleine verzameling identieke zwart-witetiketten leek naar hen te glinsteren met verontschuldigende tranen. Waarom had mevrouw Huggett geen fleurig, indrukwekkend etiket waarop ZEEZICHT stond? Het zou heel weinig kosten en bij hun thuiskomst opzien baren in de hele Corunna Road.

Maar het was de tijd noch de plek voor jaloezie. Wat deed het er per slot van rekening toe? Fleurige etiketten riekten naar ijdelheid en hoogmoed, en de dikke, bleke man van wie de fantastische hutkoffer was, strompelde met een stok, had een jichtig been. Meneer Stevens overpeinsde de vloek van rijkdom, draaide zich om en ging op zoek naar een kruier.

Er stonden er meer dan genoeg en na een inspectie koos meneer Stevens er een uit die op een kreeft leek. Het gezin legde de handbagage op het karretje en volgde hem over het perron naar de uitgang.

Er stond een groep mensen voor het perron te wachten en met name één man viel de Stevensen op. Hij was blootshoofds, droeg een korte kaki broek, een open overhemd en een trui die was opgerold tot aan zijn ellebogen. Zijn gezicht, armen en blote knieën waren bruinverbrand in de kleur van eikenhout, en louter bij die aanblik versnelden de Stevensen vol verlangen hun pas en drongen ze zich voorzichtig door de menigte heen. Even later zagen ze een andere man, die er precies hetzelfde uitzag, en ze begonnen bijna te rennen.

Een slungelige jongen met een handkarretje ontfermde zich over hun bagage en deed de familie Stevens behoorlijk veel plezier door te weten waar *Zeezicht* was zonder dat hem dat hoefde te worden verteld. Toen de Stevensen het ruime stationsplein op stapten, beet er een onstuimige wind in hun gezicht, waardoor ze hun hoofd bogen.

'Er zal een woelige zee staan,' zei meneer Stevens met de kalmste stem waartoe hij in staat was.

Het was tussen de middag en er waren vrij weinig mensen op straat toen ze van de Station Road de hoofdstraat in sloegen die naar de passage voerde. Er waren overal dingen die hen verwelkomden en dingen die hen voortdreven, dingen die zulke levendige herinneringen opriepen dat het moeilijk te geloven was dat ze een jaar geleden voor het laatst door deze straat hadden gelopen. Ze passeerden de winkel met de strandschoenen die als trossen bananen buiten hingen, en de winkel met de dikke zuurstokken van Bognor Rock, zuurstokken waar de naam dwars doorheen was gedrukt, zodat er altijd in het midden BOGNOR ROCK stond, hoeveel je er ook op zoog of eraf brak. Hier was de winkel met de glinsterende natte vis, die sliep op een zacht bed van vers verzameld zeewier, en de speelgoedwinkel vol schepjes en emmertjes, garnalennetten en zeilbootjes, met vellen overdrukplaatjes en spelletjes om binnen te doen op schemerige avonden, wanneer je benen te moe zijn om nog in beweging te komen en je hoofd vredig en doezelig is doordat het vol zit met frisse lucht, en je gezicht brandt, hoewel je ogen koel zijn.

Ze passeerden de winkel met de ansichtkaarten in de ronddraaiende rekken die je nooit rond kon duwen, waar je de kleine opgevouwen kaartjes kocht die neervielen in een zigzagbaan van plaatjes. De kruidenier, met zijn saaie pakjes sago en ingemaakte kruisbessen, sloeg een erbarmelijk figuur te midden van deze luisterrijke concurrenten.

Blikken uithangborden zwaaiden en ratelden, en markiezen klapperden op vlagen bedwelmende lucht. Er liepen enkele mensen langs, haastig op weg naar hun middagmaal: gebronsde, lachende mensen met een wilde haardos en natte badkleding in hun hand. Meneer Stevens keerde zich meer dan eens naar zijn vrouw om te zeggen: ‘Kom mee, schiet op!’

Mary zag haar bleke gezicht in een spiegel en dacht blij aan de dagen waarin haar huid van lieverlee dezelfde kleur zou aannemen als die van de bruinverbrande mensen om haar heen, tot ze zonder schaamte naast hen kon staan.

Op de hoek waar ze de High Street in sloegen, rukte een windvlaag meneer Stevens' hoed af en nam hem stuiterend op zijn rand mee naar de passage. Hij schreeuwde: 'Hé!', dook om een fiets heen en rende achter de hoed aan naar de stoep aan de overkant. 'Geen plaats voor hoeden!' riep hij bij zijn terugkeer tegen het lachende gezin.

'Mijn hoed zal Bognor niet meer zien – tot de dag waarop we vertrekken!'

Een stukje verderop was een grote kruidenier, en mevrouw Stevens bleef dralen bij de etalage.

'Wat vinden jullie van een lekkere zak chips?' riep ze uit. 'Voor bij het middageten?'

'O, kom mee!' schreeuwde meneer Stevens. 'We kunnen niet blijven rondhangen! Mevrouw Huggett heeft vast wel iets gekookt... Koop het een andere keer,' voegde hij er zachter aan toe, en ze gingen weer haastig verder. Al het andere daargelaten, wilde meneer Stevens graag hun kamers bereiken zodat ze zich fatsoenlijk konden kleden voor aan zee. Ze vielen verschrikkelijk uit de toon te midden van al deze mensen met een onbedekt hoofd, een open hals en blote benen. Meneer Stevens wilde zijn hoed afzetten, zijn das afdoen, de boord van zijn cricketshirt openknopen en zijn witte canvasschoenen aantrekken.

Het zei heel wat over de vindingrijkheid van de mannen die Bognor hadden ontworpen dat de familie Stevens nooit kon onthouden bij welke zijstraat ze hun eerste glimp van de zee opving.

'Deze is het, dat weet ik zeker,' zei Dick toen ze een van de vele zijstraten van de High Street naderden. Maar dat was niet zo. Aan het eind werd hun zicht zelfvoldaan geblokkeerd door een vierkant huis. Meneer Stevens lachte, en Dick zei: 'Dan moet het de volgende zijn.'

'Ik zeg je dat het de dérde zijstraat is,' hield meneer Stevens vol.

'Maar in de Clarence Road zit halverwege een bocht!'

'Welnee!'

'Waar wilt u om wedden?'

Maar voordat er gewed kon worden, hadden Dick en Ernie het op een lopen gezet en renden ze om het hardst naar de volgende hoek. Meneer Stevens zag hen stoppen en doodstil blijven staan, naast elkaar, in de straat kijkend, met hun hand boven hun ogen vanwege de zon. Toen draaide Dick zich om en riep: 'Raad eens!'

Maar de anderen hadden de hoek inmiddels bereikt. Ze bleven allemaal even stilstaan, een straat in turend die eindigde zoals geen enkele straat eindigde, behalve aan zee. Tussen de laatste huizen was alleen maar een vierkant stuk blauwe ruimte, een lage lijn van een hek en een smalle strook zilver licht.

'Wat zei ik u?' riep Dick uit. 'Ik wist...' Maar zijn woorden werden weggeblazen door een onstuimige windvlaag die vanaf zee aan kwam snellen om hen te begroeten.

Ze bleven niet langer staan dan nodig was om het uitzicht zachtjes in hun gedachten te laten doordringen, want de frisse lucht versterkte hun eetlust en ze hadden allemaal de brief gezien die mevrouw Stevens had geschreven, waarin ze mevrouw Huggett vroeg vijf dikke schaapskoteletten te halen voor het middageten. Ze gingen de High Street weer in – nog drie zijstraten, dan de St. Matthews Road!

De St. Matthews Road was vijftig jaar geleden in Bognor ontwikkeld, in een tijd toen mensen nog een zwak hadden voor stenen sierknoppen en portieken. Aan weerszijden een dichte rij hoge, smalle huizen, met een achterkant van bruinig-gele baksteen, maar een voorkant die was bedekt met lichtgrijze pleisterkalk. Een paar stenen stoeptreden leidden van het smeedijzeren hekje naar de voordeur, en half begraven kelderramen keken smekend omhoog, alsof het gewicht van de huizen erboven te veel voor ze was.

Zeezicht lag halverwege de straat aan de rechterkant en was vrijwel gelijk aan de andere huizen, behalve dat het *Zeezicht* was. Hoog en heel smal vergeleken met zijn hoogte, met een paar scheuren in de gepleisterde voorkant en een paar kale plekken waar stukjes pleisterkalk waren losgeraakt. De benedenramen waren hoog, maar de bovenramen waren lager, alsof de bouwer beneden te veel ruimte had gebruikt en de bovenramen er zo goed mogelijk in had moeten proppen. Er hing een pot geraniums in een stalen mand aan de portiek en op de rechterpilaar was met dikke, zwarte letters ZEEZICHT geschilderd.

Mevrouw Huggett hield zich strikt aan de etiquette van de pensionhoudster aan zee, want hoewel ze hen aan het eind van de vakantie altijd uitgeleide deed en bij het hek uitzwaaide tot de Stevensen de hoek om waren gegaan, zorgde ze er angstvallig voor uit het zicht te zijn wanneer het gezin arriveerde. De Stevensen zagen haar nooit, zoals mindere pensionhoudsters, in de voorkamer tussen de gordijnen door gluren en er volgde altijd een fatsoenlijke, deftige pauze voordat ze opendeed.

Meneer Stevens klopte aan, met mevrouw Stevens naast hem. Ernie drong zich naast zijn ouders op de bovenste tree, maar Dick stond op de onderste tree en Mary net binnen het hekje. Meneer Stevens keek door het matglas met het oude vertrouwde sterrenpatroon. Hij kon het rood-wit-blauwe raam aan het eind van de gang zien, dat uitkeek op de tuin, en na een pauze kwam er een gestalte vanuit de keuken op de deur af lopen.

Toen ging de deur open en stond mevrouw Huggett glimlachend voor hen.

Haar begroeting was geen valse conventie.

'Nee maar, wat ís het leuk om u allemaal weer te zien, en op zó'n dag!'

'Is het niet geweldig?' zei meneer Stevens. 'Precies wat we willen.'

'Inderdaad! En mevrouw Stevens! En Ernie – wat een grote jongen!'

Er klonk een zweem van schroom in haar begroeting van Dick en Mary: geen gebrek aan hartelijkheid, maar gewoon een vleugje schuchterheid. Ze kende dit goed verzorgde jonge meisje al vanaf de dag dat ze in haar moeders armen was gearriveerd, en deze verlegen, tamelijk knappe jongen was voor het eerst gekomen in een wollen kruippakje toen hij zes maanden oud was, en ze raakte haar wang aan met een mollige hand en lachte.

Ze waren nu volwassen, en mevrouw Huggett voelde instinctief de nuance van een verfijndere aard die je alleen aantreft bij kinderen van goede ouders. Ze wist dat als ze de familie Stevens ooit kwijtraakte, dat zou zijn omdat Dick en Mary liever naar een groter huis met meer vermaak en andere jonge mensen wilden. Haar angst daarvoor leidde niet tot argwaan of vijandigheid, alleen tot iets meer moeite om het leuk voor hen te maken, een beetje extra zorg om hun al het gerief te verschaffen waartoe ze in staat was.

'U zult allemaal wel uitgehongerd zijn!' riep ze uit.

'We hebben inderdáád trek,' lachte meneer Stevens, 'maar ik ruik iets lekkers!'

'Alles is klaar! Kom toch binnen! Komt de koffer met u mee? O, daar is hij al!'

De slungelige jongen was net de hoek om gekomen en reed de bagage door de straat.

'U hoeft zich geen zorgen te maken!' zei ze. 'Ik zal erop toezien. Gaat u maar naar binnen en rust lekker uit.'

Ze liepen de smalle gang in, met het hoge plafond en het oude bekende schilderij van Kitcheners terugkeer na de Boerenoorlog. Ze hingen hun jassen aan hun wankele oude vriend de kapstok en gingen de zitkamer in.

De tafel was gedekt voor het middageten: een brood op een houten plank, een botervloot en het olie-en-azijnstel. Er stond een vaas verse maar zo te zien nogal dorstige rozen in het midden van het kleed, en bij elke plaats lagen een mes en een vork en een keurig gevouwen servet.

Ze stonden bij elkaar en keken zwijgend rond.

Alles was nog precies hetzelfde: de oude vergulden klok onder zijn glazen stolp op de schoorsteenmantel, de twee porseleinen beeldjes, de twee leunstoelen van generfd leer, het schilderij van Grace Darling die naar de vuurtoren roeit en het donkere olieverfschilderij van de berg fruit. Er daalt een vreemd gevoel, met een zweem van treurigheid, op je neer wanneer je een kamer binnengaat die de herinneringen van een reeks jaren fluistert. Op de schoorsteen, een beetje misplaatst en zo te zien daar recent neergezet, stond het kaartje waarop een patroon van schelpen was geplakt, dat Mary had gemaakt toen ze acht was en met veel blosjes en neergeslagen ogen op de ochtend van hun vertrek aan mevrouw Huggett had gegeven. Terwijl mevrouw Stevens in de kamer om zich heen keek, zag ze Dick bijna als klein jongetje op de oude leren bank staan terwijl hij probeerde te zien of er iemand uit de ramen keek van de vuurtoren in de verte die Grace Darling moeizaam trachtte te bereiken. Ze herinnerde zich de zware onweersbui, jaren geleden, toen het in de kamer zo donker was geworden dat ze de gaslampen hadden moeten aansteken.

Het duurde een hele tijd voor een van hen sprak. Door het iets open raam hoorden ze het getinkel van een grammofoon in een huis aan de overkant van de straat. Het was koel en donker, een beetje bedompt in deze zitkamer na de verblindende frisheid van de buitenlucht. Mary ging stijf op een stoel bij de tafel zitten, mevrouw Stevens snoot haar neus met een hard geluidje, en meneer Stevens kuierde naar het raam, stak zijn handen in zijn zakken, haalde ze er weer uit en sloeg ze op zijn rug in elkaar.

Ten slotte draaide hij zich om en zei hij nogal slap: 'Nou, daar zijn we dan.'

Ze hadden het vreemde, verontrustende momentje bereikt dat in elke vakantie voorkomt: het ogenblik waarop de gespannen opwinding van de reis ineens wegvalt en dooft, en je achterblijft met de vage vraag wat je gaat doen, en hoe je moet beginnen. Met een zweem van paniek vraag je je af of je vakantie uiteindelijk slechts een saaie anticlimax van de reis is.

In feite probeer je tastend te schakelen: je rijdt even in een neutrale leegte tussen de snorrende lage versnelling van de reis en de zachte, langzame overgang naar de hoge versnelling van de vakantie, en op het moment waarop je doelloos de controle kwijt bent, heb je de neiging met je handen te friemelen, van je ene op je andere been te gaan staan en, net als meneer Stevens, nogal slap te zeggen: 'Nou, daar zijn we dan.'

Het was Ernie die de vakantie onbewust weer in beweging bracht door zich ineens om te draaien en op de deur af te gaan.

'Nog net tijd om voor het middageten naar zee te rennen!'

Meneer Stevens greep de kans om dit roerloze moment van inactiviteit te verdrijven met beide handen aan. Hij draaide kwiek bij het raam vandaan en gaf Ernie opgewekt een klap op zijn schouder.

'Nee, dat doe je niet! Na het middageten – het wordt net

binnengebracht! Dan gaan we met ons allen.'

Nu hadden ze weer vaart! Door gebons op de stoep en zwaar gehijg in de vestibule gingen meneer Stevens en Dick de kruier helpen met de bagage. De hutkoffer werd naar boven gezeuld en bleef op de overloop staan, terwijl elk gezinslid de eigen handbagage pakte en naast de kapstok op de grond opstapelde, klaar om na het middageten naar hun slaapkamer te worden gebracht.

In deze algehele bedrijvigheid stapte een nieuwe figuur binnen, een gedrongen, gezette kleine vrouw die de middelbare leeftijd naderde, rood haar had en er nogal sjofel uitzag. Ze kwam de keukentrap op en schoof stilletjes langs de muur van de gang met een dampende schaal koteletten en een juskom. Ze wachtte onopgemerkt in de donkere hoek bij de trap terwijl de hutkoffer door de gang werd getrokken, en toen ze eindelijk ruimte had om te verschijnen, zag meneer Stevens haar pas en hij riep joviaal uit: 'Hé, daar is Molly! Hoe gaat het Molly?'

Het was een lastige ontmoeting voor Molly, die klem stond tegen de muur, met een zware last in elke hand. Ze bloosde, boog haar hoofd en keek vervolgens met een lachje op.

'Het gaat heel goed met me, dank u, meneer Stevens.'

'Dát is mooi!'

Molly was een jong meisje geweest toen meneer en mevrouw Stevens voor het eerst naar *Zeezicht* waren gekomen, en meneer Stevens behandelde haar nog steeds enigszins als een kind. Haar alledaagse uiterlijk was bijna een aandoening: haar grote, vlakke gezicht, haar mopsneus en bleke sproetige huid zouden weerzinwekkend zijn geweest zonder haar onuitputtelijke goedhartigheid en geduld, waardoor lichamelijke lelijkheid er niet meer toe deed. Een flinke kleine dynamo leverde de energie waarop haar gedrongen, in groei achtergebleven lichaam draaide en onophoudelijk werd voortgedreven, van 's morgens vroeg tot 's avonds laat. Ze leek nooit moe te zijn en raakte haar opgeruimde glimlach nooit kwijt.

Op normale tijden deelde ze het werk in *Zeezicht* met haar bazin, op drukke tijden leek ze alles te doen. Want wanneer het werk mevrouw Huggetts broze krachten te boven ging, dempte ze de urgentie van haar verantwoordelijkheid door rond te rennen, omgeslagen randen van tapijten recht te trekken en besluiteloos in de gangen te staan, terwijl ze zich afvroeg wat er het eerst moest gebeuren, en Molly ging ondertussen van slaapkamer naar slaapkamer, waarbij niets anders te horen was dan haar hijgende ademhaling en het zoevende geluid van haar smoezelige doekje.

Ze leek maar eens per week het huis uit te gaan: elke zondagmiddag om twee uur. De familie Stevens vroeg zich af waar ze naartoe ging wanneer ze gejaagd het hekje uit liep en de St. Matthews Road in sloeg met een vastberaden, resoluut gezicht en een snelle, veerkrachtige tred, steevast in de lange groene jas die bijna tot haar hielen kwam en een lichte strook bont langs de kraag had. Het huis leek ineens leeg wanneer zij er niet meer was, het zwalkte mat rond tot zij klokslag negen uur weer terugkwam.

De koteletten zagen er fantastisch uit, waren opgediend rond de hellingen van een berg aardappelpuree, en het gezin volgde ze gretig naar de zitkamer en ging aan tafel zitten.

Met een zwaai van haar armen zette Molly de schaal voor mevrouw Stevens neer en de juskom naast haar. Ze was in een oogwenk verdwenen, en de Stevensen bleven alleen achter voor hun eerste maaltijd aan zee.

13

'In juni was-et hier een tijd vreselijk koud – vlak na Pinksteren. Mensen buiten in een overjas. Was-et in Londen ook zo?'

'Ja,' zei meneer Stevens, 'het is in juni een tijd koud geweest.'

'Tja, dat dacht ik wel,' riep mevrouw Huggett uit alsof ze er weken op had gewacht om dat te weten te komen. 'Het leek algemeen. Mijn julimensen zeiden dat ze-n-et ook hadden gehad in Sidcup.'

'O ja?'

'Ja. En ze waren natuurlijk wat blij dat-et juni was en niet juli.'

'Ja, dat was een bof, zeker.'

Het was even stil. Het middageten was voorbij, met uitzondering van de kaas, die mevrouw Huggett net had binnengebracht. Meneer Stevens dacht dat de wereld een bijzonder gelukkig oord zou zijn als mensen elkaar stilletjes terzijde konden nemen om elkaar vriendelijk maar vastberaden te wijzen op de kleine dingen die ze onbewust deden en die anderen ergerden en irriteerden.

Had hij mevrouw Huggett maar terzijde kunnen nemen! Had hij maar stilletjes tegen haar kunnen zeggen: Mevrouw Huggett, u hebt de irritante gewoonte om bij de deur te dralen en een praatje te maken als we bijna klaar zijn met eten. Ik weet dat u dat doet omdat het voor uw gevoel juist en vriendelijk is om het te doen, maar wij hebben er een hekel aan, wij voelen ons daardoor allemaal vreselijk opgelaten, want we eten graag alleen. Een enkel woord en een glimlach zijn voldoende. We zullen op andere momenten vaak genoeg een vriendelijk praatje maken, maar blijf niet, níét dralen bij de deur!

En mevrouw Huggett zou hebben gezegd: Goddank dat u me dat zegt, meneer Stevens! U hebt er geen idee van hoe ik ertegen opzie om te proberen vriendelijke dingen te bedenken die ik kan zeggen, terwijl u daar allemaal zit en naar me kijkt. Ik moet het gewoon doen omdat het juist is, maar ik denk urenlang na over wat ik moet zeggen, en dan ben ik alles kwijt wanneer het zover is en kan ik niet wegkomen. De deur lijkt mijn hand vast te grijpen en me tegen te houden, ik doe enorm mijn best om een aardige opmerking te vinden waarmee ik gemakkelijk de kamer uit kan gaan, maar die wil maar niet komen...

'Ja,' zei meneer Stevens. 'Het moet algemeen zijn geweest... als ze het ook in Sidcup hebben gehad.'

'Ja.'

Meneer Stevens keek hoe mevrouw Huggetts hand langzaam langs de zijkant van de deur op en neer gleed.

'Afgelopen maand is er-ier een bazaar geweest. Jammer dat-et nu niet is, dan had u-em kunnen zien.'

'Ach, ja, dat is jammer.'

'Voor-et ziekenhuis. Er waren kleine jongetje en meisjes verkleed als dieren. Een giller was-et.'

'Jammer dat we het hebben gemist.'

De daaropvolgende stilte werd verbroken door een gedempt geluid; half een plof, half een bons. Ernie had gehoopt dat hij de bovenste knoop van zijn korte broek halverwege iemands woorden los kon maken, maar zijn timing was verkeerd. Van rijstpudding kreeg hij altijd een opgeblazen gevoel.

'Ja,' zei mevrouw Huggett, in antwoord op meneer Stevens, niet op Ernies knoop, 'ja, u zóú ervan hebben genoten.'

Er was maar één manier om haar te helpen om weg te komen, en daar ging meneer Stevens nu toe over. Hij stond kordaat van tafel op, sloeg zijn handen in elkaar en zei luchtig: 'Ach, tja, er is ongetwijfeld genoeg ander vertier. Nu ga ik die saaie Londense kleren uittrekken!'

Mevrouw Huggetts gezicht klaarde op, haar hand viel van de deur naar haar zij: de bezoeking was voorbij. Ze hoefde alleen op de eerste dag dat haar mensen kwamen op deze manier te dralen om een praatje te maken.

'O, u zult meer dan genoeg vertier vinden, vast! En bovendien weet u hoe u ervan moet genieten!' Ze besefte met een blos van plezier dat ze de ideale woorden had gevonden om zichzelf de kamer uit te helpen: ze greep de deur stevig vast, keek er glimlachend omheen en verdween. De deur ging dicht en meneer Stevens ging met een zucht zitten om zijn kaas verder op te eten.

Het gezin was niet geïrriteerd door mevrouw Huggett, iedereen leefde met haar mee, en toen ze was ontsnapt genoot men eerder van de opluchting die ze had bewerkstelligd dan van het eigen genoegen om weer alleen te zijn.

'Ik heb het volgende in mijn hoofd,' zei meneer Stevens. 'Nu meteen een wandeling naar zee en een ommetje over de boulevard. Dan regelrecht terug naar hier om de hutkoffer uit te pakken en alles op te bergen voor de thee. Daarna is er niets meer om ons druk over te maken, en kunnen we de hutkoffer definitief vergeten.'

Het gezin stemde ermee in. Het gezonde verstand dat ten grondslag lag aan hun vaders plannen werd bijna altijd gerespecteerd, en het was een uitstekend idee om een korte wandeling langs zee te maken voordat ze gingen uitpakken.

Uitpakken is in het beste geval een irritante bezigheid, maar ronddrentelen met opgerolde sokken en ondergoed, jassen in muffe kasten hangen en dingen in lades leggen voor je de zee zelfs maar hebt geroken is een domme straf om jezelf op te leggen.

Toch is er een duivelse verleiding om het helemaal niet te doen, om van dag tot dag in de hutkoffer te duiken wanneer je iets nodig hebt, om hem een kwelgeest te laten worden die blijft spoken en je rust verstoort. Naarmate je het langer uitstelt, wordt hij slordiger en wordt het moeilijker om te vinden wat je zoekt.

Het was het allerbeste plan om naar zee te gaan, daar net lang genoeg te blijven om de smaak te pakken te krijgen en dan terug te gaan om in de hutkoffer te duiken met een prikkeling van zout in je neusgaten en de belofte van een lange, ongehaaste wandeling 's avonds. Uitpakken kan een genoegen worden, als je het doet op de manier van meneer Stevens.

Ze dromden de zitkamer uit, pakten hun bagage bij de kapstok en renden naar boven. Ze hoefden alleen maar het deksel van de hutkoffer op te tillen om de rubberschoenen te pakken, want die waren expres bovenop gelegd.

Een paar minuten in hun kamer en ze verzamelden zich opnieuw bij het hekje: een heel ander gezelschap dan er een uur geleden door was binnengekomen. Zonder hun bleke gezichten had je nooit geweten dat ze pas net waren gearriveerd. Meneer Stevens had zijn das afgetrokken en triomfantelijk in de kast gegooid, hij had zijn boord opengeknoopt en het boordenknoopje in zijn vestzak laten glijden, hij had zijn hoed minachtend op de kast geworpen en was in zijn witte schoenen met de rubber zolen geglipt. Alles in een paar minuten, maar wat was dat een verschil, wat voelde hij zich licht, en jong! Hij had heel gemakkelijk in de lucht kunnen springen en zijn hakken tegen elkaar kunnen slaan.

Dick en Mary hadden hun hoed weggesmeten en hun canvasschoenen aangetrokken, terwijl Ernie, na enige tegenstand van zijn moeder, zijn kniekousen had uitgetrokken en nu op de stoep zat te wachten, met blote benen en stralende ogen.

Alleen mevrouw Stevens bleef gekleed zoals ze was gekomen: ze had zonder succes geprobeerd iets te bedenken waardoor ze er anders uit kon zien, maar zij noch het gezin kon iets bedenken wat ze kon uit- of aantrekken; ze had ooit eens een jaar witte strandschoenen geprobeerd, maar daar had ze zere wreven van gekregen, en zonder hoed voelde ze zich nooit op haar gemak. Meneer Stevens had een geel truitje geopperd, en hoewel ze dat een goed idee had gevonden, leek ze er nooit aan te denken om het te kopen. Toen het gezin door de St. Matthews Road vertrok, hield ze haar rechterarm dicht tegen zich aan: het was moeilijk om meteen te vergeten dat ze de thermoskan niet meer hoefde te dragen.

Er moest zeemansbloed van een verre voorvader door de aderen van de Stevensen vloeien, afkomstig van een oude koopman-avonturier die wist dat de zee vrijheid en macht betekende, die ervan hield vanwege haar reusachtige frisheid, haar vriendelijkheid en kracht: taai oud zeemansbloed, waardoor zijn verre nazaten een brok in de keel kregen en zwegen terwijl ze het hek op de boulevard vastgrepen.

Want meneer Stevens en zijn kinderen hielden van de zee in al haar stemmingen: ze hielden ervan als ze er stil bij lag bij eb, mompelend in haar slaap, en wanneer ze ontwaakte en kabbelend over het strand aan kwam, en bij hoogwater op een vredige avond, loom klotsend tegen de kiezels. Maar ze hielden het meest van haar zoals ze vandaag was: wild bulderend rond de golfbrekers, dreunend en zuchtend op de holle plekken onder de pier, beukend tegen de zeewering, waardoor ze stuifwater op hen liet neerregenen. Haar duizend kreten hadden elk een andere toon – en elk geluid was onstuimig van vrijheid.

Golf na golf sloeg tegen de betonnen zeewering om met een kreun van pijn terug te zakken, alsof ze werden gegrepen en teruggetrokken door een groot zeemonster. De talloze kleine kiezels bleven roerloos liggen, waren verlamd bij elke golf die op ze af kwam denderen, maar dan sprongen ze op en joegen ze er als een gek achteraan met het geluid van een grote juichende menige in de verte.

Af en toe wendden de Stevensen hun gezicht af van de storm en zogen ze er grote teugen van naar binnen terwijl hij langswoei; hij raasde dwars door hen heen, waardoor hun huid glad en koel aanvoelde tegen hun kleren.

Ze bleven een hele tijd staan zonder iets te zeggen, terwijl elke stervende golf de pijnlijke kleine schimmen van cijfers uit het grootboek uit meneer Stevens' ogen trok. Een paar keer deed hij zijn oogleden dicht zodat zijn ogen konden zweven in de koele ruimte die eromheen ontstond. Zijn neusvleugels waren koel, zijn keel was koel, maar merkwaardig genoeg gloeide zijn lichaam van warmte.

Ten slotte draaiden ze zich om. Een voor een lieten ze het hek langs de boulevard los en liepen ze achter elkaar verder, in een grillige rij, met hun ogen nog altijd naar de zee gekeerd.

Het was Dick die de stilte verbrak. Ze hadden een paar meter gelopen toen hij bleef staan en om zich heen keek.

'Waar is mam?' zei hij, en ineens beseften ze dat mevrouw Stevens niet meer bij hen was.

Ze was beslist met hen naar de overkant van de boulevard gegaan, en de anderen herinnerden zich dat mevrouw Stevens met hen was blijven rondhangen toen ze net het hek hadden vastgegrepen om naar de zee te kijken, maar nu was ze weg, en iedereen keek ongerust rond.

Er liepen mensen langs in beide richtingen, een gestage dichte stroom, gebogen in de wind, maar mevrouw Stevens leek wel van de aardbodem te zijn verdwenen.

'Waar is ze gebleven?' zei meneer Stevens, die zijn ongerustheid verborg achter een geïrriteerde toon. Hij kon zich onmogelijk herinneren hoe lang ze daar naar de zee hadden staan kijken: het kon vijf minuten zijn geweest, het kon een halfuur zijn geweest. Hij had geen idee hoe lang zijn vrouw al weg was. Hoe licht en tenger ze ook mocht zijn, hij kon moeilijk geloven dat ze was weggewaaid. Zelfs als dat was gebeurd, dan had iemand toch beslist een gil gegeven als ze was langsgewaaid. Ze kon onmogelijk in zee zijn gevallen, en toch... Hij wendde vlug zijn blik af met een plotseling koud gevoel. Een golf, wat verder weg – het leek wel een reactie op zijn angsten – had een klein voorwerp op haar kam opgetild, hield het op zodat hij het kon zien, trok het toen terug in haar sombere grijze dal. Een klein donker voorwerp, ongeveer ter grootte van een hoed, vagelijk blauw van kleur.

Hij wendde zijn ogen af, zijn hart bonsde als een gek, en hij voelde een doffe misselijkheid opkomen. Hij deed of hij de menigte afzocht. 'Wat voor hoed had ze op?' zei hij op droge toon tegen Mary.

'Dat kleine blauwtje.'

Er ontstond in hen allemaal een panische wroeging. Ze waren de hele dag ongeduldig tegen haar geweest: ze hadden haar opgejaagd, aangespoord, hadden met geen woord gezegd dat de boterhammen lekker waren, en ten slotte, toen ze haar in de vreugde van de vakantie hadden moeten trekken, hadden ze haar kritisch opgenomen omdat ze zo slecht gekleed was voor aan zee en hadden ze haar bijna genegeerd, hadden ze haar achteraan laten lopen toen ze opgewonden op weg waren gegaan naar de boulevard. Ze hadden de hele dag vreselijk onaardig tegen haar gedaan.

Stel je voor dat ze ineens was overvallen door een opwelling, stel je voor dat ze ineens, in een vlaag van eenzaamheid en schaamte, had besloten hen niet langer tot last te zijn en stilletjes was weggeslopen om haar ongewenste kleine lichaam te verdrinken in zee...

Mary had ineens het gevoel dat ze wel kon huilen. Ze werden omringd door vijandige vreemde mensen, die zich zelfvoldaan vermaakten, zonder te weten waar haar moeder was of zich daar druk om te maken. Stel dat ze afwezig achteruit op de weg was gestapt? Ze zou inmiddels mijlen weg kunnen zijn, een klein verminkt lichaam, botsend tegen de geasfalteerde wegen onder een toerbus. Ernie riep bijna: Ik zal mijn kousen weer aantrekken – heus – heus – als u maar terugkomt, mam!

Wat konden ze doen? dacht meneer Stevens. Hij had gehoord van mensen die op deze manier waren verdwenen: soms werd er nooit meer iets van hen vernomen. Stel je voor dat het echt haar hoed was geweest, daar op zee, en ineens verfoeide hij de zee, haatte hij haar vol woede. De zon was verdwenen achter een dikke grijze wolk en de golven zagen er somber en boos en duivels onheilspellend uit. Hij nam aan dat ze naar het politiebureau zouden moeten gaan. Er zou een afschuwelijke korte mededeling onder het kopje VERMIST verschijnen op het bord buiten: '...tenger postuur, mantelpak van blauwe serge, zwarte leren schoenen met knopen, haar dat begint te grijzen...' Wat haalde hij zich in zijn hoofd! Hij kon niet denken!

Hij moest zich vermannen! Zijn gedachten werden dof en dromerig. Ze zouden de vakantie afbreken, veronderstelde hij, en teruggaan naar de Corunna Road. Nee! Hij kon het huis niet meer verdragen, als zij er niet meer was – er zou morbide worden gefluisterd over hekken – en die lege slaapkamer... Nee! Hij zou nooit teruggaan! Maar... maar wat konden ze doen? Waar...

'Daar is ze,' zei Dick. 'Kijk.'

Hij wees naar een glazen schuilhokje, een paar meter bij hen vandaan, tegenover de plek waar ze tegen het hek hadden gestaan. Daar was ze, daar stond ze in een van de nissen, terwijl ze afwezig naar de overkant van de weg keek. Af en toe bracht een wervelwindje de grijze haarlokken in beweging die onder haar hoed vandaan waren geglipt. Er was nauwelijks een minuut verstreken sinds ze haar hadden gemist, maar het leek wel een eeuwigheid.

'Wat doet ze daar?' zei meneer Stevens korzelig.

Hij liep naar het schuilhokje. 'Kom mee! We zochten je!'

Ze schrok, draaide zich om en glimlachte. 'Ik heb jullie helemaal niet zien weglopen. Ik ben hierheen gegaan om uit de wind te staan.'

'Ik dacht dat je was verdronken,' zei meneer Stevens. Zijn lichaam tintelde en hij verlangde ineens naar zijn thee. Hij pakte haar bij de arm en terwijl hij haar wegleidde, wierp hij een blik naar beneden, naar haar kleine dichtgeknoopte schoenen.

'Alles in orde met de voeten?'

'Ja, dank je, uitstekend.'

Ze waren beschut toen ze in de luwte van de pier kwamen, en doordat de storm niet langer al hun gedachten in beslag nam, konden ze op hun gemak om zich heen kijken.

De zon was teruggekeerd, en Bognor bruiste van rusteloze, bedrijvige energie. De vloed had de vakantiegangers met een ligstoel in een compacte massa op de smalle strook kiezels gedreven waar de zee niet zou komen. Het tij zou weldra keren en als de zee het glinsterende zand teruggaf, zouden de mensen zich geleidelijk aan weer verspreiden. Op het moment zaten ze even dicht op elkaar gepakt op hun strook strand als de roest op meneer Stevens' bonen.

Andere, minder avontuurlijke mensen zaten op elkaar geperst op de bankjes op de boulevard, of liepen heen en weer in groepjes, trio's en paren – en heel af en toe alleen. Dikke vrouwen, dunne vrouwen, lange mannen, kleine mannen, grote kinderen, piepkleine kinderen: wat een menigte! Allemaal gekleed in de uitdagende pracht van hun eigen grillen.

Je voelt je er onwillekeurig een beetje naast staan wanneer je je voor het eerst onder hen begeeft. Heel veel van hen zijn vermoedelijk pas net gearriveerd, net als jij – en toch heb je het gevoel dat jullie de enige nieuwkomers zijn in de menigte bruine veteranen. Het is veel beter om geen emmertjes en schepjes, zeilbootjes of zelfs vliegers mee te nemen wanneer je op je eerste dag het strand bezoekt. Het is het beste om er gewoon langs te lopen, om het ritme weer te pakken te krijgen en alles te bekijken.

Soms passeerde er een gezelschap, brutaal arm in arm over de boulevard verspreid, terwijl er een of twee, die waren weggedrukt, vergeefs probeerden zich er van achteren tussen te dringen. Anderen vormden paren: jonge mensen heel dicht tegen elkaar aan, oude stellen eensgezind naast elkaar, met een smalle strook constant daglicht tussen hen in. Af en toe passeerde er een gezin dat elkaar op de zenuwen had gewerkt, langzaam lopend, uit elkaar getrokken tot eenlingen, een paar meter achter elkaar aan, terwijl de leider, meestal de vader, zo nu en dan ongeduldig wachtte tot de anderen bij hem waren. Maar dan gingen de anderen langzamer lopen en wachtten ze tot hij doorliep, waarop de afstand weer werd hersteld. Er waren rijen vreemde mensen die op elkaar gepakt op bankjes zaten, even dicht op elkaar gepropt als geliefden, maar die allemaal ontoeschietelijk voor zich uit naar de zee staarden. Dreumesen vielen op de grond en gooiden emmertjes met slijmerig zeewier om; oude mannen wankelden langs in jacquet, met een panamahoed en witte schoenen.

Het was leuk om de verhoudingen te raden van de passerende groepen: vaders en moeders waren gemakkelijk, en getrouwde dochters ook, maar tantes waren een beetje moeilijker te ontdekken, en soms was er een volwassene in een groep die in geen enkel systeem van familiebetrekkingen wilde passen, wellicht een aangetrouwde oom, of een oude vriend, wellicht een zeurpiet, die vanwege zijn eenzaamheid met een gezelschap mee had gemogen als hij iets meer dan zijn normale deel betaalde.

Maar iedereen was bevangen door een stemming van vreugdevolle, ongedwongen vrijheid. Er waren geen knechten of meesters, geen kantoorbedienden of directeuren: alleen mannen en vrouwen met het gemeenschappelijke beroep van vakantieganger. Mensen die het hele jaar in een strak keurslijf hadden gezeten, gaven hun beurse plekken rust – en mensen die door zachtheid en pure wilskracht de vorm van het keurslijf hadden aangenomen, voelden geen pijnlijke plekken meer.

Niemand maalde erom wie de anderen waren: als ze lachten, lachte je terug, als ze je aanspraken, sprak je terug, praatte je over de dingen om je heen en niet over de dingen die achter of voor je lagen. Het zou een belastingontvanger kunnen zijn die dat kind overeind hielp en zijn zeewier weer in zijn emmertje deed, en de vader die hem bedankte had een week geleden voor de rechter kunnen staan omdat hij niet kon betalen. Maar wie maalde daarom – aan zee?

Ze bevonden zich tegenover het oude hotel dat een stukje bij de boulevard vandaan ligt, met een brede grasstrook ervoor, en meneer Stevens bleef staan en keek op zijn horloge.

'Goed dan!' zei hij. 'De hutkoffer!'

'O, die rotkoffer!' riep Mary uit.

'Ik weet het, maar laten we zorgen dat we ervanaf zijn.'

Weer voorbij de pier stootten ze op de volle kracht van de wind: ze leunden ertegenaan, en soms zakte hij ineens weg en gooide hij hen bijna voorover op het pad. Toen ze de rust van de St. Matthews Road in sloegen, bleven ze even staan, keken ze elkaar lachend aan.

'Wat een storm!'

'Er moeten schepen in nood zijn.'

'Ja. We moeten vanavond uitkijken naar vuurpijlen.'

De zitkamer leek kleiner toen ze er terugkwamen, misschien doordat ze zich allemaal zo'n stuk groter voelden: vanbinnen voelden ze zich hol en licht, en hoewel ze een glad en koel gezicht hadden, tintelde hun lichaam van de warmte.

14

Meneer en mevrouw Stevens hadden de grote tweepersoonsslaapkamer die uitkeek op de portiek. Er was elektrisch licht en er lag een groot, dofgroen tapijt dat hier en daar klam aanvoelde aan blote voeten. Maar het was een mooie ruime kamer met een hoog raam, waar Molly soms door naar buiten klom om de geraniums boven de voordeur water te geven.

De kinderen zaten op de tweede verdieping: Dick en Ernie deelden een kamer die uitkeek op de achtertuin en Mary had een klein kamertje voor zichzelf. Ze hadden alleen gas in hun kamer, want toen er enkele jaren geleden elektrisch licht was aangelegd in *Zeezicht* hadden de Huggetts het niet nodig gevonden extra kosten te maken voor licht tot boven de eerste verdieping. Het was heel jammer dat ze niet de vooruitziende blik hadden gehad om het in het hele huis te installeren.

Molly, de meid, sliep ergens nog hoger, in een soort zolderkamer waar zelfs het gas niet was doorgedrongen, en er was daarboven nog een kamer waar mevrouw Huggett sliep wanneer het huis vol was. Behalve de kamers van de familie Stevens waren er nog twee slaapkamers en een zitkamer op de eerste verdieping en een kleine slaapkamer op de tweede, maar die waren de laatste jaren nooit allemaal bezet geweest – in september.

Er waren dit jaar maar twee andere mensen in *Zeezicht*, en die waren er allebei al eerder geweest. Je had meneer Burnup, die de andere slaapkamer op de tweede verdieping had en daar de afgelopen vijf à zes jaar altijd was geweest. De familie Stevens begreep dat hij herenkapper was en hierheen was gekomen om tijdens het hoogseizoen de druk op een plaatselijke salon te verlichten. Hij vertrok al heel vroeg, na een haastig ontbijt op zijn kamer, en kwam over het algemeen pas terug als de familie Stevens al in bed lag.

Het was een rustige, respectabele jonge kerel die meneer Stevens maar één keer op een zondagmiddag was tegengekomen (bij het hekje). Hij had een stap achteruitgezet, gelachen en met een hoffelijk gebaar gezegd: 'Na u.' Meneer Stevens had hetzelfde gedaan, en na een pauze waren ze samen bekneld geraakt bij het hekje. Zonder deze ene ontmoeting en afgezien van het gerinkel van het blad met zijn ontbijt dat 's morgens vroeg naar boven werd gebracht en de klik van het hekje even voor achten, wanneer de familie Stevens nog heel genoeglijk in bed lag, zouden de Stevensen nauwelijks hebben geweten dat meneer Burnup in huis was.

De andere gast was een onderwijzeres die juffrouw Kennedy Armstrong heette. Ze was het jaar ervoor ook in *Zeezicht* geweest en had dezelfde zijkamer op de eerste verdieping die special was verbouwd tot een zit-slaapkamer. Mevrouw Huggett vertelde de familie Stevens met gedempte stem dat juffrouw Kennedy Armstrong een dame was met heel goede connecties, maar ze had desondanks iets wat een tikje raadselachtig was. Ze bewoog stilletjes en langzaam, en hoewel de familie Stevens haar vrijwel dagelijks zag, had niemand ooit haar gezicht gezien. Ze verdween altijd net in haar slaapkamer, of verdween net in de badkamer, of liep geluidloos bij hen vandaan door de gang. Soms verdween ze zo raadselachtig dat ze volgens Ernie zomaar door de muur kon verdwijnen.

Zelfs bij de paar gelegenheden dat ze haar het huis uit hadden zien gaan, hadden ze nooit haar gezicht gezien terwijl ze vanuit het raam in hun zitkamer toekeken. Juffrouw Kennedy Armstrong liep vastberaden naar het hekje, maakte het open en sloot het terwijl haar ogen dromerig voor zich uit en de St. Matthews Road in keken, zonder een blik naar opzij.

Mevrouw Huggett vertelde hun dat ze een stille, aardige dame was, heel verlegen, en dat ze er nogal treurig uitzag.

Zodoende hadden de Stevensen het huis tijdens hun verblijf in feite helemaal voor zichzelf. Ze betaalden 3 pond en 10 shilling per week, bediening en maaltijden inbegrepen, en een extraatje van een shilling per week voor het olie-en-azijnstel. Je zou in elk geval hebben gedacht dat het huis van hen was zoals ze de hutkoffer op de overloop uitpakten. Meneer Stevens stond er in hemdsmouwen overheen gebogen en riep de naam van de eigenaar van elk artikel dat hij eruit haalde. Er werd heel veel heen en weer gerend, de trap op en af naar de kamers van de kinderen, en mevrouw Stevens moest meer dan eens 'Sst!' roepen.

Dick en Mary hadden elk een eigen kleine tas bij zich, waardoor de meeste spullen in de hutkoffer van de anderen waren. Bovenop lagen de badhanddoeken, badkleding en strandschoenen, daaronder kwamen de wollen jassen, truien en sjaals (een verstandige voorzorgsmaatregel voor een koude periode). Daaronder lagen sokken en reserveondergoed, terwijl nog dieper de kleinere dingen kwamen: poeder tegen indigestie, het fototoestel, de kledingborstel en de pantoffels van mevrouw Stevens, met haar tandpasta in de ene en (zorgvuldig in een zakdoek gewikkeld) haar zonnebril met de blauwe glazen in de andere. Ten slotte lag plat op de bodem van de hutkoffer de vlieger.

Meneer Stevens ging rechtop staan, wiste zijn voorhoofd af en liet voorzichtig het deksel zakken. Er was net genoeg ruimte voor de hutkoffer onder het tafeltje op de overloop, waarop de opgezette barbeel in zijn glazen vitrine stond. Mevrouw Stevens had heen en weer gerend en de spullen van haarzelf en van haar man in de brede la van de kast gelegd. Ernies reservekleren werden opgeborgen in een speciale hoek van de ladekast, want in de kamer boven was alleen ruimte voor Dicks spullen. Ze legde haar toiletartikelen aan de ene kant op de grote wastafel met het marmeren blad en die van haar man aan de andere kant.

De klok in de zitkamer kondigde ijl aan dat het halfvijf was toen ze achter elkaar naar beneden liepen nadat de klus was geklaard, met meer waardering dan ooit voor de wijsheid en vastberadenheid van meneer Stevens om het voor de thee af te handelen. De thee was altijd een grote maaltijd bij de Stevensen wanneer ze bij elkaar waren. Doordeweeks dronken Ernie en mevrouw Stevens natuurlijk samen thee, aangezien de anderen pas tegen zeven uur thuis waren, maar op zaterdag en zondag was er meestal een cake, samen met brood en boter, marmelade en jam. Tijdens de vakantie was het ook een grote maaltijd, want het avondeten om acht uur was een zeer lichte aangelegenheid.

Er lag een vers, ongesneden, rond boerenbrood op een houten plank, met een groot, royaal stuk boter (geler dan de soort die ze thuis hadden), en de jam en de marmelade zaten in hun oorspronkelijke pot met een leuk etiket. Zo had de familie Stevens het liever: ze hielden niet van jam in kleine glazen schaaltjes en ze sneden liever hun eigen brood dan dat het in sneeën werd binnengebracht. Zulke kleine dingen, die mevrouw Huggett had onthouden van andere jaren en deed zonder dat het hoefde te worden gezegd, wogen op tegen andere kleine dingen waar niets aan te doen was.

Want toen Dick en Mary elk hun oude vertrouwde slaapkamertje weer waren binnengegaan, hadden ze zich mismoedig afgevraagd waarom hun in andere jaren nooit was opgevallen hoe verschrikkelijk sjofel en vreselijk armoedig het was.

Was het een toenemend verlangen naar iets beters? Of waren die kamertjes ineens gekrompen, donkerder en bijna erbarmelijk geworden? Ze keken naar de kleine geblakerde gasarm die een zwakke, waaiervormige glinstering van open geel licht zou verschaffen, dat zou opgaan in een ijl blauw gepiep als het gas te hoog werd gedraaid, naar de gehavende ladekast, de wiebelige kleine wastafel, waarvan de dunne poten leken te wankelen onder het zware blad van imitatiemarmer, de massieve lampetkan en kom, de gebarsten beker voor de tandenborstel, en het armoedige grauwe witte zeepbakje – dat schoon was, maar slechts op een manier die suggereerde dat mevrouw Huggett een zware strijd had geleverd tegen ouderdom en vuil, die oprukten en elk jaar vrijpostiger rondslopen.

De vitrages, die vroeger elegant met smalle koorden in bochten hadden gehangen, waren nu helemaal opengetrokken door brede stijve banden van blauwe imitatiezijde – breed om de rafelige randen en de gaten in de gordijnen zo veel mogelijk te verhullen. Het beddengoed was schoon, maar was, omdat het zo klein was, zo strak over het stalen frame getrokken dat het een nagenoeg onmogelijke taak leek om tussen de lakens te kruipen.

De vergrendeling van de ramen was omhoog gebogen, zwart verkleurd en bedekt met patina; in Mary's kamer was dicht bij de deur een smalle reep van de rand van het linoleum afgesneden, waardoor er een strook kale planken te zien was, en het vrijgekomen linoleum was gebruikt om onder de gaten te leggen die in het midden waren uitgesleten.

Het was al jarenlang mevrouw Huggetts ambitie en trots om elk voorjaar iets te vernieuwen en dit jaar was het oude linoleum met het gele patroon op de trap vervangen door een felgekleurde loper die zich met goedkope brutaliteit opdrong aan de oude, verschoten trapspijlen. Dick en Mary durfden niet te denken aan het beknibbelen en sparen dat aan de aanschaf van deze loper vooraf moest zijn gegaan, maar de goedkope, opzichtige kleuren leken mevrouw Huggett te honen en te bespotten, en de nobelheid van haar streven te veranderen in iets wat verachtelijk en bijna komisch was.

Dat was dit jaar het enige nieuwe in huis, en het was zo flagrant ordinair dat het leek of de oude dingen eromheen de moed hadden opgegeven en de handdoek in de ring hadden geworpen.

En toch streefden de Stevensen er de hele tijd naar die dingen niet op te merken. Ze wisten dat mevrouw Huggett een stille strijd voerde tegen de aantrekkelijke oorden die zichzelf een familiehotel noemden, die feestverlichting ophingen en hun radiomuziek over straat lieten schallen. Ze wisten dat dagtochten per autobus en vakantiehuisjes de kracht in mevrouw Huggetts hart ondermijnden, en ook dat mevrouw Huggett nooit één enkele klacht uitte, dat ze doorging, vastberaden en met samengeknepen lippen – boenend, wrijvend, kokend en glimlachend – terwijl ze diep in haar hart wist dat een schijn van opgewektheid, comfort en welvaart het laatste broze koord was dat haar mensen verbond met haar huis.

Dus kwamen de Stevensen vrolijk en hongerig binnenwaaien in de kleine zitkamer met zijn flauwe zure lucht, alsof er appels in waren opgeslagen, en ze lachten allemaal toen mevrouw Huggett hen met een glimlach feliciteerde dat ze zo snel hadden uitgepakt, en ze namen plaats voor een mooie dikke boterham met jam, terwijl ze niet probeerden te kijken naar de rubber tuit die sinds de vakantie van vorig jaar op de oude roze theepot was verschenen.

En ach, wat deden die onbeduidende dingen er per slot van rekening toe? Ze waren de hele dag buiten en kwamen alleen binnen om te eten en te slapen. De bedden mochten dan een beetje bobbelig zijn, maar de lakens waren schoon, en wat deden een paar bobbels er nu toe wanneer een lichaam was verdoofd door frisse lucht, was gewassen door de zee en tintelde door de zon en de wind? De jus mocht dan soms een beetje vet en de rijstpudding nogal bleek zijn, ze hadden in elk geval de geruststelling en het genoegen dat mevrouw Huggett door en door eerlijk was. Er was zelfs nog nooit de kleinste en onopvallendste kotelet verdwenen van hun lendenstuk van schapenvlees, een braadstuk waar een oneerlijke pensionhoudster het gemakkelijkst mee kon knoeien, en in alle jaren in *Zeezicht* hadden ze nooit een reden gehad om stiekem een streepje te zetten bij het niveau van hun limoensap.

Het is dom om een knagende irritatie over een bord met een barst toe te laten als het bord schoon is, en meneer Stevens wierp slechts een blik op dat van hem voordat hij het bedekte met een boterham, die hij op zijn beurt bedekte met een lekker dikke laag jam.

Er was maar één wanklank tijdens de thee, want Ernie stelde voor de zeilboot na afloop mee te nemen voor een poging ermee te varen.

Dick zei: 'Wat! In déze zee? Hij zal in stukken worden gebeukt,' waarop een zweem van instemming over meneer Stevens' gezicht gleed. Het onaangename voorval van die ochtend lag nog heel dichtbij en meneer Stevens wilde dat zijn gevoelens ten aanzien van de zeilboot volkomen onbevooroordeeld zouden zijn wanneer die zijn eerste proefvaart van dat jaar ging maken. Hij was blij dat Dick het idee de grond in had geboord en het niet aan hem had overgelaten: als hij het zelf had gedaan, zou het hebben geleken alsof hij nog met wrevelige bitterheid te kampen had, en in feite koesterde hij helemaal niet zulke gedachten, over de zeilboot noch over Ernie. Hij wilde alleen elk gesprek over de zeilboot vermijden, het ding niet eens zien tot er minstens een nacht was verstreken.

Ernie deed een zwakke poging om de zeewaardigheid van de boot te verdedigen en liet het onderwerp vervolgens tot opluchting van iedereen rusten.

Van alles in de vakantie is het waarschijnlijk het moeilijkst om werkelijk te genieten van de wandeling na de thee op de dag van aankomst. De vermoeidheid van de reis begint zich te laten gelden, en je bent nog steeds een beetje schuchter en opgelaten te midden van de andere vakantiegangers, die hier volkomen lijken thuis te horen. Het zou voorbarig zijn om op je eerste avond al naar het strand te gaan om je aan een potje cricket of zelfs aan wat voorzichtige rekoefeningen te wagen, en meneer Stevens gebruikte de telescoop altijd pas als zijn belangstelling voor de dingen om hem heen begon te verflauwen.

De eerste heerlijke inspiratie door het weerzien met de zee is verdwenen en je voetzolen beginnen een beetje pijn te doen nadat ze voor het eerst weer een tijdje op canvasschoenen hebben gelopen.

Maar dat wil niet zeggen dat de wandeling na de thee saai was; het wil alleen zeggen dat dit de enige keer in de vakantie was dat de familie Stevens een beetje lichaamsbeweging noodzakelijk vond om zich te vermaken.

Meneer Stevens was heel stil toen ze van *Zeezicht* naar de boulevard liepen: hij probeerde uit alle macht om tot een definitief besluit te komen over een kwestie die hen allemaal al een tijdje bezighield.

Er waren in Bognor twee soorten strandhuisjes: het gewone kleine huisje in de vorm van een groot wachthokje, en een betere variant, veel ruimer, met een klein terrasje ervoor. Vijf jaar geleden, toen meneer Stevens 's winters met overwerk 10 pond had verdiend, hadden ze stoutmoedig een huisje met terras genomen. Het was een geweldige luxe geweest: het was heel stimulerend voor hun zelfrespect geweest om op het terras te zitten, koel en op enige afstand van de zwetende mensenmassa op het strand. Ze hadden er niet allemaal tegelijk op kunnen zitten, maar het was een plek waar je kon rondhangen, waar je tegenaan kon leunen, waar je naar binnen en naar buiten kon gaan, en ook als meneer Stevens niet aan de beurt was om erop te zitten, kon hij toch altijd zijn pijp uitkloppen tegen het hek.

Maar het was een heel stuk duurder dan de kleine huisjes en het jaar erop en de daaropvolgende jaren hadden ze het niet meer gedaan – tot een maand of twee geleden. Dick en Mary betaalden nu allebei een beetje mee aan de vakantie, en de vraag was of ze dat extra geld moesten besteden aan kleinere vormen van luxe of alles moesten gebruiken om een huisje met terras te nemen.

Het zou per week vijftien shilling duurder zijn en met dertig shilling kon je veel doen: twee eieren voor het ontbijt, een extra bustocht, garnalenpasta bij de thee en wellicht een extra theaterbezoek, maar hoe fijn dat allemaal ook was, het gaf toch niet precies hetzelfde gevoel als op je eigen privéterras zitten.

Ze hadden het van alle kanten bekeken en het was telkens geëindigd doordat iemand zei: 'Laten we het later beslissen.'

Maar nu was er geen 'later' meer: ze reserveerden hun strandhuisje altijd op hun eerste avondwandeling, en hoewel niemand iets zei, wisten ze allemaal wat de anderen bezighield.

Dus wisten ze precies wat meneer Stevens bedoelde toen hij bleef staan en zei: 'Wat vinden jullie ervan?' Ze waren de boulevard op gelopen en stonden op een steenworp afstand van het kantoortje waar ze de reserveringen van de huisjes regelden.

'U bedoelt wel of geen terras?' vroeg Mary.

'Ja.'

Ze waren nu ook blijven staan. Het had geen zin om verder te gaan tot er een besluit was genomen, en ze draalden bij het hek, met alleen de pier tussen hen en het kantoortje van de strandhuisjes.

Het was nu niet zo druk aan zee, maar de mensen begonnen net verspreid terug te komen van de thee. De wind was afgezwakt tot een zachte bries en de zee had de kinderen een strook glinsterend zand teruggegeven. Hier en daar kon je de restanten zien van trotse kastelen die de zee 's middags had overspoeld en verwoest: gladde bulten waarvan de kantelen waren verdwenen en ondiepe, verzande grachten.

Niemand van het gezin was blijkbaar bereid zich uit te spreken. Ze wisten dat ze op het punt stonden een besluit te nemen dat de vakantie zou kunnen maken of breken. Als het huisje werd genomen en het was geen succes zouden ze overal worden gekweld door dingen die ze met het geld hadden kunnen doen, maar als ze het niet namen, zouden ze even afschuwelijk kunnen worden gekweld door de zelfvoldane gezichten van mensen die er wel een hadden: ze zouden er stiekem langsglippen, beschaamd, terwijl ze zich arm voelden, en ordinair...

Het was Dick die ten slotte de knoop voor hen doorhakte. Hij stond doodstil te staren naar de zee en ineens draaide hij zich om.

'Waarom niet? Het is maar eens per jaar.'

'Ja, laten we het doen!' riep Mary uit, en in een mum van tijd wisten ze allemaal zonder een spoor van twijfel dat er maar één mogelijkheid was.

Ernie was opgetogen. Zijn zeilboot kon de hele nacht trots in het huisje staan, als een boot in een droogdok; het zou niet langer een zinloos stuk speelgoed in de trapkast in *Zeezicht* zijn.

Het maakte mevrouw Stevens eigenlijk weinig uit: ze ging niet in zee, dus zou ze het grotere gerief van een ruimer huisje niet voelen, en diep in haar hart zat ze liever in haar ligstoel op het strand, met het krioelende leven om haar heen. Ze had tijdens haar dagelijks werk thuis geen mensen om zich heen, zoals de anderen, en tijdens de vakantie was het eens wat anders om te midden van een massa mensen te zijn.

'Goed,' zei meneer Steven. 'Unaniem aangenomen.'

Ze liepen met opgeheven hoofd naar het kantoortje aan de andere kant van de pier. Ze hadden ineens dat opgewonden blije gevoel, die plotselinge trots die behoedzame mensen ervaren bij de zeldzame gelegenheden dat ze stoutmoedig uit de gelederen om hen heen naar voren stappen. Ze namen de passerende vakantiegangers niet meer verlegen en afgunstig op, want door hun besluit staken ze ineens met kop en schouders boven de massa uit, en ze keken met medelijden, en een zweem van minachting, naar een dikke, kale man die tevoorschijn kwam uit een klein, gewoon, goedkoop huisje zonder terras.

Maar ineens werd hun hoop de bodem ingeslagen, want toen meneer Stevens naar het loket van het kantoortje ging, zagen ze de man zijn hoofd schudden. Ze waren vergeten hoe weinig grote huisjes er waren vergeleken met de enorme hoeveelheid mensen die in deze tijd van het jaar op vakantie was. Dat schuddende hoofd betekende dat ze allemaal bezet waren, en ineens wisten ze dat het zonder huisje een vreselijke vakantie zou worden; ze waren woedend op zichzelf dat ze niet een maand geleden hun besluit hadden genomen en schriftelijk een hadden gereserveerd, verbaasden zich over zichzelf dat ze ooit hadden gedacht dat de vakantie mogelijk was zonder zo'n huisje. Ze keken naar de verfoeilijke, armzalige kleine huisjes op het strand onder hen, donker en benauwd, vervolgens naar de verre rij blinkende daken onder de rij bomen, naar de glanzende terrasjes waar hier en daar knappe mensen op zaten: ze móésten er een hebben! Ze zouden iemand omkopen om eruit te gaan, ze zouden elke penny afstaan, iets kostbaars verkopen als ze er maar een konden krijgen!

Ze zagen hoe meneer Stevens zich met een ontdaan gezicht omdraaide, vervolgens zagen ze zijn mond bars vertrekken terwijl hij ineens terugdraaide en snel en ernstig met de man achter het loket praatte. Ze zagen de man luisteren, een tikje ongeduldig en met een flauwe zweem van achterdocht over zijn bril kijken. Ze zagen hem weifelend de bladzijden omslaan van een boek dat voor hem lag en meneer Stevens bijna zijn nek breken om te zien wat erin stond.

Ze keken ademloos toe toen de man opkeek om iets te zeggen, waardoor meneer Stevens een stuk of zes keer heftig knikte; ze zagen hem in zijn borstzakje duiken, zijn portefeuille tevoorschijn halen en er met bevende vingers een bankbiljet uit trekken, en ineens steeg de stemming van de kinderen tot hun voeten nauwelijks nog de grond leken te raken. Er was íéts gebeurd! Iets goeds, want meneer Stevens draaide zich om en lachte stralend naar hen.

Ze dromden om hem heen toen hij bij het kantoortje vandaan kwam.

'Wat is er gebeurd?'

'Was er niet één meer?'

'Is het gelukt?'

Meneer Stevens overwoog 'Raad eens!' te zeggen, maar dat zou nogal dwaas zijn.

'Het komt allemaal goed,' zei hij. 'Ze zijn nu allemaal bezet, helemaal volgeboekt – er is dit jaar grote vraag naar – maar dinsdag vertrekken er mensen en dinsdagavond zal er een vrijkomen, en we kunnen om zeven uur de sleutel halen.'

'O, geweldig!'

'Welk is het?'

'*De kajuit*, de twee na laatste.'

'Laten we gaan kijken!'

Ze liepen over de boulevard en bekeken het huisje van achteren: de naam stond meestal boven de deur en ze konden alleen aan de hand van de ligging beoordelen welk van hen was. Daarna daalden ze af naar het strand en liepen ze er langzaam voor langs.

'Daar is het: *De kajuit*!' zei Mary met gedempte stem.

'Dat klopt, dat is het.'

Het was beter dan de andere, vonden ze. Het zag er frisser uit en het terras was iets hoger dan dat ernaast.

'We sparen vijf shilling uit door er dinsdag in te trekken,' zei meneer Stevens. 'We gaan een extra bustocht maken: naar Arundel.'

Het had niet beter kunnen uitpakken: ze zouden niet alleen vijf shilling besparen, maar ze zouden ook veel meer van het huisje genieten doordat ze erop hadden moeten wachten. Het was nu al nagenoeg van hen: ze zouden er morgen langskuieren om het te bekijken; ze zouden zich voorstellen hoe ze zich eromheen groepeerden, op het terras zaten, met hun badgoed over het hek, en dan zouden ze op dinsdagavond de deur van het slot draaien en naar binnen gaan: ze zouden net binnen zitten en uitkijken over de maanovergoten zee, en de zachte muziek van het fanfarekorps zou flauw op de wind komen aandrijven.

Ze liepen een heel eind over het strand: langs Aldwick, bijna tot Pagham. Ze hingen een blik over een stok en er klonk gejuich toen mevrouw Stevens het met een grote steen raakte en het er bij haar eerste poging af sloeg. Ernie rolde om en sloeg zijn voeten in de lucht tegen elkaar, en toen meneer Stevens zijn vrouw op de rug klopte, wist ze dat haar toevalstreffer het voorteken was van een fantastische vakantie.

Tegen zonsondergang wandelden ze rustig terug, terwijl hun schaduwen zich voor hen uit strekten, heel ver over het strand.

15

Ernie viel tijdens het avondeten in slaap, hoewel hij dat zwak maar verontwaardigd ontkende.

Ze aten rundvlees in gelei, de koude rijstpudding en brood met boter en kaas, niet veel meer dan een hapje na hun uitgebreide thee. Meneer Stevens' krat met tafelbier was gearriveerd en tijdens hun wandeling was er een aloude luxe in de hoek bij de haard gezet.

Dat was een grote stenen kruik gemberbier van de tap: heerlijk op warme dagen en verwarmend op kille avonden, en bovendien gaf het buitengewoon veel voldoening om het kraantje open te draaien en een glas te vullen zonder dat je iets hoefde te betalen – of een penny in een gleuf moest steken.

Ze hadden besloten dit jaar geen limoensap te nemen, omdat ze eigenlijk dachten dat hun maagklachten vorig jaar september veroorzaakt waren door het limoensap. Ze besloten in plaats daarvan twee kruiken gemberbier te nemen, waarmee ze net twee weken toe zouden kunnen als ze hun consumptie reguleerden door de bovenkant er zo nu en dan af te draaien en de stand te meten met een stokje. Toen Ernie kleiner was, en ondeugender, had hij het voor elkaar gekregen (wanneer er niemand in de kamer was) om zijn hoofd er op zo'n manier naartoe te draaien dat hij zijn mond kon vullen als hij het kraantje openzette. Maar dat deed hij niet meer: zijn grotere ervaring had hem geleerd dat de hoeveelheid die hij in zijn mond kreeg nooit opwoog tegen wat hij verspilde en tegen het onaangename gevoel langs zijn hals wanneer hij niet snel genoeg kon slikken om de toevoer aan te kunnen.

Ze moesten het licht aandoen voor ze waren uitgegeten. Tijdens de laatste vakantiedagen zouden ze het zelfs al aan moeten doen voor ze aan tafel gingen, maar een van de genoegens van een vakantie in september was juist dat laatste uur in het donker, onder de lampen van de boulevard en het felle licht van de pier.

Als het hoogzomer is, kan het zonlicht bijna een last worden aan het eind van een lange dag in de buitenlucht. Dan krijg je haast een hekel aan de fletse gloed die koppig aan de westelijke hemel blijft hangen tot het tijd voor je is om naar bed te gaan: je trekt de gordijnen dicht, maar dan nog is het niet echt donker in je slaapkamer.

De oprukkende nachten van september voegen echter een nieuw tafereel toe aan het panorama van de dag: de muziek van het muziekkorps lijkt uit een kroon van fonkelende juwelen te stromen, het geroezemoes van stemmen en de zachte stappen van rubberschoenen over de boulevard, en de feestverlichting in het park en de glinstering van de sterren in de zee verlenen de schallende sfeer van overdag een zachte romantiek.

De Stevensen hadden hun eigen ideeën over de besteding van dit laatste uur voordat het bedtijd was, wanneer de hitte van de dag het land in was getrokken en er een frisse bries van zee kwam om hun brandende gezicht te verkoelen.

Dick en Mary gingen meestal samen een ommetje maken. Ze hadden nooit van tevoren plannen voor deze wandeling, maar gingen welbewust zonder doel het huis uit, lieten zich leiden door de opwellingen en gedachten die van meter tot meter in hen opkwamen. Soms flaneerden ze gewoon over de boulevard heen en weer, dan zaten ze naar het muziekkorps te luisteren of dronken ze een kop koffie in een vrolijk verlicht café. Als het laagwater was, gingen ze naar het strand en wandelden ze tussen vage rotsblokken en zeewier dat onheilspellend glinsterde door de lichtjes op de pier. Het was daar beneden donker en geheimzinnig. Andere keren liepen ze bij de zee vandaan door de stad en maakten ze een lange wandeling door de smalle landelijke laantjes.

Na het avondeten ging Mary haar jas halen en liep Dick naar boven om zijn trui aan te trekken onder zijn blazer.

'Ik blijf vanavond niet lang weg,' zei Mary. 'Welterusten, mam – u zult wel naar bed gaan.'

'Ik denk het wel,' zei mevrouw Stevens heel vurig.

Niemand wilde die eerste dag nog veel doen: ze waren allemaal al vanaf 's morgens zeven uur gespannen en onderweg geweest, en tegen het eind van de maaltijd was het gesprek gesmoord door gegaap. Ernie sliep nu ongegeneerd, en mevrouw Stevens was daar niet meer ver vanaf.

'Ik ga meteen naar boven,' zei ze. 'Kom mee, Ernie. Bedtijd.'

'Ik kom over een halfuur boven,' zei meneer Stevens, die zijn pijp tevoorschijn haalde.

Ernie sliep al bijna toen zijn hoofd het kussen raakte in het kleine kamertje op de tweede verdieping. Mevrouw Stevens stopte hem automatisch in, draaide het gas tot een zwak schijnsel en ging naar de grote tweepersoonskamer beneden. Het was zelfs een inspanning om zich uit te kleden, en ze kroop met een tevreden zucht in het brede, hobbelige bed.

Haar man en zij legden altijd een peluw in het midden van dit bed, niet zozeer uit ontoeschietelijke motieven, als wel omdat het bed nogal steil afhelde naar het midden en ze geneigd waren akelig opgehoopt in de kuil te belanden. De peluw was een goed idee geweest en gaf hun allebei steun.

Ze was te moe om zich vanavond druk te maken over de bulten, maar als ze morgen in bed stapte, zou ze die zorgvuldig met haar handen en voeten wegwerken en naar de juiste plaatsen duwen. Want gelukkig waren de bulten in het bed in *Zeezicht* van dien aard dat ze konden worden verplaatst en in andere vormen konden worden gekneed, en als ze goed werden weggewerkt konden ze veranderen in extra gerief.

In de zitkamer beneden vulde meneer Stevens langzaam zijn pijp. Hij had ook plannen voor het uurtje na het avondeten, plannen die hem zijn eigen rustige weg lieten gaan. Ze hadden niets geheims, want ze waren volstrekt fatsoenlijk en legaal, maar hij besprak ze nooit met het gezin en het gezin vroeg er ook nooit naar. Hij had graag een stukje van de dag helemaal voor zichzelf, en in sommige opzichten keek hij het meest uit naar dit laatste uurtje.

De Clarendon Arms lag een stukje bij de zee vandaan, op een hoek die aan de ene kant uitkeek op de drukke High Street en aan de andere op een smal, ouderwets zijstraatje. Het was een overladen, maar gerieflijk café, net iets beter dan een gewone pub en toch niet echt een hotel. De gelagkamer lag aan de kant die uitkeek op het zijstraatje; daar waren meer dan genoeg uitnodigende pluchen zitplaatsen, en in de nis bij het grote raam kon een bijzonder genoeglijk uurtje worden doorgebracht met een pijp en een glas bier. Het vertrek bevond zich dicht genoeg bij de High Street om het leven en de drukte van de stad op te vangen, maar bevond zich er net ver genoeg bij vandaan om de rust van een afgelegen plek te bezitten. De zware lucht vol rook werkte kalmerend op herboren, verkwikte zenuwen en de sluitingstijd viel precies samen met meneer Stevens' verlangen naar bed.

Hij had al jarenlang de gewoonte om na het avondeten naar de Clarendon Arms te kuieren, heen door de St. Matthews Road en de High Street en terug over de boulevard, voor een laatste teug zeelucht voordat hij onder de wol kroop.

Thuis had hij nooit de gewoonte om naar de gelagkamer van de Unicorn te gaan, of van een andere plaatselijke pub, niet omdat hij dat afkeurde, maar gewoon omdat hij zijn glas bier liever bij zijn avondeten dronk en na een dag op kantoor graag buiten een wandeling maakte voordat hij naar bed ging.

Maar tijdens de vakantie doet het je juist zo goed om je vaste gewoonten om te draaien. De meeste jaren maakte hij kennis met enkele andere mannen van hetzelfde slag als hij: mannen die er niet naar verlangden zich te laten benevelen door eindeloze 'rondjes', maar die er verstandig de voorkeur aan gaven hun eigen drankje te betalen en van niemand afhankelijk te zijn, die hielden van een rustig praatje, met af en toe een vriendschappelijke, montere discussie. Soms verschenen dezelfde vrienden het jaar erop weer, of zelfs twee of drie jaar achter elkaar, maar de kring was altijd een beetje anders en alleen meneer Stevens kwam steevast elk jaar.

Vorig jaar september was het bijzonder gezellig geweest in de Clarendon Arms. Vier van hen waren bij elkaar gekomen op de avond van meneer Stevens' aankomst. Alsof ze door een hogere macht voor vriendschap waren voorbestemd, waren ze met hun pul bier naar de nis in de hoek gekuierd, waar ze elkaar rustig en natuurlijk hadden begroet als levenslange vrienden. Meneer Stevens had nog nooit zo'n hekel gehad aan de monotone kreet van de man achter de tap: 'Tijd, heren, met uw welnemen!', die elke avond zo ruw in de nis in de hoek doordrong dat ze alle vier abrupt naar de klok keken en zeiden: 'Nee toch – nu al!'

Meneer Montagu was er geweest, de jurist, een van de aardigste mannen die meneer Stevens ooit had gekend, en hij had het hele jaar een blijvende herinnering aan vriendschap achtergelaten.

In het privéleven moest hij een grote meneer zijn, en meneer Stevens had nog nooit zo'n man ontmoet onder zulke ontspannen, vriendschappelijke omstandigheden. Hij had meneer Stevens op de laatste avond gevraagd hem een keer thuis te komen opzoeken, in de buurt van Godalming, en op zijn kaartje stond als adres: *Het landhuis*. Hij had zijn uitnodiging een paar weken later in een brief herhaald, maar een onbewust instinct had zich verzet tegen en het gewonnen van meneer Stevens' opgewonden verlangen om erheen te gaan.

Het was niet het instinct van de man die 'zijn plaats kent' in de wereld, en het verlangen om erheen te gaan was evenmin ontstoken door snobisme, want meneer Stevens had nog nooit van zijn leven zoveel plezier en trots ervaren als toen hij langzaam zijn mentale verwantschap met meneer Montagu had ontdekt.

Maar juist door die sympathie, die moeiteloze gedachtewisseling, sloeg meneer Stevens de uitnodiging af. Een andere man zou zijn gegaan, louter uit verlangen het aan zijn vrienden te kunnen vertellen, maar zo'n gedachte kwam niet in meneer Stevens op. Hij schreef drie versies van zijn antwoord voordat hij tevreden was; ten slotte verwierp hij beslommeringen op zijn werk en greep hij gretig Ernies waterpokken aan, die bijzonder gelegen waren gekomen, om de grond voor een excuus te vormen.

Daarna borg hij meneer Montagu's brief op in zijn privéla, om de tijd af te wachten dat hij naar *Het landhuis* kon gaan en meneer Montagu zonder schaamte kon terugvragen. Want zijn kennismaking met meneer Montagu had hem doen inzien dat hij het in zich had om naar een landhuis te gaan, zodra de kans zich voordeed. Hoe dat zou gebeuren en wanneer wist hij niet, maar iets in hem had het hele jaar gefluisterd dat hij zijn leven niet zou eindigen in de Corunna Road. Het gefluister was begonnen met zijn vriendschap met meneer Montagu.

Verder had je meneer Sanderson gehad, de opgewekte oude handelsreiziger, een totaal ander type dan meneer Bennett, die hen die ochtend op weg naar het station had lastiggevallen, en de vierde was de heel joviale, heel dikke, heel kale man geweest die had gevraagd of de anderen hem gewoon Joe wilden noemen. In dat zitje in de nis van de Clarendon Arms hadden geen vier mannen van wijder uiteenlopende paden kunnen uitkomen op de geslechte weg van de kameraadschap.

Meneer Stevens hoopte dat een paar van die mannen er weer zouden zijn: het was te veel gevraagd om hen allemaal te verwachten, maar desondanks kon hij wellicht voor hen in de plaats enkele zeer interessante nieuwe vrienden aantreffen.

Hij liep naar de gang en nam zijn stevige wandelstok van de kapstok. Bij het hekje bleef hij even staan om zijn pijp weer aan te steken, en in de toenemende duisternis vertrok hij door de St. Matthews Road. Hij vroeg zich al een hele tijd af of meneer Montagu er weer zou zijn: hij hoopte nu eens van wel, dan weer van niet...

Verder had je natuurlijk Rosie: zij zou er vrijwel zeker zijn, en hij glimlachte langzaam bij zichzelf toen hij de felverlichte High Street in sloeg.

Rosie, die achter de tap stond, trok hem aan op een manier die bijna beangstigend was door de tegenstelling met zijn fascinatie voor meneer Montagu – toch trok ze hem aan, en dat vond hij leuk, heel leuk.

Het was nauwelijks een fysieke aantrekkingskracht, want Rosie was heel fors en niet meer echt jong, maar hij kon niet ontkennen, wilde in feite ook helemaal niet ontkennen dat ze appelleerde aan de lagere driften in zijn aard. Hij was er zeker van dat zijn lagere driften niet zo laag waren als die van een ander type mannen, dus kenden zijn gevoelens voor Rosie angst noch schaamte.

Ze wond hem op, en ze bezorgde hem een geluksgevoel omdat ze hem op een of andere manier in contact bracht met zijn levende, roekeloze driften zonder de vernedering en het gevaar om eraan toe te geven. Achter haar vrijpostige blauwe ogen leek een reusachtige, bijna angstaanjagende schat aan kennis te liggen over alles waardoor verhit bloed man en vrouw verbond: het waren de ogen van een avonturierster, vrijgevig, zonder scrupules, zonder spijt, maar hij kon in hun schaamteloze diepte kijken en lachen omdat ze hem bewust maakten van zijn eigen rustige kracht.

Rosie had een heerlijke schuinse manier om met getuite lippen naar hem te kijken, waardoor hij zich net een ondeugend, speels jongetje voelde dat jokte om haar voor de gek te houden. Hij mocht haar omdat hij haar openhartig en eenvoudig kon aanspreken, met overdreven onschuld, zonder dat ze een woord geloofde van wat hij zei, terwijl haar ogen antwoordden: Daarmee hoef je bij mij niet aan te komen! Ik kén je! Je bent zo'n rustig type: het rustige gevaarlijke type. Jíj hebt het over een vakantie met je vrouw en kinderen! Laat me niet lachen! Vooruit, vertel me wie ze wérkelijk is!

Ze bezorgde hem het aangename gevoel dat hij niet deugde, en hij was ingenomen met de manier waarop ze uitgekookt suggereerde dat hij een spoor van ontwrichte gezinnen achter zich had gelaten. Hij pakte zijn halve liter bier en liep weg met een blik die zei: Och, Rosie, het heeft geen zin om te proberen iets voor jóú verborgen te houden!

Het bezorgde hem een flauw gevoel van onbehagen wanneer hij dacht aan de minachting in haar ogen als ze wist wat voor man hij werkelijk was, en toch had hij het gevoel dat haar minachting er alleen zou zijn om haar bewondering voor hem te verhullen: de bewondering die alle vrouwen zoals zij stiekem moesten koesteren voor een eenvoudige, rechtschapen man die niets te verbergen heeft.

Ja. Hij mocht Rosie. Ze voegde veel toe aan de vakantie. Het was ook spannend dat het gezin er niets van wist.

Hij was met zijn gezin langs de Clarendon Arms gelopen toen ze van het station kwamen, maar toen had hij er nauwelijks een blik op geworpen. Overdag was de pub saai en oninteressant, en zelfs Rosie, dacht hij, zou er niet precies hetzelfde uitzien als in de vrolijke verlichting van 's avonds.

Maar nu hij dichterbij kwam, besloot hij ineens en volkomen onverwachts dat hij er vanavond niet naar binnen zou gaan. Hij was erg moe en sloom door de mentale spanning van de dag.

Bij Rosie, en in het bijzonder bij eventuele nieuwe vrienden die hij zou leren kennen, hing heel veel af van de eerste indruk. Door tijdens de eerste ontmoeting ad rem te zijn te midden van nieuwe kennissen kon hij voor de volle twee weken bekend komen te staan als een geestige vent, maar hij wist zeker dat hij vanavond niet tot gevatheid in staat zou zijn. Hij zou door zijn vermoeidheid bestempeld kunnen worden als een saaie piet en elke volgende avond gemeden kunnen worden door de mannen bij wie hij zich het liefst wilde aansluiten.

Het was het risico niet waard: hij zou gewoon langslopen en kijken om zeker te weten dat Rosie er nog was.

Het onderste deel van de ramen in de gelagkamer was van matglas en de mensen die aan de tafels zaten zouden niet te zien zijn, maar de plek waar Rosie stond lag iets hoger, en als ze er was, zou hij haar heel gemakkelijk kunnen zien vanaf de overkant van de straat.

Even voordat hij bij de deur kwam, stak hij over om niet iemand van de oude garde tegen te komen en naar binnen te worden getrokken. Hij bleef er recht tegenover stilstaan, maar moest even wachten tot een bus wegreed en het zicht vrijmaakte.

Alles was even licht en vrolijk als altijd: schaduwen van klanten liepen heen en weer tussen de silhouetten van glazen bier. Ja, daar was Rosie! Hij kon haar net zien tussen de hoofden van twee mannen die aan de tap stonden. Rosie, in een helderblauwe blouse, voor de prachtige achterwand van de toog, elk decoratief vak stampvol flessen, sigaretten en glazen, met kleine spiegels achter elke plank en met een formidabele kassa, die opviel door haar rode en gouden kleur – zo mooi en fonkelend dat hij half verwachtte te zullen zien dat het hele geval traag zou gaan ronddraaien en muziek zou maken.

Hij stond een tijdje naar haar te kijken, terwijl ze praatte met een man met een kaal hoofd; toen liep ze langs de toog weg om een andere klant te helpen en verdween ze uit zijn gezichtsveld.

Hij was er praktisch zeker van geweest dat ze er zou zijn; ze was bijna bij de Clarendon Arms gaan horen en die kon hij zich niet voorstellen zonder haar. Nu hij haar door het raam had gezien was de laatste ongerustheid van de dag verdreven en wilde hij alleen nog maar naar bed.

Hij stak de weg over, liep door de passage, langs het theater en over de boulevard, waar de zee ruiste, ver weg aan het eind van het strand. Het muziekkorps speelde, maar hij bleef niet staan, ging alleen in de maat lopen van de levendige mars. Toen hij erbij vandaan liep, werd de menigte dunner; de frisse nachtlucht verkwikte zijn lichaam, maar leek zijn geest slaperig te maken. De maan was nog niet opgekomen en het was heel donker in de St. Matthews Road na het felle licht van de boulevard. Hoe goed hij *Zeezicht* ook kende, toch bleef hij een keer staan voordat hij het pension had bereikt, met het idee dat hij er al was.

Mary's jas hing in de vestibule, dus de kinderen waren terug en lagen in bed. Hij ging naar de zitkamer, schonk een beetje bier uit de fles die hij voor zijn avondeten had opengemaakt en ging een paar minuten zitten om zijn pijp uit te roken.

Af en toe liepen er enkele vakantiegangers langs, lachend en pratend, maar toen hun stemmen wegstierven, werd het zo stil dat zijn oren ver weg een bel-achtige tinkeling konden horen.

Gisteravond had hij om deze tijd zijn pijp uitgerookt in de zitkamer thuis. Dat was heel moeilijk te geloven. Het leek wel een week, een maand geleden. Hij overdacht wat er sinds die ochtend was voorgevallen en verbaasde zich erover dat er zoveel kon gebeuren binnen het tijdsbestek van een dag. Ruislip, de kruier, meneer Bennett, de handelsreiziger, de mensen in de trein – het leken net wazige figuren uit een halfvergeten verleden. Zelfs de Corunna Road leek een verre plek in de herinnering.

Maar hij wist dat de tijd alleen gelijkmatig verloopt in de wijzers van klokken, voor mensen kan hij dralen en bijna volkomen stilstaan, voortsnellen, over kloven springen en weer dralen. Meneer Stevens wist een tikje treurig dat de tijd zijn achterstand uiteindelijk altijd inliep. Vandaag was de tijd onzeker voorbijgegaan, als een locomotief in de mist, maar nu zou hij met elk uur van de vakantie dat verstreek meer vaart maken en de dagen zouden langsflitsen als tussenstationnetjes onderweg. Over twee weken zou hij op de laatste avond in deze kamer zitten en denken dat de eerste dag van de vakantie nog maar een dag geleden leek, vol spijt over verspilde tijd...

Maar het was dom om er zo over te denken, het was veel beter te denken in uren en minuten, honderden uren, duizenden minuten, stuk voor stuk volgepakt met eigen interessante dingen.

Het was geweldig van het weer. De weersverwachting zei dat het zo bleef. Iets zei hem dat het de mooiste vakantie zou worden die ze ooit hadden gehad.

Hij dronk zijn bier op, legde zijn pijp op de schoorsteenmantel en ruimde een paar dingen in de kamer op. Daarna ging hij naar de deur en draaide hij het licht uit.

De maan was inmiddels opgekomen en scheen in al zijn volheid door het rode deel van het glas-in-loodraam in de gang. Daardoor moest hij eraan denken hoe hij de maan de vorige avond thuis had zien schijnen boven het Crystal Palace, en toen hij zachtjes de trap op liep om naar bed te gaan, dacht hij aan het stille huisje in de Corunna Road, met de traptreden die af en toe kraakten in de stilte terwijl ze krompen door de koelte die na de dag kwam.

16

Twee vissers in een eenzame kleine jol waren de enige mensen die op zondag tijdens het ochtendgloren de zon boven Bognor zagen opkomen, twee kleine donkere figuurtjes in een trui, die hun boot schoksgewijs in de schemering over een gladde, flesgroene zee roeiden. Ze lieten hun jol het strand op lopen met een geknars dat weergalmde langs de stille kust en trokken hem tot boven het afnemende tij. Ze hingen hun manden over hun schouders en gingen de trap op naar de verlaten boulevard, terwijl hun adem in ijzige wolkjes bleef hangen.

Bognor lag te sluimeren na zijn lange, hectische dag in de zaterdagse zon: op de hele boulevard knipperde geen enkel raam zelfs maar met een door gordijnen gesloten oog terwijl de vissers langsliepen met het zachte gebons van hun rubberlaarzen. De pier stond zwart en naargeestig achter hen, als het skelet van een reusachtig monster dat zijn voorpoten in de zee heeft gezet. De sterren vervaagden en ver weg langs de kust kwam half uit zee en half uit de aflopende arm van de heuvels een zeer tere oranje gloed, besmeurd met kleine veegjes van wolken.

Vissers zijn niet van nature cynisch, anders hadden de lippen van die twee eenzame mannen zich smalend kunnen krullen bij de aanblik van de slapende rijen lichtgrijze huizen, hadden ze kunnen denken dat over twee uur, wanneer de dag al nagenoeg tot volle wasdom was gekomen, overal mensen uit bed zouden springen om de jaloezieën op te trekken en opgetogen te roepen dat anderen moesten komen kijken, alsof de zon exact toen zij uit bed waren gestapt uit zee was gesprongen.

Een eenzame politieagent leunde tegen het hek langs de boulevard en keek hoe de punt van de zon opkwam boven de verre zwarte helling van Beachy Head, waar de rotsen afdaalden en de zee raakten. Weldra draaide hij zich langzaam om, alsof hij zich ervan had vergewist dat de zon verder geen kwaad in de zin had. Hij geeuwde en trok zijn horloge tevoorschijn.

De zee begon te schitteren en minieme figuurtjes in stofjas begonnen over de boulevard te bewegen, als een legertje dienstbodes dat het afval komt opruimen om alles netjes te maken voor de mensen die boven nog liggen te slapen.

Het gras rond de muziektent was bezaaid met verfrommelde programma's, lege sigarettendoosje en snoepzakjes, en het toenemende licht onthulde een damesparasol onder een van de stoelen. Op de hogere delen van het strand lagen enkele flessen, een paar bananenschillen en af en toe een half broodje.

De kleine figuurtjes in stofjas liepen rustig heen en weer, verzamelden het afval en kwakten het in karren. Eén vond de parasol, keek er argwanend naar en legde hem terzijde. Hij wees een maat erop en na een pauze zei hij: 'Iemands parasol.'

Een man in uniform kwam kwiek over de boulevard aan, rinkelend met een stel sleutels: hij maakte een deur open en liep de pier op.

Een melkwagentje draaide de boulevard op en reed rammelend naar de muziektent. Door het lawaai draaiden mensen zich op hun rug, zuchtten tevreden en vielen op hun andere zij weer in slaap.

De zon kreeg kracht en verdreef de wolkjes die haar

bedreigden. Er ronkte een watervliegtuig langs de kust, transparant als een klein visje in de heldere lucht. Bognor verroerde zich langzaam en wreef in zijn ogen.

Het was bijna acht uur toen meneer Stevens precies deed wat de vissers – als ze cynisch waren geweest – verwacht hadden dat hij zou doen. Hij was geleidelijk aan lichter gaan slapen en in kortstondige ogenblikken van vaag bewustzijn had iets hem verteld dat het een stralende ochtend was. Eindelijk verroerde hij zich resoluter en deed hij zijn ogen open. Mevrouw Stevens sliep nog in het golvende terrein achter de peluw: hij maakte haar niet wakker, maar rolde zachtjes uit bed, sloop naar het raam en trok de jaloezie op.

De weg blonk in de ochtendzon. Hij duwde voorzichtig het raam omhoog en leunde in zijn pyjama naar buiten om de lucht in te drinken. Zijn gezicht brandde nog van de beukende wind van de vorige dag, en de zon van vandaag zou zijn huid een stap verder voeren naar de prachtige zachtbruine kleur waar bij zijn terugkeer het hele kantoor jaloers op zou zijn. Hij had een prettig hongerig gevoel, wilde zingen, maar hield zich in en draaide zich kordaat om, wilde naar de badkamer gaan om zich te scheren.

Hij schrok een beetje toen hij naar voren stapte, want toen hij zijn benen boog schoot er een scherpe, stijve pijn langs de achterkant omhoog.

Hij bleef even staan en liet zijn hand zakken naar de koperen knop op het bed voordat hij het zich herinnerde. Het waren de canvasschoenen natuurlijk. Dat was hij even vergeten: hij was elk jaar zo stijf. De schoenen hadden geen hak en de eerste wandeling erop rekte de spieren aan de achterkant van de benen altijd uit. Het was gewoon wat gezonde stijfheid die snel zou slijten, maar het eerste gevoel ervan had hem beslist bang gemaakt, reumatiek en spit waren door zijn hoofd geschoten, akelige dingen om in je vakantie op te lopen. Hij ging heel opgelucht naar de badkamer.

Er liepen al mensen langs op weg naar zee toen het gezin ging ontbijten, een meisje uit het huis aan de overkant zat te zonnen op de stenen balustrade, zwaaide een lang bruin been heen en weer. Achter diverse ramen zagen ze de hoofden van mensen die zich rond een tafel hadden geschaard voor hun ochtendmaaltijd.

Er hoort een bepaald gevoel bij het begin van een onbewolkte dag in de vakantie, een opgewonden geritsel alsof er boven de daken in onzichtbare handen wordt gewreven van blijde verwachting, een gonzend geroezemoes dat afkomstig lijkt te zijn van de drommen mensen die emmertjes en schepjes, tijdschriften en badhanddoeken verzamelen, terwijl ze zichzelf allemaal proberen gerust te stellen dat er geen reden voor haast is, maar zich ondertussen verwoed proberen te bevrijden van de onbenulligheden die hen in de schaduw van hun kamer houden.

Af en toe kwam er een gezelschap uit een van de huizen in de St. Matthews Road: een voor een gingen ze het hekje door en ze verzamelden zich daarbuiten in een groep, meestal rende er iemand terug om nog iets te halen, en dan vertrokken ze op een kluitje naar de boulevard, waarbij de mensen voorop bijna achteruitliepen om het gesprek te blijven volgen.

Meteen na het ontbijt gingen de Stevensen uiteen om zich klaar te maken. Ze geloofden niet dat je te vroeg moest gaan, want ook de beste ochtenden kun je te lang maken. Er werd afgesproken, zoals altijd, dat mevrouw Stevens de stad in zou gaan om de bestellingen te doen, terwijl de anderen regelrecht naar het strand gingen. Mevrouw Stevens zou zich tegen elven, nadat ze hadden gezwommen, bij hen voegen met een zak zoete broodjes.

Mevrouw Huggett kwam de keldertrap op met een arm vol wicketpaaltjes en een klein, bleekzuchtig slaghout. Die hadden enkele andere gasten een jaar of twee geleden achtergelaten en de Stevensen mochten er in de vakantie naar believen gebruik van maken. Dat bespaarde hun de moeite om hun eigen spullen mee te brengen, en op het zand was elk slaghout goed genoeg.

'Hebben we de bal?' zei meneer Stevens.

'Hier is hij,' riep Ernie.

'Vooruit dan!'

Mevrouw Huggett zag hen met een glimlach vertrekken, ging vervolgens naar de zitkamer, verzamelde de ontbijtboel op een blad en liep de keldertrap weer af.

Mevrouw Stevens moest precies de andere kant op dan de rest van het gezin en was al een eindje op weg toen meneer Stevens rustig riep: 'Vergeet je port niet.'

Ze aarzelde, glimlachte half, en zei: 'Zal ik?'

'Natuurlijk,' zei meneer Stevens.

'Het is vreselijk duur.'

'Welnee. Koop een fles', en met een knikje draaide hij zich om en volgde hij de anderen naar het strand.

'Zitten jullie op dezelfde plek als altijd?' riep mevrouw Stevens terug.

'Ja. Dezelfde plek, voor de muziektent.'

Mevrouw Stevens zwaaide haast meisjesachtig met haar tas terwijl ze de andere kant op liep. Enkele jaren geleden was ze niet in orde geweest: de dokter had gezegd dat ze een beetje verzwakt was, ze had dun bloed en een opkikkertje zou haar goeddoen. Hij raadde een fles port aan.

Ze had zich roekeloos verdorven gevoeld toen ze de drank bij de kruidenier had besteld, maar was er na afloop trots op dat ze er zo goed tegen bleek te kunnen.

Een glaasje na het avondeten: een verrukkelijke warmte die door haar keel zakte en als het glas leeg was een gevoel alsof er succes in haar aderen klopte. Het was een heerlijke, langdurige ervaring, en sindsdien had meneer Stevens erop gestaan dat ze elke vakantie een fles kocht. Als de anderen buiten hun avondwandeling maakten, ging zij lekker in de leunstoel zitten om haar glaasje te drinken, met een zuiver geweten omdat het een medicijn was, ervan genietend omdat het port was. Ze nam zulke kleine slokjes dat niets ervan ooit haar lagere regionen leek te bereiken: de drank leek warm weg te zinken in haar keel en tong.

Ze bleef even staan op het punt waar de St. Matthews Road uitkwam op de High Street en haalde haar boodschappenlijstje uit haar tas: een fles zoetzuur, suiker, een pond rijst, twee pond halsstuk van een schaap, uien – ze vond het leuk om de lijst door te lezen en te beslissen naar welke winkels ze het eerst zou gaan. Ze zou vandaag niet alles kunnen krijgen omdat het zondag was, maar diverse winkels waren 's morgens een à twee uur open. Ze genoot ervan om boodschappen te doen, en hoewel ze er veel langer over deed dan de meeste vrouwen, vond ze het nooit erg als er mensen voordrongen, ook al was dat soms een grove overtreding van de omgangsvormen bij het boodschappen doen.

Ze draalde graag in de winkels, en boodschappen doen was aan zee leuker dan thuis, omdat de mensen vrolijker en veel beter gehumeurd waren. Ze was meer dan eens zo geschrokken wanneer iemand een stapje terug deed en zei: 'U was eerst', dat ze totaal vergat wat ze moest hebben, en alleen kon terugdeinzen en mompelen: 'Nee! U! U bent aan de beurt!'

De anderen werden begroet door een prachtig breed strand toen ze op de boulevard kwamen en ze waren blij dat ze zo'n gunstig getij hadden getroffen. Het was veel beter om 's morgens zand te hebben en 's middags te luieren. Nu stroomden er uit alle straten mensen naar de zee, die haastig alle kanten op gingen om hun favoriete plek te bereiken, terwijl anderen, die er al waren, hun ligstoel uitklapten en daar expres een warboel van maakten om hun vrienden aan het lachen te maken. Hier en daar waren kinderen begonnen aan hun zandkasteel; sommigen werkten zwijgend in hun eentje aan kantelen waar niemand zich mee mocht bemoeien, anderen vormden syndicaten en werkten met elkaar aan enorme Normandische bastions met torens en grachten. Een vermoeid uitziende man met een halsdoek ontwierp een barok paleis waar hij aan wilde verdienen en riep klaaglijk naar de mensen dat ze penny's in een doorweekte omgekeerde pet konden gooien. Een robuust klein span ezels was al aan het werk en had een wachtlijst met berijders. Overal waren mensen zich voor de dag aan het installeren in de zekerheid van onbewolkte zonneschijn.

De Stevensen besteedden weinig aandacht aan de dingen om hen heen, liepen gestaag over de boulevard naar de westelijke muziektent, want op de strook zand daarvoor maakten ze elk jaar aanspraak op een plek.

Maar toen ze daar in de buurt kwamen, had Mary een ingeving.

'Wat vindt u ervan om een mooie plek voor *De kajuit* te zoeken? Dat zal veel beter zijn voor als we het huisje dinsdag krijgen.'

'Ja. Dat zou geen slecht idee zijn,' stemde meneer Stevens met haar in, zich afvragend waarom hij er zelf niet aan had gedacht.

Ze liepen ongeveer honderd meter voorbij de oude plek,

kwamen bij *De kajuit* en troffen de ruimte ervoor bijna verlaten aan. Het strand van Bognor wordt heel handig door golfbrekers verdeeld in kleine speelterreintjes, terwijl de houten barrières de bal tegenhouden, wat veel op en neer geren bespaart. Ze zorgen er bovendien voor dat elke groep wordt beperkt tot een specifiek gebied, wat voorkomt dat egocentrische mensen te veel ruimte innemen.

In het begin voelden ze zich niet helemaal op hun gemak voor *De kajuit*, hadden ze het gevoel dat ze iets in bezit hadden genomen voordat het van hen was, maar toen ze vanuit hun ooghoek naar het huisje keken, zagen ze alleen maar een oude dame en heer die zaten te dommelen op het terras, en weldra sloegen ze geen acht meer op hen. Ze hadden medelijden met de twee oude mensen, omdat hun tijd er bijna op zat, en ze waren blij dat het paar niet wist dat de mensen die zich voor hen op het zand installeerden op dinsdagavond op hun plek zouden zitten: ze hadden er aanstoot aan kunnen nemen en het had hun laatste dagen kunnen bederven, maar ze konden het natuurlijk onmogelijk weten.

Dick zette de wicketpaaltjes vlak voor de golfbreker, en op een droge, zonnige berg kiezels maakte Mary een stapel van het badgoed en de handdoeken. Aanvankelijk waren ze alleen aan het vangen, om zich in te spelen gooiden ze staand in een wijde kring de bal naar elkaar, nu eens hoge, dan weer rechte en lage ballen. Af en toe gooide meneer Stevens de bal niet op de gebruikelijke manier verder, maar met een ruk terug naar waar hij vandaan was gekomen om te zorgen dat de anderen waakzaam bleven, en als een van de kinderen had gemist en er over het strand achteraan moest in de richting van de zee, liet meneer Stevens zijn handen rusten op zijn heupen en keek hij om zich heen.

Hij was dolgelukkig, even jong en licht als een schooljongen. Alles om hem heen was onbeschrijflijk fris en schoon: bruine gezichten, open kragen, blote benen en een blauwe lucht. Af en toe ronkte de speedboot langs in een nevel van stuifwater, donkere roeibootjes dwaalden loom heen en weer, een vlieger ruiste boven hun hoofd en dook een paar keer speels op hen neer om weer op te stijgen en de rondzwalkende meeuwen bang te maken. Een man en een klein jongetje haastten zich met een garnalennetje naar de zee...

Meneer Stevens zoog zijn longen vol lucht en drukte zijn onderste ribben naar buiten om de ozon te laten doordringen in het onderste deel van zijn longen: dit waren de momenten die alle pijn, alle teleurstelling, alle vernederingen in het leven vereffenden.

'Kijk uit!' schreeuwde Dick, en meneer Stevens was precies op tijd om de bal te pakken die op hem af kwam stuiven. Hij draaide zich naar achteren, gooide hem hoog in de lucht en zag heel voldaan een oude heer blijven staan om de vlucht bewonderend te volgen. Hij had altijd goed kunnen werpen en was niets van zijn jeugdige vaardigheid kwijtgeraakt.

Na een tijdje gooiden ze naar het wicket, en meneer Stevens en Ernie speelden tegen Dick en Mary. Dick was de beste slagman en maakte veel runs voordat hij zijn wicket roekeloos verspeelde. Hij sloeg de trage ballen van meneer Stevens het hele strand over, maar meneer Stevens was eerder voldaan dan geërgerd, en zelfs een beetje trots. Want Dick leek ineens groter, en totaal anders met zijn open cricketshirt en opgerolde mouwen, was weer een vrolijke schooljongen, zoals vorig jaar om deze tijd.

Want meneer Stevens had zich ongerust gemaakt over Dick, al sinds hij van school was gekomen en was gaan werken, net een jaar geleden. Hij had een uitstekende baan voor de jongen gevonden bij Maplethorpe, de groothandel in kantoorbenodigdheden bij Ludgate Hill: hij had zijn invloed gebruikt om de baan te bemachtigen en was er heel trots op. Dick had ook opgetogen geleken bij het vooruitzicht om zijn plaats in de wereld in te nemen en zijn eigen geld te gaan verdienen. Maar na een tijdje leek er een verandering te zijn opgetreden in de jongen. Hij was nooit een lawaaiig type geweest, maar hij had altijd op een rustige manier veel plezier gehad, en op het Belvedere College had hij uitgeblonken in sport. In zijn eindexamenjaar was hij aanvoerder geweest van het cricketteam en tweede aanvoerder van het voetbalelftal, en meneer Barbour, de directeur, had tegen meneer Stevens gezegd dat Dick een heel goede invloed had op school en dat hij het jammer vond dat hij hem kwijtraakte. Hij kon ook goed hardlopen en had de Victor Ludorum gewonnen bij atletiek. Het was een jaar vol trots geweest voor meneer en mevrouw Stevens.

Hij was vorig jaar kort na de vakantie bij Maplethorpe begonnen en meneer Stevens was de eerste dag met hem meegegaan. Toen leek Dick zelfs al een beetje veranderd. Zijn stijve bolhoed bleef niet goed zitten op zijn springerige bruine haar en zijn nieuwe blauwe sergen pak leek een beetje krap, waardoor hij er tenger en mager uitzag. In zijn schooltijd had hij altijd rondgescharreld in een oude ruime blazer en een wijde flanellen broek.

En toen, terwijl de weken elkaar opvolgden tot in de winter, wist meneer Steven dat zijn zoon doodongelukkig was – en heel dapper worstelde om dat verborgen te houden.

Hij maakte zich zorgen dat Dick een stommiteit had begaan op kantoor, maar discrete navraag toonde aan dat de jongen uiterst nauwgezet en plichtsgetrouw was, zij het een tikkeltje traag en soms afwezig.

Van lieverlee leek hij echter te wennen en maakte hij niet meer zo'n ongelukkige indruk. Maar hij was heel stil en zag er vaak moe en bleek uit.

Hij maakte natuurlijk lange dagen: van negen uur vaak tot na zessen, en hij werd op zaterdag te lang vastgehouden om wedstrijden te kunnen spelen. Bij de atletiekwedstrijden op school schreef hij zich in voor de hardloopwedstrijd voor oud-leerlingen, en hij ging in de schemering van de voorjaarsavonden hardlopen voor het avondeten. Toen had hij beter geleken, was hij meer de oude geweest als hij aan het avondeten zat in zijn oude schoolblazer nadat hij zich had afgedroogd. Maar hij had het er in de wedstrijd niet erg goed afgebracht.

Hij was er kennelijk niet op gebrand om contact te houden met zijn oude schoolvrienden, hoewel hij soms, wanneer hij op zaterdag vroeg genoeg thuis was, zijn flanellen broek aantrok en naar het sportveld van school ging om naar een wedstrijd te kijken. Maar daar hield hij na verloop van tijd ook mee op. 's Avonds zat hij stil te lezen, en soms maakte hij in zijn eentje lange wandelingen.

Maar nu was hij weer de oude, sloeg hij de bal met harde, goed getimede slagen weg en vloog hij snel tussen de wickets heen en weer. Toen zijn haar in zijn ogen woei, gooide hij zijn hoofd naar achteren zoals hij altijd had gedaan, waardoor meneer Stevens om een of andere reden trots op hem was. Hij had kleur op zijn wangen, heldere ogen en lachte de hele tijd, keek alleen bars als hij het slaghout liet neerkomen om de bal te slaan.

De innings was voorbij en ze lagen breeduit naast elkaar op een kleine glooiing van aflopende kiezels. De zon brandde op hen neer vanuit een volmaakte hemel, maar een koele zeebries bleef de hitte van hun gezichten waaien.

Overal om hen heen klonken doezelige blije strandgeluiden.

Het was heel lang stil, toen klonk Dicks stem, bijna alsof hij in een droom praatte.

'Goeie genade. Is dit niet fantástisch?'

Zijn armen lagen uitgestrekt op de kiezels en er liep een miniem stroompje steentjes tussen zijn vingers door.

17

Mensen die alles graag van tevoren regelen kunnen vreselijk vervelend zijn tijdens een vakantie, maar dat hangt grotendeels af van de manier waarop ze dat doen.

Meneer Stevens regelde alles graag, maar hij wist dat hij het heel voorzichtig moest aanpakken en bij algemeen verzet drukte hij zijn plannen nooit door

Niet dat hij mensen graag commandeerde of ervan hield de leiding te hebben, het kwam gewoon doordat hij wist hoe noodzakelijk het was om een algemeen plan te hebben als je ten volle wilde genieten van elk uur van de vakantie.

Het was een van zijn beste ideeën om maar om de dag een vast programma te hebben, en de dagen ertussenin voor iedereen volkomen vrij te laten om te doen wat hij of zij wilde. Vanuit diverse oogpunten was het een verstandig plan. De kleine ruzietjes die je 's middags zo vaak op het strand zag ontstaan waren niet altijd het gevolg van de hitte, werden vaker veroorzaakt doordat mensen te veel op elkaars lip zaten en op elkaars zenuwen begonnen te werken.

Daarom deed meneer Stevens zijn uiterste best om zijn gezinsleden aan te moedigen hun eigen weg te gaan op de dagen dat er geen plannen waren. Dat verhoogde het plezier aan tafel enorm, doordat iedereen terugkwam met andere ervaringen om te beschrijven en nieuwe ideeën om uit te wisselen. Ze gingen natuurlijk niet allemaal alleen op pad, want Ernie en mevrouw Stevens hielden er niet echt van om alleen te zijn, maar ze gingen beslist hun eigen weg en deden niet meer alles als gezin.

Het kwam meneer Stevens ook heel goed uit, want hij genoot er in de vakantie altijd van om een lange dag in zijn eentje te gaan wandelen.

Hij hield ervan om eens goed na te denken, goed en ordelijk na te denken zonder dat hij ergens door werd gestoord, en als hij van zijn eenzame wandeling terugkwam, had hij zichzelf vrijwel altijd beter in de hand en had hij weer vertrouwen in de toekomst.

Op dinsdagavond kondigde hij zijn voornemen voor de volgende dag aan. Hij zat met mevrouw Stevens op het terrasje van *De kajuit*, dat sinds een uur eindelijk van hen was. Dick en Ernie waren op het strand onder hen het kasteel van die middag aan het verdedigen tegen de zee door koortsachtig de muren te versterken terwijl elke golf er hongeriger tegenaan duwde. Dick droeg nu een oude, grijze voetbalbroek en een open shirt, en terwijl meneer en mevrouw Stevens naar hem zaten te kijken, verbaasden ze zich over de verandering die in zo'n korte tijd in hem had plaatsgevonden. De donkere kringen onder zijn ogen waren verdwenen en zijn wangen hadden een rode kleur: ze waren heel blij dat hij zo fantastisch opknapte van de vakantie. Over Ernie maakten ze zich niet zoveel zorgen: hij was altijd even sterk en vitaal als een jonge hengst, en geen enkele vakantie kon veel toevoegen aan zijn zonnige rode gezicht. Mary, die verdiept was in de bladzijden van een tijdschrift, zat bij hen in de buurt op het strand, met haar rug tegen een golfbreker.

De zon was aan het verdwijnen en het zand begon een donkere gouden tint te krijgen. De mensen verzamelden zich op de boulevard voor het muziekkorps en er was een doezelige avondrust neergedaald op de kust.

'Morgen ga ik wandelen,' zei meneer Stevens, 'dat is toch goed?'

Mevrouw Stevens zei dat ze hoopte dat het niet zou regenen, want 's middags was de zon voor het eerst sinds hun aankomst achter wolken verdwenen.

'Ik denk dat het opklaart,' zei meneer Stevens, rondkijkend naar de lucht. 'Maar ik zal mijn regenjas meenemen. Ik wil niet overvallen worden – boven op die heuvels.'

Die nacht regende het inderdaad, maar het was van die regen waar ze in de vakantie blij mee waren. Toen ze terugliepen voor hun avondeten begonnen er grote warme druppels te spetteren op de stoffige stoep en te ratelen op de uitgedroogde bladeren als gruis dat op droog papier valt. Na het invallen van de duisternis begon het harder te regenen en ze lagen genoeglijk in bed te luisteren naar de gestage regenval, verwelkomden elke druppel die neerviel zonder dat zij er last van hadden. Maar 's morgens was het opnieuw onbewolkt en mooi, en was alles koel en fris voor een volgende zonovergoten dag.

Meneer Stevens kwam naar beneden op zijn stevige wandelschoenen en legde zijn kaart op de kapstok voordat hij ging ontbijten, en even na negenen beende hij weg naar de plaats waar de bussen naar de dorpen in de heuvels vertrokken.

De bussen hadden meneer Stevens in staat gesteld verder het land in te trekken dan hij in het begin had gedaan, want ze brachten hem regelrecht naar het gebied dat op zijn kaart met donkerbruin was aangegeven. Hij wist zonder problemen boven in de bus naar Petworth een plaats op de voorste bank te bemachtigen en na een paar haltes in het begin begonnen ze gestaag te rijden en de huizen achter zich te laten.

De regen had het land versterkt voor zijn strijd tegen de herfst en gaf een koele aardegeur af in de glooiende bermen naast de weg. Toen de frisse ochtendlucht in zijn gezicht woei en klapperde in zijn oren dacht meneer Stevens aan zijn laatste busrit, drie dagen geleden, toen hij voor de vakantie na zijn laatste avond op zijn werk naar huis was gegaan. Hij dacht aan de verkeersopstoppingen, de medley van claxons en de onophoudelijke stroom etalages. Wat een verschil met nu!

Soms gingen ze langzamer rijden om zich langs een overvolle hooiwagen te persen, die voor hen aan de kant ging en een streep hooi achterliet in de hoge heg; af en toe lukte het de chauffeur maar net om de scherpe bochten in de smalle laantjes te nemen, en meneer Stevens vroeg zich af wat ze zouden doen als ze een tegenligger tegenkwamen. Ze stopten slechts een paar keer, om een plattelandsvrouw met een mand en een kind op te pikken, of een onbeduidende man alleen.

Meneer Stevens had zijn kaart op zijn knieën omdat hij graag wilde vaststellen welke kerktorens hij in de verte zag en hoe de groepjes huizen heetten. Hij vond het leuk om op de kaart de beken te vinden die ze zouden kruisen voordat ze in zicht kwamen. Hij hield van kaarten en hij had geleerd om goed kaart te lezen. Ze spraken hem aan omdat ze zijn verbeelding eindeloos veel plezier verschaften, hem het beeld lieten zien van een land dat was opgebouwd door de romantische nonchalance van eeuwen.

Brede verharde wegen draaiden en kronkelden nog altijd zo dat ze de doelloze paden van prehistorische zwervers volgden. Ze liepen nog altijd om allang drooggelegde moerassen heen en sloegen abrupt en gehoorzaam af waar een of andere oude feodale baron het vroege verkeer de toegang tot zijn heilige weidegrond had ontzegd met het bevel eromheen te gaan.

Ze staken het oude, met gras begroeide kanaal over, dat lang geleden was aangelegd om in het geheim troepen langs de kust te vervoeren als Napoleon was geland. In een veld waren enkele mannen zorgvuldig een kringeltje rook aan het aanwakkeren in een vuur dat bijna was uitgegaan tijdens de regen van de afgelopen nacht. Op een boerenerf krijste een varken door het dolle heen, en meneer Stevens draaide zijn hoofd de andere kant op. Het deed hem verdriet om op deze heerlijke herfstochtend aan pijn te denken. Hij wilde vrede in zijn hoofd hebben.

Aan de rand van een dorpje dat genesteld lag aan de voet van de heuvels stapte hij uit de bus en nam hij het pad dat hij vorig jaar had gevolgd, en het jaar ervoor, door het smalle laantje met meidoorns, vlak achter de grijze muur rond de kerk. Hij sloeg af naar het oude onverharde karrenspoor, dat door schapen en regen zo diep in de kalk was uitgesleten dat hij de bermen aanvankelijk op borsthoogte had. Het voerde hem steil omhoog en weldra kon hij neerkijken op de rode daken van het dorp.

Daarna werd het spoor ondieper en toen het boven op de open heuvels uitkwam, klom hij over de rand en liep hij over het veerkrachtige gras.

Daar was hij volkomen alleen. Enkele schapen knabbelden zich bedaard centimeter voor centimeter over het gras, maar er was zover het oog reikte geen mens te bekennen.

Hij hield van de heuvels omdat ze hem gemakkelijk en vloeiend in contact brachten met het verleden. De bossen groeiden en gingen dood, de weilanden werden omheind met heggen, ze werden gemaaid en veranderden, steden en dorpen kwamen op en raakten in verval – er ging geen dag voorbij zonder dat je een hamer oude planken hoorde loswrikken – maar dit taaie gras, waar de kalk doorheen schemerde, was niet dikker of zachter geweest voor de voeten van de Romeinse legioenen dan voor die van hem. Zij zouden ook een glimp van de zee hebben gezien toen ze de helling onder de top van de eerste heuvel bereikten, en hij wist dat de heuvels over duizend jaar nog precies hetzelfde zouden zijn, volkomen tijdloos.

'Vermeende locatie van een Romeins kamp,' stond op meneer Stevens' kaart, en aan de kruising van twee paden kon hij precies zien waar het was. Hij kon de flauwe ribbel ervan in het gras volgen en hij dacht aan dezelfde zachte contouren die er van Ernies zandkastelen overbleven nadat de zee ze had bedekt en weer was vertrokken. Slechts een verschil van momenten en jaren.

Het was niet echt tijd voor een rustpauze, maar het was zo'n schitterende dag en het uitzicht was zo mooi dat hij een paar minuten op een van de muren van het kamp lag te kijken naar de smalle strook zee in de verte.

Hij dacht aan de mensenmassa's langs de kust: die zouden op dit tijdstip van de ochtend als mieren rondzwermen, zich verzamelen rond muziektenten, hutjemutje in ligstoelen liggen, krioelen rond stalletjes met verfrissingen, in de rij staan voor speedboten – en hier was hij, alleen, ver boven dat alles verheven. Hij dacht aan de herrie, de stoffige boulevards, en toen aan deze eenzaamheid.

Hij vond het een prettige gedachte dat hij 's avonds weer terug zou zijn bij de mensen, onder de lichtjes zou lopen, omringd door menselijke geluiden: hij zou niet graag op een eenzame plek willen wonen, overal mijlen vandaan, maar hij dacht graag dat hij zijn geest kon losmaken van de menigte, had graag het gevoel dat hij een goede verstandhouding met de natuur had waardoor hij er in stilte een pijp mee kon roken.

Hij stond op en liep verder, nu recht bij het voetpad vandaan, over maagdelijke grond. Hij wist van zijn kaart dat hij over een paar kilometer op een laantje zou stuiten dat hem naar het dal en door de bossen zou voeren.

Hij passeerde een verweerd boompje, gebogen tot de gestalte van een man die wordt voortgeblazen met zijn omgeklapte paraplu voor zich uit, en zijn gedachten schoten weg van de huidige omstandigheden naar de tuimeling van de muur op zijn vaders werf, achter hun sjofele huisje in Wandsworth. Niet dat dit verbogen boompje ook maar enigszins daadwerkelijk verband hield met zijn val, het kwam doordat hij vorig jaar langs de boom was gekomen terwijl hij daaraan had gedacht en nu schoten zijn gedachten terug, zoals wel vaker gebeurt, zodra hij de boom zag.

Hij had geen flauw idee hoe hij op de muur was gekomen, op zo'n jonge leeftijd, maar het kabaal van de lege verfblikken waar hij tussen viel, was de eerste concrete herinnering in zijn leven geworden.

Dat was het beginpunt geworden van de ordelijke overpeinzingen waaraan hij zijn hart ophaalde tijdens zijn jaarlijkse wandeling, het punt vanwaaruit hij de kleine samenvatting begon op te stellen die hem kracht gaf voor het komende jaar.

JNO. STEVENS, BOUWER, SCHILDER EN STUKADOOR, meer was er niet om zijn vaders nering aan te geven: het was in vervaagde gouden letters geschilderd op een lichtblauw bordje boven de deur die naar de werf leidde.

Zijn vader had nooit een echte winkel gehad, met een toonzaal. Mensen die zijn diensten nodig hadden moesten naar de voordeur komen en hij voerde een gesprek met hen in de gang. Sommige mensen gingen per ongeluk de zijdeur door en dwaalden onbegeleid over de kleine werf tot de moeder van meneer Stevens hen door het keukenraam in de gaten kreeg.

Meneer Stevens' hele kindertijd leek zich te hebben afgespeeld rond de rommelige warboel van die kleine bouwerswerf. Later voegde de openbare school aan de overkant van de straat zich daarbij, maar al zijn vroegste herinneringen begonnen, net als zijn val tussen de verfblikken, met het verbijsterende allegaartje van waardeloze rommel dat zijn vader verzamelde op het ommuurde terreintje achter het huis.

Er lagen kogelkleppen van stortbakken, vervormde stukken van loden pijpen en vreemde, obscure dingen die verborgen onder de vloeren van huizen liggen en waarvan alleen loodgieters weten hoe ze te vinden zijn.

De kleinere voorwerpen kwamen en gingen, afhankelijk van de tijd tot de oudeheer ze weer kon gebruiken, maar soms vonden grote dingen hun weg naar de werf en zij bleven daar over het algemeen.

Zo was er een roestig oud keukenfornuis met deurtjes dat overwoekerd was door een verwilderde klimplant, een stokoud bad, dat eeuwig vol roodbruin water stond sinds de afvoer jaren geleden door bladeren verstopt was geraakt, een stapel vermolmende planken waartussen in het voorjaar het gras opschoot, een smeedijzeren hek, een karrenwiel en een beeld van Pan.

De tuin die ooit onder deze rommel had gegroeid, had zijn zwakke pogingen om te ontsnappen nooit gestaakt: elk voorjaar dreef hij zijn lichtgroene scheuten door de barsten en kieren van de dingen die erop lagen.

Eens per jaar ruimde de oudeheer op en kwam er een kar ergens vandaan om de nutteloze rommel mee te nemen. Maar de oude meneer Stevens vond het heerlijk om troep te verzamelen en het brak zijn hart bijna als hij iets ervan de deur uit zag gaan. Hij deed alleen dingen van de hand wanneer de werf zo vol lag dat er geen nieuwe rommel meer bij kon, maar vaak kreeg hij op het laatste moment spijt, waarop hij achter de verdwijnende kar aan rende en triomfantelijk terugkwam met een stuk siersmeedwerk of een zwarte schoorsteenkap die hij bijna teder in zijn oude hoek terugzette om nog een jaar te vergaan.

Maar te zijner tijd leek alles de deur uit te gaan, behalve het bad, het fornuis en het beeld van Pan.

Het beeld domineerde de kleine werf: een lichtgrijze reus te midden van kleine, roestige spullen. Vanuit de achterslaapkamer waarin hij als kind sliep, kon meneer Stevens neerkijken op zijn gehoornde voorhoofd en net de bovenkant van zijn panfluit en zijn gekruiste, gespleten hoeven zien.

Het was jaren geleden uit de tuin van een groot huis in Brixton gekomen, hoe en waarom had meneer Stevens nooit geweten, en het was het enige op de werf waar zijn vader een hekel aan had; hij probeerde het beeld vaak weg te geven, maar niemand wilde het hebben, net zomin als hij het zelf wilde hebben, en daar stond het tijdens meneer Stevens' jeugd, eeuwig blazend op zijn panfluit voor niet-reagerende wc-brillen en voetenschrapers.

Hij vroeg zich vaak af wat er uiteindelijk mee was gebeurd; hij was een paar jaar geleden in een bus langs het oude huis gekomen en had een grote garage gezien waar de werf was geweest. Pas als jonge man, toen het oude huis al tien jaar achter hem lag, had hij het mystieke verhaal van Pan gevonden in een vettig boek uit de tweedehandsboekhandel aan de Vauxhall Bridge Road. Hij had het verhaal op een avond gelezen, toen de lengende dagen hem net in staat stelden om bij daglicht bij zijn raam te lezen, en terwijl hij zich het beeld op de werf weer voor de geest haalde, begreep hij voor het eerst wat een mooie betekenis het had.

In zijn geheugen was merkwaardig weinig overgebleven van de school: een paar harde, onvriendelijke banken, de wekelijkse lucht van carbol op de dag dat de vloer was geschrobd, een schimmige herinnering aan meneer Perkins, de meester, aan zijn ogen met rode oogleden en zonder wimpers, en de glimmende strakke broek om zijn o-benen, en wat verre kreten op een hoog ommuurd en geasfalteerd schoolplein, en de herinneringen aan zijn eigen schooltijd vervaagden tot het grote vierkante huis aan de Belvedere Road in Herne Hill, Belvedere College, waar hij zijn eigen zonen naartoe had kunnen sturen.

Hij hief zijn hoofd wat hoger op, glimlachte, en sloeg met zijn stok tegen de distelbloemen.

Zijn eigen schooltijd lag al achter hem voor hij veertien was. Hij had zijn vader geholpen, hij dacht aan de uren onder aan de ladder, die hij met één voet op de onderste sport in balans hield terwijl zijn vader boven hem werkte.

Dat was de duidelijkste herinnering uit zijn jongensjaren: de ronde rubberhakken van zijn vaders laarzen en dat 'Vààn onderen, jochie!' van zijn vader voordat er een roestig stuk goot naast hem op de grond plofte.

Hij bleef even staan toen hij bij het pad kwam dat naar het dal leidde. Over honderd meter zou hij in de schaduw van de bomen zijn, en hij vond het jammer om de open heuvels achter zich te laten.

Het waren kleine toevalligheden geweest, zoals zijn ontdekking van Pan, waardoor hij zich bewust was geworden van zijn hunkering om veel meer te begrijpen dan waartoe hij de kans had gehad, kleine toevalligheden die een doek leken op te trekken om een bijna angstaanjagende diepte erachter te onthullen. Hij was blij dat hij altijd instinctief geneigd was om naar voren te stappen en niet terug te deinzen, om op de tast verder te gaan, verkennend en zoekend naar een ander doek erachter.

Een met hanenpoten geschreven mededeling, 'Sterke jongen gezocht', bracht een man niet altijd de ontspannen vrijheid van twee weken vakantie aan zee, een gezin in een strandhuisje met een terrasje ervoor, een huis dat over twaalf aflossingen van hem zou zijn.

Drie jaar manusje-van-alles, drie jaar inpakker, op zijn drieëntwintigste kantoorbediende. Hij herinnerde zich de avond in de hal van het pakhuis toen hij zijn mouwen voor de laatste keer had afgerold en afscheid had genomen van zijn bestaan als handarbeider. En zijn wandeling naar huis, toen hij twee overhemden en vier paar stijve manchetten had gekocht.

Er waren maar heel weinig inpakkers van de firma Jackson & Tidmarsh die opklommen van het pakhuis naar het kantoor, nog minder al op de leeftijd van drieëntwintig.

Stapje voor stapje was hij opgeklommen, langzaam maar heel zeker. Twee pond per week, twee pond tien, drie pond – tien pond op de spaarbank, vijftien pond, twintig – de dag waarop hij de grotere kamer had genomen, de eerste rit op zijn fiets – zijn kennismaking met Flossie en zijn huwelijk – de aankoop van hun huis in de Corunna Road – alles werd langzaam maar heel zeker opgebouwd.

Hij kwam nu bij de herinnering aan zijn eerste wandeldag in Bognor, toen er in de loop van het jaar dingen waren gebeurd waardoor zijn gedachten een chaos van opwinding en hoopvolle verwachting waren.

Hij had op het punt gestaan om te beginnen aan zijn tweede jaar als secretaris van de voetbalclub, die zowel aan prestige als aan invloed won. Er waren twee mannen van een bank lid geworden en zij hadden nieuwe wedstrijden georganiseerd met betere clubs. Hij keek reikhalzend uit naar het begin van het seizoen op de zaterdag waarop hij terugging. Hij kortte zijn vakantie een dag in om aanwezig te zijn bij de eerste wedstrijd, wat liet zien hoe hij toen over de dingen dacht.

Maar op die eerste wandeltocht door de heuvels werden zijn gedachten beheerst door nog iets groters, door iets wat die zomer op kantoor was gebeurd. Hoofdfacturist, op zijn zevenendertigste, met vier mensen onder zich en een invloedrijke positie in het grote pakhuis achter het kantoor.

Er waren nog twee kantoorbedienden met evenveel aanzien als hij: twee oudere mannen met gebogen schouders en aarzelende, timide ogen. Hij had naar hen gekeken, hen in de gaten gehouden en zijn hart was opgesprongen toen hij besefte dat hij de toekomst in eigen hand had.

De secretaris zat in een eigen kantoor, liep tegen de zestig en zou beslist binnen tien jaar met pensioen gaan. Meneer Stevens, van zevenendertig, kon zo nodig twaalf jaar wachten, maar nu zou het eerder gebeuren. Vijfhonderd pond per jaar, een eigen kantoor, een dagelijks onderhoud met de directeuren, de leiding over veertig man... en ooit een manusje-van-alles!

Er was een magnifieke zonsondergang geweest toen hij vijftien jaar geleden na die eerste wandeling naar huis was gelopen, en elke stap daarnaartoe had hem dichter bij de functie van secretaris gebracht en bij een van de grote huizen aan de College Road. Hij wist precies wat voor huis het zou zijn: door de dikke hulstheg kon je een glimp opvangen van rustige heesterperken en een glad, beschut gazon.

Hij was die avond thuisgekomen met een opwinding die hem had doen besluiten de wandeling elk jaar te herhalen, om het verleden samen te vatten, alle dingen die hem tot op de drempel van deze geweldige toekomst hadden gebracht te verzamelen en te transporteren naar het komende jaar, om de belangrijke gebeurtenissen van de afgelopen twaalf maanden eraan toe te voegen en de toekomst vol toenemend zelfvertrouwen te peilen.

Niet dat hij een te hoge dunk van zichzelf had gehad, het

was een strijd om zijn tekortkomingen te overwinnen, om zichzelf te overtuigen van zijn bekwaamheid om de functie te bekleden waar hij naar uitkeek. De voetbalclub was een bevestiging geweest van waartoe hij in staat hoopte te zijn: de leden zouden niet zo voor hem applaudisseren wanneer hij tijdens vergaderingen opstond als hij het instinct om leiding te geven ontbeerde en de mannen niet begreep.

Het was intens bevredigend om die kracht te gebruiken ten behoeve van een gezonde sport, maar het gaf nog veel meer voldoening om te weten dat hij zijn talenten weldra tot het uiterste zou kunnen benutten ten bate van materiele en belangrijke economische doeleinden. Zijn huidige functie als kantoorbediende bood weinig kansen, maar als secretaris: dat zou totaal anders zijn...

Hij vroeg zich vaak af of de ellende die tot zijn aftreden bij de voetbalclub had geleid iets te maken had met wat er op kantoor was gebeurd.

De voetbalellende had hem veel dieper geschokt dan hij aanvankelijk had gedacht: de vreselijke onrechtvaardigheid ervan, de harteloze manier waarop hij terzijde was geschoven alsof hij een versleten stuk gereedschap was. Het was een vernietigende klap geweest voor zijn zelfvertrouwen en levenslust, een vreselijke strijd om zich te weerhouden van bitterheid en zelfmedelijden. Het had wellicht zijn werk beïnvloed op een kritisch moment, maar hij zou nooit geloven dat de twee rampen werkelijk met elkaar verband hielden.

De directeuren waren bijzonder beleefd tegen hem geweest toen hij had gesolliciteerd naar de functie van secretaris.

'Het is niet dat we in enig opzicht ontevreden zijn, meneer Stevens, integendeel, u bent een van onze meest gewaardeerde personeelsleden. Maar we moeten vooruitkijken, we moeten opgewassen zijn tegen zeer zware concurrentie. We moeten nieuwe markten vinden, en de heer Wolsey heeft zeer brede ervaring in de detailhandel. We weten zeker dat u uitstekend zult kunnen werken onder de heer Wolsey.'

Het waren die laatste vier woorden die hem striemden als een zweepslag: 'onder de heer Wolsey'.

Gedurende een onbezonnen moment had hij zin gehad om hen uit te dagen en ontslag te nemen, maar hij herinnerde zich wat er bij de voetbalclub was gebeurd, en dit was zijn broodwinning, niet louter sport. 'Het spijt me, meneer, ik zal...'

En de directeur sprak alweer, over een onbeduidende routinekwestie.

Het was een bof dat hij stevige schoenen aanhad, want het gras onder de bomen was drijfnat van de regen. Maar de varens waren schitterend, hier beneden in de schaduw. De zon leek hun fijne kantwerk altijd te drogen.

Hij was het dal inmiddels door gelopen en bevond zich weldra weer in de open ruimte boven op de heuvel die het hoogste punt van zijn tocht vormde. Het uitzicht was grandioos. Naar het noorden toe strekte het land zich uit zover het oog reikte, met de oude stadjes Petworth en Midhurst, die behaaglijk genesteld lagen tussen de bomen in de verte. Hier en daar glinsterde de zon op de smalle rivier die over de vlakte slingerde.

Hij was al een paar jaar van plan om bij deze top te komen wanneer zijn gedachten bij de twee rampen in zijn leven kwamen, want het uitzicht dat voor hem lag, leek zijn armen te spreiden, zijn wenkbrauwen op te trekken en lachend tegen hem te zeggen: Doet het er werkelijk toe?

Het was niet dat hij de functie van secretaris bij de voetbalclub, of de functie van secretaris bij Jackson & Tidmarsh, oneervol was kwijtgeraakt: het verlies van de eerste was het gevolg van onrechtvaardigheid, misschien door jaloezie, en dat moest hij proberen te vergeten, zonder bittere gedachten te koesteren, en de tweede had hij misgelopen doordat niemand het uiterste bereik van zijn kansen kan overschrijden. Hij was begonnen als manusje-van-alles, en daar was alles mee gezegd.

Toen hij met Flossie was getrouwd en hun huis in de Corunna Road had gekocht, had hij niet gedacht dat hij het toevluchtsoord bouwde dat hem na elk van deze rampen had gered.

Zijn huis had er nog nooit zo vriendelijk uitgezien, zijn tuin nog nooit zo rustgevend als op de avond dat hij van kantoor was teruggekomen in de wetenschap dat hij geen secretaris zou worden, dat hij misschien nooit het grote huis in de College Road zou hebben, met zijn gazons en heesterperken.

Hij had door de voorkamergordijnen het vuur zien flakkeren en in de hal hing Dicks blauwe pet met de gele strepen van het Belvedere College.

Hij had zijn kansen tot het uiterste benut: hij was trots op de mooie mogelijkheden die hij had bevochten voor zijn jongens.

Hij sloeg het pad in dat hem naar het laantje met de Woodman's Arms zou voeren, anderhalve kilometer verderop; het was een opluchting om te bedenken dat het natte seizoen de wespen had weggehouden, die vorig jaar een plaag waren geweest tijdens zijn lunch buiten voor de herberg door op de rand van zijn bierpul te gaan zitten.

Hij zou de bus van vier uur uit Singleton nemen en tijdens de wandeling naar huis zou hij als altijd de toekomst peilen, plannen maken voor de dingen die hij zou doen wanneer zijn grote buitenkans kwam.

Want hij wist, even zeker als er karrensporen in het laantje waren, dat er op een dag iets zou gebeuren, iets zou komen om hem te belonen voor zijn inspanningen in het verleden.

18

Het zou niet eerlijk zijn om te zeggen dat mevrouw Stevens en de kinderen meneer Stevens graag zagen vertrekken om alleen een dag te gaan wandelen: ze genoten niet van zijn afwezigheid, maar van het verschil dat ze in hem opmerkten als hij terugkwam.

Het probleem was dat hij tijdens de eerste paar vakantiedagen altijd een beetje al te graag wilde dat het een doorslaand succes was: hij had de neiging onnatuurlijk luidruchtig te zijn, zijn handen te vaak in elkaar te slaan met de woorden: 'Goed dan!'

Het was allemaal zo onmiskenbaar goed bedoeld dat de anderen er onmogelijk een hekel aan konden hebben, want wanneer zij op hun beurt luidruchtig werden, kreeg meneer Stevens minder praatjes en trok hij zich terug, alsof hij bang was iets te doen om het te bederven. Het leek of hij wegsloop, zoals hij thuis achteruit bij de eetkamerklok vandaan sloop wanneer hij hem weer aan de praat had gekregen nadat het ding lang en halsstarrig was blijven stilstaan.

Dit jaar waren zijn inspanningen nogal toegenomen, hoewel Dick en Mary wisten dat het nergens voor nodig was. Ze wisten heel goed dat de vakantie zonder enige bemoeienis uitstekend zou verlopen, het was gewoon zo dat het naarmate je ouder werd vanzelfsprekend langer duurde om in de stemming te komen. Dat leek meneer Stevens te vergeten, hij leek de vakantie van vijf jaar geleden nog steeds als maatstaf te gebruiken, toen de kinderen zich er halsoverkop in hadden gestort zodra ze waren gearriveerd. Wanneer Dick en Mary in een rustige, nadenkende stemming waren, betrapten ze hem er diverse keren op dat hij met een bezorgd, onzeker gezicht naar hen zat te kijken, alsof hij bang was dat Bognor zijn greep aan het verliezen was en hen dit jaar had teleurgesteld.

Maar door zijn dag wandelen zou dat allemaal verdwijnen. Hij zou als altijd terugkomen in een totaal andere stemming, rustiger en natuurlijker. Hij zou meer als een van hen aan alles meedoen dan als de leider en organisator, en de vakantie zou aangenaam tot rust komen.

Daarom, en daarom alleen, zagen ze hem graag gaan, want het speet hun oprecht dat hij er niet bij was om te genieten van de eerste zwempartij vanuit *De kajuit*. Dick en Ernie dachten dat hun vader ervan zou hebben genoten om zijn shirt uit te trekken zonder zijn ellebogen te schaven, zoals hij steevast deed in de benauwde ruimte van de kleine huisjes, en dat hij er majestueus zou hebben uitgezien als hij in zijn blauwe badpak met de gele biezen vanuit het huisje op het terras was verschenen.

Het was 's morgens al zo heet dat ze geen handdoeken nodig hadden: ze zwommen een halfuur en spetterden en dreven en wentelden zich in het heldere, lauwe water, en daarna lagen ze in de zon en lieten ze het zout indrogen.

Toen mevrouw Stevens even over elven arriveerde met een zak bitterkoekjes, zag ze tot haar ontsteltenis haar kinderen breeduit op het strand liggen in niets anders dan hun badgoed. Zo zouden ze nog een dodelijke kou oplopen, zei ze, waardoor iedereen omrolde van het lachen.

Mary had een fles olijfolie meegebracht om de rode plekken op hun borst en rug in te smeren, want het had geen zin louter en alleen in de zon te liggen om over een paar dagen pijnlijk te vervellen. Een beetje olie voorkwam dat de huid ging barsten en hielp om de volle, warme bruine kleur te krijgen die iedereen graag van vakantie mee terugneemt.

Meneer Stevens mocht het dan al warm vinden boven op de heuvels, waar de wind vrij om hem heen woei, de anderen vonden het beneden op het strand snikheet, te heet voor cricket, zelfs te heet voor zandkastelen. Iedereen om hen heen leek te zijn ingestort, en het geronk van de speedboot en het geroep van zwemmers naar elkaar, ver weg in de heiige zee, waren de enige geluiden die de stilte verbraken.

De mensen zaten op elkaar gepropt in elk streepje schaduw of lagen grotesk uitgestrekt onder kranten; een oude heer in de buurt was zwak op een banaan aan het zuigen, terwijl zijn vrouw, die met een rood hoofd naast hem tegen een golfbreker leunde, stiekem haar korset losmaakte.

'Een warme nazomer, dat gaat het worden,' zei een oude zeeman die op de rand van zijn boot rustte.

Maar de Stevensen zaten heel luxueus net binnen de schaduw van *De kajuit*, met de deuren wijd open om elk zuchtje wind te vangen dat langskwam. Het was heerlijk om daar te zitten, kauwend op bitterkoekjes, kijkend hoe andere, minder fortuinlijke mensen smolten in de zon. *De kajuit* was zijn prijs waard, wel tien keer.

'Het idee dat wij hier zo zitten!' zei mevrouw Stevens.

Maar het mooiste van de ochtend was het einde ervan: teruggaan naar de schaduwrijke zitkamer van *Zeezicht*, die wel schemerig leek na het felle licht op het strand, het kraantje van de stenen kruik in de hoek bij de boekenkast opendraaien en kijken hoe het heldere, koele gemberbier langzaam hun glazen vulde.

Ze dronken de helft meteen op, want bitterkoekjes maken dorstig, waarna ze hun glazen opnieuw vulden en op tafel zetten voor bij het eten.

Door hun langdurige zwempartij, omringd door zon, zee en lucht, had hun lichaam een triomfantelijke, tolerante minachting gekregen voor hun kleren; een totaal ander gevoel dan op een akelige winterdag, wanneer het lijkt of de kleren de macht hebben het lichaam te laten kruipen.

Ze hingen lui in de leunstoelen, moe en stijf van het zwemmen, en wachtten tot hun warme maaltijd werd binnengebracht. De grammofoon speelde in het huis aan de overkant, en er dreven telkens lachsalvo's naar hen toe: er zat kennelijk een vrolijke groep in *De platanen*: drie jonge mannen blijkbaar en drie meisjes, en helemaal geen oude mensen...

Kort na het eten trok Dick zijn blazer aan en zei hij dat hij in zijn eentje een eind ging lopen.

'Ik ben terug voor de thee,' zei hij.

De anderen waren een beetje verbaasd. Dick was nog nooit zo vertrokken. Hij had weleens lange tochten gemaakt met Ernie of Mary, maar nooit alleen, behalve misschien om haastig iets uit een winkel te halen.

'Pap zal rond vijf uur terug zijn,' zei mevrouw Stevens toen Dick de kamer uit ging.

'Prima. Dan ben ik terug.'

'Welke kant ga je op?'

'Over het strand, denk ik.'

Hij zwaaide naar hen en glimlachte toen hij langs het raam van de zitkamer liep.

Sinds hij in Bognor was aangekomen, was de drang om in zijn eentje weg te gaan steeds sterker geworden. Hij wilde over een paar dingen nadenken, en hij wist dat hij alleen helder zou kunnen redeneren als hij volkomen alleen was.

Het strand en de boulevard waren ongewoon rustig, want de meeste mensen hadden besloten dat een dutje in hun slaapkamer de koelste en aantrekkelijkste middagbesteding was. Maar met het opkomende tij was een frisse bries uit het zuiden opgestoken, die in Dicks gezicht blies terwijl hij over het strand liep.

Hij passeerde de laatste afgelegen huizen, vervolgens de laatste badhuisjes en kwam bij het stuk kust tussen Aldwick en Pagham dat zelfs in september rustig was, zonder mensen. Want langs dit gedeelte lagen een stukje landinwaarts grote woonhuizen, en de tuinen ervan liepen door tot aan het strand.

Er waren steeds minder groepen vakantiegangers tot hij ten slotte volkomen alleen was. Hij vond een plek bij een berg betonbrokken die ooit een tuin had beschermd tegen de oprukkende zee, en ging liggen in de schaduw ervan.

Hij begreep deze drang om in zijn eentje weg te gaan maar vaag. Hij wist alleen dat tijdens alle donkere uren van het afgelopen jaar, telkens wanneer zijn geest paniekerig rondtastte in de kwellende nevels waardoor hij werd omringd, dezelfde gedachte altijd opluchting had gebracht: wacht tot je weer in Bognor bent, ga langs het strand lopen en overdenk alles, met je gezicht naar de zee.

En hier was hij dan: hij zat precies zoals hij zich heel vaak had voorgesteld. Hij vroeg zich af of de nevel nu zou opklaren, of hij zich zou kunnen verheffen tot een kalme objectiviteit die hem zou helpen om het te begrijpen.

Het was iets wat hem was overkomen sinds hij vorig jaar aan zee was geweest, iets wat hem diepongelukkig had gemaakt, soms wanhopig, maar iets wat moeilijk te overdenken en duidelijk te definiëren was.

En hij zou gelukkig moeten zijn, dat was de verbijsterende kern van het probleem, veel gelukkiger dan vorig jaar, volgens alle regels van de logica.

Vorig jaar was hij een schooljongen geweest, die zijn vader geld kostte en daar niets nuttigs voor terugdeed. Nu ging hij elke dag naar Londen: hij verdiende geld, droeg thuis een steentje bij, onderhield zichzelf en deed nuttig werk in de wereld.

Dertig shilling per week was weliswaar niet erg veel, maar het was een fortuin vergeleken met het zakgeld van een jaar geleden. De grijze flanellen broek die hij droeg, had hij van zijn eigen geld gekocht – zijn hoed – zijn overjas thuis waren voortgekomen uit wat hij met zijn eigen handen had verdiend. Hij betaalde mee aan de huur van *De kajuit*: het hele gezin was welgestelder door wat er sinds vorig jaar september met hem was gebeurd. Zou hij niet tevreden moeten zijn, en heel voldaan? De rede zei: Ja, beslist ja.

Maandenlang voerde hij nu al een bittere strijd tegen deze vreemde ongelukkige gevoelens, die hem op een winteravond, toen hij uit zijn werk was thuisgekomen, hadden ingesloten en hem sindsdien geen moment meer hadden losgelaten: hij wilde proberen te begrijpen wat daar de oorzaak van was, zodat hij ze beter kon bestrijden, en ze misschien op een dag finaal uit zijn geest zou kunnen verdrijven.

Wat was er het afgelopen jaar gebeurd? Hij was van school gekomen en in Londen gaan werken. Meer niet. Hij was naar Maplethorpe gegaan, de groothandel in kantoorartikelen. Kantoorbediende bij Maplethorpe. Tien maanden lang, en toen deze vakantie. Terug in Bognor, terug in zijn oude wijde flanellen broek en schoolblazer.

De blazer was op een of andere manier de sleutel van het probleem: gedragen op zijn flanellen broek als aanvoerder van het cricketteam van school, over zijn lichte hardloopkleren toen hij naar voren was gekomen om vorig jaar juni de Victor Ludorum in sport in ontvangst te nemen.

SPORT OP HET BELVEDERE COLLEGE

Stevens I. wint Victor Ludorum

> '...een veelbelovende jonge atleet van wie we meer zullen horen...'

Het knipsel uit de plaatselijke krant lag thuis in de la van zijn toilettafel. Hij vond het fantastisch om te bedenken dat een of andere man die hij nog nooit had gezien, die hij niet eens kende, dat over hem had geschreven.

De vakantie van vorig jaar was de afsluiting geweest van een gouden hoofdstuk in zijn leven: hij was van het Belvedere College gekomen in de roes van een totaal succes, want hij had werkelijk alles bereikt wat hij het liefst had gewild: aanvoerder bij cricket, de Victor Ludorum – vorig jaar was hij tijdens de vakantie een hele piet geweest, die trots als een pauw in zijn blazer rondliep, vol dromen door de herinneringen aan zijn triomfen, vol hooggespannen verwachting voor zijn toekomstige werk in Londen. Maplethorpe klonk geweldig voornaam, en door de grote trots van zijn vader omdat hij hem de baan had bezorgd nam zijn opwinding nog verder toe.

'Je zit voor je leven gebakken, jongen, in een goede, degelijke baan.'

Dat was de ironie ervan. Zijn vader vond het een prachtbaan. 'Voor je leven gebakken... voor je leven!', trotse woorden met een meedogenloos spottende nagalm.

Had hij het zijn vader maar kunnen vertellen, of had

zijn vader het maar geweten en tegen hem gezegd: Kijk eens, jongen, het is geen topbaan, het is eigenlijk nogal een middelmatige firma, maar dit is het beste wat ik voor je kan doen. Wat zou dat een verschil hebben gemaakt! Dan had hij gezegd: Prima, pap. Bedankt. Ik stort me er uit alle macht op en doe mijn best om later een betere baan te vinden.

Dat had hij kunnen doen, met zijn vader naast zich.

Maar het was niet anders. Er was niets aan te doen. Zijn vader was er trots op: het zou zijn hart breken als hij wist dat zijn zoon op de baan neerkeek en er een vreselijke hekel aan had. Maplethorpe, zo stoffig en dor, zo alledaags, de schaamte voor de smerige zijstraat van de firma. Het was hem pas geleidelijk gaan dagen, toen de verbijstering van zijn eerste paar weken was weggeëbd. Hij had zijn teleurstelling volstrekt voor zich moeten houden, want zijn moeder zou het nooit hebben begrepen en hij had geen vriend die het zou begrijpen. Door de schok van de desillusie was hij teruggevallen op zijn schooltijd, had hij getracht veiligheid en moed te putten uit zijn herinneringen, uit het Belvedere College, maar hij had ontdekt dat hij ook daar geen vaste grond vond.

Gewoon een groot lelijk verbouwd woonhuis, troosteloze kale ramen, een versleten tuin, kaal getrapt door de jongens. Dat was alles wat ervan overbleef toen hij zijn blik er weer op richtte: het vernisje van jongensachtige romantiek bladderde ervan af en een geraamte van zielige, pretentieuze schijn grijnsde hem toe en zei: Nu weet je het.

Ongelooflijk dat hij het niet eerder had geweten!

Een smeulende woede laaide op tegen de manier waarop hij was misleid: elke dag werd er, indirect, tegen de jongens op gezinspeeld dat het Belvedere College zich kon meten met de meest vooraanstaande scholen in het land – alleen omdat ze jongens waren: jong en beïnvloedbaar.

Waren de docenten maar eerlijk geweest, had meneer Barbour maar gezegd: Kijk, jongens, het Belvedere College is pas vijftien jaar oud. Ik heb de school zelf gesticht, er zijn geen tradities zoals op andere scholen – het is maar een kleine school – maar we zijn niet duur en we doen ons best. Het spijt ons: jullie kunnen niet trots zijn op jullie school – het is aan jullie om te zorgen dat de school trots op jullie zal zijn.

Wat zou hij dan aan de slag zijn gegaan om de school te verdedigen, en ervoor te werken!

Goed, laten we verdraaid nog aan toe alles op alles zetten om hem even goed te maken als de beste!

Maar dat was nou net zo jammer. Het Belvedere College was gehuld in een opzichtig laagje zelfmisleiding. Het dacht werkelijk dat het een fantastische school was. De docenten dachten eerlijk dat de oud-leerlingen er trots op hoorden te zijn, en ongelooflijk dankbaar – het was allemaal hopeloos en zinloos!

Hij had er niet veel van gevraagd, alleen dat hij er een paar trotse blijvende herinneringen aan zou overhouden, een waardigheid waaraan hij zich kon vastklampen, een sterke, begrijpende hand om hem de moed te geven het afbrokkelende pad voor zich dapper tegemoet te treden!

Het geknars van kiezels brak in zijn gedachten door. Zijn blik was gericht op de nevelige contouren van een schip van de wilde vaart, ver weg aan de horizon, en hij zag de mensen die langsliepen pas toen ze bijna bij hem waren.

Een lange man die een pijp rookte, en twee jongens – geen broers, dacht Dick, gewoon vrienden, jongens van een jaar of achttien. Ze droegen een plusfour en een gestreepte blazer met een wapen op het borstzakje, hadden allebei een das in dezelfde kleur, een das voor oud-leerlingen.

Hij volgde het groepje met zijn ogen tot het om een bocht in de kust achter wat bomen verdween, en ineens voelde hij zich intens eenzaam. Er was geen oud-leerling van het Belvedere College die hij als vriend wilde hebben.

Hij wierp een blik op zijn blazer. Alleen B.C. op het borstzakje: B.C., Belvedere College, dat er met hardgroen garen in was geweven. Hij had het logo gekregen toen hij in het cricketteam was gekomen: het was bevestigd op een stukje karton en moest op een blazer worden genaaid die je afzonderlijk kocht, wat voor blazer je maar mooi vond.

Was het te veel gevraagd om van het Belvedere College te verlangen dat het een trotse gestreepte blazer had – met een wapen – en misschien een das voor oud-leerlingen?

Maar hij wist dat het er eigenlijk niet toe deed, dat hij de das nooit zou hebben gedragen als er een was geweest. Butler zou hem hebben gedragen, terwijl hij de klanten hielp in zijn vaders sigarenwinkel; Cheesman zou hem dragen, terwijl hij de verhuiswagen van zijn oom reed. Ze zouden er trots op zijn, zich er niet voor schamen, zoals hij.

Zouden ze er trots op zijn geweest omdat ze trouw waren, loyaal aan hun oude school? Of zouden ze alleen hebben geprobeerd er een vage sociale stap vooruit uit te halen?

Hij wist heel goed dat hij het recht niet had om zich te schamen. Hij kon er niet meer aanspraak op maken dan Butler of Cheesman. Hun vaders hadden waarschijnlijk meer geld dan die van hem. Hij zou op zaterdag naar het sportterrein van de school moeten gaan om zich aan te sluiten bij Butler en Cheesman en te schreeuwen: 'Hup Belvedere!' – 'Dat goeie ouwe Belvedere!'

'Een jongen die zich negatief uitlaat over zijn oude school is niet beter dan een worm.' Dat had een bisschop gezegd. Het had in een krant gestaan, en daardoor had hij zich een schandalig verachtelijk sujet gevoeld.

Hij schaamde zich voor zijn baan, schaamde zich voor zijn oude school – en de baan en de school waren de trotse prestaties van zijn vaders leven. Hij was trouweloos: hij wist dat dat de kern was van zijn ongelukkige gevoelens. Als hij geen eenzame buitenstaander wilde worden, moest hij zijn leven lang doen of hij trots was op dingen die hij in zijn hart heimelijk verachtte, op dingen waarvan hij wist dat ze inferieur waren, niet goed genoeg.

Was dat de betekenis van trouw? Dat een man al zijn aangeboren trots moest smoren en zichzelf moest verguizen tot een niveau vanwaaruit hij kon opkijken naar de zielige kleine maatstaf waaraan hij zich moest houden – ook al wist hij zonder een spoor van twijfel dat hij een trotsere maatstaf hoorde te hebben?

Was het schandelijk als een man zich boven zijn stand verheven voelde, als hij eenzaamheid verkoos boven de omgang met mannen die niet goed genoeg voor hem waren?

De zee, die kwam opzetten met de wind achter zich, was bezaaid met schuimkopjes, en terwijl Dick ernaar lag te kijken drong er een straal nieuw licht tot hem door.

Ineens begon hij heel helder te denken: zijn gedachten maalden niet meer traag rond in een draaikolk van zelfmedelijden. Toen hij een paar weken geleden dat woord 'zelfmedelijden' in een krantenartikel had gelezen, was hij erdoor gestoken als door de wreedheid van een spottende opmerking over een vorm van lichamelijke mismaaktheid, maar nu kreeg het ineens een andere betekenis. Hij was merkwaardig opgewonden, kon niet langer lusteloos op het strand blijven liggen. Hij stond op en liep verder, tot hij in het zicht kwam van een rij bungalows, toen draaide hij om en liep hij terug. Zodra Bognor in zicht kwam, draaide hij opnieuw om: hij beende op en neer over de eenzame anderhalve kilometer strand die hem ineens een sprankje hoop had gegeven.

Het werd hem elk moment duidelijker, en zijn zojuist gevonden opwinding mengde zich met het bewustzijn van zijn goede lichamelijke conditie: de vakantie was nog maar nauwelijks begonnen! Vijf – zeven – tien heerlijke dagen voor zich! Maar hij moest zijn gedachten in toom houden... ze bij de les houden!

Wat een volslagen idioot! Geen wonder dat hij zich zo ellendig had gevoeld – en zo verachtelijk! Hij verdiende niet beter...

Zijn idee over die kwestie van trouw was verkeerd geweest: trouw betekende niet dat je passief door het stof ging voor iets wat inferieur was, het betekende een formidabele vastberadenheid om de dingen waarmee hij was verbonden te verheffen tot een verfijnder niveau.

Zijn boosheid op het Belvedere College versmolt tot iets wat trots noch schaamte was, een vaag gevoel dat het van hem was, een gevoel dat hij het moest beschermen, een gevoel van verplichting. Hij minachtte meneer Barbour niet meer, en evenmin de zinloze trots die deze er bij de jongens in had willen hameren, hij had geen andere keus gehad, en het was de juiste keus, en ineens wist Dick dat er een geduldige nobelheid aan ten grondslag lag...

Stel nu eens dat hij iets kon doen om de valse trots van het Belvedere College te laten omslaan in een mooie realiteit! Het waren de jongens die de school maakten en de tradities lieten ontstaan...

Vage herinneringen tuimelden over elkaar heen, verdrongen elkaar en haastten zich om heldere contouren te krijgen en hem aan te moedigen: een vooraanstaand advocaat was zijn leven begonnen in de kleine juwelierswinkel van zijn vader, ministers waren arbeider en treinmachinist geweest. Een beroemde dokter was zijn leven begonnen in een hutje van een ongeschoolde arbeider: flarden van wat hij in kranten had gelezen kwamen ineens tot leven, ongelooflijk dat hun boodschap destijds niet was doorgedrongen!

Het vrachtschip was nu niet meer dan een schoorsteen en een trage sliert rook. Hij stond er lang naar te kijken.

Hij zou niets overhaast doen, niets doms, zou Maplethorpe niet minachten en niet met de Franse slag gaan werken: hij zou er blijven tot hij klaar was om te vertrekken.

Carrières voor jongens: hoe had hij in vredesnaam honderd keer langs de etalage van die boekhandel kunnen lopen zonder de drang om naar binnen te gaan en dat boek te kopen?

Hij zou het kopen zodra hij thuis was, het rustig bestuderen en zijn richting kiezen. Hij zou zorgen voor een tafel in zijn slaapkamer, om aan te werken tijdens de winteravonden; 's zomers zou hij met zijn boeken naar buiten gaan om onder de bomen in het park te lezen. Zijn vingers jeukten al om de witte bladzijden van die boeken te snijden.

Zeventien – er lagen nog jaren en jaren voor hem! Op een dag zou hij naar het Belvedere College gaan om de prijzen uit te reiken, of het nieuwe bijgebouw te openen dat hij had geschonken, hij zou hun vertellen dat hij op school een hopeloze leerling was geweest. Dat deden alle geslaagde mannen.

Hij zou op zaterdag gaan kijken als hij op tijd kon vertrekken, om de jongens toe te juichen... Wat had deze vakantie fantastisch gewerkt, zijn hoofd opgeklaard en hem richting gegeven...! Nog tien heerlijke dagen te gaan, elke dag fitter worden om meteen aan de slag te gaan als hij thuiskwam. Maplethorpe lag niet langer als een dreigende zwarte wolk voor hem.

Hij wist nu dat de opzichtigheid van het Belvedere College en de alledaagsheid van Maplethorpe, de dingen die de afgelopen winter in zo'n donkere bitterheid hadden gesmoord, aansporingen waren geworden voor zijn succes. Een trotsere school en een fijnere baan hadden hem misschien gesust tot een zelfgenoegzame eigendunk waaruit hij nooit zou zijn opgeklommen. Het was hem allemaal opgelegd, om hem te testen – en nu had hij gewonnen...

Hij kon beter teruggaan voor de thee. Hij draaide zich om en keek naar de verre huizen van Bognor met een zucht van spijt. Hij zou dit stille stuk kust nooit vergeten, en ook niet wat het allemaal voor hem had gedaan.

Onderweg passeerde hij het groepje dat was langsgelopen toen hij onder de kapotte muur had gerust. Hij liep dicht langs hen heen, en de twee jongens glimlachten vriendelijk naar hem. Dick glimlachte terug, en ging harder lopen om op tijd te zijn voor de thee.

19

'Je kunt het nauwelijks geloven,' zei meneer Stevens, die nog een boterham afsneed, 'ik moet op een gegeven moment een paar kilometer hebben gelopen zonder een mens te zien – zelfs geen huis. En dan zeggen ze dat Engeland overbevolkt is!' Hij pakte de jam en liet een buitensporig grote klodder op de zijkant van zijn bord vallen.

Mevrouw Stevens was volkomen bereid het te geloven: ze geloofde alles wat haar man zei, maar ze kon het zich niet voorstellen. Ze kon zich geen plek indenken waar je rond kon draaien zonder ergens iemand of op zijn minst een huis te zien. Als zij zich ooit in zo'n situatie zou bevinden, wist ze zeker dat ze zou gillen, maar ze bewonderde haar man, die zich zo onverschrokken in zulke angstaanjagende leegtes stortte.

'Het moet heerlijk zijn geweest. Ben je niet moe?'

'Morgen zal ik wel stijf zijn.'

'Heb je tussen de middag lekker gegeten?'

'O, gewoon brood met kaas en bier, goed gezond voedsel en meer dan genoeg.'

'U bent vreselijk verbrand!' zei Mary.

Inderdaad, hij had zijn gezicht in de spiegel boven de haard gezien toen hij was gaan zitten: dat zag eruit als een kreeft die uit de hals van zijn cricketshirt stak.

'U kunt beter wat coldcream van mij op uw neus smeren,' stelde Mary voor, en iedereen lachte, niet omdat het vreselijk grappig was, maar omdat het zo'n buitengewoon vrolijke thee was. Het was verreweg de meest geanimeerde maaltijd sinds ze waren gearriveerd, en dat kwam natuurlijk door de verschillende manieren waarop ze de dag hadden doorgebracht. Mevrouw Stevens begon met een merkwaardig voorval dat die ochtend had plaatsgevonden. Ze had een half pond petits-beurres besteld en wist zeker dat ze had gezien dat de man ze afwoog en in een zak deed. Maar toen ze thuis de zak openmaakte, bleek hij vol gedroogde abrikozen te zitten.

'Ik heb geen idee hoe het is gebeurd,' vertelde ze. 'Hij moet mijn zak naast een andere hebben gelegd en zijn ogen hebben afgewend toen hij de rekening opmaakte. Daarna heeft hij de verkeerde gepakt. De man zat aan zijn warme maaltijd toen ik ermee terugging, maar ze hebben de zak geruild, hoewel ze me daar niet kennen.'

'Het moet een goochelaar zijn geweest,' zei Dick. 'Ik vraag me af wie de koekjes heeft gekregen.'

Mary vertelde over de luxe van de eerste ochtend waarop ze vanuit *De kajuit* waren gaan zwemmen en schilderde het zo aanlokkelijk af dat meneer Stevens aankondigde dat hij diezelfde avond nog voor het eten even een duik ging nemen. Ernie had een vriend gevonden: een jongen met een groene pet en rood haar, en Dick beschreef hoe prachtig de kust was, voorbij Aldwick, en dat hij die middag heerlijk had gewandeld. Het was een buitengewoon geslaagde dag geweest.

'Wat krijg je daar een honger van,' zei meneer Stevens halverwege zijn derde boterham met jam. 'Op kantoor hoef ik alleen maar een koekje bij de thee.' Aan de hand van de kaart nam hij aan dat hij bijna vierentwintig kilometer had gelopen, want doordat hij te vroeg was geweest voor de bus, had hij nog haast twee kilometer over de weg gelopen voordat hij erdoor was ingehaald.

Aan het eind van de thee haalde mevrouw Stevens haar

man over om niet te gaan zwemmen voor het avondeten: dat deed je geen goed als je lichaam moe was, en dan kon je gemakkelijk kouvatten. Meneer Stevens haalde aanvankelijk zijn schouders op over de suggestie van zijn vrouw, maar was heimelijk best blij en gaf zich gewonnen zodra zijn waardigheid dat toestond. Het zou beslist een beetje saai zijn om alleen de zee in te gaan, terwijl alle anderen al waren geweest, dus ging hij in plaats daarvan naar zijn kamer, trok zijn zware wandelschoenen uit en ging een paar minuten op de rand van het bad zitten, met zijn voeten in warm water. Daarna trok hij lichtere sokken en zijn canvasschoenen aan en ging hij zo fris als een hoentje naar beneden. Hij zag nog net juffrouw Kennedy Armstrong toen hij op de overloop kwam, alleen haar rug, en vervolgens haar magere, bleke knokkels toen ze haar deur dichtdeed. Wat was het jammer dat ze zo teruggetrokken en verlegen was.

Na zo'n inspannende dag werd er unaniem voor gekozen om naar de boulevard te wandelen en naar het muziekkorps te gaan luisteren. Ze besloten te betalen om in het omheinde gedeelte te gaan zitten, want hoewel ze het muziekkorps heel goed konden horen op het terras van *De kajuit*, hadden ze daar niet het genoegen om ernaar te kijken, en je moet een muziekkorps per slot van rekening zien om er echt van te genieten.

Ze waren zo mooi op tijd dat ze gerieflijke ligstoelen op de tweede rij kregen. Het was een heerlijke, rustige avond, zo warm dat meneer Stevens zijn jas losknoopte, waaronder hij uit voorzorg een trui droeg. Het was hoogwater, maar de zee was zo stil en zo'n spiegeltje dat het griezelig was om over de boulevard te kijken en het roerloze water vlak onder hen aan te treffen. Ze leunden in hun stoel naar achteren, met hun voeten op het gras, en keken hoe de leden van het korps arriveerden.

Het was interessant om hen in groepjes van twee en drie te zien aankomen, waarna ze het trapje naar de muziektent op gingen, hun instrumenten klaarlegden en zorgvuldig hun stoel en muziekstandaard neerzetten. Het was een militaire kapel en de mannen zagen er veel mooier uit dan gewone muzikanten. Vorig jaar was het geen militaire kapel geweest, en sommige mannen hadden een lange, verfomfaaide snor gehad, waardoor ze eruitzagen alsof ze overdag iets anders deden. Dat deed afbreuk aan de netheid van het geheel.

Een voor een voltooiden de militairen hun voorbereidingen en kwamen ze de muziektent uit, waar ze een sigaret opstaken en her en der stonden te wachten. Twee knappe jonge muzikanten bewogen steels naar het hek en begonnen te praten en te lachen met twee meisjes aan de andere kant. Mary keek naar hen, vol afgunst. Twee lange meisjes, het ene donker, het andere blond, allebei aantrekkelijk en interessant in een lichte zomerjurk en met donkerbruine armen. Ze moesten al een hele tijd in Bognor zijn dat hun armen zo'n mooie tint hadden. Mary keek naar haar eigen armen, die nog steeds alleen maar gloeiden. Ze wierp een blik opzij, eerst naar de ene kant, naar haar vaders knieën, een grijze flanellen broek en canvasschoenen, toen naar de andere kant, naar haar moeders kleine schoot van blauwe serge, waar haar handtas op lag, en ineens voelde ze zich ingesloten, een gevangene. Het was ondankbaar en gemeen om het zo te zien, maar ze kon er niets aan doen. De meisjes daarginds zagen er heel vrij en rustig uit – en ontspannen. Ze vroeg zich af hoe ze de muzikanten hadden leren kennen, en hoopte, om een of andere belachelijke, vage reden, dat het oude vrienden waren, of familie.

Er kwam een man langs met programma's. Meneer Stevens kocht er twee en gaf er een met een enigszins zwierig gebaar aan de anderen. Dat was een van de dingen die Dick en Mary leuk vonden aan hun vader, dat hij altijd twee programma's kocht van alles wat ze gingen zien. Daardoor raakten ze vertrouwder met de uitvoerenden: met één programma voelde je je gewoon iemand in een menigte, die als toehoorder werd gedoogd, met twee programma's kreeg je het idee dat je de kapel je invloedrijke en gewaardeerde klandizie schonk.

'Mooi zo!' zei meneer Stevens. 'De ouverture *Dichter und Bauer*' – hij genoot vooral van de stukken die ze thuis op de grammofoon hadden – 'de Blauwe Donau.' – 'dat is een goed in het gehoor liggende oude favoriet van me' – 'enkele stukken uit *The Mikado*...'

Het was een interessant programma, dat eindigde met Potpourri, Ernies favoriet, omdat er af en toe, opwindend en zonder waarschuwing, een melodie zou klinken die hij thuis floot, en door die te horen, de originele versie, gespeeld door de kapel, kreeg hij de kans zijn eigen versie te corrigeren, die meestal door eindeloze herhaling een eigen weg in was geslagen.

'Ik houd van een militaire kapel,' zei meneer Stevens, 'die speelt altijd stukken waar een zekere schwung in zit.'

'Is er iets van Gilbert en Sullivan bij?' informeerde mevrouw Stevens, die haar bril op haar bed had laten liggen toen ze naar boven was gegaan om haar jasje aan te trekken.

'Ja. *The Mikado*.'

'Dat is enig.'

Ineens ontstond er beroering onder de wachtende muzikanten: ze namen nog een paar laatste lange halen aan hun sigaret en drukten de peuk in het gras; toen de Stevensen rondkeken, zagen ze de reden: de kapelmeester was gearriveerd en stond net buiten de kring stoelen te praten met een dame en een heer, een knappe, militaire verschijning, met een woeste staalgrijze snor, een lange, zwarte jas met tressen en een rode sjerp. Ernie kon zijn ogen niet van hem afhouden: de mannen die vanuit automaten penny's lieten regenen in een klein zwart zakje werden ineens zwetende, zwoegende kleine bruten met een vettige bolhoed, die een baantje van niks hadden. Waarom had hij nooit eerder beseft dat hij alleen maar kapelmeester kon worden? Hij had er een tussen zijn soldaatjes thuis en gebruikte hem als generaal, maar nu zag hij pas de pracht en romantiek van een levende kapelmeester.

De muzikanten dromden naar hun plaats, zetten ijverig hun muziekstandaards en stoelen goed terwijl een van hen de muziek ronddeelde voor het eerste stuk, en om dit allemaal te laten gebeuren had de kapelmeester alleen maar hoeven te verschijnen, terwijl hij met zijn rug naar alles toe stond! Wat een macht!

Na een minuut of twee wierp hij een blik op zijn horloge, en hij salueerde keurig voor de dame en heer met wie hij in gesprek was geweest en liep over het pad tussen de stoelen. Een dame klapte, en hij boog ernstig en hoffelijk naar haar voordat hij het trapje op ging. Hij zei iets tegen de musicus die rechts het dichtst bij hem zat, maar de Stevensen konden niet precies horen wat het was; hij tikte tegen de muziekstandaard voor hem en hief zijn baton vastberaden maar licht met zijn duim en wijsvinger op: heel zachtjes begon de kapel te spelen...

De Stevensen installeerden zich met halfgesloten ogen: de zee kabbelde soezerig tegen de zeewering en het flauwe briesje veranderde zijn zachte gemurmel in het geruis van iepen in de verte. Ze hoorden de avondtrein het station uit puffen, het geroezemoes van stemmen op de boulevard, en het getrippel van voeten, maar de muziek van de kapel leek die geluiden te verzamelen en te verweven in haar symfonie.

Het was vreemd zoals deze spontane avond eruit sprong, nog lang na de vakantie, als het gelukkigste moment van allemaal. Meneer Stevens was volkomen voorbereid geweest op een rusteloze, onbevredigende avond na de opwinding van zijn wandeling, maar nu, terwijl hij uitgestrekt in zijn stoel lag, verroerde hij zich nauwelijks om de verrukkelijke doezeligheid die stilletjes op hem was neergedaald niet te verstoren. Hij ontspande elke spier en was zich nauwelijks bewust van zijn lichaam, met uitzondering van de gezonde pijn in zijn benen. Thuis was er bijna altijd wel een pijntje, in zijn voorhoofd of ogen, een zere keelamandel, een lichte druk op de borst of een vleugje reumatiek ergens, uiteraard niets om je zorgen over te maken, maar net genoeg om hem eraan te herinneren dat hij een lichaam bezat dat enige zorg en aandacht vereiste. Maar hier, aan zee, was het anders: hij was zich er alleen van bewust dat zijn geest vredig nadacht, dat zijn lichaam een vriendelijk omhulsel was, even licht en koel als lucht.

Mevrouw Stevens hield heel veel van muziek, maar niet in die zin dat ze wist hoe de stukken heetten en door wie ze waren gecomponeerd. Ze had waarschijnlijk het gevoeligste gehoor van het hele gezin, en herkende gemakkelijk als eerste dat het tweede werk dat de kapel speelde dat stuk was dat thuis op de achterkant stond van hun plaat met *Destino* en maar één keer was gedraaid – bij vergissing.

De stukken op de achterkant van favoriete platen worden altijd oneerlijk behandeld, worden beschouwd als aanvulling om de plaat vol te krijgen en komen alleen tot hun recht als ze toevallig de eer krijgen om te worden gespeeld door een orkest. Dat was hier het geval, want toen het stuk was afgelopen, besloot het hele gezin het te draaien als ze weer thuis waren en *Destino* wat rust te geven.

Mevrouw Stevens hield van zachte, vloeiende muziek, en terwijl de Blauwe Donau vriendelijk in haar oren klonk, nestelde ze zich wat dieper in haar stoel en leunde ze achterover, glimlachend naar haar schoenen. Ze liet de hak van de ene op de neus van de andere rusten, waardoor ze beter kon genieten van de glans ervan. Van al haar talloze plichten thuis schaamde ze zich alleen voor het poetsen van haar schoenen. Dat deed ze stiekem in de bijkeuken, en nooit in de tuin, uit angst dat een of andere kennis haar zou kunnen zien vanuit een passerende trein, en als er onverwachts een bezorger aan de achterdeur verscheen, verstopte ze de schoenen haastig onder de gootsteen.

Maar door een klein beetje bij te betalen lieten ze in Bognor hun schoenen poetsen, en er was niets in de vakantie wat mevrouw Stevens meer plezier bezorgde, en haar scherper bewust maakte van de sfeer van welzijn die met een klein beetje extra geld te koop is.

Na afloop van elk stuk klonk er hier en daar applaus en draaiden mensen zich naar elkaar toe om te praten of stonden ze op om hun benen te strekken, maar ook als de kapel niet meer speelde, bleef Dick diverse keren doodstil en zwijgend in zijn stoel zitten.

Het was volkomen onverwachts in hem opgekomen, deze nieuwe flits van inspiratie, al kon hij niet zeggen hoe of waar die vandaan was gekomen. Hij had feitelijk die middag besloten om niet meer over de toekomst na te denken tot hij weer huis was en *Carrières voor jongens* had gekocht. Hij wilde het boek bestuderen met een heldere, onbevooroordeelde geest, de richtingen schrappen die zijn natuurlijke verlangens niets te bieden hadden, ze terugbrengen tot drie à vier richtingen die hem werkelijk aantrokken. Hij keek ernaar uit die nader te onderzoeken tot er geleidelijk aan een boven de andere uitsteeg, zijn verbeelding in vuur en vlam zette en hem naar succes leidde. Hij was ervan overtuigd dat er ergens in dat boek een richting stond die zijn ambitie zou aanspreken en hem tot grote prestaties zou brengen – hij was bereid te wachten tot hij thuis was en had besloten tijdens de vakantie te genieten van de voorpret, en het kwam niet door een bewuste inspanning zijnerzijds dat deze inspiratie voor hem opflitste en zei: Hier is het! Je weet dat het de enige weg is – waarom heb je dat niet eerder gezien?

Hij lag achterover met zijn handen achter zijn hoofd, zijn ogen gericht op de rij kleine huisjes achter het gazon, kleine, ouderwetse huisjes die zich als een van de eerste moesten hebben genesteld aan deze kust. Daarachter verrezen hoge grijze gebouwen die tegen die kleine oudste bewoners zeiden: De druiven zijn zuur, en er minachtend naar streefden over hen heen te kijken.

Zijn ogen namen dromerig hun rechte, sterke muren in zich op, de kleine details van hun versieringen, en ineens stond hij tussen de koele witte landhuizen die hij op landelijke wandelingen op verre heuvels had zien liggen, blinkend in de zon, glinsterend in het maanlicht: hij behoorde tot de meesters die ze ontwierpen, de scherpe geesten die hun ligging kozen te midden van de opbollende wolken van bomen – en ineens – in een flits, wist hij het.

Hij ging bouwen, niet met de verpletterende, starre gehoorzaamheid van de man die de tekening volgt, hij zou de bedenker ervan zijn, de architect...

Architect! Het woord op zich openbaarde een verborgen muziek terwijl hij het zachtjes in zichzelf mompelde, en alle andere wegen verschrompelden voor zijn ogen tot vlakke, oninspirerende saaiheid.

Hij wist dat hij het kon: hij hield van tekenen en ontwerpen. Wanneer de tekenleraar op school houten kistjes en dennenappels opstapelde om door hen te worden geschetst, had hij als enige van de jongens de drang gevoeld om de lastige hoeken goed weer te geven en ze arcerend tot leven te wekken.

Hij wist dat hij zich met geduld en studie de taaie beginselen eigen kon maken, en die schoof hij terzijde, want zijn gedachten schreeuwden opgewonden tegen hem dat hij ze moest volgen tussen de elegante torens die wiegden in de passerende wolken, dat hij de machtige kracht moest zien van de beroemde gebouwen die hij in de City passeerde op weg naar Maplethorpe, de verfijnde elegantie van landhuizen die verrezen boven glooiingen met bomen.

Bouwen vereiste moed, een diepgeworteld zelfvertrouwen, een onverzettelijke kracht bij het ontwerpen, de grootste voorzichtigheid ten aanzien van details – magnifieke bergen van steen verrezen uit de inspiratie van één enkel brein, en bleven eeuwig staan om nog ongeboren toekomstige ogen te inspireren.

'U ziet het schitterende uitzicht dat u aan alle kanten hebt, en dat het lijkt of het huis uit de heuvel is gegroeid...'

Hij stond, met de bouwtekening in zijn hand, naast de man wiens huis hij zou gaan bouwen – hij was op kantoor, gooide losse zaden die aan zijn brein ontsproten in het model – hij stond klaar, in grove tweed, keek hoe de mannen de eerste stroken gras afstaken en oprolden, keek hoe het huis groter werd, meter voor meter, tot het op een dag tot leven zou komen...

Het begon tot hem door te dringen dat de muziek was opgehouden, dat het pauze was, want enkele muzikanten stonden op het gras. Hij keek naar de mensen om hem heen. Ze stonden daar, keuvelden doelloos, maakten een praatje om de tijd te doden. Er was niets met hen gebeurd: ze waren nog precies dezelfde mensen als toen ze een uur geleden waren gearriveerd. Ze zouden altijd hetzelfde zijn, er zou nooit iets met hen gebeuren. Hij had als enige van al die saaie gevangenen het smalle hek gezien en een glimp van de stralende hemel.

Tot zijn vreugde merkte hij dat zijn plotselinge inspiratie niet met de muziek van de kapel was verdwenen, niet kletterend met de instrumenten van de muzikanten was neergevallen, zoals met mindere invallen gebeurde: hij wist dat dit geen vluchtige dagdroom was.

Misschien was het maar goed dat de muziek was opgehouden, die had hem te ver kunnen meevoeren in zijn ongebreidelde fantasie, en hij zou in de allereerste plaats kalm en praktisch moeten zijn.

Hij wist zeker dat hij in een van de boekhandels hier in de stad een boek zou kunnen vinden, gewoon een inleidend boek om mee te beginnen, dat hij op het strand zou kunnen lezen. Zelfs dat zou al heel opwindend zijn, ook al ging het alleen maar over funderingen en de sterkte van diverse steensoorten. Hij zou wachten tot hij thuis was voordat hij serieus zou beginnen, en hoewel hij achteroverleunde alsof hij half sliep, spoorde iets hem aan om op te staan en over de boulevard te benen, iedereen voorbij te lopen, zonder dat iemand hem voorbijliep, de pier op, voor alle anderen uit, naar het kleine bordes helemaal aan het eind waar je rondkeek en alleen maar zee zag.

'Ik houd altijd van de mooie oude melodieën,' merkte meneer Stevens op.

'Ik ook,' zei Dick. Hij vroeg zich af wat voor mooie oude melodieën de kapel net had gespeeld.

'Het is al over zevenen,' zei meneer Stevens, 'we zullen

nog net *The Mikado* kunnen horen en dan moeten we ervandoor.'

'O, laten we blijven tot het eind,' protesteerde Mary. 'Het is maar een koude maaltijd.'

'De Potpourri komt pas helemaal op het laatst!' riep Ernie uit.

Maar mevrouw Stevens was niet zoals sommige vrouwen die zelf geen hulp hebben en ervan genieten om kortstondig misbruik te maken van iemand in hun macht.

'Het is niet eerlijk om te laat te komen,' zei ze. 'Molly moet afruimen en afwassen voor ze naar bed gaat.'

En dus stonden de Stevensen bedroefd op toen *The Mikado* was weggestorven, liepen ze achter elkaar over de smalle strook gras tussen de stoelen en drongen ze zich voorzichtig tussen de drom staande mensen door. Het was een heerlijke onderbreking geweest, die nog zou voortleven tot menige winteravond als het jaar ten einde liep, en ze haastten zich toen ze de boulevard bereikten, niet alleen omdat ze laat waren voor het eten, maar ook omdat ze buiten gehoorsafstand van de verleidelijke muziek wilden zijn voor die weer begon.

20

In de begindagen van de filmprojector, toen een transpirerende operateur in een klein donker hokje het apparaat met de hand bediende, bleven de eerste paar beelden zichtbaar op het scherm dralen en een ogenblik stilstaan voor ze de sluiter passeerden: flits... flits... flits...

Maar geleidelijk aan, naarmate de operateur meer vaart kreeg, was je je niet langer bewust van het donkere interval tussen de beelden, en de snelheid waarmee ze langskwamen suste je tot het bedrieglijke idee van een trage beweging, duidelijk en zonder haperingen.

Met een vakantie gaat het net zo. De eerste dagen dralen bijna eindeloos. De zon nestelt zich tegen de avond in een holte in de heuvels en trotseert koppig de nacht. Zondag, maandag, dinsdag: voor je gevoel ben je al wekenlang aan zee.

Maar van lieverlee, meedogenloos, krijgt de tijd vaart. 's Nachts slaap je zo diep dat je nauwelijks merkt dat de duisternis langsflitst en het beeld van een volgende dag onthult. De uren snellen voorbij, onstuitbaar...

Op woensdag gingen de Stevensen met de vlieger naar een stoppelveld en lagen ze in een hoek met veel gras onder de bomen te luisteren naar het geritsel van de papieren staart hoog boven hen. 's Middags bonden ze de telescoop aan een spijl van *De kajuit*, waardoor ze hem gemakkelijk konden rondzwaaien om de hele horizon te onthullen. Ze konden mensen onderscheiden op kaap Selsey Bill en konden bijna de naam van de reddingsboot lezen. Ze zagen dat een visser in een kleine boot ver weg op zee een donkere snor had en lazen hoe laat de kapel zou spelen op een aanplakbiljet dat bijna een kilometer verderop op de boulevard hing.

'Een geweldig koopje,' mompelde meneer Stevens toen hij hem tegen theetijd losmaakte en de lenzen zorgvuldig schoonpoetste.

Lange uren cricketen in de brandende zon, armen en gezichten die veranderden van roze in vuurrood, van vuurrood in indiaans bruin, verkwikkende duiken in zee: vredig drijven op het oppervlak met tenen die net uitstaken in de bries, aangenaam luieren met uitgestrekte benen in koele banketbakkerijen, optornen tegen de bulderende wind op de pier en stille avondwandelingen, de zonsondergang tegemoet, allemaal vermengd met het getingel van Pierrots piano, de baton van de kapelmeester en het gekrijs van meeuwen, vloeiend met elkaar verbonden door doezelige uren in de schaduw. Drie avonden achter elkaar gingen ze na het eten naar het strand om in het licht van de maan op hun terras te zitten. Dan spraken ze zachtjes, met hun ogen gericht op het glinsterende pad over zee. De avondgeluiden wervelden om hen heen op de adem van de wind die werd afgekoeld door de herfstdauw, en in de flarden stilte hoorden ze de zee fluisteren en de flauwe, ritmische plofjes waarmee meneer Stevens' lippen zich openden om een haaltje blauwe tabaksrook naar buiten te laten.

Maar de dageraad van zaterdag schemerde door een loodgrijze lucht en gestage motregen. De leuningen waren klam toen de Stevensen nogal neerslachtig naar beneden gingen om te ontbijten, en in de zitkamer hing weer de wat muffe lucht die ze lang geleden uit het raam naar buiten meenden te hebben verdreven. De tijd rustte een uur of twee op zijn vlucht, en het gezin vond geen rust, liep heen en weer, naar en van het raam, inspecteerde telkens weer de strook dofgrijze lucht boven de St. Matthews Road.

Ze waren ongedurig met hun geïllustreerde krant, wilden chagrijnig hun deel ruilen terwijl anderen de bladzij die ze hadden wilden houden. Meneer Stevens zat aan tafel de rekening op te maken, wat tot ongerustheid bij Dick en Mary leidde doordat hij voortdurend een stapeltje zilver- en kopergeld telde, nadenkend keek, en telkens weer al zijn zakken afzocht.

Mevrouw Stevens repareerde een haal in Dicks blazer, waar hij was blijven haken toen hij door een hek met prikkeldraad kroop, en Ernie doodde een klein deel van de tijd met het glas-in-loodraam in de gang: liet de verlaten achtertuin er eerst blauw uitzien, alsof die baadde in buitensporig veel maanlicht, en vervolgens, door een paar treden de trap op te gaan, liet hij hem helrood opgloeien, als in de film die hij eens had gezien over de brand van Rome.

Maar ineens, tegen het eind van het middagmaal, brak de zon door, en de azijn in het olie-en-azijnstel lichtte op en glansde als wijn. Daardoor kwamen ze gretig overeind om boven hun dikke laarzen te halen en met een mand te vertrekken, de stad uit naar de heggen en de wirwar van struiken in veronachtzaamde hoeken van velden, waar ze bramen vonden die nog niet waren buitgemaakt. Ze kwamen terug met een bijna volle mand, nog glinsterend van de ochtendregen. Bramentaart, met slagroom, en een eierdopje in het midden om te voorkomen dat de pasteikorst inzakte.

Op zaterdagavond, toen meneer Stevens achteroverleunde in zijn favoriete stoel voordat hij zijn pijp uitklopte en naar bed ging, drong met een zucht van spijt tot hem door dat de halve vakantie voorbij was. Binnen de kortste keren voorbij was gegaan, leek het wel, in een flits, want hoewel hun laatste ochtend in de Corunna Road gemakkelijk een jaar geleden had kunnen zijn, leek er nauwelijks een dag te zijn verstreken sinds hij op de avond van hun aankomst in deze zelfde stoel had zitten nadenken over de ononderbroken vakantie die voor hem lag.

Toch was er nog een volle week te gaan: zondag, maandag, dinsdag, woensdag, donderdag: minstens vijf hele dagen voordat ze aan pakken moesten gaan denken. Maar terwijl hij de resterende dagen doornam, doemde er een stapel versleten rekeningenboeken op waar nog maar enkele dagen geleden alleen de zee en de heuvels waren geweest. Hij moest met zijn ogen knipperen en zijn hoofd schudden voordat het stoffige, onaangename droombeeld vervaagde. Hij liet een zwaarmoedige bui de overhand krijgen – zinloos om dat toe te laten...

Dat bestelformulier van Warrington! Waarom kon hij dat vermaledijde ding niet vergeten? Het was gekomen op de laatste avond voor de vakantie, terwijl hij aan het opruimen was om te vertrekken: hij was er nagenoeg zeker van dat hij het op het bureau van meneer Rogers had gelegd om 's morgens te worden afgehandeld; hij had er een splitpen in gestoken om te voorkomen dat het op de grond dwarrelde en door de werkster werd opgeveegd. En toch herinnerde hij zich even duidelijk dat het op zijn onderlegger lag naast wat papieren die hij in zijn bureau zou leggen om ze af te handelen als hij weer terug was. Stel je voor dat hij zijn bureau had afgesloten met het bestelformulier op de onderlegger! Het kon daar nog liggen zonder dat er iets mee was gebeurd, een grote bestelling, en Warrington was nu net zo'n firma die een hoop trammelant zou schoppen. Het was hem te binnen geschoten in de bus naar huis, maar toen was hij veel te vol geweest van de vakantie om zich er zorgen over te maken. En nu bleef dat vervloekte formulier zich maar opdringen, telkens weer, zelfs toen hij zich die ochtend uitkleedde om in bad te gaan. Hij had Rogers een briefje moeten sturen, gewoon voor de zekerheid, maar nu was het te laat: Warrington zou begin vorige week al woedend aan de telefoon hebben gehangen, waarschijnlijk al hun zaken hebben afbesteld. Dat zou een smet op zijn naam zijn – misschien nog wel erger. Hij schudde opnieuw zijn hoofd om het kwijt te raken: natuurlijk had hij het op Rogers' bureau gelegd, het was waarschijnlijk volkomen in orde, en hij maakte zich veel te druk over niets.

En nu dacht hij aan de tuin. Hij wilde dat hij mevrouw Bullevant eraan had herinnerd het hek in de gaten te houden en ervoor te zorgen dat het dicht bleef. Een grote hond had eens een ware ravage aangericht met zijn gegraaf. Hij zou een aantekening over het hek maken en het voor de andere jaren in de marsorders zetten.

Andere jaren? Natuurlijk zouden er andere jaren zijn – hoe kwam het toch dat deze vreemde, verontrustende gedachte hem maar bleef dwarszitten? Hij keek rond in de kleine zitkamer en probeerde voor de honderdste keer te geloven dat alles in *Zeezicht* nog net zo was als altijd. Het waren Dick en Mary, wist hij, die ergens aan zijn gedachten ten grondslag lagen, Dick en Mary met hun onuitgesproken woorden, hun geduld met de kleine dingen die dit jaar in *Zeezicht* waren gebeurd, dingen die nooit eerder waren gebeurd, dingen die ze nog steeds door de vingers zouden kunnen zien, als Dick en Mary er niet waren geweest.

Ze hadden de andere jaren nooit aan tafel zitten wachten op eten dat nooit leek te komen, en de koteletten op donderdag – die waren bijna rauw geweest. Het was voor het eerst dat ze iets terugstuurden naar de keuken, en de handen van mevrouw Huggett hadden gebeefd toen ze de koteletten terugbracht nadat de rauwe randen waren dichtgeschroeid. Ze had bij de deur gestaan en hen bijna gek gemaakt met haar verontschuldigingen, en meneer en mevrouw Stevens hadden zo vaak 'Het geeft absoluut niet' gezegd, dat ze begonnen te wensen dat ze hun ogen hadden dichtgedaan en het rauwe vlees zonder een woord hadden doorgeslikt. Het was niets voor mevrouw Huggett: ze was altijd heel punctueel geweest en had vroeger goede maaltijden op tafel gezet.

Kon het werkelijk een koutje zijn dat ze in haar oog had? Drie jaar geleden, toen de Stevensen het voor het eerst hadden opgemerkt, had ze gezegd dat haar oog kou had gevat door de bijtende maartse wind – maar dat was drie jaar geleden, en het was nog altijd rood, en vertrokken. Wanneer ze tijdens het eten iets binnenbracht, hoorden de Stevensen dat ze voor de deur bleef staan, en ze wisten dat mevrouw Huggett haar oog afveegde met de zakdoek die ze altijd voor het grijpen had in haar blouse.

Het was vreselijk gemeen en wreed om zoiets afstotelijk te vinden, maar meneer Stevens wist diep vanbinnen dat de anderen er net zo over dachten als hij. Hij had Ernie erop betrapt dat hij stiekem en op een of andere manier beschaamd opkeek naar mevrouw Huggetts oog, en soms dacht hij dat Dick en Mary, hoewel ze trek hadden in de maaltijd, kritisch waren en bijna tegen hun wil aten wanneer mevrouw Huggett de kamer verliet.

En toch was het alleen maar een raar rood oog waar af en toe een traan uit drupte. Meneer Stevens kreeg het warm van boosheid op zichzelf: het was schofterig, deze drang om stilletjes weg te gaan en een vrouw te verlaten omdat ze ziek was – dat was het probleem, en dat was zo zielig: ze was ziek en deed haar uiterste best om dat voor hen te verbergen. Maar mevrouw Huggett hoefde zich geen zorgen te maken: ze zouden haar zonder meer trouw blijven. Ze zouden haar niet laten vallen.

Hij stond op en klopte zijn pijp uit, draaide het licht uit en liep kwiek de kamer uit.

Het was heel donker in de gang, want de afnemende maan was nog niet opgekomen. Hij kon nauwelijks onderscheiden welk deel van het gangraam blauw was en welk deel rood. Zachtjes ging hij op de tast naar boven.

De tweede helft van de vakantie was het fijnste.

Natuurlijk was dat deel het fijnste.

21

De zondagochtend verdreef alle somberheid die op zaterdagavond om meneer Stevens heen had gehangen. Op zondag verschijnt er een vloot tourbussen in Bognor, afgeladen vol dagjesmensen, en hoewel ze voor een overvol strand en een drukke boulevard zorgen, maken ze dat goed door de echte vakantiegangers een zeer aangenaam gevoel van superioriteit te geven en het idee dat het allemaal van hen is.

Je haalt de dagjesmensen eruit door hun betrekkelijk bleke gezicht, hun wat slordige, verreisde verschijning en hun gretige, speurende blikken naar alle kanten. De vaste vakantiegangers zijn onmiskenbaar door hun bruine huid, hun trage, ontspannen bewegingen, hun open kleren en de tolerante vermaakte blik waarmee ze naar de dagjesmensen kijken. Ze zijn goedgehumeurd en nooit verontwaardigd wanneer hun vaste plek op het strand blijkt te zijn ingenomen door verongelijkte, met bananen beladen gezelschappen in plakkerige kleinsteedse kleren, want ze weten heel goed dat die gezelschappen tegen zonsondergang weer in hun bus stappen, ze weten dat de gierende lage versnelling van de laatste bussen voor het invallen van de duisternis zal zijn weggestorven op de weg naar Londen om de vaste mensen achter te laten in het rustige bezit van een koele, ongestoorde avond.

Toen de Stevensen tegen elven bij *De kajuit* kwamen, bleek dat hun vaste strook zand werd bezet door de leden van een fietsclub, die allemaal, zowel de meisjes als de mannen, gekleed waren in een knickerbocker en slordige, lubberende kousen. Het waren nogal ordinaire mensen en ze waren lawaaiig aan het voetballen met een tennisbal.

Door de deuren van *De kajuit* zo wijd mogelijk open te zetten konden de Stevensen met zijn allen binnen de grenzen ervan zitten. Twee van hen moesten een eind naar achteren in het huisje zitten en twee op het terras, en Ernie zat heel tevreden naast zijn zeilboot op de grond.

'Ik heb geen idee hoe we het ooit hebben gered zonder een huisje als dit,' zei meneer Stevens, die zijn pijp opstak en vanuit zijn afzondering naar de krioelende menigte keek.

'Weet u nog dat we vroeger naast elkaar tegen die muur zaten?' zei Mary. 'Vreselijk op warme dagen, tussen al die mensen...'

'O ja, natuurlijk,' antwoordde meneer Stevens, die nieuwsgierig over zijn bril naar de plek keek. 'Wat zien ze er allemaal verhit uit. Kijk toch hoe de hitte sist op het zand.'

Mevrouw Stevens, die op deze rustdag 's morgens geen boodschappen hoefde te doen, was meteen met hen meegegaan en moest haar stoel tegen twaalf uur op het strand zetten zodat de anderen de deuren konden dichtdoen en om de beurt hun badkleding konden aantrekken. Ze bleek naast een dikke dame te zitten die naar mottenballen rook, ongetwijfeld een dagjesmens. Maar mevrouw Stevens stond positief tegenover mensen die maatregelen troffen om de motten uit hun vakantiekleren te houden. Mottenballen waren ouderwets en roken nogal sterk als je transpireerde, maar al die nieuwerwetse dingen waren echt lang niet zo goed.

Op die zondagmorgen begon tijdens het zwemmen Mary's opwindende belevenis.

Tijdens het zwemmen in zee ging het gezin altijd uit elkaar, want niemand geloofde in het nogal kinderlijke idee om een kring te vormen en op en neer te dobberen

Dick en Mary renden er meestal zo hard ze konden op af, sprongen verder tot de dieper wordende zee hen liet struikelen en hen er halsoverkop in gooide.

Ernie had de gewoonte het water in te rennen, zich om te draaien en er achterover in te vallen, maar meneer Stevens was geneigd het bedaard aan te pakken. Hij liep nogal bars naar zee, bleef aan de rand staan en haalde drie keer diep adem overeenkomstig de zwemtips die hij in zijn ochtendblad had gelezen. Daarna waadde hij een stukje het water in en bleef staan om zijn voorhoofd nat te maken en zo te voorkomen dat het bloed ineens naar zijn hoofd stroomde. Als hij een punt bereikte waar de zee tot zijn heupen kwam, viel hij voorover, zette bolle wangen op en ging van start, terwijl één voet hem voorzichtig en stiekem bijstond door contact te houden met de kiezels.

Hij had nooit goed kunnen zwemmen en voelde zich in zee niet helemaal op zijn gemak. Als hij zich aan het eind van een zwempartij in heel ondiep water bevond, ging hij staan met gebogen knieën onder het oppervlak, om toeschouwers de indruk te geven dat het veel dieper was dan het in werkelijkheid was. Drijven was zijn specialiteit en hij dreef het grootste deel van de tijd.

Op deze specifieke ochtend had Mary, die goed kon zwemmen, net een grote cirkel afgelegd en toen ze wilde gaan staan botste iemands hoofd onder water tegen haar knieën. Door de botsing viel Mary om: ze viel achterover om weer te gaan zwemmen en bleek zich naast de schuldige te bevinden, die hoestend en proestend boven was gekomen.

'Sorry!' zei de schuldige lachend, dicht bij Mary's gezicht.

'Geeft niet,' zei Mary. 'Ik dacht dat het een haai was of zo.'

Het andere meisje lachte weer, ontspannen en vrolijk, en ze gingen allebei staan in water dat tot hun borst kwam. Het gezicht van het meisje kwam Mary vaag bekend voor, en toen, met een plezierige golf van opwinding, wist ze het. Het was het lange blonde meisje dat Mary's belangstelling had getrokken op de avond bij de muziekkapel, het meisje dat met een vriendin over het hek met de militairen had staan praten. Mary had die avond naar haar zitten kijken, had haar benijd, maar gemogen. Ze had diverse keren aan haar gedacht, zich afgevraagd wie ze was en eigenlijk gehoopt dat ze haar nog eens zou zien – en hier waren ze, stonden ze tegenover elkaar. Het was gênant maar eigenaardig opwindend, want dit was een totaal ander meisje dan het type dat Mary thuis kende. Ze was volkomen vrij, en jongensachtig en ongedwongen, ze moest hebben geweten dat er heel veel ogen op haar gericht waren toen ze die avond stond te lachen en te dollen met die twee knappe militairen, maar ze had zich volkomen natuurlijk gedragen, had zich niet staan uitsloven, zoals de meeste meisjes zouden hebben gedaan.

'Wat is het hier toch ontzettend druk op zondag,' zei het meisje. 'Het zijn die verschrikkelijke dagjesmensen.'

'Ik weet het,' zei Mary, aangenaam verrast en gevleid. Het meisje had met één enkele blik geraden dat Mary niet een van die verschrikkelijke dagjesmensen was. 'Maar ach, vanavond druipen ze allemaal weer af.'

'Blijf je lang?' informeerde het meisje.

'Nog een week.'

'Ik ook, grote pech. Ik zou wel een maand willen blijven, jij niet?'

'Nou en of!'

Ze waadden naast elkaar naar de kust, volkomen natuurlijk, alsof ze oude vriendinnen waren. Mary's hart bonsde alsof ze hard had gerend; ze was buitengewoon blij en opgewonden.

'Laat jij je in de zon opdrogen?' vroeg het meisje.

'Jazeker!' zei Mary.

Ze vonden een plekje op het overvolle strand en gingen naast elkaar liggen. Dick zwom een stuk verder in zee langs; zijn donkere bos haar kwam omhoog en verdween op het ritme van zijn slag, en af en toe ving Mary door de groepen zwemmers in de branding een glimp op van de gele bies van haar vaders badkostuum.

Ze was blij dat de familie haar niet had gezien met deze leuke, zojuist gevonden vriendin, hoewel ze nauwelijks wist waarom ze zich opgelaten zou voelen als dat wel was gebeurd. De Stevensen gingen in Bognor vrijwel met niemand om, niet zozeer uit verlegenheid tegenover vreemde mensen als wel door een vage, onderliggende verlegenheid tegenover elkaar.

Als kinderen hadden Dick en Mary zich vaak aangesloten bij andere kinderen die in de buurt speelden, maar toen ze ouder werden, hadden ze zich geleidelijk aan teruggetrokken van deze toevallige kennissen en de vakantie volledig in gezinsverband doorgebracht. Ze hadden de gewoonte gekregen terug te deinzen voor vriendelijke toenaderingspogingen van vreemden, hoewel ze altijd heimelijk een steek van spijt voelden. Meneer Stevens was al net zo erg, want als hij met zijn gezin wandelde en een van zijn avondvrienden uit de Clarendon Arms tegenkwam, nam hij de meest belachelijke voorzorgsmaatregelen om te ontkomen aan de gêne om zijn gezin te moeten voorstellen: hij sloop langs hen heen met een flauw knikje en een schuldbewuste glimlach.

Alle gezinnen die heel veel met elkaar optrekken, lijken in dit opzicht op de Stevensen: ze ontwikkelen onbewust twee afzonderlijke persoonlijkheden, een voor familiegebruik en een voor vreemde mensen. De familievariant is ingetogener dan ze van nature zijn, de variant die aan vreemde mensen wordt onthuld, heeft de neiging vlot en onnatuurlijk vrolijk te zijn. Daardoor voelen ze zich slecht op hun gemak en opgelaten wanneer het toeval hen dwingt zich tegelijkertijd aan vreemde mensen en gezinsleden te laten zien en doen ze de grootste moeite om dat te vermijden.

De afgelopen paar jaar had Mary er tijdens de vakantie heel vaak met weemoed meisjes uit gepikt op het overvolle strand en de boulevard, meisjes van wie ze instinctief aanvoelde dat ze het type waren dat ze graag als vriendin wilde hebben, maar met wie ze nooit kennis durfde te maken. Ze keek tijdens de vakantie naar hen uit, en zag hen misschien diverse keren, maar er was nog nooit zoiets gebeurd als nu, ze had zo'n meisje nog nooit ontmoet, of met haar gepraat. Ze werd zich voor het eerst van haar leven bewust van de griezelige invloed van het lot. Ze was ongerust, vagelijk bang, maar intens opgewonden.

Ze had vaak verzonnen beelden bedacht rond de meisjes die ze zag en aardig vond. Ze schilderde een romantische en avontuurlijke achtergrond, maar uiteindelijk troostte ze haar honger naar vriendschap doorgaans met de gedachte dat het naar alle waarschijnlijkheid eigenlijk saaie, doodgewone meisjes waren en dat ze haar alleen hadden aangetrokken door hun uiterlijke verschijning.

Ze draaide verlegen haar hoofd en wierp een stiekeme blik op het meisje naast haar. Ze lag met haar ogen dicht, haar handen onder haar hoofd, een paar glinsterende druppels zeewater op haar bruine benen en armen.

Het was nauwelijks te geloven dat ze hier zo naast elkaar konden liggen zonder te praten, zelfverzekerd en ontspannen in elkaars aanwezigheid, nauwelijks te geloven dat dit meisje alles was wat Mary zich in haar meest romantische dromen had voorgesteld, en meer dan dat. Ze was zelfs nog aantrekkelijker in deze felle zon, in haar lichte zwemkleding, dan toen ze voor het eerst Mary's belangstelling had gewekt, in de schemering, in haar elegante zomerjurk.

Maar de vreemde, onweerstaanbare charme die om haar heen hing was nog veel opwindender. Mary had zich haar voorgesteld met een nogal oppervlakkig, fladderend brein onder dat fascinerende gezicht van een wildebras: een meisje dat er te zeer op uit is om mannen aan te trekken om veel belangstelling te hebben voor andere meisjes, maar hier was iets wat veel dieper en hoogstaander was dan waar ze op had durven hopen. Ze voelde een aandrang om te praten, om snel te praten, om het uiterste te vergen van elke hersencel om geestig en onderhoudend te zijn, want ze wist zonder een spoor van twijfel dat hier eindelijk het meisje was dat ze dolgraag als vriendin wilde hebben.

Ze deed haar een beetje denken aan Betty Pawson, die kwam dansen in de St. John's Hall, maar bij de vergelijking alleen al verschrompelde de arme Betty en werd ze een suffe kleine schim. Dit meisje was veel langer dan Betty, had een veel mooier profiel: Betty was doods naast de vitaliteit van dit meisje, een bedeesd persoontje met fletse ogen naast de stoutmoedige, lachende openhartigheid in de blik van dit meisje, een armetierig sjeespaardje naast een wild paard van de prairie.

'Gossie! Wat is het heet!' mompelde het meisje.

Ze sprak tegen de lucht, tegen de brandende zon, en dat beviel Mary beter dan als het meisje haar hoofd had gedraaid en tegen haar had gesproken. Mary vroeg zich af waarom ze 'Gossie' een mal woord had gevonden. Het wás natuurlijk mal wanneer sommige mensen het zeiden: bij Betty zou het mal hebben geklonken, Maisie Johnson zou het zo hebben gezegd dat je er gewoon om had moeten lachen.

'Gossie! Wat was het heet!' Ze wist dat zij het ook kon zeggen en de woorden levendig kon laten klinken: ze zou het op de eerste avond na haar terugkeer zeggen, wanneer ze bij Madam Lupont in de kelderkeuken aan hun kop thee zaten. De meisjes zouden haar beslist vragen hoe het weer was geweest.

'Zeg dat wel!' kon ze alleen maar antwoorden, en zij sprak ook zonder haar gesloten ogen af te wenden van de zon.

'Logeer je hier alleen?' informeerde het meisje.

'Met de familie,' zei Mary. Ze overwoog even eraan toe te voegen: 'Grote pech!', maar ze wist dat het stom en nogal min zou klinken. Ze wist ook instinctief dat ze daardoor in de achting van het meisje zou dalen; ze zou erdoor in de achting van sommigen zijn gestegen, maar niet, wist ze, in die van het meisje naast haar. Ze overwoog zelfs Dick aan te wijzen, die net langszwom, heel dicht bij het strand, maar iets dreef haar ertoe deze vriendschap helemaal voor zichzelf te houden.

Ineens rolde het meisje op haar zij en lag ze Mary met grote grijze ogen aan te kijken. Mary beantwoordde de blik: en ze lachten heel spontaan. Ze kende het meisje door en door, er bestond een opwindende band tussen hen; verrukking golfde door haar heen, beelden flitsten door haar hoofd, beelden van dingen die ze samen zouden doen wanneer hun vriendschap stevig was bezegeld.

'Alleen je vader en moeder?'

'Ook twee broers.'

'Mijn vriendin is teruggegaan,' zei het meisje, en gedurende een fractie van een seconde voelde Mary zich gekwetst, onredelijk, maar scherp gekwetst.

'Ben je hier alleen?' vroeg ze.

'Gewoon bij mijn tante – en oompje. Zij wonen hier. Ik ben hier gekomen om in de vakantie bij hen te logeren. Maar ik zou hier sowieso naartoe zijn gekomen, ook al waren het gewone kamers. Wat doe jij 's avonds?'

'Ik? – O, ik... tja... meestal maken we een wandeling, weet je.'

'Met de familie?' Deze keer lag er een vluchtige zweem van spot in de ogen van het meisje: Mary merkte dat het moeite kostte om zich te verdedigen.

'Niet altijd. Soms ga ik samen met Dick, mijn broer. Het is leuk, in het donker over de boulevard.'

'Waarom wil je je broer mee hebben?'

Er lag zoiets volstrekt ontwapenends in de vrijpostige, lachende ogen van het meisje dat Mary niets kon zeggen: ze lachte alleen maar...

Maar achter haar lach gingen wanordelijke gedachten schuil: iets wat vreemd veel weg had van paniek maande haar om de benen te nemen, iets totaal anders dreef de spot met haar en fluisterde: Bedeesd trutje!

'Weet je wat,' vervolgde het meisje. 'Ga vanavond met mij mee. Je hebt geen idee wat plezier is!'

Er was haar een handschoen toegeworpen; was het mogelijk, denkbaar dat ze die daar liet liggen en haar vriendin kwijtraakte, omdat ze bang was? De boulevard in het donker: de felle lampen, de donkere achterafstraatjes met hun geheimzinnige, dwingende aantrekkingskracht, het bruisende leven...

'Het is een hele klus om weg te komen. Je weet wel, de familie...'

'Je gaat jezelf toch niet zo binden? Waarom zou je? Waarom zou je niet een beetje plezier hebben?'

De ogen van het meisje keken haar nog steeds aan: er lag niet langer iets in wat de spot met haar dreef, maar iets wat aanspoorde tot moed, leven, een stoutmoedig avontuur.

'Je kunt gemakkelijk zeggen dat je een oude vriendin bent tegengekomen.'

Wat ging er een afschuwelijke bekoring van uit – van elk woord – maar wat een tantaliserende, onmogelijke machteloosheid! De familie zou vragen welke vriendin het was. Het meisje praatte erover alsof Mary tientallen vriendinnen had die de familie niet kende! Ze zouden vragen of het Maggy was, vervolgens of het Polly was, en als die het geen van beiden bleken te zijn, zouden ze haar stom aankijken, geschrokken en argwanend.

'Je werkt, neem ik aan?'

'Ja.'

'Nou, zeg gewoon dat je een meisje hebt ontmoet met wie je vroeger hebt gewerkt; zouden ze dat niet slikken?'

'Maar dat is... dat is een leugen!' stootte Mary uit, en de woorden waren haar mond nog niet uit of ze had haar tong wel kunnen afbijten vanwege hun stompzinnigheid, hun kinderlijkheid.

'Een leugen! Natuurlijk niet. Het is alleen een leugen als je iets vertelt om jezelf uit de nesten te halen. Dit zijn geen nesten.'

Mary's besluit stond vast, als de problemen honderd keer zo groot waren geweest, zouden ze haar nu nog niet op andere gedachten hebben gebracht. Het was goed genoeg: een meisje dat vroeger bij Madam Lupont had gewerkt.

'Welke naam kan ik zeggen?'

'Jessica Marshall.'

'Goed. Is dat je echte naam?'

'Tuurlijk.'

'Ik heet Mary. Mary Stevens.'

Het meisje knikte, keek haar nadenkend aan en glimlachte.

'Maak je geen zorgen,' zei ze. 'Ik ben niet iemand die met iedereen aanpapt.'

'Daar maak ik me geen zorgen om!' lachte Mary.

'Goed zo! Maar ik meen het – ik ben niet iemand die gaat rotzooien met kantoorjongens.'

Ze lachten allebei, en het meisje liet haar hand op Mary's pols vallen, hield hem vast en kneep erin.

'Lukt negen uur?'

'Dat is prima voor me.'

'Goed zo. Negen uur, bij de snoepwinkel op de pier.'

'Rechts bij de ingang?'

'Ja.'

'Prima.'

Ze stonden op en het meisje keek glimlachend op haar neer. Ze was een hoofd groter dan Mary – even lang als een jongen.

'Tot ziens dan. Negen uur', en ze zwaaide terwijl ze het strand op liep naar haar strandhuisje.

22

De anderen waren teruggekomen van het zwemmen en waren zich achter de gesloten deuren van *De kajuit* aan het aankleden toen Mary langzaam van de zee kwam aanlopen.

'Wie was dat?' vroeg mevrouw Stevens, die gretig in haar ligstoel naar voren leunde.

'O – gewoon een vriendin,' zei Mary.

Ze ging op het trapje van het huisje zitten en maakte langzaam de veters van haar zwemschoenen los. Ze hoopte dat de anderen zich snel zouden aankleden: het zou gemakkelijker zijn om na te denken in het donkere huisje, uit het felle licht op het strand. Ze wist dat de familie haar had gezien, want toen ze met het meisje overeind was gekomen, had ze een blik geworpen op *De kajuit* en eventjes haar vader en moeder gezien, met hun hoofden dicht bij elkaar, nieuwsgierig starend door de mensenmassa.

Maar dat maakte nu nauwelijks nog wat uit: kleine problemen smolten snel weg in de gloed van grotere. Louter het feit dat ze een vreemd meisje had leren kennen, louter de gêne dat de familie haar had zien praten met een vreemde stelde nu niets voor vergeleken met de vreselijke complicaties die al het andere overschaduwden.

Haar hersenen waren veel te opgewonden om logische, beredeneerde overwegingen een kans te geven: ze was vervuld van slechts één sterke drang, een drang om op te springen en weg te vliegen om het meisje te zoeken en te zeggen dat ze haar uiteindelijk toch niet die avond bij de pier zou kunnen treffen. Want op een vreemde, griezelige manier had het meisje alle romantiek en avontuurlijkheid die de avond in petto had lijken te hebben, met zich meegenomen en Mary achtergelaten met niets anders dan de dreigende gevaren, de verbijsterende problemen ervan.

Hoe kon ze het ooit thuis vertellen? Terwijl ze daar in de zon naast dat fascinerende meisje had gelegen had alles belachelijk eenvoudig en natuurlijk geleken: gewoon zeggen dat ze een vriendin was tegengekomen en met haar ging wandelen, een achteloos 'Tot ziens – het wordt niet laat.'

Maar nu ze aan de veters van haar schoenen zat te trekken besefte ze met overweldigende zekerheid dat haar vader en moeder het zouden raden, en dat er iets zou gebeuren. Ze zouden niet proberen haar tegen te houden, haar vader zou haar niet opsluiten in haar slaapkamer zoals vaders over wie ze had gelezen, hij zou haar alleen aankijken met zijn ronde grijze ogen en zeggen: 'O. Goed', en stilletjes, gestaag zou er een kloof ontstaan tussen haar en het gezin, een kloof van twijfel en argwaan die nooit meer zou sluiten, en het zou nooit meer net zo worden als nu, nooit meer...

Prettige herinneringen aan alle rustige avonden met de familie kwamen zoetjes boven om haar te kwellen: vredige, zorgeloze avonden waarop ze met elkaar over de boulevard wandelden. Hoe had ze die ooit saai kunnen vinden, hoe had ze ooit met wrokkige, afgunstige ogen naar de groepjes giechelende meisjes en jongens in het schemerduister kunnen kijken? Het waren zulke gezellige, gelukkige avonden geweest...

En onder haar angsten school een pijnlijke teleurstelling. De eerste ogenblikken van haar vriendschap met dit meisje waren heel emotioneel geweest door een bijna ondraaglijke opwinding, en nu was die ineens, ongrijpbaar, weggeglipt naar een teleurstellend, gevaarlijk zijspoor. Hadden ze maar kunnen afspreken om elkaar te treffen om gewoon rustig langs de kust te wandelen! Konden ze maar ergens, op een eenzame plek, rustig samen gaan zitten praten in de toenemende duisternis, terwijl ze hun vriendschap en onderlinge verstandhouding stilletjes en vastberaden versterkten! Want hoewel dit meisje alle stoutmoedige geestdrift van romantiek en avontuur had meegenomen, was Mary vol bewondering achtergebleven, met een verlangen naar haar vriendschap dat van minuut tot minuut sterker werd. Ze had nog nooit zo'n opgetogen vastberadenheid gevoeld om vriendschap te sluiten met een ander mens, want diep vanbinnen wist ze zonder een spoor van twijfel dat een levenslange, gekoesterde vriendschap binnen haar bereik lag, een vriendschap die haar leven zou veranderen en haar zou meevoeren naar onvoorstelbaar geluk...

'Je ziet heel bleek! Droog je af, liefje, en sla je handdoek om je heen. Wat ben je er een tijd in geweest!'

Mary duwde zichzelf terug naar haar omgeving, naar het volle strand, naar haar moeders ongeruste stem.

'Er is niets aan de hand, mam!'

'Weet je zeker dat je het niet koud hebt?'

'Hou zou dat kunnen, op zo'n dag als vandaag!'

De deur van *De kajuit* ging een paar centimeter open, er verscheen een blote arm en een nat badpak viel met een doorweekte klets op het terras.

'Schiet een beetje op,' riep mevrouw Stevens. 'Mary zit te wachten.'

'Een momentje,' klonk een gedempte stem van binnen.

Meneer Stevens' momentje duurde in feite ongeveer vijf minuten, maar dat maakte hij goed door het huisje uit te springen met Ernies kleine schoolpet op en de jongens lachend achter zich aan. Mary lachte naar hen en verdween bijna schuldig in het huisje.

Ze kleedde zich langzaam aan, onderbrak het af en toe om stijf op het bankje te gaan zitten met een kledingstuk in haar handen. Er hing een warme houtlucht in het huisje en door een klein dakraampje van matglas achterin stroomde een lichtgeel schijnsel naar binnen. Ze bukte en veegde langzaam en nadenkend het zand tussen haar tenen vandaan.

Was het niet nogal belachelijk om bang te zijn, of zich zelfs maar te schamen? Honderden meisjes gingen elke avond uit en genoten van de opwinding van de boulevard, heel fatsoenlijke, gezonde meisjes, die gewoon genoten van het plezier om jongens te ontmoeten en een beetje lol met hen te hebben. Wat kon dat in vredesnaam voor kwaad?

Opgewekte geluiden kropen door de kieren van het donkere huisje naar binnen: een hond blafte in schrille, opgewonden kleine uitbarstingen, de lome bonzen van roeiklampen, verspreide flarden van gepraat en gelach. Van lieverlee nam haar neerslachtigheid af en toen, heel onverwachts, werden haar angsten en akelige voorgevoelens weggevaagd door een golf van vrolijk zelfvertrouwen. De boulevard in het donker, de aanstekelijke opwinding ervan, de vrijheid, voetstappen die zich haastten, voetstappen die vertraagden – draalden – en bleven staan! Rustige stemmen vanuit donkere, geheimzinnige plekjes schaduw! Ze haalde snel adem, haar hart leek te bonzen en te roepen door de deuren waarachter haar wegkruipende geest zich verborg, leek hem opgewonden aan te sporen om zich te vermannen, om zijn trots en moed te laten gelden. Wat een bof dat ze haar mooiste gebloemde jurk had meegebracht, dat ze bruine wangen en heldere ogen had! Het had een haartje gescheeld of ze had die jurk thuisgelaten en alleen haar blauwe van vorig jaar meegenomen, die normaal gesproken absoluut goed genoeg zou zijn geweest voor alle dingen die ze waarschijnlijk met de familie zou doen.

Er schoot nog een andere gedachte te hulp om haar gerust te stellen: haar vader en moeder hoefden het niet te weten. Ze zou Dick in vertrouwen nemen. Dick zou er wel plezier in hebben. Ze zouden gewoon als altijd het huis uit gaan voor hun avondwandeling en op de hoek van de St. Matthews Road uit elkaar gaan en afspreken om elkaar op een bepaald tijdstip weer te treffen. Dick zou het prima vinden om alleen rond te zwalken...

'Schiet op, Mary! Als je een zoet broodje wilt!'

Een zoet broodje? Ja, natuurlijk, ze aten een zoet broodje als ze 's morgens hadden gezwommen.

'Ik kom eraan,' riep ze, worstelend met haar kousen.

Wat was er met het zoete broodje aan de hand? Het lag als een stuk stopverf in haar mond, en nadat ze een klein stukje had doorgeslikt liet ze de rest liggen op de drempel van het huisje.

'Droog?' vroeg meneer Stevens.

'Een beetje.'

Haar vader keek over zijn bril naar het half opgegeten zoete broodje en wendde zich met een zweem van afkeuring tot zijn vrouw.

'Ik zei nog tegen je dat ze droog zouden worden in dit weer. Je hoeft de zoete broodjes voor zondag helemaal niet op zaterdag te kopen. Er zijn vandaag genoeg banketbakkers open.'

'Ja, ik zal er de volgende keer aan denken,' zei mevrouw Stevens. 'Het wás dom...' En ze veegde schuldbewust de kruimeltjes van haar eigen oudbakken zoete broodje van haar schoot.

23

Die middag gebeurde er nog iets onverwachts, dat deze keer het hele gezin betrof, hen allemaal op een verschillende manier enigszins uit hun doen bracht, afhankelijk van hun specifieke standpunt.

Ze waren 's middags aan het cricketen, en aangezien Dick in de stemming was om te slaan, was meneer Stevens een stuk achteruitgegaan in de hoop de bal spectaculair te kunnen vangen. Ernie bowlde en Mary stond achter het wicket toen Dick de bal hoog in de lucht sloeg. Ernie schreeuwde: 'Daar komt-ie, pap – vang hem!' – maar tot hun verbazing was meneer Stevens verdwenen van de plek waar hij in het veld had gestaan en de bal stuiterde zonder schade aan te richten naast een meisje in een gele strandpyjama op het zand.

Het was des te verrassender omdat meneer Stevens zich altijd heel zorgvuldig aan de regels hield van elk spel dat ze speelden. Hij zou het niet in zijn hoofd halen om nonchalant weg te dwalen halverwege een innings.

Maar het raadsel, of in elk geval een deel van het raadsel, werd al snel opgelost, want een blik over het strand onthulde meneer Stevens, die naast een golfbreker in gesprek was met een extreem dikke heer met een rood gezicht, die opvallend was gekleed in een lichtgrijs flanellen pak. Hij had een grote, spierwitte panamahoed op zijn hoofd en een rotan wandelstok in zijn hand. Er zat een brede rode riem van een zachte stof om zijn middel en zijn keurige bruin-witte schoenen van leer en canvas waren spits en klein en stonden in geen verhouding tot zijn omvang.

Hij verschilde zo van meneer Stevens en was zo totaal anders dan de soort mannen met wie hun vader meestal bevriend was, dat de kinderen hem nieuwsgierig en verbaasd aanstaarden. De cricketwedstrijd hield ineens op en ze stonden maar wat te wachten, terwijl ze deden alsof ze niet nieuwsgierig waren, maar stiekem zijdelingse blikken wierpen op de plek waar hun vader stond. De hoed van de dikke man viel zo ver over zijn ogen dat ze alleen een grote rode onderkin en het puntje van een brede platte neus konden zien: hij hield zijn hoed op zijn hoofd met het ronde handvat van zijn wandelstok, en zoals hij daar stond, met zijn benen bij elkaar, zijn knieën volledig gestrekt en zijn kleren wapperend naar achteren, leek hij op het boegbeeld van een oud oorlogsschip dat triomfantelijk door een storm zwoegt.

Het gesprek ging een tijdje door: de kinderen konden de harde stem van de dikke man horen, maar de woorden verwaaiden. Hun vader zag er nogal opgelaten en slecht op zijn gemak uit – bijna als een schuldbewust jongetje. Hij trok zijn broek op, stopte zijn shirt in en streek een of twee keer een paar dunne afvallige haarslierten glad.

Ten slotte stak de dikke man een enorme hand uit; meneer Stevens pakte hem slap aan en de dikke man liep kwiek over het strand weg, soepel zwaaiend als een kabelballon.

Toen draaide meneer Stevens zich om en liep hij langzaam naar zijn kinderen toe. Zijn hoofd was gebogen, alsof hij diep in gedachten was verzonken, maar ineens leek hij het zich weer te herinneren. Hij keek met een flauw lachje op, riep: 'Ga verder', en ging terug naar de plek waar hij had gestaan om te cricketen.

Zijn poging tot nonchalance misleidde zijn kinderen

echter niet: ze wisten instinctief dat er iets was gebeurd, en hoewel ze brandden van verlangen om te weten wat, keerden ze terug naar het spel en gingen ze verder.

Maar de animo was verdwenen: ze speelden afwezig, en toen meneer Stevens na afloop van Ernies beurt om te bowlen naar voren kwam om het van hem over te nemen, kon Dick de spanning niet langer verdragen.

'Wie was dat, pap?'

'Dat,' zei meneer Stevens met een zweem van gewichtigheid, 'was meneer Montgomery.'

'Wie is meneer Montgomery?'

'Hij is een heel belangrijke klant van de zaak.'

Dick was ineens opgelucht. Gedurende een angstig moment had hij zich voorgesteld dat de vreemde man de directeur van zijn vaders firma was, die naar Bognor was gekomen om zijn vader te ontslaan.

'Hij is een heel groot zakenman,' vervolgde meneer Stevens, 'en hij heeft ons allemaal uitgenodigd om morgen bij hem thuis in de Aldwick Road thee te komen drinken.'

Hij zweeg even en keek elk gezinslid om de beurt aan, zich afvragend hoe ze dat zouden opvatten. Mevrouw Stevens, die alles vanaf het terras van *De kajuit* had gevolgd, was komen aanlopen om te horen wat er was, en zij was het die de enigszins opgelaten stilte verbrak.

'Wat bijzonder aardig van hem! Is er een mevrouw Mont...?'

'...gomery? O ja. Hij zei dat zijn vrouw thuis zou zijn.'

De eerste opwelling bij de kinderen was natuurlijk ergernis, maar die verborgen ze omwille van hun vader. Ze wisten dat ze erheen zouden moeten gaan, want als ze weigerden, zou dat hun vader kunnen schaden op kantoor: het zou heel gevaarlijk zijn om de uitnodiging van zo'n belangrijke klant van zijn firma af te slaan. Maar de eerste week van de vakantie was voorbij, en elk voorbijsnellend uur werd steeds kostbaarder. Er waren tientallen dingen die ze morgen wilden doen, en deze domme uitnodiging zou de hele dag bederven. 's Morgens zouden ze erover tobben, vroeg in de middag zich klaarmaken: schoenen poetsen, ellendige boorden en dassen omdoen en warme, strakke kleren aantrekken, en er zou op zijn minst een deel van de avond voorbij zijn voordat ze weer terug zouden zijn en gemakkelijke kleren aanhadden. Waarom – waaróm gebeurden er toch zulke irritante dingen die hun kostbare dagen bedierven? Wat hadden ze gedaan om dat te verdienen? Het had echter geen zin om je erover op te winden, er was niets aan te doen, ze zouden er het beste van moeten maken.

Maar meneer Stevens had verstandig genoeg iets achter de hand gehouden. Hij wist precies wat het gezin ervan zou vinden, en hij wilde dat het ergste voorbij was voordat hij zijn verrassing onthulde.

'Hij stuurt zijn chauffeur, met de auto, om ons op te halen,' deelde hij mee, 'en na afloop brengt de chauffeur ons terug!'

'Nee, het is niet waar!' zei mevrouw Stevens met stokkende adem, maar haar man knikte ernstig.

'Nou, dat noem ik nog eens aardig!'

Door het nieuws raakten mevrouw Stevens, Ernie en Mary in vuur en vlam. Mevrouw Stevens had pas twee keer in een particuliere auto gezeten, één keer in een lawaaiig klein ding dat van haar zwager was, en één keer op de begrafenis van haar oom. De grandeur van een auto die bij *Zeezicht* zou voorrijden, met een chauffeur achter het stuur, die ronkend voor het hekje stond! Ze was ook blij omwille van mevrouw Huggett: het zou beslist worden gezien door andere pensionhoudsters in de St. Matthews

Road en zelfs als er maar een of twee waren die het zagen, zou het nieuws zich snel verspreiden, vooral omdat het beslist een voorname auto zou zijn.

Zelfs Mary kon de hoop niet weerstaan dat de opschepperige jongens en meisjes uit *De platanen* het zouden zien: ze wist zeker dat die daardoor de volgende dagen zouden inbinden en geïnteresseerder zouden kijken, respectvol zelfs.

Ernie was uiteraard opgewonden, maar voor Dick haalde het nieuws weinig uit om zijn ergernis in te tomen. Een onverzettelijke onafhankelijkheid stond altijd in hem klaar om de kop op te steken wanneer iets bevoogdend klonk: hij ging liever lopen – heen en terug – om maar één keer 'dank u' hoeven te zeggen, voor de thee. Hij had een hekel gekregen aan meneer Montgomery, had zelfs vanuit de verte geconstateerd dat hij een proleet was: hij was kwaad over de vreemde, onaangename manier waarop de man zijn vader dwaas en klein en slecht op zijn gemak had laten lijken. Hij zou beslist liever gaan lopen.

Meneer Stevens ging verder. Hij wist dat hij verantwoordelijk was voor de tegenvaller en wilde er beslist aan doen wat hij maar kon om de gelegenheid zo interessant mogelijk te maken.

'Hij heeft net een nieuw eigen huis laten bouwen – en wij zijn de eerste gasten.'

'Is hij heel rijk?' informeerde Ernie.

'Rijk! Dat lijkt me wel. Hij is een heel grote snoepfabrikant.'

'Wat voor soort?' vroeg Ernie met een zachte stem waarin ontzag klonk.

'Voornamelijk botersnoepjes – en zuurtjes. Ik geloof niet dat hij veel in chocola doet. Je hebt ze toch zeker wel in winkels gezien? Montgomery's boterbabbelaars? In glazen potten, met rood-witte etiketten.'

Ernie staarde zijn vader met grote ogen aan, kon slechts ongelovig 'Tjonge!' mompelen. Hij was in de ban van het snoep, in extase: voor zijn ogen zweefden beelden van de dikke man die tot aan zijn knieën door gemengde zuurtjes waadde, die lui uitgestrekt op het strand lag en aan het kiskassen was met boterbabbelaars.

'Denkt u dat hij daar wat snoep zal hebben – morgen?'

Meneer Stevens lachte. 'Ik denk dat hij in zijn vakantie schoon genoeg heeft van snoep.'

Hoe Ernie ook zijn best deed, hij kon zich niet herinneren dat hij de opvallende flessen van meneer Montgomery ooit in een snoepwinkels had gezien, maar hij nam zich voor alles op alles te zetten om ze te vinden als hij weer in de stad was.

De anderen begonnen iets van Ernies enthousiasme over te nemen, ze konden er in elk geval maar beter het beste van maken: er werd gewed over de kleur van de auto en het merk. Mary wist zeker dat het een Rolls zou zijn, maar Ernie bepleitte een grote Buick. Dick dacht aan een heldergele Daimler. Het zou toch nog best leuk kunnen worden.

Aangezien het een nieuw huis was, hoopte mevrouw Stevens op een rondleiding door het hele huis. Ze wilde altijd graag nieuwe ideeën opdoen voor gordijnen, en hoewel ze niet hoefde te hopen op grote veranderingen in de keuken, was ze erg geïnteresseerd in het bekijken van de prachtige nieuwe uitvindingen die mensen tegenwoordig hadden, om dingen warm en om dingen koud te houden.

Meneer Stevens' eigen persoonlijke gevoelens waren heel gemengd. Het sprak voor zich dat hij geïrriteerd en wrevelig was door dit onverwachte toeval, want niemand heeft graag dat de sfeer van kantoor ineens binnendringt in zijn vakantie. De verschijning van meneer Montgomery was een hele schok voor hem geweest. Hij was er volkomen onverhoeds door overvallen en had zich een vreselijke landloper gevoeld in zijn smoezelige cricketshirt en zijn oude flanellen broek en met zijn slordige haar. Het was alsof hij verstrooid in deze kleding naar kantoor was gegaan, want terwijl hij bij de golfbreker met meneer Montgomery stond te praten, had hij het gevoel alsof het kantoor, met al zijn muffe dossiers en sombere hoeken, ineens om hem heen was neergedaald en hem had omhuld. Het zou hem nauwelijks hebben verbaasd als in de zeewering van de boulevard een deur was opengegaan, waardoor een van de directeuren naar buiten kon lopen om te zeggen: 'Aha, meneer Montgomery! Komt u toch binnen!'

De rit naar meneer Montgomery's huis zou morgen ondanks het gerief en de voornaamheid van een grote automobiel net een rit naar zijn werk zijn. Hij wist zeker dat hij de klok in de gaten zou houden en zich formeel gerechtigd zou voelen om op te stappen als die zes uur sloeg.

Maar er was ook een andere kant, een zeer belangrijke kant. Meneer Montgomery was een van de grootste en meest gewaardeerde klanten van de firma; hij bestelde steevast elke maand een aanzienlijke hoeveelheid dozen, terwijl zijn bestelling vlak voor kerst werkelijk heel groot was. De directeuren behandelden hem zonder uitzondering met het grootste respect wanneer hij op de zaak kwam, en ze deden hem altijd persoonlijk uitgeleide en namen bij zijn vertrek officieel afscheid van hem. Hij was zo belangrijk dat hij vaak helemaal geen aandacht schonk aan meneer Stevens, maar soms, als hij toevallig na lunchtijd kwam, met een bijzonder rood hoofd en een lange sigaar, knikte hij meneer Stevens toe en lachte hij naar hem. Eén keer had hij meneer Stevens zelfs gevraagd hoe het met hem ging.

In de eerste plaats was het dus een mooi compliment dat meneer Montgomery überhaupt was blijven staan en hem had aangesproken; het was een nog groter compliment dat hij hen allemaal op de thee had gevraagd.

In de tweede plaats zou het op de zaak heel positief voor meneer Stevens kunnen uitpakken als de theevisite goed verliep en meneer Montgomery een gunstige indruk van hen kreeg. Als hij weer langskwam, zou hij de ontmoeting waarschijnlijk noemen tegen een van de directeuren, en de directeuren zouden meer waardering krijgen voor meneer Stevens, niet alleen omdat deze belangrijke klant hem goed genoeg had gevonden om hem op de thee te vragen, maar ook omdat hij iets had gedaan om de band met een gewaardeerde zakenrelatie te versterken ten koste van een deel van zijn vakantie. Het zou een positieve aantekening achter zijn naam opleveren.

Ja. De ontmoeting had wel degelijk een gunstige kant – mits de theevisite goed verliep. Hij wist dat hij trots zou zijn op Dick en Mary: zij zouden er allebei netjes uitzien, waren allebei knap en hadden goede manieren. Het stond voor hem vast dat zijn vrouw enorm haar best zou doen om mevrouw Montgomery te vleien met lof over het gebak en het huis en alles. Ernie was het enige dubieuze geval en meneer Stevens kon slechts hopen dat hij niet zou zitten draaien en geen vreselijke opmerking zou maken over snoep. Maar hij was per slot van rekening jong en zou meneer en mevrouw Montgomery zelfs kunnen vermaken met zijn grappige manier van doen.

Hij merkte dat hij al ongerust begon te worden, en hij probeerde het van zich af te zetten tijdens de cricketwedstrijd. Maar hoe ze ook hun best deden, ze merkten allemaal dat de schaduw van meneer Montgomery – zijn auto en zijn chauffeur – boven het veld hing waardoor ze de bal minder goed zagen.

De wandeling terug voor de thee werd verlengd door via de stad te gaan en meneer Montgomery's boterbabbelaars te zoeken in de snoepetalages. Ze vonden echter niets, en meneer Stevens opperde dat meneer Montgomery zijn activiteiten waarschijnlijk beperkte tot Londen en de grotere steden. Ernie was teleurgesteld, maar Dick was blij dat hun eigen kleine Bognor de boterbabbelaars van deze vervelende dikke man had genegeerd. Ze hadden het nog steeds over meneer Montgomery, zijn chauffeur en zijn boterbabbelaars toen ze achter elkaar het hekje van *Zeezicht* door liepen om thee te gaan drinken.

Wat Mary betrof, was meneer Montgomery gearriveerd als een prettige afleiding, een opluchting op een dag die ondraaglijk werd door zijn blijvende onzekerheid. Na de warme maaltijd en gedurende de hele middag had ze een gelegenheid gezocht om Dick te pakken te krijgen en in vertrouwen te nemen, om de avondwandeling af te spreken en de plek waar ze uit elkaar zouden gaan en elkaar weer zouden treffen. Maar op een of andere manier had ze die kans niet gekregen. Tijdens het middageten had zich zowaar een ogenblik voorgedaan dat ze zich dapper genoeg had gevoeld om het haar vader te vertellen: hij had gevraagd naar het meisje, en toen Mary hem het verhaal vertelde dat ze ooit samen hadden gewerkt bij Madam Lupont, had het op het puntje van haar tong gelegen om te zeggen dat ze voor die avond met haar had afgesproken om te gaan wandelen, het leek volkomen natuurlijk en redelijk dat ze elkaar weer zouden zien, maar terwijl ze de woorden formuleerde, was het gesprek overgegaan op iets anders en was haar kans verkeken.

En nu zaten ze aan de thee, had ze nog maar een paar uur en was er niets afgesproken. Het gesprek kwam telkens weer terug op meneer Montgomery, en ze deed er automatisch aan mee, lachte wanneer de anderen lachten, maar dacht de hele tijd aan de komende avond. Er zat nu maar één ding op: meteen na de thee zou ze naar haar kamer gaan en een excuus verzinnen om Dick boven bij zich te roepen, het zou... maar ineens kwam er onverhoeds een eind aan haar gedachtegang.

De thee was voorbij en meneer Stevens had zijn stoel naar achteren geschoven en zijn benen gestrekt.

'Weten jullie wat! We gaan vanavond naar de Pierrots – na het avondeten.'

Was er een strafduiveltje dat boven schuldbewuste mensen met geheimen hing? Dat zijn kans afwachtte om zijn vingers in het tere weefsel van de misleiding te steken en het kapot te scheuren? Of was het mogelijk dat haar vader de waarheid had geraden en dit deed om haar tegen te houden – wellicht om haar te redden? Maar toen ze naar hem keek was er geen zwaarmoedigheid te bespeuren in zijn ogen, alleen een voldane glimlach omdat hij zijn vrouw en kinderen een leuke avond aanbood.

Het leek nauwelijks haar eigen stem die sprak, hij klonk heel gedempt en vreemd.

'Het spijt me, pap. Ik heb vanochtend afgesproken om vanavond met Jessica te gaan wandelen...'

De vergulde klok op de schoorsteenmantel deed onder zijn glazen stolp zijn uiterste best om de stilte te verdrijven met zijn ijle, metaalachtige getik. Mary voelde dat alle ogen op haar waren gericht, vier paar nieuwsgierige, doordringende ogen...

'Het spijt me vreselijk – ik wist niet dat u – dat u vanavond iets van plan was.'

Terwijl een ijsverkoper ratelend langs het raam reed, waarbij hij vals met zijn schrille fietsbel belde, klonk het flauwe getingel van de grammofoon uit *De platanen* aan de overkant, en Mary zat in elkaar gedoken op haar stoel. Toen haar vader sprak, klonk zijn stem zo kalm en natuurlijk dat het bijna niet echt leek.

'O. Och, tja, we kunnen gemakkelijk een andere avond gaan.'

'Het spijt me vreselijk, pap...'

'Doe niet zo mal! Waarom zou je niet met haar uitgaan? Dat zal weer eens wat anders voor je zijn. Ik vond dat ze er heel aardig uitzag.'

Mary kon niet antwoorden, ze kon alleen haar hoofd opheffen en naar hem lachen. Ze was ongelooflijk dankbaar.

Ze rende naar haar kamer zodra ze weg kon, haalde haar mooiste jurk uit de la en legde hem klaar op het bed; ze had hem die dag al eens tevoorschijn gehaald, vlak na het middageten, maar toen had ze hem alleen uitgeschud en schuldbewust teruggelegd in zijn schuilplaats. Nu liet ze hem liggen waar hij lag, en ze zette haar mooiste schoenen en kousen eronder op de vloer. Ze liet haar deur open toen ze naar beneden ging: ze hoefde geen schuldgevoel meer te verbergen, de jurk lag daar voor iedereen zichtbaar, en de avond lag voor haar, met alle opwinding en adembenemende avontuurlijkheid die haar met open armen opwachtten. Ze zou haar vaders vertrouwen in haar nooit vergeten: hij had haar zelfvertrouwen versterkt en haar een nieuw gevoel van trots gegeven. Hij had met een knipoog naar zijn vrouw gezegd dat twee mooie meisjes in Bognor in het donker moesten oppassen, maar door iets in zijn stem had hij laten blijken dat hij geen gevaar vreesde. De avond leek lichter te zijn geworden: zelfs haar sombere slaapkamertje ving een verdwaalde zonnestraal.

De tijd tussen de thee en het avondeten vloog voorbij: de jongens gingen met meneer Stevens wandelen over het strand, terwijl Mary en mevrouw Stevens Bognor in gingen om een cadeautje te zoeken dat ze mee naar huis konden nemen voor mevrouw Haykin. Ze hadden mevrouw Haykin de afgelopen week twee gekleurde ansichtkaarten gestuurd: een van de pier en een van de strandhuisjes, waarbij ze *De kajuit* met een kruisje hadden aangegeven. Mevrouw Haykin had geantwoord met een kaart van de Thames Embankment en schreef dat het heel goed ging met Joe en dat hij 's morgens prachtig zong. Er was niet zoveel zaad meer, maar het zou ongeveer net genoeg zijn.

Ze hadden de gewoonte elk jaar iets van porselein voor haar mee te brengen waar het wapen van de stad en EEN CADEAU UIT BOGNOR op stond. Ze deden moeite om elk jaar iets te vinden wat bij de andere dingen paste en tot nu toe hadden ze haar twee eierdopjes, een kandelaar, een botervloot, een asbak en een melkkannetje gegeven. Dit jaar dachten ze dat een porseleinen toastrekje een leuke verrassing zou zijn, en na heel lang zoeken vonden ze er een in een winkel in een zijstraat van de London Road. De winkel was op zondag dicht, maar ze besloten het rekje morgenochtend meteen te gaan kopen.

Het was aan het schemeren toen ze terugliepen naar *Zeezicht* – de schemering waar Mary de lange zonovergoten dag op had gewacht, nu eens met een intens verlangen, dan weer met huiverende angst.

24

Aangezien het avondeten een koude maaltijd was, duurde het niet lang, hoewel hun kruik gemberbier enige ongerustheid en wat oponthoud veroorzaakte. Het begon erop te lijken dat hij de geest gaf, en er moest heel wat voorzichtig worden gemanoeuvreerd, gewurmd en gekanteld voordat hun glazen vol waren. Maar hij had het er heel goed afgebracht en ze hadden er net lang genoeg mee gedaan, want morgenochtend zou de tweede kruik arriveren.

Mary tobde over het oponthoud, want ze had besloten zich pas na het eten te verkleden. Het zou dom zijn om voor de ogen van haar familie met haar avontuur te pronken, want hoewel alle noodzaak tot geheimhouding gelukkig was verdwenen, zou het net zijn of ze haar vader en moeder uitdaagde als ze in haar mooiste gebloemde jurk aan tafel zat. Dat zou hen uitdagen hun eerste grootmoedige opwelling te heroverwegen, zou zelfs ongeruste bedenkingen kunnen oproepen. Ze probeerde haar opwinding te verbergen en sprak heel vrij over de avond als haar ouders het erover hadden.

Het was vreemd om zich te kleden in het flakkerende gaslicht van haar slaapkamer: dat was iets wat ze nog nooit had gedaan in *Zeezicht*, want na het avondeten was het gewoonlijk alleen een kwestie van naar boven rennen om in het donker naar een jas of een hoed te tasten. Het deed haar denken aan winteravonden, wanneer ze zich thuis in haar slaapkamer kleedde om op donderdag te gaan dansen in de St. John's Hall, behalve dan het vreselijk slechte licht dat heel ver bij de spiegel vandaan was.

Een streep zonsondergang vervaagde achter de huizen aan de overkant van de straat, maar de voorkant van de huizen was heel donker en er glinsterde hier en daar licht in de ramen. Ze stelde zich andere meisjes voor die zich achter de gordijnen voor die ramen kleedden voor de avond, dat gaf haar moed en hielp haar om de eenzaamheid te verdrijven die haar bleef bekruipen. Ze gebruikte haar lippenstift en besloot hem vervolgens af te vegen; die was niet nodig, misstond nogal op een gezond bruin gezicht. Het was tien minuten voor negen: ze zette haar hoed op, wierp een blik in de sjofele spiegel en ging zachtjes de trap af naar haar moeders kamer, waar het licht beter en de spiegel minder dof was.

Er stond een klein, halfleeg potje coldcream op haar moeders wastafel, naast een fles muggenlotion en een deels gebreide sok waar glimmende breinaalden als stekels uit staken. Ze wierp een laatste blik op zichzelf, knipte het licht uit en bleef even in het donker staan. Ze zou zichzelf pas weer zien als ze terug was: ze vroeg zich af wat er zou gebeuren voordat ze het gas in haar kamer aanstak en naar de spiegel liep om haar gezicht nog eens te bekijken. De duisternis begon zachter te worden en het raam was spookachtig grijs: de huizen aan de overkant verrezen in een zwart silhouet tegen de vervagende restanten van de zonsondergang. Ze liep stilletjes naar de deur en de vestibule beneden.

De St. Matthews Road verzamelde de diepe duisternis die neerdaalt tussen het ondergaan van de zon en het opkomen van de maan, maar er glinsterden lichtjes aan het eind, op de boulevard. Doorgaans genoot ze van die vriendelijke lichtjes, maar nu ze deze keer op de Marine Parade kwam, deinsde ze ervoor terug, en ze haastte zich over de stoep aan de andere kant van de weg. Daar voelde ze zich ook nog vreselijk opvallend in haar fleurige gebloemde jurk: ze had het onbehaaglijke gevoel dat mensen die haar passeerden bleven staan en haar nakeken.

Bij de toegang tot de pier was het altijd druk door het felle licht en de verleidelijke automaten. Dat was 's avonds het centrum van Bognor en zo te zien was er een enorme menigte toen Mary ongerust dichterbij kwam. Ze vond het jammer dat ze niet had afgesproken op een rustigere plek, en ze vroeg zich een tikkeltje ontsteld af of ze haar vriendin ooit zou vinden in zo'n mensenmassa. Er sloeg een klok in de stad toen ze de straat begon over te steken. De menigte was in feite niet zo groot als vanuit de verte had geleken, en door even rond te kijken wist Mary dat haar vriendin er nog niet was.

Ze begon zich af te vragen of ze elkaar zouden herkennen – ze hoopte dat het niet te lang zou duren – het licht was zo fel en ze was zo onbeschermd waar ze stond...

Er kwamen twee jongens vanuit het halfduister in de kring van licht: jongens in een getailleerde strakke blauwe blazer en een ruime grijze flanellen broek. Ze staarden haar aan, langzaam en onbeschaamd, van top tot teen, en toen ze wegliepen, wierpen ze een blik over hun schouder, pratend en lachend met elkaar. Mary voelde dat ze een kleur kreeg, wilde ineens wegvliegen, de duisternis in, en door de donkere straten naar huis gaan. Er hadden al vaak jongens naar haar gekeken, maar verlegen, op een manier die ze leuk vond, deze schaamteloze grofheid was volkomen nieuw. Ze was niet kwaad op de jongens maar op zichzelf: vroeg ze er niet om? Hier was ze toch voor gekomen? Was het licht maar niet zo fel... Kropen de minuten maar niet zo eindeloos traag voorbij...

Ongemerkt begon ze een vreemd gevoel te krijgen, een

vreemd, angstaanjagend gevoel van onwerkelijkheid: de passage en de traag langslopende mensenmassa raakten ver weg, vervaagden, de voetstappen en het gerinkel van de automaten klonken hol en weergalmend, haar voeten drukten niet langer op de bestrating – de bestrating leek te zijn opgezwollen en drukte tegen haar voeten. Ze voelde zich niet flauw of duizelig, het was gewoon een vervreemding die maar niet verdween. Ze verzette zich ertegen, wanhopig – haar hart bonsde – begon ze gek te worden – raakte ze haar geheugen kwijt? Alleen een kleine grijze man die in de goot buiten de kring van licht kranten verkocht, bleef bij de wereld horen die ze kende: ze staarde naar hem, probeerde via zijn kalme, rimpelige gezicht de oude vriendelijke wereld van een ogenblik geleden terug te halen. Toen veranderde hij ook geleidelijk, stapte hij eveneens over naar die wazige, angstaanjagende onwezenlijkheid.

Ze haalde diep adem en boog haar hoofd. 'Het is in orde,' fluisterde ze. 'Het is Bognor! Dat goeie ouwe Bognor – maak je geen zorgen – je kent Bognor!' 'Je!' Wiens tong was het, die dat woord vormde? 'Die van Mary natuurlijk – van Mary Stevens!' En toen worstelde ze doodsbang: 'Wie ís Mary Stevens? Jij natuurlijk, en je logeert met je familie in *Zeezicht – Zeezicht* – halverwege de St. Matthews Road aan de rechterkant – herinner je dat! Herinner je dat in vredesnaam!' Maar het was niet meer Mary Stevens, het was een vreemd, vreselijk onbekend meisje in een felgekleurde jurk, dat helemaal alleen in verblindend schel licht stond, omringd door onwezenlijke, holle geluiden.

Over een minuut zou ze op de tast teruggaan naar *Zeezicht* – halverwege de St. Matthews Road aan de rechterkant – de anderen zouden zich afvragen wie ze was – ze zou aanvoeren dat ze Mary Stevens was, hun smeken haar te geloven – tenzij... tenzij Mary Stevens daar natuurlijk al was...

Ze was zich er dromerig van bewust dat er een oude man langsliep – hij keek naar haar zoals de jongens hadden gekeken, schaamteloos, brutaal, met een half lachende, hunkerende blik. Ze voelde dat ze zich omdraaide, de passage in liep en naar een winkel toe draaide, een donkere winkel die dicht was. De duistere etalage lag stampvol snuisterijen: kralenportemonneetjes, kleine kalendertjes, en daar stond op een plank een rij kleine porseleinen dingetjes met een wapen en EEN CADEAU UIT BOGNOR.

Ze staarde naar de kleine dingetjes en begon tot rust te komen: alles was toch goed? Ze had immers diezelfde middag met haar moeder voor een winkel in de stad gestaan en naar zulke porseleinen dingetjes gekeken. Natuurlijk was alles goed, en morgen zouden ze een porseleinen toastrekje gaan kopen, voor mevrouw Haykin. Het kwam gewoon door de opwinding, doordat ze zo gespannen en ongerust was dat ze zich zo raar voelde. Haar ogen rustten dankbaar op de donkere etalage, weg van het felle licht. De snuisterijen en de kralenportemonneetjes hielpen haar, de dingen werden weer normaal, werden zachtjes en opgewekt werkelijkheid...

Er gleed een arm om haar middel, waar ze van schrok.

'Neem me niet kwalijk dat ik zo laat ben!'

'Hallo!' zei Mary. 'Je bent... je bent niet te laat.'

'Nee maar, wat een beeldige jurk!'

'Vind je hem mooi?' zei Mary met een blos van genoegen.

'Mooi! Hij is snoezig! Maar denk je dat ik daarnaast nog enige kans maak?'

Mary lachte. 'Ik geloof niet dat jíj je zorgen hoeft te maken!'

Haar vriendin droeg een simpele witte jurk, met een smalle rode ceintuur van glanzend leer. Hij zag er fantastisch fris en modieus uit naast de opzichtige kleuren van aanplakbiljetten en automaten, en Mary dacht dolblij terug aan de avond waarop ze haar vriendin er voor het eerst in had gezien, bij het hek van de muziektent. Ze herinnerde zich heel blij dat ze die avond naar het meisje had zitten kijken, met weemoedige bewondering en afgunst, zittend tussen haar vader en moeder, dat ze zich rusteloos en mistroostig had gevoeld omdat ze nooit zulke meisjes kende. Als ze die avond in haar stoel had zitten dommelen, had ze dan ooit zoiets heerlijks als dit kunnen dromen? De hand van het meisje rustte luchtig op haar arm, haar ogen keken lachend op haar neer – de ogen van dat ene meisje, boven alle anderen in Bognor... Ook al werd ze honderd, ze zou zich altijd blijven verbazen over dit moment en het koesteren als een sprookje dat prachtig werkelijkheid was geworden.

'Zullen we gaan flaneren?'

'Prima.'

25

Ze liepen de passage uit, weg van de warme lucht van snoep en mensen, de buitenlucht van de boulevard in. De bries was fris maar kwam uit het zuiden en deed zacht aan. Mary voelde zich nu weer uitstekend: door de komst van haar vriendin was elk spoor van dat angstaanjagende besef van onwerkelijkheid verdwenen en was Bognor weer even vertrouwd en vriendelijk als altijd. De stad trok niet verbaasd haar wenkbrauwen op, nam niet omzichtig afstand van haar vanwege haar stoutmoedige avontuur, maar verwelkomde haar als altijd en trok haar zachtjes het doezelige avondleven in.

De vaste drommen mensen liepen heen en weer, slenterden doelloos en lui rond na hun dag in de zon; de dagjesmensen waren vertrokken en de boulevard was weer in handen van de rechtmatige eigenaars. Een paar kinderen doken tussen alle mensen door en een paar honden mengden zich met de passerende benen.

Een stukje verderop pakte het meisje Mary's arm en keek ze haar even met een glimlach aan.

'Moet je horen,' zei ze. 'Hoe moet ik je noemen?'

'Mary word ik meestal genoemd.'

'Goed, nu ben je voor mij Mary. Ik heet Jessica, maar dat is te opgeprikt voor de meeste mensen. De meeste mensen noemen me Billie.'

'Zal ík je Billie noemen?'

'Ja. Graag.'

Ze liepen zwijgend verder, terwijl Billie ontspannen en

blij om zich heen keek. Mary liep dicht naast haar, besloot te doen wat Billie deed, maar met opgeheven hoofd, en ze keek frank en vrij rond. Ze merkte met blije verbazing dat ze niet bang was: de mensen waren heel vriendelijk en in een vrolijke stemming, ze voelde alleen maar een opwekkende drang naar plezier en avontuur.

Jongens liepen in groepen langs, kuierden voort met hun handen in de zakken van hun ruime flanellen broek, trapten doelloos tegen steentjes en papiertjes, lachten, praatten luid, fluisterden soms. Ze draaiden zich allemaal om en keken de meisjes na als ze langsliepen; af en toe zei een jongen: 'Goedenavond' of: 'Hallo!' – en Billie antwoordde met een vriendelijk woord en een glimlach; soms liepen ze langs jongens die zwijgend keken, met oprechte bewondering in hun ogen, want zelfs te midden van een heleboel meisjes die zich allemaal hadden opgedoft, was er net een zweem van verschil met Billie en haar vriendin. Billie was een stuk langer dan de meeste meisjes die langsliepen, en toch was haar houding ondanks haar lengte bevallig en elegant. Het moest Mary wel opvallen dat geen enkele jongen brutaal en grof op hen af kwam, zoals bij andere meisjes: er lag een spoor van verlegenheid in hun manier van doen tegenover Billie, en hoewel Billie een vriendelijke glimlach altijd beantwoordde, liet ze heel duidelijk merken dat haar netten waren gemaakt om de kleine visjes met een pet en een ruime broek eruit te gooien.

Ze kwamen bij de westelijke muziektent en stonden een tijdje bij het hek te luisteren. Het was leuk om even weg te draaien van het felle licht en de schuifelende mensenmassa, en te kijken naar de koele vrede van het donkere omheinde terrein met zacht groen gras en rustige mensen die achteroverlagen in hun ligstoel. Maar er gebeurde iets terwijl ze daar stonden te luisteren: Mary werd zich bewust van een man alleen die steels dichterbij kwam. Ze zag dat de bleke vlek van zijn gezicht vastberaden op hen was gericht, en van lieverlee begon ze een beetje bang te worden. Die zwijgende starende blik was een beetje eng, nogal dreigend en boosaardig.

Maar Billie stelde haar snel gerust door de man heel nadrukkelijk haar rug toe te keren en een achteloos gesprek met Mary te beginnen over de muzikanten.

'Er zitten aardige jongens bij,' zei ze. 'Zie je die twee rechts van de kapelmeester, die fluit spelen? Dat zijn broers. We hebben vorige week plezier met hen gehad, maar het zijn plattelandsjongens en na ongeveer een uur worden ze verschrikkelijk saai. Kom mee.' Ze gooide de laatste twee woorden er zo abrupt uit dat Mary heel verbaasd was.

'Kijk uit voor mannen die alleen op pad zijn, zoals die daar,' deelde ze Mary mee toen ze met haar wegliep. 'Mannen die alleen op pad zijn hebben vaak iets vreemds – richt je altijd op jongens die samen zijn. Als ze vrienden hebben, weet je dat ze fatsoenlijk zijn.'

Ze hadden bijna het eind van de boulevard bereikt en overwogen terug te gaan toen Billie Mary zachtjes maar betekenisvol aanstootte. Ze bevonden zich daar buiten de grote drukte, en Mary, die snel naar haar vriendin opkeek, zag dat ze aandachtig tussen de verspreide flanerende mensen door keek naar een bankje, een stukje voor hen uit. Dat stond precies waar de boulevard eindigde, waar alleen nog een pad tussen wat bomen langs de kust liep. Er zaten twee mannen op, naast elkaar.

'Niet te veel staren,' fluisterde Billie.

Ze kwamen ter hoogte van het bankje, en Mary zag vanuit haar ooghoek genoeg om te begrijpen waarom haar vriendin haar een seintje had gegeven: daar zaten twee goedgeklede mannen, in een plusfours en met een keurige zachte vilthoed op, heel anders dan de jongens in een ruime broek en een strak jasje die ze waren tegengekomen.

De twee mannen reageerden niet toen de meisjes langsliepen: ze leken zich in feite nauwelijks van hen bewust te zijn, want ze bleven rustig met elkaar praten. Maar Mary voelde met toenemende opwinding dat de ogen van de mannen op haar rustten toen ze bij hen vandaan liep, voelde dat de mannen niet meer praatten en naar hen keken...

De twee meisjes wierpen geen blik achterom en hielden hun pas evenmin in: ze liepen aan het eind van de boulevard het smalle pad tussen de bomen op. Pas toen ze honderd meter hadden afgelegd en ruim uit het zicht van de mannen op de bank waren, bleef Billie staan en keek ze op haar vriendin neer.

'Wat denk je?' vroeg ze. 'Vind je hen leuk?'

'Ik geloof het wel,' fluisterde Mary. 'Ze zien er heel aardig uit.'

Ze vroeg zich af, voor zover haar opwinding dat toeliet, of de mannen op hun beurt vonden dat Billie en zij er leuk uitzagen. Ze had eigenlijk niet veel gezien, want door de rand van hun hoed hadden hun gezichten in de schaduw gelegen, ze had hen alleen beoordeeld op hun kleding en de ontspannen indruk die ze maakten, waardoor ze zeker had geweten dat het heren waren.

Billie leek niet te twijfelen aan de gevoelens van de twee mannen; ze dacht even na en zei toen: 'We wandelen gewoon terug, net zoals we zijn gekomen. Kijk niet naar hen en blijf niet staan totdat we een heel eind bij hen vandaan zijn. Dan gaan we naar het hek om naar de zee te kijken. Dan zullen ze naar ons toe komen en kunnen we ons besluit nemen.'

Er liep een stel langs, arm in arm, maar dat sloeg geen acht op de dralende meisjes.

Billie hief haar hand op, streek het haar weg van haar voorhoofd en pakte Mary stevig bij de arm. De boulevard was niet te zien, kwam pas weer in zicht toen ze de donkere, door de wind gebogen bomen achter zich lieten. Het zou een treurige anticlimax zijn geweest als de mannen waren vertrokken sinds de meisjes langs hen waren gelopen, en Mary's hart begon heel snel te kloppen toen ze dezelfde vier benen nonchalant uit de schaduw rond de bank zag steken. Ze had nooit nog eens langs de mannen kunnen lopen als Billie niet bij haar was geweest, maar ze putte moed uit de ontspannen zorgeloosheid van haar vriendin en liep zo kalm mogelijk voort. De twee mannen leken nog steeds diep in gesprek te zijn toen de meisjes op hun hoogte kwamen, maar Mary voelde scherper dan daarvoor de onderzoekende blikken die hen volgden, koele, opmerkzame blikken.

Ze moesten een meter of dertig hebben gelopen voordat Billie haar vriendin zachtjes naar het hek loodste. 'Zo is het goed,' fluisterde ze, en toen begon ze op een normale, onbezorgde toon over onbenulligheden te praten.

'Is het geen heerlijke avond? Dat moet een boot zijn daar, zie je het licht in de kajuit? Het moet een grote boot zijn dat er zoveel...'

Mary stond versteld van Billies zelfbeheersing: het had iets inspirerends, zoals ze absoluut zeker wist en begreep wat er moest gebeuren, ze was doortastend en moedig, maar Mary kon er zelf nauwelijks een woord uit persen, ze moest zich verzetten tegen een overweldigende fascinatie om over haar schouder naar de bank te kijken.

De zee zocht op de tast haar weg over het donkere strand en op een stukje zwarte horizon zat een veeg dof goud waar de afnemende maan achter de wolken rustte. Het leek of ze tijden bij het hek stonden te wachten, en van lieverlee voelde Mary hoe vernederend het was, werd ze kwaad op zichzelf en op de mannen – speelden ze gewoon met hen? Nu kwam pas in haar op dat Billie zich kon hebben vergist: ze bespeurde onzekerheid in Billies stem, de luchtige achteloosheid ervan begon een geforceerde en gekunstelde klank te krijgen.

En toen gebeurde het, toen Mary net alle hoop had opgegeven. Billie kletste over de kermis en de botsautootjes toen haar stem ineens wegstierf en Mary een dringend duwtje voelde. 'Daar komen ze,' fluisterde Billie.

Er klonken stappen achter hen, slenterende, achteloze stappen die er eindeloos over leken te doen; Mary's hart bonsde ergens in haar keel – ze gilde bijna van spanning – en toen, gelukkig, klonk er ineens een rustige, aangename stem die de ondraaglijke stilte verbrak.

'Neem ons niet kwalijk dat we jullie hebben laten wachten,' zei de stem, 'we moesten iets belangrijks bespreken. Nu zijn we klaar: tot jullie dienst.'

Mary was te verbijsterd om boos of beschaamd te zijn: het kwam zo volstrekt onverwachts, de spot was in zekere zin zo volkomen verdiend – toch had de aangename stem iets waardoor de woorden niet beledigend waren. Het was Billie die woest werd: Mary zag de rode wangen van haar vriendin, ze had zich in haar volle lengte opgericht en stond met haar rug tegen het hek alsof de man haar een klap in haar gezicht had gegeven.

'Hoe dúrft u...! Wie bent u...?'

'Doe niet zo mal,' klonk de minzame, vriendelijke stem.

'Als u ons niet ogenblikkelijk met rust laat... zal ik...'

'...het tegen een agent zeggen?'

'Ja! Ik zal het tegen een agent zeggen.'

De man hief zijn armen op in komische angst.

'Niet schieten,' smeekte hij. 'Lever ons niet uit! Dat

zou de laatste druppel zijn. Kijk ons nou toch! Twee arme mannen die net dachten dat er geen enkel knap meisje in Bognor was.'

'Hoe haalt u het dan in uw hoofd – om zo te praten!' Er lag nog steeds een poging tot boosheid in Billies stem, maar Mary wist dat elke zweem van echte boosheid was vervlogen.

'Het spijt me,' zei de man. 'Ik ben een volslagen idioot, ik meende het niet, heus...'

De manier waarop de woorden werden uitgesproken was zo ontwapenend dat ze alle vier lachten voor ze het doorhadden.

Mary had niets gezegd: ze had er alleen bij gestaan, met haar gezicht half naar de zee gekeerd. De afnemende maan had zich door een waas van wolken heen gedrongen, maar het leek wel de maan van een andere wereld. Elke blik die ze verlegen had geworpen had haar bewondering voor Billies kennis versterkt, want naast haar stonden verreweg de twee knapste mannen die ze die avond had gezien

De man die had gesproken was lang en blond, zijn vriend was kleiner en jonger, nauwelijks meer dan een jongen. Op een vreemde manier leken ze de mannelijke tegenpolen van Billie en haarzelf, want de lange blonde leek onmiskenbaar de leider van de verlegen donkerharige jongen naast hem. De jongen had op een bepaalde manier wel iets van Dick, hoewel hij wat breder was in de schouders en een ronder gezicht had. Ze kon zijn ogen nu zien, onder de naar beneden geslagen rand van zijn hoed, donkere vriendelijke ogen, en een grote, opgewekte mond die een rij witte tanden liet zien terwijl hij daar stond te glimlachen.

Maar het was de leider die een tinteling van opwinding door haar lichaam liet gaan: hij had iets wat reusachtig sterk was, hoewel hij fysiek geen massieve man was. Zijn ruwe bruine pak paste perfect bij hem, en hoewel hij een wat onregelmatig gezicht had, was er geen spoor van grofheid te bekennen. Misschien werd ze vooral door zijn stem geboeid, er klonk muziek in die ze maar zelden had gehoord – waar dan ook – zelfs niet op het toneel – en hoewel zijn woorden luchtig en spottend werden uitgesproken, lag daaronder een grote oprechtheid.

Ze wist niet precies hoe het was gebeurd, misschien doordat het zo gemakkelijk en natuurlijk was gegaan, maar daar was Billie, die voor haar uit liep met de jongen naast zich, en hier was zij, een paar meter achter hen, wandelend naast die fantastische man. Ze had zeker geweten dat het andersom zou gaan, dat zij met de jongen zou lopen, want Billie en die lange man leken voor elkaar gemaakt. Misschien was deze andere configuratie het gevolg van die grote overeenkomst: Billie zou beslist meer worden bewonderd door de jongen... maar wat deed het hoe en waarom ertoe? Het was gebeurd, gewoon gebeurd...

'Laten we de andere kant op gaan. We lopen rond als een meisjesschool!'

Dat was het eerste dat hij tegen haar zei, of in elk geval het eerste dat begrijpelijk doordrong tot haar verbijsterde hersenen: ze draaide zich met hem om alsof een machtige kracht zijn hand had uitgestoken en haar met zijn pink had rondgedraaid.

Hij deed geen poging om haar arm te pakken: hij liep gewoon naast haar, zoals Dick had kunnen doen. Slechts één keer, toen drie rumoerige jongens naderden, legde hij zachtjes zijn hand op haar schouder als om haar te beschermen, en de jongens, die arm in arm naast elkaar hadden gelopen, weken uiteen en liepen rustig aan weerskanten langs.

Hij praatte over van alles en nog wat op een luchtige, gekscherende manier, en toen ze bij het bankje kwamen waar hij met zijn vriend op had gezeten, bleef hij staan, keek ernaar en lachte even.

'Ik zal dat bankje moeten kopen – om het als aandenken te bewaren!'

Hij gebaarde glimlachend naar Mary om te gaan zitten, en pas toen hij naast haar had plaatsgenomen flitste er een diepe, opwindende betekenis uit de woorden die hij had gezegd, wat haar even volkomen de adem benam...

De gouden uren van het leven laten geen scherpe contouren na waaraan het geheugen zich kan vastklampen: er blijven geen gesproken woorden over, zelfs geen kleine gebaren en gedachten, alleen een diepe dankbaarheid die ongevoelig voor tijd blijft bestaan.

Pat heette hij. Pat Mackenzie, een acteur die een week in het theater in de stad speelde. Hij speelde liever in Londen, maar hij genoot altijd van de lol van een zomertournee langs de kust: daardoor had hij vakantie zonder zijn werk te hoeven onderbreken. Hij was die middag pas uit Hastings gekomen, en ze gingen morgenavond in het theater in première: een vreselijk stuk, zei hij met een laconiek lachje, maar het was best vermakelijk, een thriller die *De scharlaken dolk* heette.

Hij zat een stukje bij Mary vandaan, maar met zijn gezicht naar haar toe en iets naar haar toe gebogen met zijn ene arm uitgestrekt op de rugleuning van de bank, achter haar schouders.

Mary zat er een tijdje heel stilletjes bij, luisterde nauwelijks, dacht alleen een beetje treurig: over een minuut word ik wakker.

Het kon alleen maar een droom zijn. In haar bewuste

leven had niemand ooit zo met haar gesproken: zijn plagende, schertsende toon was verdwenen, hij praatte gedreven en serieus met haar. Zonder één enkel mal plagend of vleiend woord, gewoon over zichzelf, zijn leven, zijn kunst, het toneel. Maar zonder een woord van ijdelheid of eigendunk; hij vertelde haar over zijn leven, omdat hij naar haar meeleven en begrip verlangde, en af en toe zweeg hij even en zei hij heel zachtjes: 'Wat zou jij hebben gedaan?', of: 'Zou jij dat doen – als je mij was?'

Langzaam begon het ongelooflijke wonder haar te dagen: dit was uiteindelijk toch geen droom, het was allemaal waar, verrukkelijk waar!

Hij probeerde zijn prestaties te kleineren, probeerde te laten zien dat zijn leven heel alledaags was, net als dat van haar, maar de romantiek ervan liet zich niet bezweren, de charme ervan was niet te vernietigen. Vrijheid, zwerflust, opwindende trouw, armoede en rijkdom, repetities die zich pijnlijk voortsleepten tot het licht begon te worden, bittere fiasco's, donderend applaus...

Toen besefte Mary ineens dat hij stil begon te worden en dat zij sprak. Hij vroeg naar haar leven, naar haarzelf, en ze vertelde hem alles, met zijn nadenkende ogen onophoudelijk op haar gericht, met af en toe een begrijpend knikje en de flits van een glimlach...

Ze was ontzet toen hij zijn horloge tevoorschijn haalde en vroeg hoe laat ze naar huis wilde.

'Ik móét om tien uur binnen zijn,' zei ze.

Hij wierp zijn hoofd lachend achterover. 'Het is al half over!'

'Wat, halftien!'

'Nee, halfelf!'

Ze smeekte hem geen moeite te doen om haar thuis te brengen, maar hij stond erop haar te beschermen tot de hoek van de St. Matthews Road, en gedurende de hele tijd dat zijn lange benen gelijke tred hielden met haar haastige voetstappen, praatte hij over morgen, vol geestdrift over morgen. Zijn rol was al in het eerste bedrijf voorbij en hij was om tien over negen vrij, wilde ze naar de artiesteningang komen en hem daar opwachten? Ze kon binnen wachten.

En toen, op de hoek van de St. Matthews Road, pakte hij voorzichtig haar hand en hield hij die voor het eerst vast.

'Ik vraag me af of je weet,' zei hij, 'wat deze avond voor me betekent.'

De voordeur stond op een kier – ze herinnerde zich dat ze in de zitkamer had gekeken en haar vader daar had gezien, die zijn pijp oprookte: ze zag de blauwe rook in de lucht kringelen en ze rook de geur ervan. Ze hoorde zijn stem vragen of ze een leuke avond had gehad en haar eigen stem zeggen: 'Enig, dank u, pap. Welterusten.'

Ze herinnerde zich het gas in haar slaapkamer, dat piepend zijn blauwe vlam naar de donkerbruine kring op het plafond schoot, en dat ze haar gezicht in haar kussen had gedrukt en had gefluisterd: 'Ga slapen! Denk niet na! Als je eenmaal begint te denken, zul je nooit, nooit slapen!'

26

De maandag van de tweede en laatste vakantieweek is de annalen van de familie Stevens ingegaan als Montgomerydag.

In zekere zin begon de theevisite al voor het licht werd, want terwijl het nog donker was, werd meneer Stevens twee keer wakker en lag hij erover na te denken. Hij besefte elke keer met grotere ongerustheid dat het succes of fiasco ervan grote gevolgen voor hem zou hebben op kantoor, en één keer, toen hij dommelde, droomde hij dat Ernie meneer Montgomery een rumboon noemde en dat meneer Montgomery regelrecht naar Jackson & Tidmarsh belde om zijn hele klandizie in te trekken, en Jackson & Tidmarsh belde meteen terug om meneer Stevens te ontslaan. Het was een bijzonder nare droom en hij werd badend in het klamme zweet wakker.

De theevisite hing als een donkere wolk boven het ontbijt en was een domper op de ochtend op het strand. Het was niet dat iemand bezwaar had tegen de theevisite louter omdat het een theevisite was, met volop gebak en sandwiches, en al helemaal niet omdat ze werden opgehaald door een grote auto met chauffeur. Wat dat betrof was alles in orde, zelfs spannend. Maar het punt dat iedereen wel moest betreuren was dat daardoor een van de kostbare resterende vakantiedagen werd verstoord.

Er waren nu nog maar vijf volle dagen over, en ze hadden er vrijwel alles voor overgehad om deze maandag volkomen vrij te houden. Ze zouden niets bijzonders hebben gedaan: het zou gewoon een rustige doodgewone dag zijn geweest, zo'n dag waar ze het meest van genoten: 's morgens cricket, met een onderbreking van een halfuur in zee, een heerlijk luie middag, doezelend bij *De kajuit*, dan een vredige strandwandeling. Wilde meneer Montgomery, in een vlaag van goddelijk begrip, de thee maar opsturen, verpakt in kartonnen dozen, allerlei soorten gebak en sandwiches, om rustig en blij door het gezin te worden genuttigd aan hun eigen tafel! Maar zulke dingen gebeuren niet in deze wereld. Ze deden hun best om de middag te vergeten tijdens een potje slagbal, maar de omvangrijke schaduw van meneer Montgomery leek nog steeds boven de vlucht van de bal op te doemen, en veel ballen werden tuimelend gevangen en er werd veel misgeslagen.

Het had geen zin om na het middageten echt iets te gaan doen, want ze zouden zich om drie uur moeten gaan klaarmaken, dus liep meneer Stevens met Dick en Ernie de stad in om bij de drogist een fotorolletje op te halen dat die voor hen ontwikkelde. Ze hadden vorige week woensdag hun eerste kiekjes gemaakt, bijna een week geleden, en ze keken er enorm naar uit om het zakje open te maken wanneer ze uit de winkel waren. Er was zoveel gebeurd sinds de dag waarop ze waren genomen dat ze zich onmogelijk precies konden herinneren wat er op elke foto stond; dat zagen ze pas als ze hem uit het zakje haalden om hem te bekijken.

'Gelukt?' informeerde meneer Stevens nogal ongerust.

De drogist knikte en overhandigde het zakje met een glimlach. Ze waren heel opgelucht toen hij hen liet betalen voor het ontwikkelen van zes negatieven en het afdrukken van zes foto's: daaruit bleek dat ze er allemaal waren, want hij drukte nooit negatieven af die waren mislukt. Hij was ook een tactvolle man, een begripvolle man, want hij trok de foto's er niet uit, zoals de drogist thuis deed, die het plezier van de Stevensen bedierf door de foto's stuk voor stuk te overhandigen, tussen de flessen op zijn toonbank, maar deze man wist dat het veel spannender voor mensen was om weg te lopen met de gesloten envelop en die rustig in een stil hoekje open te maken.

'Hier is het goed,' zei meneer Stevens, en ze trokken zich terug in een nis, een paar meter verderop in de straat. Dick en Ernie keken hoe hun vaders vingers onhandig in de envelop grepen; hij was heel opgewonden toen hij de foto's eruit trok en doorgaf.

De eerste was fantastisch scherp, maar het was natuurlijk ook een mooie dag geweest. Het was een familiefoto, met iedereen behalve Dick, die hem had genomen. Daar was meneer Stevens, die tegen het terras leunde en zijn pijp rookte, met Mary naast zich, leunend over het hek; mevrouw Stevens zat eigenlijk te ver naar achteren, in de schaduw, en alleen haar gezicht en een v-vormig stuk van haar hals waren te zien. Ernie zat op het trapje, zo dicht bij het fototoestel dat zijn knieën enorm groot leken, en meneer Stevens lachte en riep uit: 'Kijk die oude Jumbo eens!' Mary stond er het beste op: ze lachte en zag er prachtig uit. Meneer Stevens was heimelijk een beetje teleurgesteld over zichzelf, want door het felle licht leek zijn haar heel dun, leek hij veel kaler dat hij in feite was. Het was jammer dat hij er altijd zo op leek te staan.

Daarna kwam een vrolijke foto van Dick en Mary, arm in arm, in badkostuum, brullend van het lachen om iets wat Dick nu niet meer te binnen wilde schieten. Er was er een van Ernie, met zijn zeilboot onder zijn arm, die uiterst overbodig zijn voorhoofd fronste, en een grappige foto van meneer Stevens met Ernies gestreepte pet op zijn hoofd en een garnalennetje in zijn ene en een zoet broodje in zijn andere hand. Ernie sloeg dubbel, moest om deze foto zo lachen dat meneer Stevens nogal stil werd en er nog eens naar keek. Hij vroeg zich af of het kiekje per ongeluk grappiger was dan de bedoeling was geweest.

Er was een ontzettend mooie foto van mevrouw Stevens, die ongemerkt was genomen, terwijl ze in haar ligstoel op het strand zat te breien, en de jongens en meneer Stevens keken ernaar uit haar ermee te verrassen als ze weer thuis waren. De laatste was gewoon een foto van *De kajuit*, zonder iemand erin, met de deuren wijd open om het huisje zo groot mogelijk te laten lijken.

'Kijk nou toch eens!' zei Dick. 'Je kunt de naam boven de deur zo duidelijk als wat lezen!'

'Ik heb nog nooit zo'n scherpe foto gezien,' merkte meneer Stevens op. 'Hij is nog beter dan die van Poes op het kussen.'

'U bedoelt die we buiten op het gazon hebben genomen?'

'Ja, die we vorig jaar hebben genomen.'

'O, deze is veel beter, hij is heel scherp, je kunt de kiezels bijna tellen.'

Alles bij elkaar was het een bijzonder geslaagde serie: er bungelde een raar verdwaald dingetje, als een grasprietje, in de rechterbovenhoek van alle foto's, het moest iets op de lens zijn geweest, want het was overal precies hetzelfde, niet genoeg om de foto's te bederven, maar meneer Stevens besloot de camera goed te bekijken voor hij weer een foto maakte.

Dick en Ernie wierpen er een laatste blik op, toen schoof meneer Stevens de foto's in de envelop en liet hij ze met een zucht in zijn zak vallen. Wat was het jammer van die theevisite. Het zou zo'n stuk gezelliger zijn om te luieren bij die goede oude *Kajuit* en soezerig naar de mensen te kijken. Thee in hun eigen zitkamer, ook al was er geen gebak, zou honderd keer leuker zijn, maar het was niet anders, er was niets aan te doen...

'Kom mee, jongens,' zei hij. 'We moeten ons gaan opknappen. Het is bijna drie uur.' Hij sprak opgewekt en bedacht hoe heerlijk het zou zijn in de avondkoelte, wanneer ze weer vrij waren, vooral als de visite goed was verlopen...

Niets is zo afschuwelijk als een stijve boord omdoen na een week van vrijheid in een open cricketshirt. De nek lijkt heel ruw en warm, de boord heel stijf en koud. Meneer Stevens besloot zich niet te veel op te doffen: alleen een boord en een das, en zijn blauwe sergen colbert in plaats van zijn tweedjasje; hij besloot zijn grijze flanellen broek en witte schoenen te dragen, want het zou mal zijn om er aan zee al te Londens uit te zien, zelfs op een theevisite. Het kostte hem veel tijd om zijn haar glad te krijgen en er een goede scheiding in te leggen, doordat hij het een week lang had laten verwilderen. Hij hoopte altijd dat het zou groeien als hij het vrijliet in zon en wind, maar op een of andere manier leek het altijd dunner wanneer de dag aanbrak om de borstel en de pommade weer te gebruiken, en met de kam kwam er heel wat uit.

Dick deed ook een boord en een das om, maar hij droeg zijn blazer en flanellen broek, en meneer Stevens was heel trots op zijn zoon toen hij de zitkamer in kwam. Hij zag er heel fris en gezond uit.

Mevrouw Stevens, met een schone kanten kraag over haar beste blouse, was teleurgesteld toen Mary beneden kwam in haar lichtblauwe jurk.

'Waarom in vredesnaam niet je gebloemde jurk?' riep ze uit.

'Zo is het goed, mam,' zei Mary met een glimlachje. 'Het zou absoluut geen pas geven om ons al te netjes te kleden. We gaan gewoon op de thee.'

Mevrouw Stevens keek aarzelend naar Mary en stemde er ten slotte mee in: Mary had er slag van om er in alles leuk uit te zien, dus deed het er eigenlijk niet toe. Maar het was mal om niet die mooie gebloemde jurk te dragen, zo'n belangrijke theevisite als deze was daar nu net de geëigende gelegenheid voor.

Ernie deed verschrikkelijk vervelend. Zijn vakantiekleren waren totaal ongeschikt voor een keurige theevisite, en er werd tegen hem gezegd dat hij het blauwe sergen pak moest aantrekken waarin hij was gekomen, zijn beste pak, dat hij verfoeide en waar hij een grote hekel aan had.

Het werd hem beslist een beetje te klein, want Ernie dreigde over een paar jaar de langste van het gezin te worden, maar mevrouw Stevens wist zeker dat hij zich uit pure koppigheid expres opblies. 'Moet u zien!' bleef hij maar jammeren. 'Hij gaat niet dicht! Laat me toch die andere dingen dragen, mam!'

'Je moet er netjes uitzien,' herhaalde mevrouw Stevens voor de twintigste keer. 'Wil je dat pap zich voor je schaamt? Steek je buik niet zo uit, ondeugende jongen!'

Ze waren om halfvier klaar en de kleine zitkamer leek wel een wachtkamer in een station: ze zaten er zwijgend, staarden bij elk geluid van een auto in de verte bezorgd naar het raam. Twee keer hoorden ze daadwerkelijk een auto door de straat komen, maar het waren alleen maar bestelwagens van winkeliers. Dick en meneer Stevens streken af en toe hun haar glad, en lieten een vinger onaangenaam rond de binnenkant van hun boord glijden. De auto zou eigenlijk pas om kwart voor vier komen, maar mevrouw Stevens had hen er heel verstandig aan herinnerd dat auto's zulke snelle dingen zijn dat je het nooit wist.

Maar het werd kwart voor vier: het tijdstip werd ijl geslagen door de klok op de schoorsteen, het geluid stierf weg en toch kwam er geen auto in zicht.

'Hij zal wel vanaf de High Street komen,' zei meneer Stevens, die naar het raam wandelde.

'Als hij niet vanaf de boulevard komt,' opperde mevrouw Stevens.

Maar hij kwam van geen van beide kanten. Er kropen nog vijf minuten voorbij – het flauwe gesprek verslapte en gaf de geest.

'Zou het geen goed idee zijn,' zei mevrouw Stevens, 'als iemand naar het begin van de straat liep, om te kijken?'

Meneer Stevens haalde zijn schouders op over deze suggestie. Chauffeurs, zei hij, waren speciaal opgeleid om plaatsen te vinden. Maar desondanks, aangezien het op de klok bijna vier uur was, stond hij op en kuierde hij naar het hek.

'Het is raar,' zei mevrouw Stevens, die aan haar blouse friemelde en haar enkels andersom over elkaar sloeg. Ze zat kaarsrecht op een van de rechte stoelen, en haar tas en handschoenen lagen naast haar klaar op tafel.

'Ik loop alleen even naar de hoek,' riep meneer Stevens door het zitkamerraam. Maar terwijl hij het hekje door ging, kwam vanuit de High Street een grote blauwe auto de hoek om die langzaam door de straat reed. Meneer Stevens trok zich snel terug achter de beschutting van de dunne laurierheg, waarna hij steels weer het stoepje op sloop. Er kwamen maar heel zelden particuliere auto's door de St. Matthews Road, en hij wist zeker dat alleen een man als meneer Montgomery zo'n grote zou hebben als er nu aan kwam.

'Daar komt hij, denk ik!' Zijn schouder streek langs het schilderij van Grace Darling, waardoor het gevaarlijk heen en weer slingerde. Hij hield het stil en pakte zijn hoed.

Ernie zag als eerste de grote glimmende neus van de

auto langzaam en soepel in zicht komen en voor de deur stoppen. Hij stond onbeschaamd door het raam te kijken, want niemand had op dat moment tijd hem weg te trekken. Daarna stonden ze te wachten, maar er werd niet aangeklopt, er kwam geen chauffeur het pad op, er kwam zelfs geen chauffeur uit de auto. Misschien stapten chauffeurs niet uit, dacht meneer Stevens, misschien ging je gewoon naar buiten en stapte je in. Hij kon zich werkelijk niet herinneren wat hij had zien gebeuren wanneer particuliere automobielen naar woonhuizen reden, en na een ogenblik nadenken besloot hij het initiatief te nemen.

'Kom mee,' zei hij.

Ze dromden de kleine zitkamer uit en gingen de smalle donkere gang door naar de voordeur. Het slaghout en de cricketbal lagen op de kapstok, blije aandenkens aan hun vrijheid, aan het strand, dat nu vreemd ver weg leek: het slaghout leek zijn fletse voorkant naar hen toe te draaien toen ze langsliepen, leek te fluisteren: Maak je geen zorgen, het is zo voorbij, ik wacht wel!

Ze zagen dat de chauffeur was uitgestapt en het portier van de sedan had geopend; ze zagen hem ook minachtend kijken naar de vergane glorie van het smalle huis, en vervolgens naar de grote blinkende auto naast zich. Het was een lange man met dikke zwarte wenkbrauwen en een lang, smal en scherp gezicht. Zijn mond leek ver onder zijn neus te bungelen aan twee donkere lijnen die aan de hoeken waren vastgemaakt: hij zag eruit als iemand die spookachtige koetsen op donkere, stormachtige nachten het ravijn in reed, maar toen zijn gezicht spleet tot een ijzige glimlach, zagen ze dat hij maar twee voortanden had, en daarop werd het met veel fantasie mogelijk hem vaag menselijk te vinden. Ernie vroeg zich af hoe hij ter wereld was gekomen, want hij kon nooit een baby zijn geweest.

Hij deed geen moeite om de Stevensen te helpen terwijl ze als een ongerust klein kuddetje schapen rond het portier stonden; hij keek toe, genoot van hun gêne. Ten slotte draaide meneer Stevens zich om, legde zijn hand op de onderrug van zijn vrouw en dreef haar zachtjes naar voren, maar ze durfde niet, gleed van zijn hand weg en deinsde terug. 'Iemand anders eerst!' fluisterde ze.

Het was Mary die met een lach naar voren stapte en in de auto sprong: er lag een zweem van boosheid in haar ogen en ze had rode wangen. Ze had een glimp opgevangen van een groep gezichten bij het raam van *De platanen* aan de overkant van de straat, van de jongens en meisjes die daar logeerden, en ze dacht dat ze lachende gezichten had gezien. Het gezin volgde snel: meneer en mevrouw Stevens naast Mary, Ernie op een klein stoeltje tegenover hen en Dick naast de chauffeur. Ze reden naar de zee, sloegen af naar het westen en snorden over de boulevard.

27

Diverse mensen keken even naar de auto als hij langsreed, en meneer Stevens vroeg zich af of ze dachten dat hij van hem was. Hij hoopte dat ze een van zijn avondvrienden uit de Clarendon Arms zouden passeren, maar ze hadden geen geluk, hoewel hij één keer, met een mengeling van hoop en vrees, een brede rug op het trottoir voor hen uit meende te herkennen als de rug van Rosie. Op dit tijdstip van de middag zou ze beslist op straat kunnen zijn en als zij hem zag zonder dat hij haar hoefde te zien, zou dat 's avonds veel plezier geven: ze zou hem ermee plagen, en hij zou allerlei onzin verzinnen om haar te ergeren... maar het was Rosie toch niet, hij keek vanuit zijn ooghoek en zag het harde profiel van een totaal ander type vrouw...

Ze naderden de rand van de stad en kwamen op een smal landelijk weggetje waaraan meneer Stevens goede herinneringen bewaarde. Via dit weggetje was hij vroeger aan zijn wandeldag begonnen, voordat de bussen hem naar hoger gelegen terrein brachten; destijds slingerde het nog vredig en mooi tussen hoge heggen en vruchtbare weidegrond door, maar de laatste jaren was het weggetje in handen gevallen van bouwers, en van lieverlee waren de heggen kaal en stoffig geworden, waren er grote gaten ontstaan om vrachtwagenladingen baksteen door te laten en waren er villa's verrezen waar ooit leeuweriken waren opgevlogen.

Voor zo'n villa bleef de auto staan: ze zagen de chauffeur naar voren buigen om te schakelen, waarna ze behoedzaam door een gevernist geel hek zwenkten en over een nieuwe oprijlaan reden waarvan het grind fel glansde in de middagzon. Het gezin, dat enthousiast door de raampjes tuurde, zag een helrood huis voor zich, dat schaduwloos in het verblindende licht stond.

De auto stopte en de chauffeur kwam ineens tot leven. Hij sprong alert achter het stuur vandaan en zwaaide kwiek het portier van de sedan open.

Meneer Montgomery kwam zelf naar buiten om hen te begroeten: 'Ha!' riep hij op joviale toon. 'Is alles goed gegaan? Mooi zo!'

Meneer Stevens stelde zijn gezin voor terwijl de chauffeur het uitlaadde en meneer Montgomery schudde iedereen onstuimig de hand.

Hij was vrijwel hetzelfde gekleed als toen ze hem op het strand hadden gezien, maar nu kregen de kinderen voor het eerst de kans hem van dichtbij te zien. Hij had nu ook geen hoed op en ze zagen dat hij een heel kaal, glimmend hoofd had. Zijn ogen, neus en mond waren heel dicht op elkaar gepropt, nogal zuinigjes gezien de grote hoeveelheid ongebruikt gezicht dat eromheen lag, en toen ze hem naar binnen volgden, zag Ernie dat er op zijn nek volop ruimte was voor nog een gezicht.

Het was zonder meer een spiksplinternieuw huis: het zag eruit alsof het vijf minuten voor hun komst was voltooid, en je kon je moeilijk voorstellen dat een deel ook maar een paar dagen eerder was gebouwd. Het was een behoorlijk groot huis van helrode baksteen en verblindend wit stucwerk: twee witte zuilen steunden de portiek bij de ingang, en in het glazen paneel van de voordeur zat een gekleurde afbeelding van een ouderwets schip onder vol zeil. Gestreepte groen-witte markiezen staken uit boven alle ramen, en het hele huis had iets wat je het gevoel gaf dat de zon er al op scheen vanaf het moment dat het gereed was gekomen, en erop zou blijven schijnen, brandend en meedogenloos, voor eeuwig en altijd, uit een hete lichtblauwe lucht.

'Goed dan!' zei meneer Montgomery toen ze in de imposante hal kwamen. 'Doe alsof u volkomen thuis bent! Geen stijf gedoe in dit huis!'

'Daar houden we van,' lachte meneer Stevens, zich afvragend waar hij zijn hoed moest laten.

In een hoek stond een grote eiken ladekast met bijzonder houtsnijwerk, maar die zag er te mooi uit om er een hoed op te leggen. Het was meer iets wat je in musea zag, waar ze je paraplu in beslag namen voor het geval je ermee zou prikken. Hij zag Ernie zijn pet in zijn zak proppen en benijdde hem. Hij had Dick een klein standje gegeven omdat hij blootshoofds was gegaan, maar nu wenste hij dat hij hetzelfde had gedaan. Toen viel zijn oog gelukkig op een bankje in een vensternis en hij schoof zijn hoed steels in een hoekje daarvan.

'Kom mee naar de salon!' riep meneer Montgomery, en de Stevensen volgden hem naar een grote, zeer voorname kamer, waardoor Ernie aan zijn vingers likte en zijn haar gladstreek. Het interieur van de kamer was helemaal lichtblauw, met heel veel koperen kommen, en varens die eruit staken.

'Waar zit die vrouw van me?' bulderde meneer Montgomery. Hij liep naar de hal en riep naar boven: 'Daisy!!'

Het was even stil, toen antwoordde een ijle, verongelijkte stem ergens van boven: 'Goed dan', en de toon van de woorden behelsde ook: Waarom heb je die mensen thuis uitgenodigd – zonder eerst uit te zoeken of het schikte?

De thee was al klaargezet, en het was zonder meer een royale uitstalling. De tafel bevatte een gebakschaal met eclairs, zoete broodjes met krenten, een grote boomstam en twee soorten brood met boter – maar Ernie zag nergens een spoor van Montgomery's zuurtjes.

'Goed dan!' zei meneer Montgomery, die de kamer weer in kwam. 'Doe alsof u helemaal thuis bent. Vrij en ontspannen is mijn motto aan de kust.'

Er waren diverse zeer lage, zeer zacht uitziende leunstoelen en een uiterst comfortabele canapé. Mevrouw Stevens ging op de rand van een van de stoelen zitten, niet zozeer uit bedeesdheid, als wel omdat ze zo dadelijk haar theekopje op haar knie zou moeten laten rusten, maar meneer Stevens, die niet de vooruitziende blik van zijn vrouw had, ging helemaal naar achteren zitten in die van hem: hij zonk verder en verder weg tot hij zijn voeten met een ruk vrij voelde komen van de grond doordat de rand van de stoel zijn knieën strekte. Ernie zag met een mengeling van nieuwsgierigheid en ontsteltenis zijn vader worstelen: hij had vaag het gevoel dat hij moest wegrennen om een reddingsboei te zoeken, maar meneer Stevens herstelde zich al snel en was precies op tijd om op te staan toen mevrouw Montgomery binnenkwam.

Mevrouw Montgomery verbaasde hem – in feite verbaasde ze hen allemaal. De vorige avond waren ze tijdens het avondeten tot de conclusie gekomen dat het een dikke vrouw met rode wangen zou zijn, een beetje zoals mevrouw Bullevant thuis, maar dan natuurlijk voornamer, en beter ter been. Maar ze zagen een vrouw voor zich die dik noch dun was, een verwelkte vrouw met geelblond haar, felrode lippen en rozige jukbeenderen. Ze zag eruit alsof ze in te veel water was gekookt en kunstmatig op smaak was gebracht. Ze stak meneer en mevrouw Stevens een zachte, slappe hand toe, glimlachte loom naar de kinderen, ging zitten en rinkelde met een kleine bel op het blad.

'Zo heet,' mompelde ze met een diepe zucht, 'het lijkt wel of de zon overal komt, hè?'

'Inderdaad,' beaamde meneer Stevens, terwijl zijn ogen wegdwaalden naar de schaduwloze tuin. Hij zag wat kleine, schriele boompjes, met het kaartje nog om hun dunne, uitgedroogde nek. Ze zagen eruit alsof ze vijf minuten geleden waren gepoot en in paniek over de weg naar de man die ze had gepoot riepen, hem smeekten om terug te komen en ze mee te nemen.

Er verscheen een dienstmeisje met een blinkend theestel, en toen hun gastvrouw thee begon in te schenken stond Dick op en presenteerde hij meneer Montgomery de schaal met bruin brood met boter. Meneer Stevens was voldaan toen hij zijn zoon dat zonder enige aansporing zag doen: hij deed het heel rustig en bescheiden, keek met een vriendelijk glimlachje op naar meneer Montgomery. Meneer Stevens zag meneer Montgomery met een eigenaardige blik in zijn kleine oogjes op zijn zoon neerkijken, toen pakte hij een beboterde boterham, klapte hem dubbel en schoof hem naar binnen. Hij at hem niet op: hij schoof hem gewoon naar binnen, en daardoor raakte Ernie, die toekeek, erg geïnteresseerd in meneer Montgomery. De snee beboterd brood was verdwenen alsof het een truc was, en Ernie verwachtte half dat meneer Montgomery hem uit zijn oor zou halen. Hij zat te kijken, maar merkte tot zijn teleurstelling dat er verder niets meer gebeurde.

Toen ze uit de auto waren gesprongen en hun gastheer waren gevolgd over de oprijlaan was meneer Stevens blij en vol vertrouwen geweest, maar nu ze aan de thee zaten, begon hij zich ongemerkt slecht op zijn gemak te voelen. Het had niets te maken met het gezin, want iedereen gedroeg zich voorbeeldig en vervulde hem tot nu toe met voldoening en trots, het was iets anders wat hem rusteloos en bezorgd maakte, iets met de visite wat een beetje vreemd was en wat hij niet had verwacht, en niet helemaal begreep. Het zou kunnen komen door het gebrek aan huiselijkheid in de kamer: het was er koel, maar die koelte had iets stagnerends, alles was nieuw en toch hing er een vreemde mufheid in de lucht, van oude sigaren en vernis en parfum. De Montgomery's waren ook heel anders dan hij had verwacht: hij kende meneer Montgomery nauwelijks, had hem sporadisch op kantoor gezien, en hij had joviale, gezellige mensen verwacht. Hij had altijd gehoord dat belangrijke mensen heel vriendelijk en ongedwongen waren in hun privéleven.

Het was niet dat hun gastheer of gastvrouw ook maar in de geringste mate onvriendelijk was. Meneer Montgomery's stem was heel joviaal, maar klonk hol en luid, alsof er een goedkope versterker in zijn keel zat. Wanneer hij lachte was er geen humor in zijn ogen te zien, zaten er geen rimpeltjes omheen: zijn mond ging alleen open en krulde bij de hoeken omhoog, zijn oogjes bleven hetzelfde, strak en starend.

Meneer Stevens zat ver naar voren op zijn leunstoel, met zijn vrouw tegenover zich en Ernie op een rieten stoeltje naast haar. Dick en Mary zaten samen op de uiterst comfortabele canapé, mevrouw Montgomery hing slap in een stoel naast de theetafel, en hun gastheer stond op het haardkleed.

Waarom ging meneer Montgomery toch niet zitten! Dat zou een groot verschil kunnen maken. Eén keer reikte hij naar voren en pakte hij de schaal met de boomstam, die hij Ernie met een zwierig gebaar voorhield.

'Dit is meer iets van je gading, hè, jochie?' Hij zei het best vriendelijk, maar Ernie had er een hekel aan om jochie te worden genoemd: hij werd knalrood, glimlachte, zei: 'Ja, graag', en pakte een dikke plak van de lekkernij.

'Hoe maakt de oude Wilks het?' zei meneer Montgomery. Hij vuurde de vraag zo onverwachts af dat meneer Stevens absoluut niet wist waar hij het over had. Hij staarde hem een ogenblik vaag aan en glimlachte toen. Hij nam aan dat meneer Montgomery het had over meneer Wilkins, de directeur van de firma.

'Hij maakte het heel goed toen ik wegging,' zei meneer Stevens.

Zijn gastheer nam een weergalmend slokje thee. 'Ik begrijp niet hoe uw firma het in 's hemelsnaam volhoudt met zo'n kerel aan het roer. Hij is werkelijk de ergste ouderwetse conservatieveling die ik ooit heb gezien!'

Het was een vreemde opmerking, die heel moeilijk te beantwoorden was, en meneer Stevens kon slechts reageren met een glimlach. Hij mocht meneer Wilkins, die altijd heel aardig voor hem was. Toen Mary als baby ernstig ziek was geweest, kwam meneer Wilkins altijd zijn kamer uit om met meneer Stevens te praten, om te vragen of ze een goede dokter hadden en te zeggen dat hij eerder naar huis moest gaan. Hij was een rustige, hoffelijke oude heer en meneer Stevens had ontzag voor hem. Het deed hem verdriet om te horen dat er zo over hem werd gesproken...

'Hoe lang blijft hij nog doorgaan?' vroeg meneer Montgomery.

'Dat weet ik niet. Hij begint nu natuurlijk oud te worden...'

'U bent er al een hele poos, neem ik aan?'

'Dertig jaar,' zei meneer Stevens met een glimlach.

'Ik dacht al dat u een behoorlijke tijd daarboven in die hoek zat.'

Het was stil geworden in de kamer, een stilte die werd verbroken door een nerveus lachje van meneer Stevens, en Dick, die tegenover zijn vader zat, voelde kille woede in zich opwellen. Hij keek op naar de grote dikke grinnikende man, die één been aan weerszijden van het haardkleed had staan, en vervolgens neer op zijn vader, die op de rand van de leunstoel zat, met het theeknopje balancerend op zijn knie en zijn ronde grijze ogen smekend op hem gericht. Hij zag hoe zorgvuldig zijn vader zijn dunne bruine haar had geborsteld, zag de vouw in zijn flanellen broek waar hij hem afgelopen nacht onder het bed had geperst, zijn goedkope grijze sokken en de oude canvasschoenen die hij die ochtend zorgvuldig in de tuin had gewit. Zijn vader had gedaan wat hij kon om er die middag netjes uit te zien, en ineens veranderde zijn woede in trots, zo fel en sterk als hij nog nooit had gevoeld, die oplaaide en hem plotseling vervulde met dankbaarheid. In elke vezel van zijn vaders goedkope confectiekleding zag hij een betere man dan in het dure grijze pak en het zijden overhemd van de dikke reus op het haardkleedje. Zijn vader was maar een kantoorbediende, die trots en zwijgend probeerde rond te komen van een paar pond per week; die andere man had er duizenden – zelfs zijn huis aan zee was groter en ongelooflijk veel voornamer dan hun eigen huisje in de Corunna Road – alles om hem heen duidde op achteloze rijkdom: dikke tapijten, grote gemakkelijke stoelen, blinkende snuisterijen en glinsterende juwelen in de kleren van die verlepte vrouw – maar wat was het allemaal waard? Toen hij naar zijn vaders bruine gezicht tegenover zich keek, dacht hij aan de zee en het strand, een stuiterende cricketbal en lachsalvo's, wandelstokken en hengels en dansende vliegers, spelletjes en hobby's waar je helemaal in opging – de boeken die hij hun op winteravonden voorlas. Er zat zout van de zee in zijn vaders huid, onder dat glimmende sergen jasje; hij keek hoe zijn vaders hand nerveus naar zijn das schoot en hij zag de lange, gevoelige vingers en de smalle tere nagels: zijn ogen gingen omhoog naar de man boven hem, naar de hand die het theekopje vasthield, een opgezwollen rode hand met een duim als een ontstoken grote teen: een kleine afgebeten nagel omringd door vlees, vormloos en krachteloos. Hij zou zijn vader niet willen ruilen voor duizend dikke Montgomery's, of de dingen die zijn vader dacht en deed voor een miljoen flessen boterbabbelaars. Meneer Montgomery had niet grof willen zijn tegen zijn vader, had hem niet willen vernederen – hij wist het gewoon niet, voelde het niet, kon het niet begrijpen... Dick stond met een glimlach op en pakte het kopje uit de vlekkerige hand van de dikke man.

'Kan ik nog een kopje thee voor u halen, meneer Montgomery?'

Die merkwaardige uitdrukking verscheen opnieuw op meneer Montgomery's gezicht terwijl hij op de jongen neerkeek. Meneer Stevens, die opkeek, zag de uitdrukking: zijn ogen dwaalden naar de verlepte, lusteloze dame bij het theeblad, en hij vroeg zich af of meneer en mevrouw Montgomery zelf kinderen hadden...

Dicks manoeuvre om het theekopje van meneer Montgomery nog eens te laten vullen gaf meneer Stevens een dankbare kans om een eind te maken aan het onaangename gesprek over zijn kantoor. Hij wendde zich tot zijn gastvrouw, die met mevrouw Stevens een banaal gesprek voerde over Bognor. Hij had mevrouw Montgomery horen zeggen dat het naar ze vreesde een nogal rustgevende plaats was en mevrouw Stevens had gezegd dat dat haar nooit zo was opgevallen, waar ze haastig aan had toegevoegd dat het misschien kwam doordat ze eraan gewend was geraakt. Het gesprek over Bognor werd algemener, maar vereiste een heel behoedzame aanpak van de familie

Stevens. De Stevensen, die alle hoekjes en gaatjes van het vriendelijke oude stadje kenden, ontdekten al snel dat de Montgomery's er helemaal niets van wisten. Ze hadden een huis aan de kust willen hebben, legden ze uit, en toen ze in hun auto langs de kust reden, terwijl ze in de grote hotels logeerden, hadden ze Bognor ontdekt. Ze hadden besloten dat dit de plek was die ze zochten, waren naar een makelaar gegaan en hadden om het beste stuk grond in de stad gevraagd. Dat hadden ze gekregen – en hier waren ze dan. Ze wilden niet aan de kust zitten omdat het geluid van de zee mevrouw Montgomery op de zenuwen werkte.

De Stevensen probeerden de Montgomery's voorzichtig en fijngevoelig te laten zien wat voor heerlijke dingen hun te wachten stonden – maar die heerlijke dingen leken stuk voor stuk terug te deinzen en dood neer te vallen voor de doffe blik van hun toehoorders. Dick vertelde dat het zo leuk was op de pier met de automaten: de spannende kansspelletjes die je penny soms opgewekt rinkelend naar je terugbrachten, het voetbalspel, waarbij je behendig elf paar beentjes tegen het team van je tegenstander bediende, het spookhuis dat voor een penny griezelige spoken uit geheime onverwachte panelen tevoorschijn liet komen – en langzaam stierf zijn stem weg; mevrouw Montgomery's blik was op hem gericht met fletse, uitdrukkingsloze ogen. Ze knikte en zei: 'Ja. Dat moet heel leuk zijn.'

'Vooruit!' riep meneer Montgomery. 'Laat het jullie smaken! Tast toe! Er is meer dan genoeg – en buiten is nog meer!'

Het eten was lekker en de Stevensen deden hun best, maar het was eigenlijk net as in hun mond. Ernie had ervan genoten tot meneer Montgomery tegen hem had gezegd dat hij het zich moest laten smaken, maar van de anderen kon niet eens echt worden gezegd dat ze van begin af aan hadden genoten van de theevisite, die iets had wat vreemd en geforceerd was, en de zee en het strand waren ongelooflijk ver weg geraakt...

Ten slotte stapte hun gastheer van het haardkleedje naar voren en zette zijn theekopje op het blad. Hij liep naar een hoek bij het raam en kwam terug met een grote zilveren sigarettendoos en een doos sigaren.

Meneer Stevens genoot van een goede sigaar en hij wenste van harte dat hij de sigaar die hij pakte in zijn zak kon steken om hem rustig 's avonds op te roken. 's Middags hield hij er niet van. Dick en Mary namen een sigaret en onder invloed van de tabaksrook werd de visite wat minder stijf.

'U zult het huis wel willen zien?' opperde hun gastheer.

'Heel graag,' zei meneer Stevens, en mevrouw Stevens viel hem bij door te zeggen dat het heel leuk zou zijn om zo'n voornaam huis te bekijken.

Ze stonden op en gingen naar de hal, waar meneer Montgomery met diverse geheimzinnige en steelse gebaren naar een kleine deur wees, waarvan meneer Stevens aannam dat het de wc was.

'Wilt u – eh – u weet wel...?' fluisterde hij.

'Dat is niet nodig, dank u,' verzekerde meneer Stevens hem.

'Weet u het zeker? U kunt gerust...'

'Heel zeker. Dank u.'

'Denkt u dat de kleine jongen...?'

'Nee. Ik geloof dat het voor hem ook niet nodig is.'

'Uitstekend!' riep meneer Montgomery weer luid en kordaat uit. 'Waar zullen we beginnen? Boven?'

Mevrouw Stevens zei dat het haar heel leuk leek om boven te beginnen.

'U wílt me wel excuseren, hè?' mompelde mevrouw

Montgomery. 'Het is zo heet en ik heb zo'n last van de hitte.'

'De thee was heerlijk,' zei mevrouw Stevens toen hun gastvrouw terugging naar de salon.

'Graag gedaan,' antwoordde mevrouw Montgomery met een lusteloze glimlach. Ze liep de salon in en deed de deur dicht.

De trap was zo'n stuk breder en helde zo'n stuk minder dan de smalle, steile trap in *Zeezicht* dat de Stevensen merkten dat ze hun voeten veel hoger optilden dan de treden vereisten. De tapijten waren zacht en luxueus, en de muren werden gesierd door een serie komische jachttaferelen.

'Dit is mijn slaapkamer,' zei meneer Montgomery, die bleef staan bij de deur van een prachtige grote kamer. Hij versperde hun een ogenblik de weg terwijl hij rondkeek, opzwellend van trots. Het leek of hij de kamer in zich opzoog en weer uitademde. Daarna deed hij een stapje opzij en de Stevensen liepen eerbiedig achter elkaar naar binnen.

'U ziet hoe het licht werkt. Hiermee doe ik de lamp boven mijn toilettafel aan – en dan doe ik hem met deze knop uit en gaat de lamp boven mijn bed aan. Zo hoef je er niet uit, begrijpt u wel.'

'Wat een beeldige wastafel!' riep mevrouw Stevens uit. Ze had in advertenties voor huizen gelezen over vaste wastafels in alle kamers, maar dit was de eerste die ze werkelijk zag: hij was even indrukwekkend als een frisdranktap, helemaal van wit email, met een spiegel en zilveren accessoires voor alles wat je nodig had.

'Hebt u dit gezien?' vroeg meneer Montgomery met een glimlach. Hij knipte een andere lamp aan, die deze keer geheimzinnig ergens uit een scheerspiegel aan de muur scheen. 'Kijk er maar in,' zei hij tegen meneer Stevens.

'Zo, dat is nog eens handig!' riep meneer Stevens uit. Daar was zijn gezicht in de spiegel, vergroot tot een enorme omvang, met zijn kin van onderen verlicht. Hij had gedacht dat hij heel gladgeschoren was, maar nu zag hij uit zijn kin een verzameling felle zwarte stoppels met een variërende diameter steken – als een open plek in het bos waar alleen de stronken van de bomen zijn overgebleven.

'Dát verraadt je oude scheermes!' lachte meneer Montgomery, en meneer Stevens glimlachte en beaamde dat.

'Hiervandaan kun je de zee zien!' riep Mary uit, die naar het raam was gedwaald.

Meneer Montgomery keek nogal afwezig naar haar. 'Ja. Die kun je zien,' zei hij, 'maar je hoort er niets van, weet u. Er is ergens een vervloekte misthoorn die af en toe loeit, maar die zullen ze wel moeten hebben.'

Ze liepen van de ene kamer naar de andere, en alles was onbekommerd ingericht: dikke tapijten, diepe zachte stoelen, glimmende meubelen. In de badkamer zagen ze een weegschaal, een reusachtige pot paarse badkristallen en een douche. De Stevensen volgden hun gastheer met grote ogen, praatten met elkaar op een gedempte fluistertoon als ze zich toevallig achter hem bevonden, maar bleven een enthousiaste reeks kreten als 'Nee maar!' en 'Ongelooflijk!' ten gehore brengen als ze toevallig vooraan in de stoet naast hun gastheer liepen, en meneer Montgomery werd bij elke stap trotser en openhartiger.

Dick ving op een gegeven moment een glimp op van zijn vaders gezicht: dat gebeurde zonder dat zijn vader er erg in had en hij zag spijtige bedroefdheid in zijn blik. Hij wist waar zijn vader aan dacht, want hij dacht ook aan hun piepkleine badkamertje thuis, met de geiser die 's morgens met snikkende geluiden kwakken warm water uitstootte wanneer ze in de rij stonden met hun lampetkan.

'Goed dan,' zei meneer Montgomery, 'de tuin', en de Stevensen volgden hun gastheer naar beneden.

Meneer Montgomery had hun de tuin nooit moeten laten zien, of hij had hun die in elk geval als eerste moeten laten zien en de herinnering moeten wegspoelen met de pracht van het huis.

Maar om een of andere opmerkelijke reden was hij buitengewoon trots op de tuin. Hij bleef imposant op de drempel van de openslaande deuren staan met zijn hand op de deurkruk en legde uit dat de tuin drie maanden geleden gewoon een ruige wei was geweest. Hij schilderde een afschuwelijk beeld van de verwilderde staat ervan en gooide vervolgens de deuren open.

'En kijk nu eens!' riep hij uit.

Er viel fel zonlicht op de veranda, maar de groen-witte markiezen hielden het felle licht uit de kamer. Met een plotseling gevoel van dankbare bevrijding stapten de Stevensen achter elkaar de openlucht in.

Een naargeestige pergola van gevernist ruw hout strekte zich van de deuren uit tot het gaashek aan het eind van de tuin, en enkele iele rozenstruikjes klampten zich er in paniekerige eenzaamheid aan vast. Aan weerszijden strekte zich een gazon uit in diverse tinten groen en bruin, doordat sommige plaggen het beter hadden gedaan dan andere. Een rij minieme twijgjes bonte liguster omzoomden het gaashek aan het eind, en de bloemen in de borders zagen eruit alsof ze door een zuchtje wind zouden losslaan van hun fragiele ankerplaats.

'Over een paar jaar zal het mooi schaduwrijk zijn,' zei meneer Montgomery, die de dunne nek van een klein dood beukenboompje liefkoosde. 'Ik houd echt van bomen.'

'Ik vind dat ze een wereld van verschil maken,' stemde

meneer Stevens met hem in, terwijl hij ongeruste blikken om zich heen wierp. Er was geen vierkante centimeter schaduw en de brandende zon scheen met obstinate tropische woede op de droge stoffigheid. Hij wilde net zeggen dat het er een stuk leuker uit zou zien wanneer de aannemer de hoop puin in de hoek weghaalde, toen zijn gastheer erheen liep en zei: ‘Deze rotstuin zal volgend jaar een zee van kleur zijn.’ Meneer Stevens zegende het lot dat hem zijn mond had laten houden. Het komt zo zelden voor dat er iets gebeurt waardoor je net niet de verkeerde opmerking maakt. ‘Goeie genade, ja!’ zei hij. ‘Ik zie het voor me.’

Hun gastheer leidde hen van bloem naar bloem, duwde ertegen met zijn rotan stok en legde uit wat voor kleur ze volgend jaar zouden hebben, en elke arme plant die een por kreeg, leek zijn kopje op te tillen en te fluisteren: ‘Water! In godsnaam, water!’ Meneer Stevens’ ogen zwierven naar de wei achter het hek, nog altijd zacht en groen, en hij voelde dat er niet al te ver weg een moraal verborgen lag. Een boodschap van de natuur die zei: U kunt de meeste dingen met geld kopen, meneer Montgomery, maar mij kunt u niet kopen...

‘Voor deze hoek laten we een prieel bouwen,’ zei meneer Montgomery, ‘en we laten er elektrisch licht in aanleggen zodat we na het avondeten hierbuiten koffie kunnen drinken.’

‘Dat zal heerlijk zijn!’ riep mevrouw Stevens uit, en op precies hetzelfde moment trok meneer Stevens haar aandacht. Hij haalde zijn horloge tevoorschijn, staarde er verbaasd naar en keek naar zijn gastheer.

‘Lieve help,’ riep hij uit, ‘weet u dat het al halfzes is!’

Meneer Montgomery lachte. ‘Soms kán de tijd vliegen,’ antwoordde hij.

‘We moeten echt gaan,’ zei meneer Stevens, ‘we – we

moeten nog allerlei boodschappen doen in de stad.'

'Weet u het zeker?' informeerde hun gastheer.

'We moeten echt gaan.'

'Dan moet ik de chauffeur gaan halen om u terug te brengen.'

'O, we kunnen het gemakkelijk lopen,' zei meneer Stevens.

'Het is geen moeite, dat verzeker ik u!'

'We maken 's middags altijd een wandeling.'

'O, tja, zoals u wilt.'

Ze keerden terug naar de hal en werden weer omsloten door de roerloze koelte. Meneer Montgomery riep: 'Daisy! Ze gaan.'

Er kwam geen antwoord uit de salon, maar even later kwam mevrouw Montgomery loom de trap af. De Stevensen hadden het akelige gevoel dat ze had rondgelopen om zich ervan te vergewissen dat er niets was verdwenen.

'Wat! Gaat u nu al?' vroeg ze.

'Ze moeten nog allerlei boodschappen doen,' legde meneer Montgomery uit.

'Nou, u moet nog eens terugkomen.'

'Héél hartelijk bedankt,' zei mevrouw Stevens, 'het was enig.'

'Graag gedaan,' antwoordde hun gastvrouw, en de Stevensen voelden opnieuw de warme, sponsachtige, slappe hand van de verwelkte vrouw. Ze liepen achteruit de voordeur uit, glimlachend en buigend, en stonden weer in het zonlicht.

Meneer Montgomery liep over de grindweg met hen mee naar het hek en draaide zich om teneinde zijn huis te bewonderen voor hij afscheid van hen nam. Het was meneer Stevens duidelijk dat er een opmerking vereist was. Een aardige opmerking om hun bezoek plezierig af te ronden.

'Het is werkelijk een prachtig huis,' zei hij, 'het is verreweg het mooiste huis dat ik ooit heb gezien.'

Daarop vuurde meneer Montgomery de afschuwelijke vraag op hem af. Hij keek meneer Stevens even zwijgend aan en zei: 'Hoeveel denkt u dat het heeft gekost? Raad eens.'

Het was vreselijk wreed van het lot om op het laatste moment van meneer Stevens' bezoeking zo'n vraag toe te staan, want toen hij naast zijn gastheer over de oprijlaan liep, had hij net gemeend dat iedereen zich voorbeeldig had gedragen. Hij noch enig ander gezinslid had ook maar één ongelukkige opmerking gemaakt, maar nu werd er afschuwelijk onverwachts geëist dat hij een antwoord gaf dat zijn gastheer bitter zou kunnen beledigen en de hele middag zou kunnen bederven.

Want wat moest hij antwoorden? Als meneer Montgomery trots was op het grote bedrag dat hij had uitgegeven, zou het hem irriteren als meneer Stevens een nog hoger getal noemde. Als meneer Montgomery zich daarentegen op de borst sloeg omdat hij het zo goedkoop voor elkaar had weten te krijgen, zou het krenkend zijn als er een lager bedrag werd geopperd.

Het was natuurlijk gemakkelijk om een vleiend antwoord te geven wanneer je wist dat je vriend vond dat hij een koopje had bemachtigd: dan hoefde je alleen maar een prijs te noemen die veel hoger lag dan het ding ooit had kunnen kosten.

Maar dit lag anders, vreselijk anders, en meneer Montgomery's gezicht keek sluw op hem neer, verkneukelde zich vol verwachting. Hij moest tijd winnen, hoe dan ook meer tijd krijgen!

'Ik heb werkelijk geen flauw idee,' zei hij. 'Ik heb geen enkele ervaring met zo'n groot huis als dit.'

Maar meneer Montgomery had hem op de pijnbank liggen en draaide de schroeven nog wat aan.

'Nou, raad maar gewoon.'

Het had geen zin. Hij moest iets zeggen, hij moest iets zeggen of hij zou worden bestempeld als een volslagen idioot. Hoe hoog was zijn eigen huis getaxeerd, in de Corunna Road? 550 pond, maar dat was jaren geleden, voordat de prijzen waren veranderd. Hij kon het bedrag beter verdubbelen, nee! Hij zou het verviervoudigen!

'2000 pond?' fluisterde hij met bevende stem.

Hij zag zijn gastheer grote ogen opzetten: hij zag de oogbollen als glimmende kleine kiezels, daarna alleen de grote rode onderkin toen het hoofd van zijn gastheer schaterlachend achteroversloeg.

'Wat bent u een optimist, zeg!' riep hij uit.

'Wat was het dan?' vroeg meneer Stevens, die schor en gespannen klonk.

De ogen van de dikke man keerden terug uit de lucht en staarden hem vermaakt en minachtend aan.

'Het dubbele van wat u zei, en tel er dan nog duizend bij op, en voor die prijs zat alles erop en eraan.'

Hij zwaaide hen na toen ze de weg af liepen en ze hoorden hem in zichzelf grinniken toen hij zich omdraaide en zijn oprijlaan op wandelde. Een tijdlang zei niemand iets, liepen ze zwijgend in een klein groepje voort. Ineens waaierde een frisse bries hun gezicht koelte toe en ver naar rechts, voorbij de velden, hoorden ze het geruis van de zee.

28

De artiesteningang van het theater bevond zich aan de andere kant van een smalle oude doorgang onder een gebouw dat er veel ouder uitzag dan het theater zelf.

De Stevensen waren tijdens hun vakanties in Bognor vaak naar een toneelstuk gegaan, maar de artiesteningang bevond zich volkomen buiten hun gezichtsveld. Mary kon zich geen andere ingang herinneren dan de ingang die hen naar de vestibule bracht en vervolgens naar hun plaatsen, en ze vond dat ze koste wat kost bij daglicht op verkenning uit moest gaan om hem te zoeken. Het zou vreselijk zijn om blindelings in het donker rond te tasten naar een verborgen ingang – en die wellicht nooit te vinden.

Er deed zich een prachtig excuus voor om haar te helpen, want tijdens het ontbijt had meneer Stevens voorgesteld dat ze samen met haar moeder de stad in zou gaan om het porseleinen toastrekje te kopen voor mevrouw Haykin.

'Daarna kunt u uw boodschappen gaan doen,' zei Mary, 'en kan ik regelrecht naar het strand gaan. Onderweg kan ik het toastrekje achterlaten in *Zeezicht*.'

Ze hadden geen rekje kunnen krijgen dat precies paste bij wat ze andere jaren voor mevrouw Haykin hadden meegebracht, maar ze kozen een heel mooi rekje van beige porselein. 'Per slot van rekening doet het er niet toe,' zei mevrouw Stevens, 'als een toastrekje een beetje anders is.'

Ze bleven nog even voor de winkel staan, toen draaide Mary zich met een glimlach om. 'Tot ziens, mam!' zei ze. 'Tot elf uur bij *De kajuit*!' Ze was haastig weggelopen, met het pakje in haar hand, naar de weg aan het eind van de passage, waar de schouwburg lag.

Zelfs toen had de artiesteningang romantiek uitgestraald, zelfs in het licht van de ochtendzon, met een melkkarretje buiten op straat. Maar nu het donker was en het fletse schijnsel van een straatlantaarn als enige zijn mysterieuze schaduwen roerde, begreep Mary dat meisjes er in Londen bij konden wachten, ondanks een snijdende wind en motregen, voor een vluchtige glimp van een haastige schim.

De deur lag aan de andere kant van de steeg, aan een smalle binnenplaats onder de blote hemel. Er scheen slechts een straaltje licht in de naargeestige zijgevel van het theater, die donker en dreigend voor haar oprees. Pat had tegen haar gezegd dat ze naar binnen moest gaan om te wachten, maar ze kon de moed niet opbrengen om de binnenplaats over te steken en brutaal naar binnen te gaan. Hij kon haar niet missen als ze hier wachtte, tegen de poort. Ze hoopte dat er niemand anders zou komen, die zich zou afvragen wie ze was – het was allemaal zo vreemd en griezelig in het donker... zo totaal anders dan alles wat ze ooit had gedaan.

Af en toe verbeeldde ze zich dat ze in het gebouw flauw stemmen hoorde weergalmen, stemmen die harder of zachter werden, soms in woede ontstaken. Eén keer drong er een vreemd ratelend geluid tot haar door, als van zware regen op een dak van golfplaat, en ze dacht dat het applaus moest zijn. Pat zou nu op het toneel staan: het was net negen uur geweest. Ze dacht aan hem, zoals hij daar stond in de felle gloed van het voetlicht, terwijl honderden ogen hem gadesloegen, drommen meisjes naar hem opkeken, zaten te fantaseren, zich verwonderden – het was spannend, griezelig om in haar eentje hierbuiten te wachten.

In het verleden, jaren geleden leek het wel, had ze in bed

liggen worstelen en redetwisten met panische angsten die haar zeiden dat het maar een droom was geweest, maar geleidelijk aan had ze met bevende trots en brandende opwinding beseft dat ze nooit had kunnen dromen wat er op de boulevard was gebeurd. De herinneringen eraan waren heel scherp; de gekoesterde fragmenten ervan hadden nooit vergaard en zo stevig aan elkaar gekoppeld kunnen worden als het maar een droom was geweest. Pat was echt, zijn lach en zijn woorden waren echt. Dat heerlijke, hunkerende kneepje van zijn hand had ze nooit kunnen dromen...

Door de fantastische werkelijkheid was ze uit bed gevlogen en had ze zich aangekleed met zo'n uitbarsting van energie dat er een lange ladder in haar kous was geschoten. Met een ander paar in haar hand was ze weer op bed gaan liggen, maar deels aangekleed, met haar ogen halfdicht, glimlachend naar het plafond.

In het gebouw klonk luid geklater van applaus, dat aanzwol en afnam, toen nogmaals aanzwol en wegstierf. Voeten klepperden stenen treden af en stemmen klonken duidelijker: er flitste licht aan in twee à drie ramen boven haar hoofd. Het bedrijf was blijkbaar afgelopen en Pat zou er weldra zijn.

Ze had geen moment nagedacht over wat ze met hem zou gaan doen of wat ze zou zeggen als Pat naar buiten kwam en zijn arm door de hare liet glijden. Het leek vrijpostig en zinloos om zelf ook maar een miniem programmaatje te bedenken gezien de kracht die hen bij elkaar had gebracht in een kolkende maalstroom van het lot, ver weg in het midden van de stroom – ver bij de oevers van de redelijke overwegingen vandaan. Ze was alleen maar intens dankbaar dat het lot haar had uitverkoren en haar zijn zorg waard had gevonden.

En toch bleef bij alle verwondering het gevoel bestaan dat ze het had geweten, dat ze sinds ze in Dulwich van huis was gegaan had geweten dat er iets geweldigs zou gebeuren voor de vakantie voorbij was. Toen ze met elkaar op de trein naar Clapham Junction hadden staan wachten, toen ze bij elkaar hadden gezeten, hun boterhammen hadden opgegeten bij hun vertrek uit Horsham, toen ze samen door de straten van Bognor naar *Zeezicht* waren gelopen – telkens weer had ze het gevoel gehad dat het voor het laatst gebeurde, dat ze dit nooit meer met haar vader en moeder, en Dick en Ernie zou doen. Het was een treurig, nogal weemoedig gevoel geweest, en nu begreep ze pas wat het betekende. Het was heerlijk geweest, die vakanties in Bognor, maar die konden niet eindeloos doorgaan, konden nooit jaar in, jaar uit doorgaan, terwijl zwakjes werd geprobeerd de uitdovende vonken van de kindertijd aan te wakkeren… De herinneringen zouden altijd blijven… En de pracht van het heerlijke einde…

Met een plotselinge schok vloog de smalle deur open: een verblindende baan licht schoot over de binnenplaats naar buiten, een schaduw vloog eroverheen en de deur sloeg dicht. Het was weer donker, maar ergens in het donker bewoog een man.

'Ben jij dat, Mary?'

'Hier ben ik, Pat.'

'Waarom ben je niet binnengekomen?'

'Dat kón ik gewoon niet.'

Hij lachte en liet zijn hand voorzichtig door de hare glijden.

'Mallerdje,' zei hij.

Ze liepen samen door de poort: de schaduwen sloten zich een ogenblik om hen heen en toen waren ze in de felverlichte straat.

'Zelfde plek?' fluisterde hij.

'Dat is prima.'

'Ik vroeg me af of het niet knusser zou zijn op de pier.'

'O – ja!'

De pier! Met de zee om hen heen – en de ruisende wind...

'Je vriendin zit binnen,' zei Pat, 'ze kijkt naar de voorstelling. Tommy is pas aan het eind van het stuk vrij, dus ze moet wachten.'

'Is Tommy de jongen die gisteravond bij je was?'

'Dat is hem, ja. Een aardig joch – gewoon een baby, meer niet.'

Ze liepen voor het theater langs en enkele mensen uit het publiek, die naar buiten waren gekomen om een luchtje te scheppen, gingen net terug voor het tweede bedrijf. Een jongen trapte onder zijn voet een sigaret uit en keek toevallig op toen Pat langsliep. Mary zag de lome geïnteresseerde blik veranderen in geestdriftige opwinding: ze zag dat hij zich omdraaide en snel iets fluisterde tegen het meisje naast hem: 'Vlug! Kijk! Daar is de detective! De man die is neergeschoten!' Over haar schouder zag ze eventjes de grote, stralende ogen van een meisje.

Ze hadden hem herkend, staarden hem na – en Mary klemde zich met overweldigende trots aan zijn arm vast. Hij hoefde het licht van een straatlantaarn maar over zijn gezicht te laten flakkeren om herkenning en opgewonden gefluister teweeg te brengen, maar hij ging liever met haar naar een stil plekje, om met haar alleen te zijn. Ze moest uit alle macht de bonkende verwondering erover terugdringen, ze moest koste wat kost kalm en natuurlijk blijven: hij wilde dat ze dat was, wilde rust en begrip, iets wat rustiger en bevredigender was dan de opvallende bewondering van vreemden.

‘Het zat vanavond mooi vol,’ zei hij, ‘in aanmerking genomen dat het maandag is.’

‘Zijn maandagen dan slecht?’ informeerde ze.

‘Over het algemeen zijn ze behoorlijk waardeloos. Tegen het eind van de week gaat het meestal beter lopen, maar het weer is het belangrijkste aan de kust. Goeie stortbuien ’s avonds, daar houdt een acteur van.’ Hij zweeg even en keek toen met een glimlach op haar neer: ‘Behalve natuurlijk onder bepaalde omstandigheden.’

Hij drukte zijn elleboog tegen zijn zij en kneep in haar hand. Toen ze bij de pier kwamen werd zijn greep pas losser om vier penny op de tourniquet te gooien. Het was een rustige maanloze nacht: de zee kabbelde vriendelijk onder hen, ving af en toe een straal licht en verspreidde een zwerm zwarte diamanten. De kleine dansgelegenheid aan het eind van de pier was felverlicht en de zachte muziek van een strijkorkest dreef naar hen toe, werd harder en zachter op de wind.

‘Er zijn een paar knusse bankjes helemaal aan het eind, aan de andere kant van de dansgelegenheid,’ zei Pat, ‘dat weet ik nog van vorig jaar. Laten we daarheen gaan.’

‘Dat plekje ken ik!’ zei Mary – en ineens bonsde haar hart hevig en had ze een droge mond.

Er zat een stel in een kleine nis, maar er waren twee à drie andere plekken waar Pat en Mary uit konden kiezen. Hij koos een plekje waardoor ze aan de ene kant een groot stuk stille, inktzwarte zee hadden en aan de andere kant de majestueuze bocht van de glinsterende boulevard, met in de verte de twinkelende muziektent met zijn gekleurde lampjes. De schoonheid ervan benam haar de adem... hij had haar instinctief naar het mooiste plekje ter wereld geleid...

'Wel een beetje dom van je! Om in deze jurk naar buiten te gaan. Je zult bevriezen!'

'Er is niets aan de hand,' fluisterde Mary. 'Ik heb nooit een jas aan.' Maar terwijl ze het zei, voelde ze een kleine huivering langs haar rug gaan. Het was jammer dat haar bruine jas zo oud en slonzig was. Hij sloeg voorzichtig zijn arm om haar schouders en trok haar dicht tegen zich aan. Ze voelde de warmte van zijn ruwe tweedjasje, voelde zijn hart kloppen, sterk en langzaam – maar ongeveer twee keer tegen drie keer bij haar... Er viel een stilte tussen hen, een stilte die dieper en dieper wegzonk, tot onder de stroom van de tijd.

Het strijkorkest speelde in de dansgelegenheid achter hen, en toen dat geluid wegstierf kon ze de verre muziek op de boulevard horen, die haar vermengd met het geroezemoes van stemmen, het zachte gefluister van lopende mensen en het geronk van auto's bereikte, en de stilte van de zee drong door dat alles heen. Ze haalde nauwelijks adem uit angst dat door het beven van haar lichaam de betovering zou worden doorbroken, maar ze wist dat hij de woorden nu elk moment zou zeggen. Dat moest wel – ze hoorden al bij elkaar, er waren geen woorden nodig om haar dat te vertellen – het was alleen dat er iets moest worden gezegd.

Haar hoofd lag tegen zijn schouder en ze kon zijn gezicht niet zien; ineens had ze medelijden met hem, begreep ze hoe moeilijk het voor hem was om die woorden te vinden en zo uit te spreken dat hij er tevreden over was; ze wenste dat ze naar hem kon opkijken om te zeggen: 'Doe geen moeite, Pat, ik weet het!' Haar eigen rol zou gemakkelijk zijn... slechts één rustig woord.

'Is dat blonde meisje een vriendin van je?'

Hij moest hebben gedacht dat Mary aan het soezen was;

haar hoofd kwam met een verbaasde, ongelovige ruk omhoog. Ze begon te praten, zweeg toen en schraapte haar keel.

'Ik heb haar hier leren kennen, een dag of twee geleden.'

'Ik dacht al dat jullie geen echte maatjes waren,' zei hij, en hij lachte even.

Wat waren mannen toch vreemd! Was hij jaloers, op dat meisje?

'Het is natuurlijk een beste meid,' vervolgde hij, 'maar niet echt jouw type, hè?'

'Vind je van niet?' Wat had ze dan moeten zeggen? Het was heel moeilijk te begrijpen.

'Je ziet 's zomers heel veel van zulke meisjes in badplaatsen. Op zoek naar wat vermaak, meer niet. Het kan natuurlijk geen kwaad. Ik zag het verschil tussen jou en haar meteen toen jullie gisteravond langsliepen. Je vindt heel veel van die types bij het toneel.'

'Mijn moeder heeft toneelgespeeld,' zei Mary. Het klonk dom en irrelevant zodra ze het had gezegd, maar zijn toon had iets wat een verweer leek te vereisen: hij bedoelde het natuurlijk als compliment, maar wilde ze alles welbeschouwd zo heel anders zijn dan Billie?

'O?' antwoordde hij. Haar moeder leek hem niet erg te interesseren.

'Alleen als amateur natuurlijk.'

'De amateurgezelschappen zijn heel amusant.'

Ze bewoog wat. Ze werd bekropen door een kille ongerustheid: zijn stem was anders dan gisteravond, was harder op een of andere manier – misschien was hij moe, acteren moest een vreselijke inspanning zijn – of verhulde hij soms zijn gevoelens, was het zijn vorm van nervositeit?

Toen veranderde zijn hele manier van doen ineens, zo plotseling dat het haar verbijsterde, waardoor het moeilijk voor haar was om te antwoorden. Hij boog zijn hoofd naar haar toe, zijn stem klonk heerlijk zacht, zelfs nog zachter dan toen hij haar gisteravond welterusten had gezegd aan het eind van de St. Matthews Road.

'Je bent nog nooit op deze manier uit geweest, hè? Het is best heerlijk, hè?'

Ze wilde net 'Nooit!' zeggen en 'Ja, het is heerlijk!' toen er werd gefluisterd dat ze een rol moest spelen – zelfs met hem – ook al begrepen ze elkaar...

Sydney Harrison was er ook nog, die aandacht aan haar besteedde als ze thuis op donderdagavond ging dansen. Sydney Harrison, de hopman van de padvinders. Ze had kunnen lachen als ze aan hem dacht naast Pat. Sydney met zijn gouden pince-nez en zijn aandoenlijke trots op zijn uniform. Ze had geprobeerd hem aardig te vinden, zelfs in zijn uniform, met zijn bleke, doorschijnend witte knieën en hun kleine kronkelende blauwe adertjes. Waarom zou ze Sydney per slot van rekening niet gebruiken, waarom zou Pat denken dat er nog nooit een man naar haar had gekeken? Hij sprak weer toen hij zag dat ze geen antwoord had...

'Het is de eerste keer, hè?'

'Nou,' zei ze met een lachje, 'Sydney is er ook nog.'

Ze zag hem snel zijn hoofd opheffen: zijn scherpe ogen keken haar onderzoekend aan in het donker.

'Wie is Sydney?'

'Een jongen thuis.'

'Vind je hem aardig?'

'Ach – ik...' ze zweeg even met een opgelaten lachje. Het was bijna angstaanjagend zoals hij de woorden in haar dreef.

'Nou?'

'Niet erg...'

Ze had haar hoofd laten zakken. Hij had Sydney gedood. Ze kon hem daar bijna zien liggen: een vormloze brij. Kilometers verderop in Herne Hill moest hij liggen kronkelen op zijn slaapkamervloer, zich afvragend wat er in vredesnaam met hem gebeurde. Ze had haar ogen ook neergeslagen en ze zag zijn hand pas steels naar voren komen toen hij zachtjes haar schouder vasthield: ze voelde nauwelijks de kracht die haar in zijn armen trok. Ze hoorde zijn rustige, bevende stem boven zich: 'Lieverdje!'

Ze had het leven gezien als iets wat gewoon begon, voor je het wist, en rustig verderging tot je overleed: ze had nooit geweten dat het kon eindigen – en zo heerlijk weer kon beginnen.

29

Als iemand van het gezin ineens aan mevrouw Stevens had gevraagd waar ze in de vakantie het meest van genoot, zou ze hebben gezegd: O! Van alles natuurlijk! Wat had ze anders moeten zeggen? Het was de bedoeling van vakantie dat je ervan genoot, punt uit. Ze wist dat de rest van het gezin elk moment ervan koesterde, van de seconde waarop ze 's morgens wakker werden tot de seconde dat ze 's avonds in slaap vielen. Er kon onmogelijk iets boven de rest uitsteken, en het was haar plicht er net zo over te denken, om alles even leuk te vinden.

Maar stel dat ze, om een of andere reden, voor een statige rechtbank had gezworen de waarheid te vertellen? Ze zou natuurlijk bang zijn en ze zou het vreselijk vinden om het toe te geven uit angst dat het gezin het verkeerd zou opvatten, maar dan zou ze naar waarheid zeggen: 'Ik geniet het meest van het rustige uurtje na het avondeten, wanneer Ernie in bed ligt en de anderen het huis uit zijn gegaan en ik van negen tot tien alleen in de zitkamer zit met mijn breiwerk en de lekkere leunstoel en mijn glas port.'

Het zou zo vreselijk ondankbaar hebben geklonken: ze zou erdoor zijn bestempeld als een zure, asociale oude vrouw, een stille drinker, iemand die een hekel had aan haar eigen gezin – en Joost mocht weten wat nog meer. En ondertussen was ze dat allemaal in de verste verte niet: ze genoot van dat rustige uurtje 's avonds om redenen waarvoor ze zich nooit zou hoeven te schamen.

Het avondeten was altijd om kwart over negen voorbij: de tafel was afgeruimd, meneer Stevens had zijn pijp gevuld en aangestoken en was met een flauwe zweem van bravoure weggewandeld naar de Clarendon Arms. Dick en Mary volgden hem al snel en alleen Ernie bleef achter bij mevrouw Stevens.

Maar Ernie was na twaalf hectische uren van onophoudelijke activiteit op het strand nauwelijks nog een mens, en nadat hij tien minuten had zitten dommelen op de bank bracht mevrouw Stevens hem naar bed.

Nadat ze hem had ingestopt en het gaslicht in zijn slaapkamer laag had gedraaid, begon haar eigen prettige uurtje. Op weg naar beneden ging ze naar haar eigen kamer om haar oude, maar zeer comfortabele pantoffels aan te trekken en haar breiwerk te pakken, en dan ging ze naar de zitkamer beneden

Het was jammer dat de anderen niet wisten wat ze werkelijk vond van deze tijd waarin ze haar alleen lieten, want die voelden zich allemaal nogal egocentrisch als ze achter elkaar de zitkamer uit liepen om zich zonder haar te gaan vermaken: ze dachten aan haar, zoals ze daar eenzaam en verlaten zat, en beschouwden haar verzekering dat ze niets zag in het donker als louter een excuus om hen gerust te stellen.

Het eerste wat ze moest doen wanneer ze terug was in de zitkamer, was het raam sluiten en de jaloezieën laten zakken, want inmiddels was het om negen uur volkomen donker, en de septemberavonden waren koud. Daarna trok ze haar favoriete stoel zo bij dat het licht over haar schouder viel wanneer ze ging breien – en dan volgde de laatste stap voordat ze zich installeerde.

Een tikje geheimzinnig en enigszins schuldbewust ging ze naar de kleine kast bij het raam, maakte hem open en haalde er eerbiedig haar fles port uit.

Dick plakte altijd een smalle strook postzegelpapier op de zijkant van de fles, waar hij zorgvuldig de twaalf potloodstreepjes op aftekende, op gelijke afstand van elkaar. Oorspronkelijk had hij het voor de grap gedaan, had hij de port haar medicijn genoemd en tegen haar gezegd dat ze elke avond een dosis moest innemen. Maar het was veel beter dan een grap, het was een heel goed idee. Mevrouw Stevens moest twaalf avonden met de fles doen en het wijnglas dat mevrouw Huggett had geleverd, kon maar tien keer tot de rand worden gevuld. Daarom was het van cruciaal belang om een of andere controle te hebben om te voorkomen dat de fles al voor de laatste avond leeg was, en andersom was het noodzakelijk om elke avond niet te karig voor zichzelf te zijn en te merken dat er aan het eind nog wat over was.

Ze hield de fles tegen het licht en mat zorgvuldig haar glas voor de avond af, en daarna ging ze zitten met haar breiwerk, leunde ze soms met gesloten ogen naar achteren terwijl de zitkamer een plezierige, vredige warmte om zich heen verzamelde.

Er was thuis, in de Corunna Road, niets wat te vergelijken was met dit heerlijke uurtje nietsdoen. Thuis moest 's avonds de afwas worden gedaan, moest er worden gedekt voor het ontbijt en waren er al die onverwachte dingetjes die in je eigen huis samenspannen om je op de been te houden.

Wat een verschil met *Zeezicht*! Het kostte minstens een paar avonden om het volledig te beseffen en er ten volle van te genieten. Geen afwas! Geen ontbijt waarvoor gedekt moet worden! Geen schoenen te poetsen! Niets te doen behalve te gaan zitten om uit te rusten, zelfs niets om over na te denken als ze niet wilde denken. Het was een heerlijk uurtje: het uurtje dat haar meer goeddeed dan wat dan ook in de vakantie. Haar gedachten, wanneer die in haar opkwamen, konden nauwelijks gedachten worden genoemd in de striktste zin van het woord, het waren eigenlijk herinneringen, vermengd met de leuke gebeurtenissen van elke verstreken dag, soms bezaaid met verdwaalde lichtstraaltjes die er vanuit de toekomst in slopen.

Het was op woensdagavond, toen er nog maar twee volle vakantiedagen voor hen lagen, dat er iets gebeurde waardoor mevrouw Stevens werd gestoord en opgeschrikt tijdens haar uurtje alleen. Ineens, zonder waarschuwing, klonk er een zacht klopje op de deur en stapte mevrouw Huggett stilletjes de kamer in.

In al hun jaren in *Zeezicht* was het voor zover mevrouw Stevens zich kon herinneren maar zelden voorgekomen dat hun pensionhoudster nog zo laat op de avond was binnengekomen. Mevrouw Huggett hield zich strikt aan haar etiquette. Elke avond, met de regelmaat van de klok, wachtte ze hen in de hal op wanneer de Stevensen naar beneden kwamen voor het avondeten, dan sprak ze even met mevrouw Stevens over het ontbijt en wenste ze hun met een glimlach goedenavond. Daarna zagen ze haar niet meer, tot het ontbijt, en ze vroegen zich vaak af waar ze die tijd bleef. Ze zagen licht branden in een van de kelderramen, heel laag achter de laurier in de voortuin, en ze stelden zich voor dat mevrouw Huggett daar een kamer had, waar ze zat tot ze naar bed ging. En nu, zonder waarschuwing, was ze stilletjes en rustig de zitkamer binnengekomen – om halftien. Daar stond ze met een vermoeide glimlach in het licht, en ineens bekroop mevrouw Stevens een onverklaarbaar gevoel van angst. Mevrouw Huggett was dit jaar nogal vreemd geweest, en ze zag er heel ziek uit...

'Helemaal alleen, mevrouw Stevens?'

Haar hand gleed nerveus op en neer langs de rand van de deur. Het was een vreemde opmerking: ze moest hebben geweten dat de anderen het huis uit waren gegaan en dat Ernie in bed lag, en mevrouw Stevens had een vreemd droog gevoel achter op haar tong: waar ging het over? Wat wilde ze?

Toen daagde het haar ineens: ze had haar hoofd opgeheven en iets heel aandoenlijks op het gezicht van mevrouw Huggett gezien. Het zag er vreselijk bleek en afgetobd uit met het felrode plekje rond de oogleden van haar slechte oog – was mevrouw Huggett ook helemaal alleen? Niet blij alleen, zoals zij, maar verschrikkelijk, ondraaglijk alleen? Ze had nooit gedacht dat mevrouw Huggett eenzaam was: ze sprong vlug met een lachje uit haar stoel.

'Ja, ze hebben me helemaal alleen gelaten! Wilt u niet gaan zitten, mevrouw Huggett?'

'O, maar ik stoor u!'

'Welnee! Echt niet.' Ze had dankbaarheid in mevrouw Huggetts ogen zien glanzen en liep opgewekt naar de andere leunstoel om hem tegenover de hare te duwen.

'Gaat u toch zitten. Het is leuk om met iemand te kunnen praten terwijl ik alleen ben.'

Ze keek naar mevrouw Huggett, die stijf ging zitten, met haar lange, gerimpelde vingers gevouwen op haar schoot; ze ontspande zich niet, zat somber rechtop en haar ogen dwaalden nerveus door de kamer. Mevrouw Stevens' ongerustheid was verdwenen toen ze was opgestaan om de stoel bij te schuiven, maar kwam nu weer boven: mevrouw Huggetts strakke gezicht en toonloze, vlakke stem deden heel vreemd en angstaanjagend aan – ze had het gevoel dat er iets achter dit bezoek zat, iets wat heel erg was, en ze verlangde ernaar de vrolijke tred van een van de terugkerende gezinsleden te horen. Terwijl de moed haar in de schoenen zonk, zag ze dat het pas halftien was: niemand zou voor tienen terug zijn...

Ze praatte met mevrouw Huggett over het weer, in koortsachtige korte gesprekjes, maar om de zoveel tijd was het eng lang stil – ging mevrouw Huggett maar praten, zei ze maar wat, bewogen haar vingers maar niet zo raar en krampachtig!

Er verstreken ruim tien minuten, en het leek wel een vreselijk uur waar geen eind aan kwam, voordat mevrouw Huggett begon te praten. Ze keek mevrouw Stevens niet aan: haar ogen waren strak gericht op het donkere schilderij in de hoek, het schilderij van de berg fruit.

'Aangezien het mooi weer blijft,' zei ze, 'vroeg ik me af of u soms nog een dag zou willen blijven, en op zondag zou willen vertrekken.'

Mevrouw Stevens kon niet meteen antwoorden: haar opluchting over de ontdekking van de reden van mevrouw Huggetts bezoek vervloog door dit buitengewone aanbod. Nog een dag! Dat was onmogelijk! Zaterdag om twaalf uur was het voorbij, dan was het altijd voorbij geweest. De volgende mensen mochten zaterdag klokslag twaalf uur binnenkomen...

'Maar mevrouw Huggett, uw volgende mensen komen!'

Er vertrok geen spier op mevrouw Huggetts gezicht toen ze antwoordde, haar ogen bleven gericht op het schilderij, en door haar woorden voer er een huivering van ontzetting door mevrouw Stevens.

'Mijn volgende mensen komen dit jaar niet,' zei ze. Haar hand zocht in haar blouse: ze haalde er zwijgend een brief uit en reikte die voor de haard langs aan. De klep was slordig opengescheurd waar bange vingers ermee hadden geworsteld en mevrouw Stevens haalde de brief eruit en las:

Geachte mevrouw Huggett,

U begrijpt ongetwijfeld hoezeer het me spijt om onze lange reeks vakanties in *Zeezicht* te verbreken. Ik had eerder moeten schrijven, maar onzekerheid heeft me tot nu toe opgehouden.

Mijn dochter Isabel heeft zich onlangs verloofd met een jonge man wiens familie een klein huis in Pevensey heeft en dat huis is ons heel vriendelijk ter beschikking gesteld.

Mijn dochters hebben er bij me op aangedrongen het aanbod te aanvaarden, en ik kan slechts zeggen dat ik altijd met genoegen zal terugkijken op onze vele gelukkige dagen in *Zeezicht* in het verleden.

Met de meeste hoogachting,
Sebastian Jones

'Dominee Sebastian Jones en zijn vijf dochters,' zei mevrouw Huggett. Haar ogen hadden het schilderij nu verlaten, dwaalden heen en weer, bleven een ogenblik op mevrouw Stevens rusten en gingen verder. 'Vijftien jaar heb ik ze gehad, ze kwamen altijd na u.'

Mevrouw Stevens had nooit kunnen uitleggen wat voor vreemd gevoel ze had gekregen bij het lezen van de brief. Het was alsof één muur van *Zeezicht* ineens totaal was afgebrokkeld. Niets in de vakantie gaf zoveel plezier als de gedachte dat andere mensen gretig en ongeduldig wachtten tot ze hun plaats konden innemen: het waren de mensen voor hen en de mensen na hen die de kostbaarste en lekkerste sappen uit de vakantie persten. Het was hetzelfde met *De kajuit*: ze genoten er vooral van omdat er iemand in de huisjes aan weerszijden zat, omdat er in elk huisje iemand zat, en omdat mensen de huisjes wilden hebben, maar niet konden krijgen... En zo was het ook met *Zeezicht* – tot nu toe – en nu leek het einde van de vakantie eenzaam in de lucht te hangen.

Mevrouw Stevens gaf de brief zwijgend terug – toen verbaasde haar stem haar ineens: die beefde van woede, ze had nog nooit van haar leven zo fel gesproken.

'U zult ze laten betalen! Het is een schande! U zult ze laten betalen!'

Mevrouw Huggetts stem reageerde niet met dezelfde boosheid. 'Er was niks geen afspraak,' zei ze. 'Het werd gewoon aangenomen, elk jaar. In juni stuurden ze altijd een briefje, alleen om te zeggen dat ze kwamen. Toen ze dit jaar niets lieten horen, heb ik een briefje gestuurd en dit... dit is...' Haar woorden stierven weg – en toen ze weer sprak was haar stem niet veranderd, alleen hard en toonloos. 'Het komt hard aan boven op... boven op mijn mensen van augustus... die niet zijn gekomen...'

'Maar u wilt toch niet zeggen...?' begon mevrouw Stevens bijna fluisterend. Mevrouw Huggett knikte langzaam.

'Ze hebben me in de steek gelaten. Ik ben zwaar geraakt – dit jaar...'

Mevrouw Stevens dacht dat het beweginkje van de pensionhoudster haar oude vertrouwde gewoonte was om haar slechte oog af te vegen – en toen kreeg ze het ineens koud tot in haar merg: ze hoorde een gesmoord, vreselijk geluid, tussen een snik en een kreet in.

Het was natuurlijk moeilijk om haar donderdagse glas port op woensdagavond te zien verdwijnen, maar het kleine blosje dat op mevrouw Huggetts wangen verscheen was duizendmaal dank.

'Volgend jaar komt het goed, mevrouw Huggett: het

moet wel goed komen – en wij zijn er altijd nog – wij zullen altijd komen – en we zullen u bij anderen aanbevelen – u zult het zien...'

Die avond vertelde ze het aan meneer Stevens en hij stond ernstig te luisteren, half uitgekleed naast het bed. Ze vertelde hem van mevrouw Huggetts tegenslag, dat haar mensen van augustus haar in de steek hadden gelaten, en van dominee Sebastian Jones en zijn vijf dochters – ze vertelde hem alles, behalve wat er op het laatst was gebeurd.

Hij was heel stil toen ze was uitgesproken, gaf niet eens antwoord toen ze er een laatste opmerking aan toevoegde.

'Ik geloof dat ze graag wil dat we die dag langer blijven. Die wil ze ons cadeau geven – ze wil niet dat we ervoor betalen.'

Ze zag hem door de kamer lopen en bij het raam staan, diep in gedachten verzonken.

'We zullen het morgen met de kinderen bespreken,' zei hij. 'Het zou beslíst heel leuk zijn om een dag langer te hebben...'

Hij zweeg opnieuw heel lang, hield met één hand het verschoten gele gordijn tegen en heel zwak en vredig dreef het geruis van de zee naar hen toe. Ten slotte draaide hij zich om en keek hij neer op zijn vrouw, die in bed lag. Het leek bijna alsof hij een beroep op haar deed, alsof hij haar vroeg hem te helpen naar iets te tasten wat ergens verstopt lag.

'Je ziet toch wat het echte probleem is?' zei hij.

Ze gaf geen antwoord, ze begreep wat hij bedoelde en wendde haar hoofd wat af op het kussen.

'Het is hier niet meer gerieflijk, voor mensen die het niet begrijpen. We moeten de feiten onder ogen zien, Flossie.

Die oude stoelen beneden – en dit bed. Wij begrijpen het, maar sommige mensen niet...'

Ze keek hoe hij ging zitten. Ze keek hoe hij heel langzaam de veters van zijn canvasschoenen losmaakte.

30

Ernie kon zich nauwelijks inhouden door het fantastische nieuws, en Dick en Mary waren verbaasd en opgetogen. Een extra dag! Uitstel! Het werd unaniem aanvaard, met juichkreten, en mevrouw Stevens kreeg speciaal gedetailleerde aanwijzingen om de enthousiaste dank van het hele gezin over te brengen aan mevrouw Huggett.

Meneer Stevens vertelde het de rest van het gezin pas na het middageten, omdat het een kwestie was die uiterst zorgvuldig en angstvallig moest worden overwogen voordat ze openbaar werd gemaakt. Persoonlijk was hij geen moment geneigd deze leuke en onverwachte kans te weigeren, want het idee om tot zondag te blijven was fantastisch. Het probleem was dat hun plannen om op zaterdag terug te gaan in kannen en kruiken waren, en het was van essentieel belang om te bedenken of de noodzakelijke wijzigingen binnen zo'n extreem korte tijd konden worden uitgevoerd.

Daarom besloot hij een kleine en zeer geheime commissie te vormen, die bestond uit mevrouw Stevens en hemzelf. Het was hun plicht om de hele kwestie grondig te onderzoeken en zichzelf ervan te verzekeren dat alles op tijd kon gebeuren. Dan pas, maar alleen dan pas, mocht het nieuws worden meegedeeld aan de kinderen.

'Als we het nu vertellen,' zei hij, 'zullen we gewoon worden meegesleept door de publieke opinie, zullen we ertoe worden gedwongen: ze zouden voor geen rede vatbaar zijn, ook al kwamen we erachter dat we onze plannen onmogelijk op tijd konden veranderen.'

'Ja,' beaamde mevrouw Stevens, 'laten we er geen woord over zeggen tot we het zeker weten.'

'We kunnen het aanbod niet met beide handen aangrijpen zonder erover na te denken: het zou de hele vakantie bederven als we onze terugreis in het honderd lieten lopen.'

'We zullen mevrouw Bullevant moeten schrijven om haar te zeggen dat ze Poes zaterdag eten moet geven,' barstte mevrouw Stevens los toen de gedachte ineens in haar opkwam.

Maar meneer Stevens wuifde haar opmerking ongeduldig terzijde. 'Dat is maar een kleinigheid, gewoon één detail tussen een heleboel andere.'

Ze lagen in bed te genieten van de vakantieluxe om een halfuur langer te hebben dan thuis. Gewoontegetrouw werden ze steevast om halfacht wakker, maar ze bleven allebei liggen tot de klok aan het begin van de straat acht uur sloeg.

Vanochtend stapte meneer Stevens echter na een paar minuten diep nadenken uit bed en kroop hij er weer in met zijn schrijfblok en potlood.

'We maken een volledige lijst van wat er moet gebeuren,' zei hij. 'Er hangt heel veel af van onze retourtjes, dus moet je als eerste naar het station gaan om te informeren of ze ook op zondag geldig zijn in plaats van zaterdag. Als ze zeggen dat het in orde is, zeg je tegen hen dat ze op zaterdag niemand voor de bagage hoeven te sturen. Geef op dat moment nog geen verdere instructies. Dat zullen we later doen – als blijkt dat alles kan worden geregeld.'

Tien minuten werkte hij ijverig op zijn schrijfblok, terwijl hij nu eens aantekeningen opkrabbelde, dan weer peinzend naar het plafond staarde met zijn potlood tussen zijn tanden. Ten slotte ging hij rechtop zitten en keek hij over de scheiding van de peluw naar zijn vrouw.

'Zeg het me als je denkt dat ik iets ben vergeten,' zei hij, en vervolgens begon hij te lezen:

'1. Ruislip informeren dat hij niet zoals afgesproken op station Dulwich moet komen om de bagage op te halen.

2. Mevrouw Haykin informeren inzake de kanarie: haar zeggen dat ze een klein pakje zaad moet kopen als ze tekortkomt.

3. De melkboer schrijven dat hij nog een ochtend de vaste melk voor de kat moet achterlaten.

4. Mevrouw Bullevant zeggen dat ze zaterdag het huis in moet gaan – Poes een bokking moet brengen.

5. De bakker schrijven dat hij een brood moet neerleggen op de vensterbank van het keukenraam.

N.B. Tegen mevrouw Bullevant zeggen dat ze het brood in de keuken moet leggen.

6. Financiële eisen voor een extra dag overwegen.

7. Informeren of we *De kajuit* tot zondag twaalf uur kunnen houden.

8. Een half dozijn flessen gemberbier bestellen.

Nog iets anders?' informeerde meneer Stevens.

'Ik geloof dat het werkelijk alles is,' zei mevrouw Stevens vol bewondering. 'Het is prachtig zoals je denkt.'

Hij glimlachte naar haar en stapte kordaat uit bed.

'Uiteindelijk is het misschien toch niet zo moeilijk. Alles hangt af van de retourtjes en of we genoeg geld hebben. Ik zorg altijd voor een marge van een pond, maar we zullen mevrouw Huggett iets extra's moeten geven. Wat vind je van – laten we zeggen – vijf shilling?'

'Ik denk dat ze daar echt heel blij mee zal zijn,' zei mevrouw Stevens.

'Goed dan,' antwoordde hij. 'Terwijl jij naar het station

gaat, schrijf ik de brieven, zodat ze allemaal op de post kunnen zodra we weten of we de kaartjes op zondag kunnen gebruiken. Ik moet het geld ook bekijken om te zien hoe we ervoor staan. Ik denk dat tien shilling voldoende zou moeten zijn – en zorg dat de kinderen niets zien gebeuren. Ik ga gewoon doen alsof ik naar huis schrijf over onze terugkeer op zaterdag, snap je wel?' Hij gaf zijn vrouw een gekunsteld knipoogje en ging naar de badkamer.

Ze vonden het allebei moeilijk om tijdens het ontbijt een normale, zorgeloze indruk te maken: door de veranderde plannen kwamen er telkens nieuwe details in meneer Stevens op, en Dick wierp meer dan eens een vragende blik op zijn vader wanneer die een vraag afwezig en verstrooid beantwoordde. Het verbaasde de kinderen in hoge mate toen meneer Stevens tegen hen zei dat ze naar zee moesten gaan, aangezien hij een paar brieven naar huis moest schrijven over hun terugkeer, want gewoonlijk stuurde hij alleen op donderdagavond een kattebelletje naar mevrouw Bullevant.

Meer dan een uur zat hij te broeden aan de zitkamertafel met zijn schrijfblok voor zich. De eerste brief was geadresseerd aan de stationschef van Dulwich, en was aangeduid als 'Dringend':

Waarde heer,

Voordat we op vakantie zijn gegaan, hebben we kruier Ruislip opgedragen ons komende zaterdag af te halen van de trein van vijf uur uit Clapham Junction om onze bagage naar ons huis te brengen, Corunna Road 22. Aangezien we hebben besloten onze terugkeer uit te stellen tot de volgende dag (zondag), zou ik u erkentelijk zijn indien u zo vriendelijk zou willen zijn om kruier Ruislip opdracht te geven ons af te halen van de trein van... vanuit Clapham Junction.

Hoogachtend,
Ernest Stevens

Hij liet het tijdstip open tot mevrouw Stevens terug was, want zij moest ook nagaan wanneer de treinen op zondag uit Bognor vertrokken, en dan kon hij pas de laatste etappe van hun reis berekenen met behulp van de plaatselijke dienstregeling.

Mevrouw Bullevant schreef hij uitvoerig, want er waren heel veel details met haar af te spreken. Een kort briefje volstond voor mevrouw Haykin en ansichtkaarten volstonden voor de winkeliers. Hij moest het adres op de kaarten openlaten, want vreemd genoeg kon hij zich niet precies de naam herinneren van de zaken waar ze klant waren: was de melkboer Harris & Zoon, de Gebroeders Harris, Harris & Co – of gewoon Harris? Het verbaasde hem als hij bedacht hoe vaak hij het melkkarretje in de straat had gezien, zonder ooit op te merken hoe de firma Harris was samengesteld. Maar ach, zijn vrouw zou het weten. Als ze het niet wist zou hij gewoon de Heren Harris moeten opschrijven.

Hij nam het stapeltje correspondentie mee naar boven en liet het achter op zijn toilettafel, met de postzegels erbij, klaar om te worden opgeplakt zodra hij wist dat de brieven konden worden verstuurd. Om elf uur was hij op weg naar de kinderen in *De kajuit*, peinzend over een vreemde mengeling van verontrustende gedachten.

Hij was natuurlijk opgetogen over het vooruitzicht van een extra dag, met de voortreffelijke kans om extra gezondheid en energie op te doen voor de winter; op zaterdagmiddag zou het een fantastisch gevoel zijn om niet naar het station te hoeven zwoegen maar nog eens naar het strand te wandelen, om in de zon te luieren en de frisse zeelucht in te ademen terwijl ze eigenlijk op elkaar geperst in een benauwd spoorrijtuig hadden moeten zitten. Maar de pracht van dit vooruitzicht maakte hem nogal blind voor bepaalde andere dingen: het zou natuurlijk betekenen dat hij de zondag thuis kwijtraakte, dat hij weer aan het werk zou moeten gaan met de duisternis van slechts een enkele nacht tussen het pakhuis en de zee.

De zondag die tussen de terugreis uit Bognor en de terugkeer naar zijn werk op maandag lag, was altijd een gekoesterd intermezzo dat het rauwe contrast tussen werk en vermaak verzachtte: hij was de hele tijd in de tuin bezig, die hij weer op orde bracht; hij maaide het gazon, en de zoete geur van pasgemaaid gras steeg op om hem te troosten en hem de moed te geven de volgende ochtend de draad van de koude werkelijkheid weer op te pakken. Maar goeie genade! Hij kon niet alles hebben!

Het waren niet de problemen om hun plannen om te gooien, het was iets anders wat hem het meest dwarszat: het had te maken met *Zeezicht* en mevrouw Huggett. Het nieuws dat zijn vrouw hem de vorige avond had verteld, had hem veel dieper geschokt dan hij wilde toegeven. In zekere mate had hij hetzelfde gevoel gehad als zijn vrouw, maar terwijl zij alleen mevrouw Huggetts behoefte aan medelijden en meeleven had gezien bij een wrede, onverdiende tegenslag, had het voor hem iets bevestigd wat hij al lang had voorzien en gevreesd.

Toch hadden zelfs die langzaam toenemende akelige voorgevoelens de schok van de ontgoocheling niet kunnen dempen: het plezier in de vakantie bestond voor de helft uit het gevoel dat hun eigen tijd in *Zeezicht* stijf lag ingeklemd tussen een heleboel andere periodes waarom werd gevochten en waarop werd aangedrongen door andere vakantiegangers, die allemaal ook graag naar *Zeezicht* wilden komen. Hij hield ervan om de druk te voelen van de mensen die voor en na hem kwamen, hield ervan om te voelen dat ze door hun komst onwillige mensen uit het huis verdreven, en dat er als zij vertrokken ongeduldige mensen stonden te wachten om binnen te komen.

En nu was dat gevoel ineens weggeglipt: er was niemand voor hen in *Zeezicht* geweest in augustus, er kwam niemand in hun plaats als ze vertrokken, ze waren gewoon een opzichzelfstaand groepje in een huis waar mensen niet meer naartoe gingen. Het was heel moeilijk om de treurigheid af te schudden die maar in hem bleef opwellen: ze hadden al in maart geschreven om hun kamers te reserveren uit angst dat mevrouw Huggett zou bezwijken voor de verleiding om ze aan iemand anders te geven.

Het was net alsof zijn gezin en hij maanden van tevoren zitplaatsen in een theater hadden gereserveerd, waar ze omringd bleken te zijn door halflege plaatsen van mensen die tijdens de voorstelling opstonden en stilletjes naar buiten slopen. Ze slopen naar buiten omdat het een erbarmelijke en afgezaagde voorstelling was, en diep in zijn hart wist hij ook dat de voorstelling slechte tijden beleefde en het bekijken niet meer waard was, en dat zijn gezin en hij koppig bleven zitten, terwijl ze klapten en de acteurs probeerden aan te moedigen, omdat het voor hun gevoel een hardnekkige plicht was om hen te steunen.

Hij probeerde zich te verzetten tegen het gemene gefluister dat in hem opkwam: 'Ga zelf ook weg! Anderen gaan weg omdat het niet goed genoeg is – waarom zou jij blijven?'

Hij kwam bij de boulevard en bleef even staan, kijkend naar de zee. Ineens greep hij het hek voor zich vast, rechtte hij zijn schouders en klemde hij zijn kaken op elkaar. De anderen mochten weggaan als ze dat wilden, als ze mevrouw Huggett in de steek wilden laten, mochten vertrekken als ze geen trouw kenden, of geen herinneringen hadden aan gelukkige voorbije dagen: zijn gezin en hij zouden achter mevrouw Huggett staan – tot het eind.

Mevrouw Stevens arriveerde bij *De kajuit* terwijl de anderen in zee waren, maar meneer Stevens kwam als gewoonlijk iets eerder dan de anderen uit het water, en ze kon rustig met hem alleen praten. Hij wist al voordat ze iets zei dat haar missie geslaagd was, want toen hij met zijn handdoek over zijn schouder het strand op kwam, knikte en glimlachte ze naar hem en maakte ze geheimzinnige gebaren.

'Het is in orde!' fluisterde ze. 'De kaartjes zijn zondag geldig! Ik heb het twee keer gevraagd. Ik heb het aan de kaartjesverkoper gevraagd en aan de stationschef: ze hebben de kaartjes allebei zorgvuldig bekeken en gezegd dat we ze zondag konden gebruiken. Is dat niet geweldig?'

Meneer Stevens ging op het trapje van *De kajuit* zitten en begon zijn armen en benen af te drogen, die hij uitstak in de zon.

'Heb je de tijden van de treinen genoteerd?' informeerde hij.

Ze dook in haar tas en haalde er het opschrijfboekje uit dat ze gebruikte voor boodschappenbriefjes.

'Er gaat er een om 10.45.'

'Dat is te vroeg.'

'Ja. Dat dacht ik ook al, ik heb het gewoon voor de zekerheid opgeschreven. Dan gaat er een om 13.30 en een om 15.45.'

'Hoe laat is die van 15.45 in Clapham Junction?'

'18.08,' zei mevrouw Stevens prompt en nogal trots.

'Dan nemen we die,' antwoordde haar man.

'Zullen we het nu vertellen?' fluisterde ze.

'Nee. Laten we wachten tot het middageten: ik wil er nog een uur over nadenken. Ik geloof dat alles in orde is, maar het is het beste om er volkomen zeker van te zijn.'

Ze hadden een beetje stille pret toen ze die ochtend na het zwemmen met elkaar bitterkoekjes zaten te eten.

'Och, och,' zei meneer Stevens met een bedroefde zucht, 'nog maar één volle dag', en het lukte hem om zijn vrouw een knipoog te geven zonder dat de anderen het zagen.

De lucht was ineens betrokken en er begon een fijn motregentje binnen te drijven vanaf zee, een soort zeemist, koud en klam. Gedachten aan het eind van de vakantie drukten zwaar op Dick en Mary en Ernie tijdens hun wandeling door de St. Matthews Road naar *Zeezicht* voor hun middageten.

Het nieuws had op geen beter moment kunnen komen, want toen iedereen mismoedig aan tafel zat te eten, begon het buiten stil en hopeloos te regenen, wat 'Einde' onder de vakantie leek te schrijven, want zelfs als het morgen opklaarde, zou het te laat zijn om hun weggezakte stemming weer nieuw leven in te blazen. Morgen was de laatste dag: de hutkoffer zou op de overloop staan, met hongerige kaken die wachtten op hun strandschoenen, de vlieger en alles wat zo'n symbool van de vakantie was geworden; het leek wel alsof de zon die ochtend al had gepakt en was vertrokken, met dat zwermpje haastige vogels dat ze hadden gezien, op weg naar zee, hoog in de lucht. Door het halfopen raam, door de onophoudelijke regen konden ze de misthoorn horen, die treurig de doodsklok luidde voor alweer een vakantie... toen, terwijl hij zijn stoel naar achteren schoof en zijn pijp opstak, vertelde meneer Stevens het nieuws.

Ze wilden het aanvankelijk niet geloven: ze dachten dat het een van meneer Stevens' grapjes was – een nogal mal grapje – op een nogal slecht moment. En toen haalde hij de stapel brieven uit zijn zak en las hij hardop de instructies voor die hij naar de stationschef in Dulwich stuurde.

Dat had een wonderbaarlijke uitwerking: het deed meneer en mevrouw Stevens denken aan jaren geleden, toen de kinderen allemaal nog klein waren en er onverwachts een pracht van een krentencake was verschenen voor de thee. Ernie stond op en danste door de kamer, schreeuwde bijna van blijdschap. Daarna dook hij weer terug naar de tafel en wilde hij beslist nog een keer opscheppen van de rijstpudding. Dick schepte ook nog eens op: zijn ogen straalden weer – in de zitkamer waren de wolken opgetrokken, ook al hingen ze buiten nog in de openlucht.

Maar wat deed de regen er nu nog toe? Laat het maar gieten! Laat het maar hagelen! Nog een dag – twee hele dagen voor hen: vrijdag! Zaterdag! 'Is het niet mieters!' riep Ernie uit.

Ze trokken hun jas aan, haastten zich naar de pier en begonnen aan zo'n heerlijk, onvoorbereid intermezzo dat er op een of andere manier in het geheugen weet uit te springen en dingen die zorgvuldig zijn georganiseerd verdringt. Ze stortten zich halsoverkop in de felgekleurde zee van automaten: Dick speelde met meneer Stevens een formidabel potje tafelvoetbal, terwijl de rest van het gezin over hun schouders probeerde mee te kijken, aanmoedigingen riep en lachte: er verzamelde zich een hele drom mensen om te zien wat er zo leuk was en het gezin moest zich bijna bij de automaat vandaan dringen toen de wedstrijd was afgelopen.

'Wat vinden jullie hiervan!' riep meneer Stevens, wijzend naar een groot, verleidelijk aanplakbord.

SCHUIFZE

IEDEREEN KAN WINNEN BIJ SCHUIFZE

HET PERFECTE BEHENDIGHEIDSSPEL

Het leek meneer Stevens een beetje een tegenstrijdige verklaring.

'Hoe kan het een perfect behendigheidsspel zijn,' zei hij, 'als iedereen kan winnen?' En na een ogenblik nadenken begrepen de anderen wat hij bedoelde en lachten ze.

Ze gingen voor een penny in het spookhuis, daarna gooide Dick op de cricketautomaat met zijn eerste bal W.G. Grace uit. De regen had een grote menigte naar de overdekte ruimte van de pier gedreven, een joviale, opgeruimde menigte met het vaste voornemen het beste te maken van een akelige middag: overal hoorde je lachsalvo's, zwaar ritmisch gehijg bij de automaten met behendigheidsspellen en het geklepper van hakken op de kale, holle planken, en overal rook je de warme lucht van opdrogende regenjassen – maar wat was het een middag! Soms zonken de Stevensen ergens neer en keken ze hoe andere mensen hun behendigheid uitprobeerden, dan stonden ze weer op en probeerden ze het zelf nog eens, waarbij ze nu eens succes hadden en hun penny's terugkregen, dan weer niet, maar wat gaf dat terwijl er nog twee volle, heerlijke dagen voor hen lagen!

'Hier! Mam!' riep Dick. 'Kom uw karakter laten lezen.'

Hij stond bij een automaat die zelfs nog grotere mysteries aanbod dan die eromheen. Een tovenaar met een hoge punthoed en een lang gewaad dat was versierd met de tekens van de dierenriem, wees ernstig met zijn toverstaf naar een smalle gleuf waar de penny in moest. In ruil bood hij aan je te belonen met een volledige en genadeloze openbaring van je karakter.

Bij de aanblik van de automaat verbleekte mevrouw Stevens een beetje en deinsde ze terug.

'Nee! Ik niet!' zei ze met een nerveus lachje.

Ze lachte om de angst te verbergen waar ze zich stiekem voor schaamde: het was natuurlijk mal om bang te zijn voor een automaat, maar dingen en mensen die aanboden je karakter of je toekomst, of zelfs je verleden te onthullen, vervulden haar altijd met een huiverende angst. Stel dat tegen haar werd gezegd dat ze zou worden overreden. Of dat ze in een put zou vallen en zou verdrinken. Of dat nu waar was of niet, het zou als een donkere wolk boven de rest van haar leven hangen. 'Nee! Laten we dat niet doen,' drong ze aan.

'Toe nou,' lachte Dick, 'gewoon voor de grap!'

Maar ze trok zich terug, heel vastberaden, en Dick greep zijn vader bij de arm. 'Kijk, pap! Uw karakter onthuld – voor een penny. Laten we alles over u te weten komen, pap!'

Meneer Stevens dacht er vrijwel net zo over als zijn vrouw: hij had te kampen met dezelfde onredelijke angsten, deinsde net als zij terug voor deze kleine automaten die – wie kon het zeggen?– een vreselijk dreigende voorspelling zouden kunnen doen. Maar hij kon niet toestaan dat hij bang en bijgelovig leek voor zijn gezin. Met een nerveus lachje haalde hij een penny tevoorschijn en drukte hij hem dapper in de gleuf.

Het laatje eronder schoof naar buiten met een geruststellend *tsjok*, en daar lag het profetische kaartje, dicht en geheimzinnig bedrukt. Hij pakte het eruit en zocht naar zijn bril toen Dick het pakte en hardop begon voor te lezen:

'U hebt een vredelievende aard, een sobere smaak en bent terughoudend in uw spreken. Dol op buitenlucht en het landleven in het algemeen en u houdt niet van conventies. U beschikt over veel wilskracht die wordt beheerst door de rede, en bent in staat anderen goede raad te geven. U maakt niet gemakkelijk vrienden, maar bent trouw en betrouwbaar voor de vrienden die u hebt. U bent nogal gevoelig voor de mening van anderen.'

Dick moest diverse keren stoppen tot het gezin was uitgelachen: meneer Stevens lachte ook mee, maar ondertussen ontstond er een raar, griezelig gevoel van groeiende verbazing. Het was natuurlijk belachelijk, het was maar een automaat, het was gewoon een vreemde toevalstreffer, maar wat was het uitzonderlijk waar. Het beschreef hem écht, dat viel niet te ontkennen, zelfs tot die geniepige kleine steek over zijn gevoeligheid aan toe...

Was het mogelijk dat er werkelijk een mysterieuze kracht in dat opzichtige automaatje school? Het was absurd om dat zelfs maar te denken, en toch – het was in zekere zin echt griezelig waar. Hij was stil toen ze over de pier liepen, liet het kaartje stilletjes in zijn vestzakje glijden, om het nog eens zorgvuldig na te lezen als hij alleen was.

Ineens viel Dicks blik op nog zo'n automaat. 'Vooruit, mam!' riep hij uit. 'Nu bent u aan de beurt – het kan helemaal geen kwaad!'

Maar mevrouw Stevens trok zich nog steeds met ingehouden adem terug.

'Nee! Echt niet, Dick. Ik wil het niet – je weet dat ik het niet wil!' Maar Dick en Ernie droegen haar bijna naar de automaat, drukten haar hand met de penny bijna met geweld tegen de gleuf. Ze begrepen het natuurlijk niet: ze zouden het nooit hebben gedaan als ze werkelijk hadden geweten wat hun moeder ervan vond – ze dachten gewoon dat ze verlegen was, er niets voor voelde penny's aan zichzelf te verkwisten...

Het laatje kwam met een zakelijk *tsjok* naar buiten en daar lag mevrouw Stevens' karakter.

'Zal ik het voorlezen?' lachte Dick.

'Ga je gang!' zei meneer Stevens, die zich met een geruststellende glimlach naar zijn vrouw keerde.

Dick hield het kaartje op en mevrouw Stevens voelde dat ze ineens begon te trillen, dat ze plotseling knikkende knieën kreeg...

> 'U hebt een vredelievende aard, een sobere smaak en bent terughoudend in uw spreken,' begon Dick. 'Dol op...'

Ineens zweeg hij. 'Hé! Het is hetzelfde als dat van pap!'

De kinderen gierden het uit van het lachen. Ze waren zelden op zo'n grappig toeval gestuit. Het kwam nog uit een andere automaat ook! Mevrouw Stevens was buitengewoon opgelucht en lachte tot ze pijn had in haar zijden, alleen meneer Stevens vond het moeilijk, moeilijk om zich zelfs maar tot een glimlach te dwingen. Het was uiteindelijk louter gebakken lucht; hij was ook kwaad op zichzelf omdat hij zich ineens ergerde aan zijn vrouw: waarom vond ze het zo grappig?

Maar zijn boosheid verdween al vlug, want bij Katje schoot hij alle vijf de katten van de muur, en toen ze ten slotte op weg naar hun thee weer naar buiten gingen, merkten ze dat het niet meer regende en dat er een grote, witte, lichtende plek in de lucht was waar de zon zich door de bewolking heen drong.

Ze liepen door de St. Matthews Road, arm in arm naast elkaar. 'Laten we nog een keer naar de pier gaan,' zei Dick. 'Op zaterdagavond!'

Ja, dat konden ze doen, op zaterdagavond: op zaterdagavond zouden ze nog steeds hier zijn!

'Morgen de hele dag – dan de hele dag erop, en dan zelfs nog een hele morgen,' mompelde Dick toen ze achter elkaar naar binnen gingen voor de thee.

31

Mary wist dat Pat daar stond, aan het eind van de straat, dat hij bleef kijken tot ze het hekje door ging. Hij stond daar elke avond. Ze had hem nooit toegestaan helemaal mee te lopen tot het huis uit angst dat haar moeder in de slaapkamer boven de voordeur zijn stem zou horen en nieuwsgierig zou worden.

Het was behoorlijk naar om te voelen dat hij daar nog stond, want hoewel alles voorbij was, hoewel ze wellicht nooit meer naast hem zou staan en met hem zou praten, kon ze hem nog steeds voor de laatste keer zien als ze zou omkijken. Het zou heel gemakkelijk zijn om hem te zien in de zee van licht op de hoek van de boulevard, hoewel hij haar nu nauwelijks zou kunnen zien. Hij had tegen haar gezegd dat hij altijd zou wachten tot hij het hekje hoorde piepen en wist dat ze veilig in de tuin was voordat hij wegging. Ze moest nu een wilde opwelling onderdrukken om als een gek door de straat te rennen, het hekje open te rukken en er een eind aan te maken

De schok was uiteindelijk niet zo vreselijk hard aangekomen, was gedempt door de kwelling van onzekerheid die elk uur van de afgelopen drie dagen had overschaduwd. Dat laatste ogenblik had iets gebracht wat vreemd veel weg had van opluchting.

Ze was niet bitter of kwaad op Pat, ze was alleen kwaad op zichzelf. Hij had nooit met ook maar één woord iets gesuggereerd om haar te misleiden, hij had zich exact gedragen zoals elk redelijk meisje zou hebben verwacht. Ze hadden gewoon een beetje plezier gehad. Dat had Billie zelf duidelijk gemaakt op de allereerste avond van het avontuur: gewoon een beetje plezier hebben om op een leuke manier een paar uren van de vakantie te doden, Billie was nu vermoedelijk bij het theater, om afscheid te nemen van de donkerharige jongen, Tommy. Billie zou er geen traan om laten. Billie begreep het.

Zou het anders zijn gelopen als ze meer van de wereld had geweten, als haar minieme voorraad gespreksstof niet tegen het eind van de avond was opgedroogd en haar zo stil had gemaakt? Ze had Pat geïrriteerd door dingen te herhalen die ze al eerder had gezegd, had hem geïrriteerd door alles wat ze niet wist en niet begreep. Misschien had ze te veel haar best gedaan om onderhoudend en intelligent te zijn. Het zou misschien anders zijn gelopen als ze die avond niet haar oude bruine flutjas had gedragen. Hij had haar met de hand op haar hart laten beloven dat ze hem zou dragen, maar toen had ze hem zien kijken naar de strakke, gekrompen mouwen…

Daar was *Zeezicht,* een stukje verderop. Binnen was een kamer op de tweede verdieping, een klein, sjofel kamertje met een piepende gasvlam en een bed. Zo dadelijk zou ze tussen de dunne, strakgetrokken lakens kruipen en daar liggen. In de Corunna Road was een andere kamer. Die keek uit op de muur van het huis ernaast, daarin was een ander bed, daar zou ze over twee dagen in liggen. Daarachter lag het atelier in de King's Road, met zijn grote, naargeestige ramen die uitkeken op een garagemuur van golfplaat, en de hemel die nooit de zon omlijstte, maar heel wit blonk en pijn deed aan haar ogen…

'Morgenavond gaat me niet lukken, Mary. Het is de laatste avond van de voorstelling en daarna moeten we pakken. Het is vreselijk leuk geweest. Misschien komen we elkaar op een dag nog eens tegen – als je ooit hier bent als ik er ben.'

Zijn woorden weergalmden nog in haar oren. Zou het echt anders zijn gelopen als ze een leuke jas aan had gehad? Als ze onderhoudender was geweest?

Nog een paar stappen en ze zou bij *Zeezicht* zijn. Het gezin was binnen. Ernie sliep, haar moeder lag in bed te wachten op het gepiep van het tuinhekje voor ze lekker ging liggen en haar ogen dichtdeed, Dick kleedde zich boven stilletjes uit om Ernie niet wakker te maken, en haar vader rookte zijn pijp uit voordat hij hen naar bed volgde.

Morgen zou ze zich bij hen aansluiten voor de laatste vakantiedag, zou ze meedoen aan hun samenzwering om het verdriet erover in te houden, zou ze net als de anderen haar rol moeten spelen. Ze zou proberen de rest te vergeten, als dat ging, hoewel haar nooit meer zoiets zou overkomen.

Er lag koude dauw op de kruk van het hek, het gepiep van de scharnieren klonk klagelijk door de straat. Ze draaide zich even om voordat ze de stoep op ging. Ze zag hem daar staan in de zee van licht. Hij stapte iets naar voren, ze zag dat hij zijn hand opstak, zich vervolgens omdraaide en wegliep.

32

'Nou, tot ziens, Rosie. Tot ziens, Joe. Tot ziens, meneer Baker. Vergeet niet volgend jaar weer te komen.'

'Reken maar dat ik er zal zijn,' riep Joe, 'of ik moet de loterij winnen en een reis om de wereld gaan maken. Nou, tot ziens, Stevens, ouwe jongen. Gedraag je.'

Het was een van de moeilijke momenten en meneer Stevens was blij toen het achter de rug was. De deur van de gelagkamer van de Clarendon Arms zwaaide achter hem dicht en hij voelde de scherpe vrieslucht van de herfstavond.

Die avond was voor het eerst in het seizoen de haard in de gelagkamer aangestoken, en ze hadden niet lui in de nis gezeten, maar hun stoelen rond het vuur getrokken. Geen wonder dat meneer Stevens zijn tweedjasje dichtknoopte toen hij buitenkwam en wenste dat hij eraan had gedacht zijn jas mee te nemen. Er hing nevel in de lucht, want hij zag de spookachtige, regenboogkleurige kringen rond de straatlantaarns.

Hij liep het zijstraatje naast het hotel door en wierp tijdens het passeren een laatste blik door het raam van de gelagkamer. Dit jaar waren het daarbinnen heel vrolijke avonden geweest. Het speet hem dat meneer Montagu, de jurist, niet was gekomen, maar de oude Joe was weer verschenen, even joviaal als altijd. Meneer Baker was ook een heel beste kerel – en Rosie, zij was altijd hetzelfde... Jammer dat het allemaal weer voor een jaar voorbij was.

Het was veel minder druk op de boulevard: de vorst

had de luchtig geklede mensen de cafés en ontspanningsgelegenheden in gedreven, en de meesten die langsliepen hadden hun overjas aan. Het gevoel dat de vakantie voorbij was, zat niet alleen in meneer Stevens' gedachten: het hing die avond overal om hem heen, zat in de vrieslucht. De warme avonden waren nu voorgoed voorbij en het was herfst geworden.

Een van de genoegens van een vakantie in september was het gevoel dat iedereen terugging, of zeer binnenkort zou teruggaan: het zou veel moeilijker zijn om een vakantie in juli te eindigen, om de enthousiaste drommen mensen tegen te komen die arriveerden met dezelfde trein die jou naar huis bracht.

De zee bevond zich vanavond ver naar buiten aan het eind van het strand: donker, leigroen, stil en nogal onvriendelijk achter de dichte duisternis van de kust. Verder naar rechts lag de vlakke uitgestrektheid van het strand waarop ze hun potjes cricket hadden gespeeld en zich hadden uitgestrekt voor lange soezerige uren in de zon: door de duisternis kon hij nog net de twee palen en het hoge stuk golfbreker onderscheiden dat de bal had tegengehouden wanneer hun wickets ervoor waren opgezet. Wat was de tijd verbazend snel voorbijgegaan! Ze hadden eigenlijk nauwelijks iets gedaan, alleen gezwommen en geluierd, en toch was het een heerlijke vakantie geweest. Het was fijn om te weten dat ze er net zo van konden blijven genieten als ze vroeger altijd hadden gedaan. Het had natuurlijk geregend, maar het was lang niet zo nat geweest als in juli en augustus: ze hadden nooit een hele dag verloren door de regen, want het was altijd 's middags opgeklaard of pas na het middageten begonnen. Een beetje regen had eigenlijk alleen maar voordelen: daardoor hadden ze veel meer waardering voor de heerlijke uren waarop ze hadden liggen bakken in de zon, die hen verzadigde tot in hun merg. De eerste week was het beste geweest: die drie fantastische dagen, de ene na de andere, in het begin. Ze waren niet alleen bruin geworden van de zon; de wind en zelfs de binnendrijvende zeemist speelden daarbij ook een rol. Hij keek neer op zijn handen, die op het hek langs de boulevard rustten, en hij kon ze nauwelijks zien in de duisternis: ze waren zo donker dat alleen zijn vingernagels nu naar hem glansden. Twee weken geleden zou hij twee paar bleke vingers in het donker hebben zien oplichten. Hij zoog de koude nachtlucht diep naar binnen en draaide zich om. De vakantie had hun allemaal ontzettend goedgedaan.

Het was geen kwestie van afscheid nemen van de zee toen hij de boulevard verliet en de St. Matthews Road in sloeg: de hele volgende ochtend lag nog voor hem, ze konden zelfs nog een keer gaan zwemmen, want ze hadden *De kajuit* gelukkig helemaal tot het laatst kunnen houden.

De eerste avond stond hem weer heel helder voor de geest, toen hij in de leunstoel zijn pijp had zitten uitroken voordat hij naar boven en naar bed was gegaan. Hij had die eerste avond geweten hoe snel de vakantie voorbij zou glijden, en hij had zich voorgesteld hoe hij hier op de laatste avond zou zitten terugblikken met een mengeling van plezier en treurigheid. Wat leken hun vakanties op elkaar! Alleen de theevisite bij de Montgomery's sprong eruit als iets wat verschilde van de vorige jaren, als een onverwachte gebeurtenis. Hij had veel nagedacht over de theevisite en weifelde nog steeds een beetje of die goed was geweest. Alles bij elkaar had hij het idee dat het bezoekje hem geen kwaad had gedaan. Zelfs zijn slechte gok over de prijs van meneer Montgomery's huis was blijkbaar een goede vergissing geweest en had meneer Montgomery gevleid. Het zou interessant en nogal opwindend zijn om te zien wat er zou gebeuren bij meneer Montgomery's volgende bezoek aan de zaak: hij zou beslist naar hem toe komen om even met hem over de vakantie te praten, wat een nogal indrukwekkend moment zou moeten zijn, waarbij de andere kantoorbedienden toekeken, hun oren spitsten om te horen wat er werd gezegd – terwijl wellicht een van de directeuren in de buurt stond te wachten tot meneer Montgomery klaar was...

De klok sloeg elf uur, maar hij zat nog steeds rustig in zijn stoel na te denken. Zou het uiteindelijk toch beter zijn geweest als ze die ochtend waren teruggegaan, zoals ze altijd hadden gedaan? Hij ergerde zich aan zichzelf dat hij erover tobde: het was werkelijk heel zinloos, en toch was het opmerkelijk zoals die avond thuis was gaan lonken, zo omstreeks het moment waarop hij normaal de keukendeur van het slot zou hebben gedraaid en naar binnen zou zijn gelopen.

Dan had hij nu in de voorkamer gezeten, voor het vuur dat ze altijd aanstaken om hun terugkeer te vieren: de vermoeidheid van de reis en het hartzeer om de zee achter te laten zouden inmiddels voorbij zijn en zijn gedachten zouden zich bezighouden met de lange werkdag in de tuin die voor hem lag...

Hij stond op, klopte zijn pijp uit en legde hem op de schoorsteenmantel. Het was fijn om een thuis te hebben dat lonkte, een thuis waardoor je je een beetje ongelukkig voelde wanneer je op de eerste nacht dat je weg was in een vreemd bed ging slapen, dat rustgevend op de achtergrond van je vakantie aanwezig was en je weer riep wanneer het tijd was om terug te gaan.

De hutkoffer stond open op de overloop: alles was gepakt, behalve een paar dingen die ze morgenochtend nodig zouden hebben, want ze weigerden koppig tot het laatste moment hun comfortabele vakantiekleren en canvasschoenen in te pakken. Die middag hadden ze de vlieger tevoorschijn gehaald en de harde noordwester had hem hoog boven zee meegevoerd. Ze hadden hem meegenomen om hem nog een laatste keer op te laten, want hij moest plat op de bodem van de hutkoffer liggen en er kon pas iets anders in als de vlieger daar lag.

Hij sloop de slaapkamer in en kleedde zich stilletjes in het donker uit.

33

Het was bijna één uur toen meneer Stevens nog een laatste keer in *De kajuit* rondkeek, de deur sloot en de sleutel omdraaide. Met die laatste blik zag hij de natte plekjes op de vloer waar ze zeewater van het zwemmen mee naar binnen hadden gebracht, en ineens kreeg hij een brok in zijn keel. *De kajuit* was een fantastisch vriendje geweest, had een heerlijk verschil gemaakt voor de vakantie.

'We kunnen nu beter teruggaan voor het middageten,' zei hij.

Ze liepen langs de zee met hun badgoed en handdoeken, mevrouw Stevens met de plaid die ze altijd in het huisje hadden laten liggen, Ernie met zijn zeilboot onder zijn arm.

Het was nu bijna voorbij. Ze lieten de sleutel achter bij de man in het kantoortje van de badhuisjes en zeiden hem opgewekt gedag.

'Ik denk dat we volgend jaar weer een huisje willen,' zei meneer Stevens. 'De volgende keer zal ik schrijven om er een te reserveren,' voegde hij er met een glimlach aan toe. 'Ik hoop dat we *De kajuit* weer kunnen krijgen.'

De paraplu's en wandelstokken stonden tegen de kapstok in de hal, waren samengebonden en klaar voor het karretje van de kruier. Meneer Stevens' knapzak hing aan een haak en Ernie zette zijn zeilboot eronder. Ze rolden hun natte handdoeken en badgoed in wat dik bruin papier dat in de hutkoffer het vocht van de kleren moest vasthouden, en gingen naar hun slaapkamer om de kleren aan te trekken die ze op de terugreis zouden dragen. Weer een strakke boord, een vest en harde leren schoenen, kousen over Ernies vuurrode benen.

Het was jammer dat er niet meteen na het middageten een trein ging, zodat ze zo van tafel konden opstaan om hun bagage te verzamelen en te vertrekken. De vakantie was nu voorbij: elke poging om te doen of dat niet zo was door nog een uur naar het strand te gaan zou zielig zijn, zou alleen maar natte leren schoenen opleveren en zou hen warm en plakkerig maken voor de reis. Ze deden zo lang mogelijk over de maaltijd, maar tegen het eind werd het heel stil en troosteloos. In *De platanen* aan de overkant van de straat speelde de grammofoon, en ze zagen twee meisjes naar buiten komen en met tijdschriften en plaids naar zee lopen. Wat hadden ze daar lang vakantie! Ze zaten al in *De platanen* toen de Stevensen waren gearriveerd en daar gingen ze alweer naar zee, net nu de Stevensen naar huis gingen.

Het was over tweeën voor het gezin opstond. Iedereen ging naar boven om hun cricketshirt, flanellen broek en canvasschoenen in te pakken. Ze sloten de hutkoffer en bonden hem dicht, en toen, terwijl meneer Stevens voor de laatste keer zijn kamer rondkeek, zag hij een van zijn dikke grijze wandelsokken helemaal in een hoek onder zijn bed liggen. Het was grappig dat zoiets haast elk jaar gebeurde. Hij voelde dat zijn boord strak ging zitten en zijn gezicht warm werd toen hij onder het bed tastte om hem te pakken: de sok zat onder de stofpluizen en hij moest hem hard tegen de rugleuning van een stoel slaan voor hij schoon genoeg was om in de zak van zijn regenjas te worden gepropt.

De anderen hadden zich verzameld in de zitkamer toen hij beneden kwam, en hij wierp een blik op hen, zoals ze daar zwijgend zaten, aan oude tijdschriften friemelden, en hij vond dat ze er in hun reiskleren bruiner uitzagen dan ooit.

'Nou, we zijn een mooi stel!' riep hij uit. 'Moet je ons gezicht zien! We lijken wel indianen!'

Nu was het nog pas halfdrie: het zou de glans van de hele vakantie af halen als ze daar mistroostig bleven zitten, kijkend naar de klok tot die drie uur sloeg, en meneer Stevens stelde een korte wandeling voor, gewoon naar de boulevard om nog één keer uit te waaien in de zeelucht.

Mevrouw Stevens wilde haar krachten sparen voor de reis, maar de anderen stonden enthousiast op en gingen met meneer Stevens nog een laatste keer naar de zee kijken.

Ze wisten dat je op een wandeling als deze heel gemakkelijk depressief en sentimenteel kon worden, en ze straalden een geforceerde nonchalance uit zoals ze daar stonden rond te kijken. Het was een bewolkte dag met een vlagerige wind, en de zee zag er heel somber uit terwijl ze op de zeewering af kroop. Over een uur zou het hoogwater zijn en zouden er hier en daar fonteinen stuifwater opspringen langs de boulevard. Het was niet zo moeilijk om te vertrekken op een middag als deze, wanneer de zee het hele strand in bezit had genomen: het was moeilijk wanneer het strand blonk en lonkte.

'We zijn uiteindelijk nooit helemaal langs de kust naar Felpham gelopen,' lachte Dick. 'We zéggen altijd dat we dat gaan doen!'

'Volgend jaar lopen we helemaal naar Littlehampton en gaan we met de bus terug,' zei meneer Stevens.

'En laten we volgend jaar met de speedboot gaan,' opperde Ernie, die een beetje geïrriteerd was dat zijn herhaalde verzoek was genegeerd.

Meneer Stevens nam zijn hoed af en liet de bries door

zijn haar spelen: hij had zijn borstel en kam ingepakt, maar de brillantine zou voorkomen dat zijn haar alle kanten op woei en er in de trein slordig uit zou zien. Hij zag de kop van de oude pier, nogal donker en dreigend vanmiddag, de rij witte badhuisjes en het lange stuk kust naar Selsey Bill. Een jaar was eigenlijk niet lang. Binnenkort zouden ze hier weer zijn. Alleen de tijd tot Kerstmis was echt zwaar, want daarna begonnen de avonden te lengen en kwam de vakantie elke dag dichterbij. Alleen oktober, november en december waren zwaar – eigenlijk maar de helft van december, want halverwege de maand begon kerst te lonken, en na kerst begonnen de avonden langer te worden tot hij tegen eind maart zou merken dat er een halfuur kostbaar daglicht op hem wachtte als hij thuiskwam uit kantoor. Het beurde hem op om aan de voorjaarsavonden te denken, wanneer hij tijd zou vinden om in de tuin te werken. Dan werd het Pasen – en dan, goeie genade, gingen ze al bijna op vakantie! Met Pasen schreven ze mevrouw Huggett om hun kamers te reserveren. Daarna keken ze ernaar uit, de hele zomer...

Hij tastte naar zijn horloge: het was vreemd om weer een vest te dragen na al die dagen in een trui: hij kon zijn vingers nauwelijks in het kleine zakje krijgen.

'Bijna drie uur,' zei hij, 'we kunnen nu beter gaan.' Een laatste blik naar de winderige boulevard, nog even uitkijken over zee en ze draaiden zich om.

De kruier was gearriveerd toen ze terugkwamen en ze waren precies op tijd om hem te helpen de hutkoffer naar beneden te brengen.

'Zet er Clapham Junction op,' zei meneer Stevens. 'We nemen de paraplu's en wandelstokken mee in het rijtuig.'

Toen hij het huis in kwam, zag hij Molly, die in de gang boven aan de keldertrap stond, en toen de anderen de zitkamer in waren gegaan, bleef hij achter en wenkte hij haar. Ze kwam naar hem toe en hij liet vijf shilling in haar hand glijden.

'Alsjeblieft, Molly. Bedankt voor alles wat je hebt gedaan.'

'Heel hartelijk bedankt, meneer Stevens. Gaat u nu? Zal ik het tegen mevrouw Huggett zeggen?'

'Ja, ik denk dat we nu beter kunnen gaan.'

Molly rende de keldertrap af en mevrouw Huggett verscheen zo snel dat ze onderaan moest hebben staan wachten, luisterend of het al tijd voor haar was. Ze zag er heel netjes uit in haar zwarte zijden zondagse jurk met de kanten kraag en manchetten, en ze kwam met een opgewekte glimlach door de gang aanlopen.

'U gaat?' zei ze.

'Ja, helaas wel,' antwoordde meneer Stevens met een spijtig lachje. Hij hoorde dat de klok in de eetkamer begon te zoemen, waarop de ijle eenzame ting volgde die aangaf dat het kwart over drie was, tijd om te vertrekken.

'Ik hoop dat alles naar wens is geweest,' zei mevrouw Huggett.

'Prima, dank u wel,' zei meneer Stevens. 'Het is altijd in orde in *Zeezicht*.'

Mevrouw Huggett wendde haar hoofd iets af en toen ze hem weer aankeek zag hij twee blosjes op haar wangen. 'Het is aardig van u om dat te zeggen, meneer Stevens. Ik doe uiteraard altijd mijn best. Het is fijn om te weten dat het wordt gewaardeerd.'

'We hebben ook geboft met het weer – als je in aanmerking neemt hoe het in juli en augustus was.' Hij stak zijn hand uit, en mevrouw Huggett moest haar witte kanten manchet naar achteren schudden om hem te pakken.

'Nou, tot ziens, mevrouw Huggett.'

Een voor een gaven de gezinsleden een hand en persten ze zich in de smalle gang langs elkaar.

'Nou, tot ziens!'

'Tot ziens, mevrouw Huggett.'

'Tot ziens, mevrouw Stevens.'

'Tot ziens!'

'Tot ziens!'

Vanuit de verte zag mevrouw Huggetts witte kanten manchet eruit als een zakdoek waarmee werd gezwaaid. Ze konden haar slechte oog niet meer zien, en ze zag er heel lang en waardig uit zoals ze daar in haar zwarte zijden jurk bij het hek stond.